FELICIDADE À PARTE

Lolly Winston

FELICIDADE À PARTE

Tradução de
Alice Klesck

Rocco

Título original
HAPPINESS SOLD SEPARATELY

Esta é uma obra de ficção. Nomes, personagens, lugares e incidentes são produtos da imaginação do autor e foram usados de forma fictícia. Qualquer semelhança com acontecimentos reais, localidades ou pessoas, vivas ou não, é mera coincidência.

Copyright © 2006 by Lolly Winston
Todos os direitos reservados.

Edição brasileira publicada com autorização da Warner Books, Nova York, EUA.
Todos os direitos reservados.

Direitos desta edição reservados à
EDITORA ROCCO LTDA.
Av. Presidente Wilson, 231 – 8º andar
20030-021 – Rio de Janeiro, RJ
Tel.: (21) 3525-2000 – Fax: (21) 3525-2001
rocco@rocco.com.br
www.rocco.com.br

Printed in Brazil/Impresso no Brasil

CIP-Brasil. Catalogação na fonte.
Sindicato Nacional dos Editores de Livros, RJ.

W744f Winston, Lolly
        Felicidade à parte/Lolly Winston; tradução de Alice Klesck. – Rio de Janeiro: Rocco, 2010.

        Tradução de: Happiness sold separately
        ISBN 978-85-325-2505-5

        1. Romance norte-americano. I. Klesck, Alice. II. Título.

09-6161

CDD–813
CDU–821.111(73)-3

Em memória de Lindy Winston

Não faz sentido testemunhar a destruição de um homem que é inteiramente virtuoso ou inteiramente corrupto.

– ARISTÓTELES

O amor não faz com que as coisas sejam boas. Ele parte seu coração. Deixa tudo uma bagunça. Não estamos aqui para fazer as coisas perfeitas. Os flocos de neve são perfeitos. As estrelas são perfeitas. Nós, não.

– RONNY CAMMARERI, *Moonstruck*
(John Patrick Shanley, roteirista)

1

Elinor Mackey está limpando sua bolsa, tentando diminuir o peso, imaginando como foi que a peça do irrigador de grama veio parar no meio de suas coisas, quando fica sabendo que o marido, Ted, está tendo um caso. Enquanto passa o tempo na penumbra e no calor da lavanderia, ela tenta reunir forças para verificar mais de cem e-mails de trabalho em seu laptop. (*Adolescentes russas com peitinhos miúdos!* É uma das mensagens na caixa de filtragem spam. Será que ela deleta? Os homens acham isso uma coisa *boa*?) Talvez ela faça um prato de *spanakopita* para servir em seu clube de leitura. Sim, todo mundo deve fazer pratos gregos, já que eles estão lendo *A Ilíada*. Ultimamente, o cérebro de Elinor sai vagueando assim, como a mão de uma criança que não consegue colorir dentro das linhas, transcorrendo pela página afora, pintando árvores de azul e o céu de marrom. Ela aperta a peça do irrigador, lembrando que pretendia levá-la à loja de ferragens para comprar uma nova. Esse é um truque que seu pai lhe ensinou. Leve a peça quebrada e o vendedor geralmente o ajudará a encontrar uma nova, e vai explicar como consertar o troço. Elinor pega o telefone para ligar para sua amiga Kat e contar sobre o jantar grego. Então, ela ouve a voz de Ted na linha.

– Gina, *Gina* – sussurra Ted.

Elinor fica na expectativa. Ela olha para as caixas de sabão em pó, acima da máquina de lavar.

– Sinto sua falta – responde baixinho a tal de Gina, seja lá quem for.

Elinor deixa cair a peça do irrigador no chão, levanta, desliga a secadora. *Ted? Um caso?*

– Que barulho é esse? – pergunta Ted.

– Não estou ouvindo nada – diz Gina.
Ou talvez seja uma daquelas pessoas que estão usando a linha emprestada? Pode ser aquele fenômeno estranho que ocorre quando você acidentalmente entra na conversa telefônica de um estranho. Isso aconteceu com Elinor uma vez. Ela começou a discar e de repente estava ouvindo algo que parecia um aluno barganhando a nota com o professor.
– Não podemos nos ver com tanta frequência – diz Ted. Com certeza é Ted que está conversando com a tal Gina fungante. Ted, aquele que detesta festas e conhecer gente nova! Ted, que dorme com uma calça de pijama de flanela rasgada, estampada com caubóis e índios.
Elinor exala o ar, afastando a boca do fone, como se estivesse soltando fumaça.
– Nós devemos falar sobre isso pessoalmente, essa noite – diz Gina. – Eu saio às seis. Quero *cozinhar* pra você. – Ela sussurra a palavra cozinhar, como se fosse um ato lascivo.
– Está bem – Ted cede. Elinor jura ouvir o pavor na voz dele.
Um *caso*. Elinor espera que o ciúme a enfureça. Em vez disso, ela sente pena. De Ted, pelo casamento deles. E fadiga. Aquilo sobe por sua coluna, empurrando sua cabeça à frente.
Ela abraça a bolsa vazia junto ao peito. O conteúdo está espalhado por cima da secadora. Na faculdade, ela carregava uma bolsa grande o suficiente para entrar com um pacote de seis latas de cerveja escondido num show de rock. Agora, sua bolsa grande guarda uma carteira cara de couro, estufada com cartões de crédito e recibos, um Palm Pilot, óculos de leitura, um telefone celular, remédio para enxaqueca, um tubo de corretivo para os olhos, anunciado como "perdão num frasco", e um imenso molho de chaves, algumas misteriosas.
Ted e Gina desligam. Elinor aperta o fone junto ao ouvido. Ted, um caso. O casamento deles desandando.
Saia correndo e diga a ele que vocês precisam conversar, ela diz a si mesma. *Depois marque um horário com uma terapeuta conjugal*. Essa é a sensibilidade calma, do estilo cuidando dos negócios, que conduziu Elinor ao longo da faculdade, do curso de

direito, e quinze anos como uma advogada contratada de inúmeras companhias de alta tecnologia do Vale do Silício. Mas, ultimamente, essa competência tem sido substituída por um ímpeto esmagador de se deitar. Por uma exaustão que gruda em seus ossos como um resfriado.

O mal-estar parece ter surgido depois que ela e Ted pararam de tentar ter filhos. Durante um ano, eles tentaram por conta própria, sem sorte, depois sucumbiram a dois anos de testes e tratamentos, incluindo duas fertilizações intrauterinas e duas *in vitro*. Uma vez, Elinor engravidou, mas perdeu logo no começo. Ainda assim, isso lhes deu esperanças para continuar tentando. Ela queria dois meninos – ela adora meninos. Em vez disso, acabou com um diagnóstico de "infertilidade indeterminada" – provavelmente devido à sua idade, segundo explicou o médico –, dez quilos excedentes e uma insanidade hormonal. Até a época de seu aniversário de quarenta anos, ela se sentia como um animal reprodutivo defeituoso que tinha de ser sacrificado.

– Você se importa se eu for ver um filme *com um pouco de testosterona*? – Ted grita do fim do corredor, assustando Elinor. Ela percebe que está ali, em pé, aturdida, segurando um pé de meia perdido.

– Hã – diz ela. Às vezes, ela e Ted vão ao cinema separados. Ela gosta de filmes artísticos e épicos, enquanto Ted prefere os que têm tiro. *Confronte-o sobre o caso!* A meia treme em sua mão.

– Você está aí? – Há apreensão na voz de Ted.

– Um filme! – Elinor grita de volta pra ele. – Claro, divirta-se! – Ela soa entusiasmada demais, excessivamente alegre. – Espere – diz ela, mais suavemente. Ela escuta os passos de Ted passando pelo corredor e pela cozinha. A porta da garagem range. *Faça alguma coisa!* Ela larga a meia e sai correndo pelo corredor. *Siga-o.* Enquanto está indo até a garagem, ela lembra que seu carro está na oficina. Dá a volta e dispara pelo quintal dos fundos e arbustos da vizinha Kat, para pegar emprestada sua minivan.

– Depois eu explico – ela diz, ofegante, pegando as chaves de Kat.

– Você está descalça. – Kat espia por baixo de um boné de beisebol, que tem sobre os cabelos pretos curtos, e aponta para os pés de Elinor. Elinor fica grata pela ausência de julgamento na voz da amiga, ao afirmar esse fato simples. Kat é a pessoa que menos julga os outros, de todas que ela conhece.

Elinor alcança Ted no sinal de PARE, ao final da rua em que moram. Ela pega os óculos de sol de Kat do quebra-sol e se encolhe atrás do volante. O carro está abafado pelo calor de agosto e ela aperta o botão do ar-condicionado. O *rei Leão* está sendo exibido numa minitelevisão, na traseira da van. Elinor não consegue descobrir como desligar a porcaria do troço. "Será a maior folia do rei Simba!", os animais vibram, enquanto ela aperta os botões.

Ted a surpreende ao entrar no estacionamento da academia. Elinor vira rápido demais e bate no meio-fio. Uma mulher que espera na calçada em frente acena para Ted. Elinor a reconhece de suas poucas idas à academia. A mulher trabalha lá, como instrutora. Ela tem trinta e poucos anos, é magra e bem sarada, com cabelos castanhos até a bunda – uma bunda que Elinor inveja: pequena, dura e redonda, como uma maçã. Às vezes, a garota usa um broche do tamanho de um descanso de copos, em sua camiseta preta apertada que diz: PERGUNTE-ME SOBRE A ZONA ZEN!

Elinor encosta nos fundos do estacionamento e observa a instrutora entrar no carro de Ted e arremessar a bolsa de ginástica no banco de trás.

Elinor os segue rumo à rampa que conduz à rodovia, em direção ao norte. Eles deixam a estrada algumas saídas à frente, depois seguem por um bairro desconhecido. Ted entra no estacionamento de um mercado Healthy Oats, de comida natural, e para o carro. A mulher – Gina, essa só pode ser a Gina – desce do carro e dá um pulinho, como se tivesse sido levada à Tiffany's. Enquanto ela aperta a mão de Ted com suas duas mãos ele olha ao redor, furtivamente. *Ted! De mãos dadas com seu cacho em plena luz do dia?* Ted tira a mão, mas Gina não parece notar. Ela dá um encontrão nele, conforme seguem rumo à loja. Elinor desliga a minivan e espera. Há uma loja da Healthy Oats em seu bairro, também, mas Elinor só foi lá algumas vezes, para comprar shakes de proteína e por conta dos preços dos legumes.

Talvez isso explicasse o flax. Mais ou menos uma semana antes, quando estava procurando um guarda-chuva, Elinor encontrou um saco de meio quilo de um determinado grão no banco traseiro do carro de Ted. Era da tal loja de produtos naturais, onde eles raramente compravam alguma coisa. Ao olhar mais atentamente, Elinor viu, através do saco plástico, que a mistura era de minúsculas sementes cor de mel. Outro saco continha um pó fino dourado, de sementes de flax moídas e integrais.

– Pra que serve isso? – ela havia perguntado a Ted, colocando os sacos em cima da pia da cozinha.

Quando Ted se virou da pia e viu os sacos, ele se retraiu, surpreso. Seu rosto ficou todo vermelho.

– É flax – gaguejou.

– Certo. – Elinor riu. – Não quis ser intrometida. – Minha nossa. Ele havia reagido como se fosse material pornográfico ou cigarros.

Ted começou uma longa e desnecessária explicação sobre como as sementes de flax eram a forma mais saudável de se obter grãos. Flax era mais rico em fibra, gorduras ômega 3 e lignans, seja lá o que for. Isso foi o que o dr. Edmunds havia dito. Se você fosse comer carboidratos, eles precisavam ser complexos.

– Isso parece bom – respondeu Elinor. – Quando foi que você viu o dr. Edmunds? – Novamente, ela não teve a intenção de começar uma inquisição sobre flax; estava apenas tentando conversar com o marido. Eles conversavam tão pouco, ultimamente.

– Semana passada – disse Ted.

– Quando você esteve na conferência, em Monterey? – Como a sua especialidade é a podologia, Ted tinha passado a semana anterior inteira numa conferência com seus colegas de profissão. Mas o dr. Edmunds era clínico geral.

– No campo de golfe.

Ted detestava golfe. Geralmente conseguia se livrar do golfe, nas conferências. Ainda assim, talvez tivesse voltado a jogar – e comer flax.

– Eu vou lhe fazer algumas panquecas de flax – Ted ofereceu, finalmente fechando a torneira e secando as mãos.

– Está bem – disse Elinor. – Flax jacks. – Sua cabeça doía.

Agora, o implacável alarme de um carro fazia com que Elinor desejasse sair dirigindo a minivan por dentro da plácida pirâmide de maçãs e morangos, do lado de fora da loja. *Ligue para a terapeuta conjugal*, ela pensa, *e agende um horário para amanhã*. Mas seu telefone celular está em casa, junto com a carteira e os sapatos. Ela gosta do casulo que é o escritório ensolarado da terapeuta, os tapetes orientais, as prateleiras de livros, as partículas de pó preguiçosamente flutuando pelo ar. Quando ela e Ted discutiram como a infertilidade havia arruinado sua vida sexual, a terapeuta – dra. Brewster – concordou solidariamente e insistiu que isso era comum. Quando Ted lamentou a forma com que os tratamentos deixaram Elinor zangada e distante, a dra. Brewster explicou que os hormônios causavam essas mudanças de humor. Elinor não podia evitar.

Durante aqueles primeiros meses de procedimentos e consultas médicas, Elinor tinha conseguido lutar contra os horrores dos hormônios. Ela imaginava pequenos macacões da OshKosh e botinhas de caubói. O laboratório avaliou a qualidade dos dois embriões deles, durante a primeira fertilização *in vitro* e deu uma nota A, a melhor que se pode esperar. Elinor queria um adesivo de para-choque: MEUS EMBRIÕES GANHARAM NOTA A NO HOSPITAL STANFORD! Mas aquele ciclo não deu certo.

– Algo está errado comigo – insistia ela.

– Não é culpa *sua* – respondia Ted, pegando-a nos braços. – Eu te amo. Vamos dar um tempo de tudo isso. Vamos até Paris.

Elinor o afastou.

– *Non, merci* – disse ela, carrancuda.

Durante a segunda *in vitro*, em algum momento perto da vigésima injeção que Ted deu a Elinor, os hormônios a engoliram. Ela batia as portas e estourava com ele. Tudo era culpa dele. Está chovendo? Pneu furado? Reunião tediosa no trabalho? Tudo culpa de Ted.

Numa manhã, Elinor tentou esmigalhar um teste de gravidez com um martelo, tarefa que se mostrou impossível. Ela sussurrava para a varetinha: *Apenas me dê a segunda. Faixa. Rosa.* Colocando a varetinha sobre uma toalha de papel, ela lavou as mãos, fechou os olhos. E abriu. Nada. Então, ela foi voando até a área de serviço, arrancou o martelo da caixa de ferramentas, voltou ao banheiro e esmagou a varinha. Ou tentou. Uma martelada e nada aconteceu. A segunda martelada tirou uma lasca da pia, mas nem marcou a varinha. Ela se transformou numa tempestade de ira e choro, martelando, repetidamente. Seu rosto queimava, e ela viu um filete prateado de baba pendurado em sua boca. Finalmente, ela desmoronou no chão, de pernas cruzadas, abraçada ao martelo. Ted abriu a porta. Ele manteve uma certa distância, como se ela fosse uma estranha, na rua, de quem você decididamente gostaria de se manter longe. Ela nunca se sentiu tão pouco atraente. Foi aí que a fadiga a tomou, com o peso de um manto para raios X.

A terapeuta conjugal incentivou Ted e Elinor a um intervalo dos tratamentos: tirarem férias, saírem para jantar fora, fazerem massagens. Eles deveriam dar um tempo *juntos*, mas Elinor realmente estava dando um tempo sozinha, se retraindo de Ted, se refugiando da fúria, na lavanderia. É confortante lavar e dobrar roupas – uma tarefa fácil de concluir. Ela lava pequenas e desnecessárias quantidades, apenas para ser embalada pelo som da secadora. Gosta, principalmente, do tilintar dos botões e zíperes – um barulho de metal contra metal que acalma, e encara a tela azul de seu laptop, na realidade, sem jamais fazer qualquer trabalho. À medida que sua energia foi diminuindo, ela parou de separar as lavagens por cor. Agora todas as roupas deles têm um tom arroxeado e cinza do mau tempo. Ted não parece notar. Ele é sempre grato, nunca implica.

– Deixe-me ajudá-la – ele irá insistir, sempre que encontra Elinor na lavanderia. – Você não deveria estar fazendo isso.

– Por que *não*? – Elinor pergunta, na defensiva. Como ela foi parar numa posição em que é estranho lavar suas próprias calcinhas?

Ted traz flores, faz panelas de sopa caseira. Elinor não o agradece o suficiente. A vida sexual deles definhou até o nada. Sexo só leva à decepção. Elinor lava roupa e lê romances de forma obsessiva, se refugiando na familiaridade confortante dos clássicos que leu na faculdade – *Anna Karenina*, *A idade da inocência*. Enquanto isso, Ted malha, obcecadamente, na academia. Ou pelo menos assim Elinor pensava.

O que será que está fazendo com que Ted e Gina-da-academia demorem tanto? Será que estão lá dentro, se beijando na seção de grãos? As camionetes engarrafam o estacionamento da loja, todo mundo comprando comida para o jantar. Elinor está incerta quanto ao que fazer quando eles saírem da loja. Ela tenta reunir raiva. *Cadela anoréxica cabeça de vento!*

Finalmente, Ted e Gina aparecem, cada um deles trazendo um saco de compras. De papel, nada de plástico. Pela primeira vez, Elinor vê quanto peso Ted perdeu. Ele já havia mencionado os quase sete quilos, mas agora ela percebe como as calças estão largas na cintura. Seu marido tem a beleza de um astro do futebol de ensino médio amadurecendo – encorpado, com o peito largo, ombros torneados, rosto de menino, adoráveis pés de galinha. Gina sorri para Ted e sopra uma mecha de cabelo castanho-claro do próprio rosto. Elinor percebe que não largou o volante, o tempo todo, desde que os dois estavam dentro da loja. Ela o agarra como se estivesse fazendo uma curva fechada. A calça legging preta de Gina acentua suas panturrilhas firmes e um pedaço da pele bronzeada, acima das meias brancas. Elinor lança mão da raiva e tenta influenciá-la. *Ei, Sandy Duncan! Coloque uma porra de uma calça comprida!* Por um momento, ela imagina uma cena pública. O pior pesadelo de Ted. Qualquer coisa para evitar uma cena. *Ted, seu babaca!* Ela poderia gritar do outro lado do estacionamento. Mas isso só deixaria os dois humilhados.

Elinor segue Ted e Gina pelas ruas sinuosas de um bairro desconhecido. Ted parece familiarizado com o trajeto. Ele e Gina não parecem conversar no caminho. Ela olha pela janela e Ted olha em frente, sem jamais verificar o espelho retrovisor. Elinor consegue colocar *O rei leão* no mudo, mas os animais piscam nos vidros traseiros da minivan. "Eu já mencionei o quanto fico mortificada por causa desse carro?", Kat, uma mãe dona de casa, pergunta a Elinor, diariamente. As duas logo se tornaram amigas quando descobriram ter um senso de humor seco e também pelo fato de serem ambas formadas em inglês e terem curtido um pouquinho demais na época de faculdade. Elinor vê Kat como a estrada que ela não pegou – a mãe de três meninos que adoram jogar futebol no quintal. Kat diz que Elinor é o caminho que ela não seguiu – uma advogada bem-sucedida cujo marido fica radiante ao comentar o quanto Elinor é maravilhosa em seu trabalho. É claro que a maioria das amigas tem as duas coisas, tanto a carreira de sucesso quanto os três filhos magníficos. Mas Kat e Elinor confessaram uma à outra que jamais se sentiram capazes das duas coisas juntas.

Finalmente, Ted entra num condomínio de casas. Elinor se pergunta o que fazer a seguir. Até recentemente, ela era uma hábil solucionadora de problemas – estabelecendo acordos de compensação, defendendo litígios, lidando com empregados difíceis. Um funcionário que não vinha tomando seus medicamentos insistia que o diretor financeiro estava falando com ele pelo rádio de seu carro. Outra mulher tentou declarar seu bolo de casamento no relatório de despesas. Agora Elinor quer uma solução fácil para o Problema Gina. Ela se imagina colocando um quadro branco na sala de estar da casa deles, com Ted sentado em frente a ela, no sofá. *Gina*, ela escreveria no quadro branco, respirando o cheiro químico da caneta piloto. Depois ela colocaria um X em cima do nome.

Ela passa dirigindo por Ted e Gina, enquanto eles estacionam, observa o número da vaga onde eles se apressam em entrar, depois encosta no espaço para visitantes. O caminho de pedrinhas é frio e afiado sob seus pés descalços. As rajadas de água de um irrigador automático passam em suas panturrilhas, conforme ela traça seu caminho entre os prédios, até o quintal de Gina.

Abaixada atrás de um arbusto de flores recém-plantadas, ela espia por cima do deque, pela porta de vidro de correr, torcendo para que Gina não abra as cortinas. O sobrado tem dois andares, com cozinha/sala de estar/sala de jantar no térreo. Ted senta junto à mesa da cozinha e fica tamborilando os dedos. Gina desce a escada correndo, vestindo um quimono curto, com os cabelos molhados penteados para trás. Nada de maquiagem, e secador também não é necessário. Longas e belas pernas. Elinor passa a mão em sua barriguinha saliente. Gina começa a trabalhar, picando legumes. Ao jogá-los numa panela grande, uma imensa nuvem de vapor sobe em direção ao teto. Ela fala enquanto cozinha, sacudindo a cabeça com determinação, depois balançando com incerteza, depois limpando as bochechas e o nariz nas mangas do robe. Uma discussão? Ted parece de mau humor. Elinor reconhece, pela sua postura. Os ombros caindo por cima do peito. *Ele não a ama, Gina!* Elinor diz para as flores do arbusto. Certamente, eles estão prestes a terminar. Mas aí Ted levanta da mesa e caminha devagar até as costas de Gina. Ele a puxa, afastando-a do fogão, passa os braços ao redor de sua cintura, desliza as mãos pelo decote V de seu robe e por cima de seus seios. Gina fecha os olhos e encosta a cabeça no peito dele. Ted beija seu pescoço, beija seus ombros e o robe cai. Depois, eles caem no chão da cozinha, onde Elinor já não consegue mais vê-los. Estão fazendo amor no chão da cozinha, enquanto a panela solta vapor em direção ao teto. São os efeitos especiais dos quais são feitos os casos.

Elinor cobre o rosto com as mãos e cai de joelhos. A lama abaixo da grama ensopa seu jeans com um som perturbador de sucção. Ela quer voltar, quer apagar os dois últimos anos. Parece que o filtro anti-spam de sua *vida* quebrou, e todo tipo de lixo está entrando: os dolorosos procedimentos médicos, os resultados negativos dos testes, as noites de insônia e, agora, essa piranha de short de lycra.

§§

No dia seguinte, Elinor encontra um livro enfiado embaixo da pilha de camisetas na gaveta de Ted, quando estava guardando as roupas lavadas. *Live Healthy in the Zone* [Uma vida saudável na Zona Zen]. No interior da capa, há uma data e uma dedicatória que diz: *Querido Ted, Parabéns por atingir sua meta! Eu sabia que você conseguiria fazê-lo. Aqui está um lembrete de alguns de seus pratos favoritos. Amor, Gina.*

Elinor folheia as páginas, repletas de ingredientes. Há cantos dobrados, com corações desenhados ao lado das receitas. Os corações parecem ser um sistema de avaliação, como estrelas, para avaliar um filme. "Croquetes de soja" só ganha um coração, enquanto "Sauté de legumes arco-íris" vale três. "Sopa cremosa de tomates com conhaque" ganha quatro corações e meio.

Na noite em que encontra o livro de receitas, Elinor prepara um jantar de comida congelada pronta, da Lean Cuisine. Na pressa e cansados, ela e Ted frequentemente recorrem aos congelados, queijo quente ou ovos mexidos.

– Essas coisas são cheias de carboidratos – diz Ted, espetando o garfo nas ervilhas excessivamente verdes. Ele empurra o jantar.

– De qualquer forma, estou tentando cortar os carboidratos, comer só em complexo.

– Ah, é? Desde quando? – pergunta Elinor. *Por que não prepara um jantar Zona Zen pra gente!* Ela tem vontade de gritar.

– Desde *quando?* – ela repete. A raiva vai borbulhando, como radiadores numa velha casa, quando você liga o aquecedor, no primeiro dia frio do outono. Um leve cheiro de queimado. A casa começa a tremer por todo lado.

Ted sacode os ombros diante de sua bandejinha preta de massa e ervilhas.

– Sei lá.

– Acho que *sabe*. – A dedicatória estava datada de 1º de junho. Ele e Gina vinham tendo seus encontros amorosos de baixas calorias há pelo menos dois meses.

Ted inclina a cabeça e franze a testa.

– Eu sei... – Ela quer dizer *Eu sei sobre a Gina. Eu sei sobre o caso*, mas, subitamente, tem um ímpeto incontrolável de virar a mesa em cima de Ted. Ela aperta as palmas das mãos sobre as coxas, para fazer com que as pernas parem de tremer, se imagina se tornando cada vez menos atraente aos olhos de Ted, enquanto ralha, ameaça e proíbe. Ela não consegue encontrar os meios para confrontar o marido com firmeza, graça e a compostura que havia esperado ter.

Finalmente, ela levanta da mesa, leva as sobras do jantar até a pia e joga no cesto de lixo.

– Às vezes – diz ela, incapaz de olhar para o marido – eu acho os carboidratos complexos um pouco complexos *demais*.

ぢと

Na manhã seguinte, Elinor desperta com o barulho de uma serra elétrica. É sábado, mas Ted já está de pé, na garagem, trabalhando na montagem de uma arca de cerejeira que ele comprou num kit. Fora as horas que passa na academia, há semanas, ele fica enfiado na garagem trabalhando nesse projeto. Eles não precisam de uma arca de cerejeira, mas a empolgação das ferramentas elétricas e as páginas de instruções detalhadas parecem acalmar seus nervos.

– Talvez isso faça com que Ted se sinta capaz de consertar alguma coisa – foi o que a dra. Brewster gentilmente sugeriu, durante a última sessão que tiveram. Elinor resmungou sobre Ted só ligar para a tal arca. Ela sabia que essa era uma reclamação estranha, já que tudo com que ela parecia se importar era lavar roupa. Mas quando Ted parou de tentar fazer com que Elinor se sentisse melhor e se refugiou na arca e na academia ela começou a sentir falta dele – passou a perceber que ela o vinha subestimando. Ficou imaginando que tipo de insanidade poderia deixá-la irritada com seu marido, por ser atencioso, depois se sentir ressentida, quando ele recuava para lhe dar espaço.

Agora ela está deitada na cama, pegajosa, por ter passado uma noite inquieta, sem dormir. Seus óculos de leitura e seu pesado exemplar da *Ilíada* estão embolados nas cobertas. Ela novamente adormeceu lendo. Apesar de ter achado *A Ilíada* tedioso na faculdade, agora ela gosta de se refugiar na confusão sanguinária e trágica. Está torcendo pelo belo Heitor, que está preso a uma guerra simplesmente porque seu irmão arrogante se apaixonou por uma garota que não lhe pertencia.

Elinor elabora uma lista de afazeres matinais de sábado, em sua cabeça. 1. Livrar-se da amante do marido. Ela mesma irá lidar com Gina. Esqueça a terapeuta, esqueça confrontar Ted. Irá diretamente à raiz do problema. É isso que ela faz no trabalho. Liga para o causador e põe as cartas na mesa. Não quer que esse problema Gina seja excessivamente complicado, nem dramático. Ela já teve drama suficiente nos últimos dois anos. Começa a ensaiar o que talvez diga à garota: *Eu sei que você está dormindo com meu marido. Por favor, pare. Ele e eu temos nossos problemas, mas vamos ficar bem...* Não – Elinor certamente não deve a Gina nenhuma explicação sobre seu casamento.

Ela levanta, escova os dentes, senta na beirada da cama, apertando o telefone sem fio. Finalmente, liga para Informações e, em seguida, para a academia. A voz de uma mulher surge em meio à música de espera. Elinor pede para marcar um horário de avaliação física com Gina. A mulher alegremente comunica que Gina teve um cancelamento na agenda, o que foi *realmente uma sorte*, pois Gina é muito procurada.

– Ah, eu sei. – Elinor tem vontade de fumar, algo que não faz desde a faculdade. – Pode colocar meu nome! – Ela tenta parecer alegre. Olha ansiosamente dentro do armário. O que deve vestir para esse encontro? Nunca teve muita habilidade com a casualidade das roupas de malhação. A maioria das mulheres em seu bairro terminam seus exercícios e vão direto para o supermercado, vestindo calças de tecidos estilosos, com casaquinhos de capuz combinando, de alguma forma, bem arrumadas, sem sequer parecerem suar. Mas Elinor sempre se sente maltrapilha.

Ela toma banho e escolhe um jeans, um suéter branco com decote V que exibe seu bronzeado pelo trabalho no quintal e tênis vermelho, de cano alto, o que espera convencer quanto à sua autoconfiança, sem ligar para moda. Ela usou All Star ao longo de todo o ensino médio. Miúda e engraçada, Elinor foi votada como a mais "bonitinha" em seu livro anuário, um título que ela secretamente abominava. Ela não queria ser bonitinha. Queria ser bonita. Mas seus cabelos louros, seu nariz empinado, dentes miúdos e suas bochechas redondas jamais seriam vistos como um visual sexy de cinema. Nos anos 1980, ela tentou se desvencilhar de qualquer noção de bonitinha, usando os cabelos espetados e pulseiras de borracha, com camisetas rasgadas. Agora, quando vê fotos de si mesma durante aquela época, ela tem que rir. Parece que está usando uma fantasia de Halloween. Até entrar no mundo corporativo, ela sucumbiu às calças compridas e sapatilhas, com uma bela trança francesa.

Apressando-se ao passar pela cozinha, Elinor espiona o saco de sementes flax de Ted, em cima da pia. Ele vem tomando duas colheradas todas as manhãs, e salpicando-as sobre as frutas ou iogurte natural. Ela pega o saco em cima do balcão e o coloca dentro da bolsa. Talvez o devolva a Gina. *Você deixou a porcaria do seu flax no carro do meu marido.*

Elinor dá uma olhada na agenda do dia e pega as chaves. Meio-dia está circulado com um lumicolor cor-de-rosa. Em uma hora ela terá um almoço com Phil, o diretor presidente de sua empresa, para discutir os detalhes de uma fusão. Phil quer terceirizar a parte de funcionários de relacionamento da fusão, passando para uma empresa externa de advocacia, o que representa um golpe no impecável histórico de Elinor, em manter tudo feito internamente e, dessa forma, economizar o dinheiro da empresa. Mas Phil passou a ficar cauteloso quanto às ausências de Elinor e a atos impróprios, que se acentuaram à medida que seus compromissos em relação à infertilidade foram minguando. Elinor teme que possa ser rebaixada, ou dispensada, ou Deus sabe o quê. Esse almoço é o Passo 1 em sua Recuperação Corporativa. O local certo para aquele discurso de *eu-sou-o-cara*.

Pra quê? Quem se importa? Ela está cansada de trabalhar durante as noites e nos finais de semana, porque não tem filhos. Ela pega o telefone e disca o número da gerente do escritório, que está sempre grudada em sua mesa, nos finais de semana.

– Intoxicação alimentar – diz Elinor.

– Ele cancelou a partida de *golfe* para almoçar com você – a gerente adverte. Estar doente nunca é uma desculpa para perder reuniões na empresa de Elinor. Você tem que aparecer meio tonto de medicamento e baforar germes nos seus colegas de trabalho.

– Estou vomitando. – Ela deseja que esse fosse o caso, em vez de *meu marido está tendo um caso.*
– Torrada pura – diz a gerente, calmamente.
– Certo. – Elinor pega as chaves do carro e fecha a bolsa. Ela pesa em seu ombro, conforme ela sai pela porta.

ஒ

Ela acena para Ted, enquanto dá ré, na saída da garagem. Ele ergue o olhar da mesa com a serra e acena de volta, sorri – um lampejo de dentes brancos e ligeiras covinhas. Elinor fecha os olhos por um instante, imagina seu cheiro – pó de serragem e desodorante Mountain Spring – e deseja que eles pudessem ficar deitados, lado a lado, pelo resto do dia. Isentos de paixão, só com amor.

Mais que tudo, Elinor ama o rosto do marido. Um rosto grande, bonito e irlandês. Com jeito de menino, no entanto, só um pouquinho mais papudinho, por causa da idade. Piscinas de chocolate como olhos. Cabelos grossos e cheios aos quais ela se agarra quando fazem amor. Ela odeia o marido e adora seu rosto e odeia a si mesma e... *tum, tum,* ela dá ré por cima do meio-fio, no final da saída da garagem. Ted ergue os olhos, acena para que ela manobre para a esquerda, sorri. Ela acena de volta, parando embaixo de um imenso carvalho, no quintal da frente.

Depois da segunda inseminação *in vitro,* Elinor ficava ali deitada, sob a sombra da árvore, tentando se acalmar. Aquela primavera foi quente. Nas noites após o trabalho, ela arrastava um saco de dormir até lá fora e ficava ali na grama, lendo e cochilando. Ted vinha ficar com ela, pegando uma cadeira de praia, na garagem.

– Quer que eu pegue alguma coisa pra você? – ele ficava perguntando a Elinor. Ele dava tapinhas nervosos no braço da cadeira de alumínio, um barulho que fazia Elinor querer gritar. Ela se sentia mal por ficar tão irritada. O que havia de errado com ela?

Agora, enquanto segue para a academia, Elinor abaixa o quebra-sol, para olhar no espelho. Ela passa os dedos pelos cabelos até os ombros, que resolveu usar soltos, uma vez na vida. Assim que se livrar da namorada do marido, vai dar um novo corte nos cabelos. Talvez fazer um clareamento nos dentes. Ela suspende o quebra-sol novamente. Hoje a Gina vai fazer uma avaliação da saúde e do condicionamento físico de Elinor, e montar um programa de exercícios pra ela, explicou a recepcionista que agendou o horário. Gina e Elinor vão trabalhar juntas, para alcançar esses objetivos. Exceto que o objetivo de Gina é dormir com Ted e o objetivo de Elinor é fazer com que Gina se afaste.

Gina recebe Elinor no saguão da academia. Ela não parece saber quem é Elinor. Uma expressão vaga, porém satisfeita, surge no rosto de Gina, enquanto elas apertam as mãos. Será que Elinor é tão irreconhecível quanto todas as outras mulheres desanimadas de meia-idade que há na academia? Os dedos de Gina são longos e finos. Ela está usando calças pretas e uma camisa de gola. Seus cabelos longos e castanho-claros estão puxados para trás, presos num rabo de cavalo alto, com franjas que caem em seus olhos. Ela é ágil, entusiasmada, mas não exatamente bonita. Seu rosto é ligeiramente achatado e seus olhos são muito separados, o que faz Elinor lembrar de um linguado. As maçãs de seu rosto certamente não deixariam um homem de coração partido.

Elas sentam a uma mesa, na lanchonete. Gina faz uma série de perguntas, preenchendo as respostas com uma letra pequena e quadrada. Ela é só energia e vivacidade. Dedos ágeis, ovários ativos. Belos óvulos. Um grupo de aposentados está bebendo uma jarra de cerveja na mesa ao lado delas, apesar de ainda nem ser meio-dia. Essa é a parte peculiar da academia deles que Elinor adora: a lanchonete serve brownies e cerveja, paralelamente aos iogurtes e saladas. Elinor gostaria de se juntar aos cavalheiros. Ceder à gravidade e ao Senhor do Tempo.

– Idade? – pergunta Gina. Os lábios dela reluzem com o gloss cor-de-rosa.

– Trinta e nove – Elinor mente. Apesar de não ter tido problema algum ao fazer quarenta anos, ela tem um problema em dizer quarenta, principalmente em companhia de nazistas malhadas que estão de romance com o seu marido. "O verdadeiro problema pode ser sua idade", o médico gentilmente explicara, na primeira vez em que Elinor não conseguiu conceber. Embora não estivesse empolgada em fazer quarenta anos, ela jamais pensou que seu aniversário pudesse constituir uma emergência médica.

– É mesmo? Você está ótima – diz Gina, sem levantar os olhos do papel.

Eu perdi a bunda, Elinor quer dizer, como se fosse encontrá-la no setor de achados e perdidos da academia. Por um instante, ela deseja que estivesse realmente se consultando com uma especialista em condicionamento físico. É algo fútil e tolo para lamuriar, mas o que ela mais detesta quanto a envelhecer é a migração sul de suas nádegas, após duas décadas sentadas, pela América corporativa. Em algum lugar ao longo do caminho ela perdeu sua forma – o pequeno porte tamanho 38 que tivera a vida inteira. Depois, os tratamentos de fertilidade fizeram sua barriga estufar, como um melão maduro demais. Elinor não se importa com as pintas que estão surgindo em suas mãos, nem com os pés de galinha que vão aparecendo ao redor dos olhos, mas ela quer seu corpo de volta.

Gina diz que vai pesar Elinor e aplicar um teste de resistência, e avaliar a gordura corporal, depois que terminarem com a papelada. Então ela irá recomendar aulas como spinning *e ioga*!

O flax na bolsa de Elinor, sobre seu colo, é pesado e confortante, como um gato aninhado ali. Ela estava toda agitada enquanto dirigia até lá, mas agora não consegue pensar numa única coisa a dizer para Gina. Está cansada demais. Acha que não tem uma noite decente de sono há mais de dois anos. Embora mal consiga manter os olhos abertos durante as reuniões do escritório e as ligações em conferência, ela fica deitada acordada, às duas da manhã, fazendo um inventário de preocupações: doadoras de óvulos, adoção (no exterior ou doméstica?), contas médicas que se acumulam e formulários do plano de saúde.

– O que você diria ser seu objetivo geral, quanto ao seu condicionamento físico? – pergunta Gina.

Uma vez, enquanto caminhava numa praia, no Havaí, Elinor viu uma mulher pescando. A princípio, ela achou que a mulher fosse um homem. Mas quando chegou até o pescador percebeu que era uma mulher, de belos cabelos brancos, cortados bem curtinhos, soprando para trás, ao vento. A mulher estava de short cáqui e uma camiseta preta, e suas pernas eram musculosas e bronzeadas. Ela era sólida e bela como o cenário. No entanto, era meio assexuada – não era realmente feminina, nem masculina, apenas uma pessoa, sorrindo para o sol, o mar como um carpete diante dela. Apenas pescando. Ela parecia estar em paz. Sem se preocupar mais com os pés de galinha ou como sua bunda ficaria num sunquíni. Elinor queria dizer a Gina que esse era seu objetivo de condicionamento físico.

Gina se debruça sobre a mesa e olha atentamente para Elinor. Seus olhos grandes são verdes, amendoados, e sua pele é irretocável. O visual da franja caindo nos olhos é decididamente sexy.

– Perder sete quilos – diz Elinor. – E enrijecer... – *tudo*, Elinor quer dizer. Mas ela não quer admitir isso para a amante do marido. Ela limpa a garganta. – Enrijecer minha bunda. Não vou muito à academia. Sou ocupada demais. – *Sou bem-sucedida*, ela quer contar a Gina. *Está certo, talvez não nas coisas que importam, agora. Mas nas coisas que importavam antes. Você sabia que, se você morar na Holanda e seu encanamento congelar, você legalmente recebe pelo dia não trabalhado?* Elinor é um poço de conhecimento quando se trata de leis trabalhistas internacionais.

– Primeira coisa? – diz Gina. – Se você me permitir, eu vou até sua casa limpar seus armários.

Elinor ri.

– E passar pano no chão?

– Vou eliminar seus *carboidratos* – diz ela, firmemente. – Suas massas, pães e cereais.

– Cereal? – pergunta Elinor.

– Cereal é o pior!

– É... – *Você vai levar meu marido* e *meus floquinhos crocantes de trigo?* Elinor considera o cenário improvável: Gina, na casa de Elinor e Ted, limpando os armários. Gina e Ted suando sob as luzes fortes da cozinha. A coisa toda sendo exposta. Remorso. Um pedido de desculpas. Mais importante: um acordo. Gina jamais

chegará perto deles novamente. – Está bem – Elinor finalmente diz a Gina. – Mas terá de ser à noite. Eu trabalho durante o dia.
– Claro – diz Gina.
– Meu marido estará lá. Tudo bem? Ele também quer cortar os carboidratos. Bem, ele *já* está cortando. Começou sem mim.
– Elinor odeia a amargura em sua voz. Talvez, depois de dar um pé em Gina, Elinor e Ted possam fazer uma viagem até um resort tropical. Comer peixe feito no vapor, com arroz integral e ficar de molho numa banheira para dois. Poderão correr na praia e fazer sexo no chão de mármore do banheiro de um hotel luxuoso. Elinor vai recuperar, com Ted, o tempo perdido. Luxúria e exercício. Isso não soa nada mal.
– Ótimo – diz Gina. – Posso trepar com vocês dois. – Mas Elinor tem certeza de que ela disse ajudar. Eu posso *ajudar* vocês dois.

◊◊

Enquanto Elinor salpica estragão nos três peitos de frango, sente necessidade de provar ao marido e sua amante que sabe cozinhar. Gina está programada para chegar à casa deles em quarenta e cinco minutos. Elinor está preparando um jantar de poucas calorias, pouco carboidrato – peito de frango grelhado, abobrinha recheada com ricota, cogumelos picados e cebola, salada de alface com o flax onipresente e frutas frescas para sobremesa – com apenas uma pitada de creme batido. Ela começa a pôr a mesa para três.

Ted muda o canal na pequena televisão da cozinha e coloca num programa sobre carvão.

– Muito fino para ser usado no processo de derretimento de aço, é vendido para aquecimento e para o uso culinário em pequenos fogões – diz o narrador.

– Quem diria? – diz Ted. Ele sempre se interessa por coisas triviais. Detalhes que não exigem que você forme uma opinião.

– Por que três? – ele pergunta, olhando os descansos de pratos.

– Uma garota que talvez entre para o meu clube de leitura vem aqui. – Elinor coloca os guardanapos e os talheres. Logo isso será parte do passado. Eles retomarão suas vidas.

Ted olha a TV.

Elinor salpica mais tomilho e estragão nos peitos de frango, receando que possam estar sem gosto – tão sem gosto quanto o sexo se tornara com Ted, antes de pararem de fazer amor de vez. Ela se pergunta se a mãe de Jerry Hall algum dia realmente pronunciou aquelas palavras infames: "Para manter um homem, você tem que ser uma dama na sala, de forno e fogão na cozinha e uma puta no quarto." Gina era uma puta na cozinha. Inovadora, Elinor lhe dava esse crédito. Enquanto isso, Elinor se tornara uma imbecil em todos os cômodos: no quarto, na cozinha. Talvez porque tivesse de se tornar uma imbecil anestesiada na mesa de exames do médico, para afastar a dor de todos aqueles procedimentos. "Só um pequeno desconforto", o médico dizia. Por que eles simplesmente não usam a palavra *certa* com d? *Dor. Isso pode doer.* Em vez de eufemismos: desconforto, incômodo. Uma vez, quando Elinor passou por um procedimento sem internação, para a remoção de cistos de seus ovários, originados pelos medicamentos, eles deixaram que Ted a acompanhasse.

– Aperte a minha mão – ele sussurrou, ternamente. Elinor fez uma careta, com uma dor queimando em seus quadris. A mão de Ted estava firme e morna, e era a única coisa confortante do planeta.

A campainha toca. Elinor deixa uma latinha de pimenta branca cair no chão. Ela limpa as mãos e segue pelo corredor. Antes de abrir a porta, ela tira o avental por cima da cabeça. É muito cafona e matronal.

Gina está em pé na varanda, de saia longa de amarrar, uma camisetinha branca e sandálias rasteiras de couro. Uma fração de sua barriga sequinha e bronzeada está à mostra, acima da cintura baixa da saia. Elinor gostaria de bater a porta.

– Entre – ela diz a Gina.

Ted desliga a TV e vem até o hall, bancando o marido educado. A cabeça dele dá um tranco para trás ao ver Gina. Os olhos de Gina se arregalam, mas depois ela os estreita, redirecionando seu alarme para um sorriso, sua expressão fazendo uma manobra de conversão.

– Gina, esse é meu marido, Ted – Elinor lhe diz.

Ted aperta a mão de Gina, sem firmeza.
– Prazer em conhecê-la. – Ele abre o armário de casacos.
– Posso guardar seu casaco? Subitamente, Elinor fica constrangida pelo armário de casacos. Está abarrotado de lixo, grande parte é o testamento de seus fracassos atléticos. A corda toda emaranhada, as botas de escalada, empoeiradas, o conjunto de esquiar, apertado demais.
– Ela não está de casaco – Elinor diz a Ted. Ainda assim, Ted mantém a cabeça dentro do armário, como se quisesse mergulhar lá dentro.
– Posso lhe oferecer uma bebida? – Elinor pergunta a Gina.
– Você tem suco de tomate? – pergunta Gina. As pulseiras tilintam em seus pulsos.
Ted fecha a porta do armário. Ele e Gina estão ocupados em não fazer contato visual. Até então, Elinor lhes daria um nove e meio por esse negócio de não se conhecerem.
– Não tenho suco de tomate – ela diz a Gina. – Coca diet?
– Ah, adoçantes artificiais – diz ela. – Essa é uma das coisas que teremos de eliminar. – Ela está claramente tentando se manter firme, mas o nervosismo borbulha por baixo de suas frases.
Você é uma das coisas que teremos de eliminar, Elinor pensa, enquanto gesticula para que Gina entre na cozinha.
– Ei, eu a estou reconhecendo – Ted finalmente diz para Gina.
– Da academia. – O suor escurece as axilas dele.
– É. – Gina entorta a cabeça e estreita os olhos. – Você malha bastante.

Gina coloca uma pequena balança de comida e um caderno espiral em cima da pia da cozinha. Elinor dá a ela um copo de suco de laranja. Se suco de laranja tiver algum malefício, ela não quer ouvir a respeito.
– Você pode usar adoçantes artificiais no Vigilantes do Peso – ela diz a Gina, enquanto olha para Ted, com um tom acusador.
– Qual é o problema em relação a *isso*? – Seu maxilar dói. Agora que ela voltou a encontrar a raiva, quer segurar. Seu ódio pelos gurus dietéticos. Sua repugnância pelo mundo.
– Bem, senhoras – diz Ted –, eu tenho trabalho a fazer...

– Eu estava esperando que nós três pudéssemos jantar juntos – Elinor diz a ele. – Conversar sobre as coisas.

Ted congela na soleira da porta.

– Oh, não posso ficar para jantar. – Gina coloca seu suco intocado sobre o balcão.

– É mesmo? Mas vocês dois gostam de comer juntos – diz Elinor. Subitamente, ela está tonta pela intensidade do encontro. Ela quer sentar no chão. E desistir desse troço de maluco.

Ted pousa a mão no batente da porta, vira para Elinor e Gina. Gina dá uma risadinha nervosa.

– O quê?

– Dormir juntos? Comer juntos? Todas aquelas coisas boas.

– Elinor tira o livro de culinária *Zona Zen* de seu esconderijo, na gaveta de pão (Ted jamais olharia ali!) e o sacode para eles.

– Elinor – diz Ted. Ele está de frente para Elinor, de costas para Gina, com os olhos suplicantes. Subitamente, ele parece velho, magro, por seu novo atletismo, mas de uma forma acinzentada, sombria, não de um jeito corado e feliz.

– Ted – Elinor diz.

Por favor, os olhos dele dizem. *Desculpe* e *por favor*.

– É melhor que eu vá. – Gina pega sua balança de comida e seu caderno.

Elinor olha para a cintura terrivelmente fina de Gina, lembra da facilidade com que Ted atravessou a sala no sobrado de Gina, a rapidez com que suas mãos entraram por baixo do robe fino para tocar seus seios. Ele deu o primeiro passo. Subitamente, ela não pode mais ficar ali na cozinha, com os dois. Não suporta estar na própria casa. Durante os últimos dias, Elinor fantasiou sobre viajar com Ted para o Havaí – mergulhar pelada e ficar olhando as estrelas e dormir muito. Ela até navegou na internet e escolheu um resort, na Big Island, suspirando ao pensar na última vez em que eles estiveram em Kona Coast, e foram embora alegremente arrasados de tanto sol, sexo e rum. No entanto, agora ela quer viajar sozinha. Deixar esses dois com suas tabelas de carboidratos e peitos de frangos insípidos. Talvez, antes de consertar algo, você tenha que quebrar completamente.

– Eu preciso ir – ela diz a Gina. Ela abre o armário, arranca os sacos de sementes flax e os soca nos braços de Gina. Gina se retrai como se Elinor fosse nocauteá-la, depois olha os sacos, curiosamente.

– Vai fundo! – Elinor sai correndo escada acima para arrumar a mala. Exatamente como no cinema. Há algo libertador quanto a ser o primeiro a partir, numa situação como essa, é parecido com quando se é o primeiro a acordar, de manhã, ou o primeiro a mergulhar numa piscina fria. Do que ela precisa? Algumas roupas para trabalhar, meia-calça, sapatos, pijamas confortáveis, chinelos, artigos de toalete, sais de banho, revistas, *A Ilíada*. Ela dobra tudo e coloca na malinha preta. É profissional em fazer malas rapidamente, para viagens emergenciais a negócios. Irá de carro até o Fairmont, no centro da cidade. Vai pedir serviço de quarto. Panquecas com o verdadeiro xarope de bordo.

Elinor quase tromba em Ted, ao descer a escada. Ela passa por ele direto, rumo à porta da frente. Suas pernas e seus joelhos subitamente ficam moles quando ela o vê.

Ted estica a mão para pegar a mala, tentando impedi-la.

– Não vá embora – diz ele. Gina aparentemente se foi.

Elinor se vira para olhar o marido. Ele está tão cansado quanto ela. Ela pode ver isso. Muitas noites, quando ela pensava que ele estava dormindo e ele pensava que ela estava dormindo, nenhum dos dois estava. Eles iam descobrir isso pela manhã, quando tropeçavam um no outro, na cozinha. Em vez de ficar olhando os números azuis e indiferentes do radiorrelógio, Elinor queria virar para o lado e abraçar Ted, conversar com ele. Mas, apesar de sua incapacidade de dormir, ou talvez por conta disso, ela estava exausta demais para se mexer.

– Ela se foi – Ted diz, agora. – Ouça, eu sei que nós podemos resolver isso.

Elinor aperta a alça da mala e passa direto por Ted.

– Eu te amo – diz Ted, com a voz aumentando de desespero.

Eu também te amo, pensa Elinor. *Eu amava. Amo. Mas isso está além da questão! Não está?*

— O que você vai fazer? — Ted pergunta, conforme Elinor abre a porta.

— O que vou fazer, Ted? — Ela o imagina desafivelando o cinto e mergulhando no chão da cozinha de Gina. — O que vou fazer? Vou ligar para o Dalai Lama. Você acha que ele está listado na letra D ou na letra L? Vou deitar em meu colchonete de ioga e esfregar leite de soja no meu terceiro olho, e tecer cestos feitos de bacon de peru. Vou passar uma semana na *Zona Zen*.

Ted se aproxima de Elinor. Elinor recua, em direção à varanda da frente. Talvez ela finalmente consiga ter uma boa noite de sono, no Fairmont. Ela desvia o olhar do marido para o seu carro, na entrada da garagem. Fecha os olhos por um instante e se imagina mergulhando entre os lençóis brancos do hotel. O que será que eles usam que os deixam tão limpos? Aquela brancura limpa do recomeço. Goma? Seja lá o que for, parece menos trivial do que goma. Parece mais de outro mundo.

Ela abre os olhos. Ted está no hall, sem querer passar pela soleira da porta. Ele não gosta de sair de casa descalço. Nem mesmo para pegar o jornal na entrada da garagem.

— Com licença. — Elinor estica a mão ao redor de Ted para pegar a maçaneta da porta. Ela quer ter a satisfação de fechar a porta atrás de si. Ao puxar e ouvi-la dar uma *batida seca* seguida por um *clique*, a imagem do rosto abatido de Ted desaparece. Então, tchau. Ela desce da varanda. Mas, quando está na metade do caminho para chegar ao carro, ela para. A vida nunca é como no cinema. Pelo menos, a vida dela, não, porque ela deixou as chaves do carro lá dentro, no balcão da cozinha. Ela respira fundo, inalando o ar fresco e úmido, e tenta reunir energia para voltar até lá dentro. Então, se lembra de que tem uma chave escondida. Alguns anos antes, quando colocou a caixinha fina embaixo do carro, do lado do motorista, ela imaginou se algum dia ficaria trancada para fora. Tentou visualizar esse cenário: correndo no estacionamento do trabalho, ou aturdida, ao guardar as compras do mercado. Nunca poderia imaginar essa noite.

Ela prossegue pela entrada escura da garagem, parando novamente, quando uma estrela cadente risca o céu, logo acima das árvores. É grande e brilhante, seguida por uma cauda esverdeada. Os Perseus. A chuva de meteoros está marcada na agenda de Elinor, para que ela e Ted fizessem sua caminhada anual até o quintal dos fundos, com cadeiras de armar e cobertores. "Eu vi uma!", eles geralmente gritavam, um para o outro, quase de forma competitiva. No último verão, a cada meteoro, ela desejou um bebê. Embora não seja uma pessoa supersticiosa, Elinor sempre levou as coisas a sério. Quando criança, ficava debruçada sobre as velas de seu bolo de aniversário até que ilhas de cera se formassem em cima do glacê. Enquanto tentava engravidar, ela desejava com tudo, desde moedinhas de um centavo que encontrava até cílios soltos. Agora Elinor inclina a cabeça para trás para olhar o céu. Segundo o jornal, essa noite haverá até cento e cinquenta meteoros por minuto. O risco seguinte, em verde néon, faz Elinor inalar o ar com força. Ela aperta os olhos fechados. Pela primeira vez, não tem certeza do que desejar.

2

O CASO TINHA TERMINADO. TED EXPIROU, SOLTANDO O AR que vinha mantendo preso por um tempo que parecia semanas, enquanto dirigia para o trabalho, numa manhã quente de agosto – um trajeto de trinta minutos, passando da segunda para a terceira marcha, num engarrafamento de anda e para.

Ontem à noite, depois que Elinor correu lá pra cima, Ted disse a Gina que eles não podiam se ver novamente. Gina concordou e seguiu rumo à porta. Havia orgulho na postura dela – ombros puxados para trás, queixo apontado à frente, livros de culinária firmemente presos embaixo de um dos braços. Conforme ela passou por Ted, no corredor, ele sentiu o cheiro adocicado de seu perfume China Rain. Mas, depois, quando Elinor desceu, ela *também* foi embora, fechando a porta com um clique suave, porém final, pela segunda vez naquela noite. Sozinho, na casa vazia, Ted sentiu uma onda de aversão por si próprio. Ele não podia culpar sua esposa por ter ido embora, e estava certo de que agora sua amante estaria bem melhor.

Ele esperou uma hora, depois ligou para o celular de Elinor. Ela dera entrada no Fairmont, no centro da cidade.

– El – ele suplicava. – Já acabou tudo com ela. Por favor, volte pra casa. Eu te amo. Eu sinto muito. Vamos recomeçar. Vamos voltar à terapeuta, à dra. Brewster. – Talvez ele seja um esnobe, mas Ted se ressente ao chamar esse tipo de médico de doutor, principalmente quando parecem ter tão pouco a oferecer no sentido de um remédio.

– Eu tomei um banho de banheira – disse Elinor. – A água aqui é quente *mesmo*. – Ela parecia uma criança. – E a banheira é enorme. – Ela mordeu alguma coisa crocante. Enquanto estava

fazendo os tratamentos de infertilidade, El não podia tomar banhos de banheira. Ela disse que era proibida de ter as duas coisas que mais a confortavam – um banho quente de banheira e uma taça bem grande de vinho. Ted ficou magoado por não ser nenhuma das duas coisas. – Eu adoro esse robe – Elinor continuava.
– Tudo é tão *limpo* em hotéis. – Havia uma calma esquisita na voz dela que deixava Ted nervoso. *Grite comigo!*, pensou ele.
– Eu poderia mandar limpar a casa por profissionais – ofereceu ele. – Um daqueles serviços de limpeza total. – Ele bateu com o punho no balcão. Nos últimos seis meses ele vinha perdendo totalmente a noção do que dizer à esposa. Eles costumavam terminar a frase um do outro e rir das piadas. Agora, todas as palavras que Ted dizia pareciam fazer com que Elinor se retraísse ou franzisse o rosto.
Elinor explicou que precisava de tempo para si mesma. Uma folga de sua vida. É claro que isso significava uma folga de Ted, o namorador, o *adúltero*.
– Então, você não precisa vir pra casa – disse ele. – Nós podemos ir juntos para algum lugar. Que tal as Bermudas? – Elinor tinha adorado o lugar. Dizia que a areia era rosa. Daltônico, Ted se esforçava para imaginar isso.
– Talvez – disse El. Sua indiferença era sinistra.

৩৫

Agora Ted entra na fila para ingressar na rodovia. Está fazendo um dia sufocante, porém nublado, com o céu de uma cor cinzenta sem graça. Ele abre a tampa do iogurte e come com uma colher plástica. Isso é um dos poucos carboidratos que se permite por dia. O caso acabou, mas ele vai manter o regime saudável de Gina. Ela o ajudou com a Dieta da Zona Zen e também com aquele triátlon, o que fez com que ele se sentisse mais saudável do que jamais se sentira havia anos. Agora está decidido a se manter sem os quase sete quilos perdidos. Pelos últimos dois meses, ele passou pelo estranho paradoxo de se sentir bem condicionado e terrível, ao mesmo tempo. É o resultado de uma dieta baseada em bacon de peru e sexo com a pessoa errada. Ele terá de encontrar outra academia.

Durante os três meses de duração do caso, Ted terminou com Gina várias vezes, em sua própria cabeça. Ele treinou o discurso de rompimento no chuveiro e a caminho do trabalho: *Você é uma mulher maravilhosa*, ele lhe diria, imaginando a distância segura, ao falar do lado oposto da mesa de um restaurante, *mas eu amo minha esposa. Tenho certeza de que você vai conhecer outra pessoa. Não um coroa babaca como eu.*
No entanto, Gina parecia atraída por Ted devido ao fato de ele ser casado. "Você é bem crescido", ela murmurava, desejosa. Isso era um contraste com seus antigos namorados, os *bad boys*, que eram flagrados dirigindo sob efeito de álcool ou drogas, ou perdiam seus empregos. Apesar de Gina revirar os olhos quando mencionava esses caras, pensar neles causava um ligeiro ciúme no peito de Ted.

Ted engrena a terceira marcha, o que é libertador, mesmo que só por um instante. Embora ela fosse doida com esse negócio de saúde, Gina disse que é preciso *um pouco* de gordura em sua dieta. Uma vez, ela preparou ovos fritos e tiras grossas de bacon sem nitrato, numa frigideira de ferro. O cheiro fazia Ted desejar uma cabana remota na neve, para fazer sexo suarento embaixo de lençóis de flanela. Gina também fumava maconha, de vez em quando, atividade que era acompanhada por uma crítica violenta, mencionando o quanto o álcool era *muito pior*.

Eles faziam sexo em lugares malucos – nos carros dos dois, no parque, em meio aos cobertores que Gina guardava no porta-malas. Gina levava um jogo de roupa de cama em seu carro, ao qual ela se referia como uma *cama ensacada*. Ela havia elaborado isso da última vez que o país entrou em Alerta Laranja, e os jornais listaram itens que você deveria estocar, incluindo água, pilhas e lanternas, além de lanches e cobertores, guardando tudo no carro, caso tivesse de se deslocar instantaneamente ou ficasse preso na estrada. Ou caso precisasse dar uma trepada no parque, dentro de um saco de dormir que tinha cheiro de fogueira de acampamento. Naquela vez, embaixo da árvore, o medo e a empolgação varriam o cérebro de Ted até deixá-lo certo de que teria um aneurisma. Mesmo quando iam parar na casa de Gina, eles nunca chegavam à cama. Gina aliviava uma dor que Ted não sabia possuir, até conhecê-la. Tudo acontecia muito rápido e dava uma sensação muito boa, e depois parecia tão horrivelmente errado e terrível. Era como se Ted tivesse começado a cheirar cola ou roubar bancos.

Enquanto Ted prossegue se deslocando lentamente, atrás de um BMW, faz um inventário de como as coisas ficaram tão ruins entre ele e Elinor. Tudo pareceu começar com os tratamentos de infertilidade. Primeiro, a vida sexual deles foi rebaixada a um fracasso clínico. Até os beijos pareciam obrigatórios, Elinor mostrando a bochecha como se fosse um aperto de mão, ou um guardanapo limpo, acompanhando um sanduíche. Não que ela fosse fria, mas agora estava sempre choramingando – obcecada, falando sobre os estudos mais recentes que havia lido, ou dados de acupuntura, ou doadores de óvulos. Depois, eles perderam a habilidade de se comunicarem. Elinor pensava que o espanto silencioso de Ted significava que ele não estava escutando nada do que ela dizia. Ele simplesmente não conseguia pensar em algo a dizer que fosse a coisa certa a ser dita. Finalmente, eles perderam a dignidade. Para Ted, houve um momento definitivo ao perder a sua: o dia em que ele derrubou sua amostra de sêmen no corredor do hospital e ela saiu rolando para baixo de um refrigerador imenso.

Ted detestava fazer a fertilização *in vitro*. Pela primeira vez, em sua vida profissional, ficou oprimido pelas informações médicas. Ele jamais havia se considerado um maluco controlador, mas a complexidade e a incerteza de todos os arcos pelos quais tinham que saltar – injeções, ultrassonografias, remoção de óvulos, transferências de embriões – o deixaram se sentindo emocionalmente descontrolado. Ele gostava de ser capaz de consertar as coisas. Na faculdade, passava horas na entrada da garagem, regulando seu Plymouth Scamp. Dava para abrir o capô do carro e identificar tudo, ali embaixo. Ted sente falta do motor V-8, da mesma forma que sente falta de Johnny Carson e da casa onde cresceu. Agora, quando ele olha embaixo do capô de seu Audi, se sente como se estivessem debochando dele, com toda aquela maçaroca eletrônica.

Ted estava terrivelmente nervoso naquela manhã da primeira cirurgia de remoção de óvulo. Quanto mais poderia se arriscar? Cristo. Quando eles chegaram ao hospital, ele sentou com Elinor, enquanto a enfermeira começou a ministrar um Valium IV. El sorria para o teto, como se fosse um velho amigo seu. Foi um alívio vê-la relaxando. Ted a beijou na testa e em cada uma de suas bochechas frias. Depois ele seguiu até o posto de enfermagem, conforme instruído, para pegar a chave da Sala. Rá-rá. O chaveiro tinha um *esperma* de plástico branco. Ele seguiu pelo corredor, segurando o esperma plástico.

Mais tarde, Elinor queria saber sobre a Sala. Ted lhe contou que era apenas um banheiro com um vaso e uma poltrona preta grande, como aquelas em que você senta quando doa sangue. Havia muitas revistas. Não, não a *Newsweek!* As revistas eram usadas e cobertas com adesivos brancos dizendo PROPRIEDADE DA CLÍNICA REI: NÃO REMOVER. Elinor achou aquilo muito engraçado. A princípio, ela havia encontrado um jeito de achar humor e ironia nos tratamentos. Uma das coisas que Ted adora em sua esposa é seu senso de humor negro. Ela é tão inteligente e engraçada e linda.

– Como foi seu namoro com o copinho? – ela provocava.

– Oh, que romance – Ted respondia.

Apesar de rir, Ted estava aterrorizado em poder, de alguma forma, fazer alguma besteira com a amostra, depois que Elinor tivesse passado por toda aquela agonia: quatro injeções de hormônios por dia, durante dez dias, para que ela produzisse mais óvulos. Coxas roxas das injeções e a barriga inchada pelos fluidos a ponto de fazê-la andar nas pontas dos pés, fazendo caretas. E agora essa cirurgia. Enquanto Ted levava sua amostra ao laboratório, ele se preocupava com o anestesista de Elinor. O cara parecia ter doze anos! E se ele fizesse besteira e desse anestesia demais em El? Ted perdeu seus pontos de apoio na confusão dos corredores, a caminho do laboratório. *Você é médico*, ele dizia a si mesmo. *Componha-se*. Ainda assim, suas mãos tremiam. O copinho pulou de seus dedos como um peixe vivo. Ele deveria transportá-lo dentro do saquinho de papel marrom que haviam lhe dado, mas ele meio que estragou o saco na Sala e o jogou fora. Isso era *outra* história. Num flash, seus espermas saíram rolando para baixo de um refrigerador gigante, com um cadeado na frente. Ted ficou de quatro e espiou embaixo da máquina, que sacudia e zunia. Ele podia ver o copinho, lá no fundo, junto à parede, preso a uma argola de metal. Apertou o rosto junto ao chão e enfiou a mão embaixo.

Ele estava de joelhos, com a bunda para o ar, com o braço enfiado lá embaixo, até o cotovelo, em meio à poeira e sujeira, sob o refrigerador gigante, quando a voz de um homem disse:

– Posso ajudá-lo? – Nikes brancos, avental azul. Um rosto barbudo olhando de cima.

– Meu copinho de espermas saiu rolando aqui para baixo. – Ted podia ouvir o pânico em sua voz.

O cara se ajoelhou, espiou embaixo da geladeira.

– Cara – disse ele.

Eles não conseguiam alcançar o copinho nem mexer o refrigerador.

O cara – enfermeiro, segundo seu crachá – poderia chamar alguém de serviços gerais para deslocar a máquina, mas, por algum motivo, isso ultrapassaria os quarenta e cinco minutos para a entrega do esperma. Ted tinha que regressar ao posto de enfermagem. De volta à chave, de volta *à Sala*. Ele não tinha certeza se tudo funcionaria novamente. Funcionou, mas ele teve que acreditar que a segunda amostra não era tão boa quanto a primeira, embora a dra. Weston tivesse lhe garantido que estava tudo bem.

Mas não estava tudo bem, ou algo não estava bem, porque a fertilização *in vitro* não funcionou.

– Vamos adotar – disse Elinor, depois do teste de gravidez negativo. Quando eles tiveram a notícia, Elinor cancelou suas reuniões no trabalho, foi de carro para casa e se encolheu no sofá, numa bolinha, por vinte e quatro horas. Mas logo ela estava de volta à internet, fazendo pesquisas entusiasmadas, colocando o Plano B em ação, com uma agência de adoção. Enquanto isso, Ted temia que o processo fosse ser duro demais para eles. Amigos próximos tiveram o bebê recém-adotado retirado deles e levado de volta pela instável mãe biológica. A adoção de outro casal acabou dando errado, no último minuto, depois que eles já tinham embarcado para a Rússia.

– Não é como um passeio até a Sears, onde você aparece e mostra seu Visa – Ted argumentava. Ele não tinha certeza se estava preparado para esse tipo de desapontamento. Além disso, uma adoção estrangeira poderia envolver problemas médicos que os deixariam de coração partido. – Não podemos simplesmente dar um tempo, por enquanto? – perguntou ele, constrangido pelo simples fato de que não era tão forte quanto Elinor, quando se tratava dessas coisas. E se eles fizessem outro ciclo e funcionasse, mas Elinor abortasse pela segunda vez? Ele não poderia suportar passar por tudo aquilo novamente.

Elinor insistia não haver tempo para uma folga, então, eles tentaram outro ciclo *in vitro*, mesmo com poucas probabilidades. Ted sentia que a fatia finíssima do gráfico da dra. Weston estava fechando o cerco ao redor deles. Parecia melhor desistir, mas isso dava a impressão de que ele não estava apoiando.

ஒஒ

Finalmente Ted entra na rodovia 280, engatando a quinta marcha. O ar revoa pelo teto solar aberto. Ele olha acima, para as colinas sobre a rodovia, que ainda estão ressecadas pelo calor do verão.

Depois de pararem de ir ao médico, Ted tinha certeza de que teriam sua vida de volta. Dariam caminhadas, viajariam. Porém, em vez de recuperar o gosto pela vida, Elinor pareceu desistir dela. Recolheu-se à lavanderia. O desdém se apossou de sua voz.

– *Não faz diferença* – ela respondia, quando Ted perguntava se ela gostaria de sair para dar uma caminhada, ou se ele poderia fazer o jantar, ou alugar um filme. *Eu também estou passando por isso!*, ele queria gritar. Em vez disso, ele também se retraiu. Passou a sair para longas caminhadas, ficava na academia, e acabou indo parar no velho saco de dormir de Gina.

Ele havia se inscrito para um programa de dieta e exercícios, na academia, durante os tratamentos. Imaginou que talvez até ajudasse na contagem de seus espermas, que variava mês a mês. ("Hum, bem viscoso", dizia o médico geneticista, franzindo o rosto diante do gráfico do laboratório, em sua prancheta. No ciclo seguinte, ele disse: "Motilidade baixa incomum, dessa vez." *Goza você num copinho!* Ted queria dizer.) No fim das contas, tudo parecia fútil, com exceção daquelas idas até a academia. Quanto mais Ted ia, melhor se sentia. Era puramente pavloviano. Agora, ele percebe que a certa altura começou a ansiar por ver Gina. Não exatamente de uma maneira romântica, ou sexual. Apenas para obter uma porção de seu otimismo.

— Você está indo muito bem, dr. Mackey — ela dizia, sorrindo, por cima da prancheta, com a franja castanho-clara caindo nos olhos. Foi o que fez o maior progresso dentre *todos* os meus clientes. Deveria fazer um triátlon! Eu posso ajudá-lo a treinar na bicicleta e na piscina. — Ted ficou comovido pela confiança que ela depositava nele.

Ainda assim, a sedução inicial o pegou de surpresa. Aconteceu durante um teste de condicionamento físico, dez semanas após o início de seu programa de exercícios. Ele e Gina estavam no escritório do andar de cima da academia. Gina mediu a pressão de Ted, checou sua pulsação durante o descanso. Ela falava sobre beisebol, conversava sobre os jogadores como se fossem astros de cinema. Era fã do Red Sox e estava certa de que seu time chegaria às eliminatórias esse ano. Ted correu na esteira, depois Gina voltou a medir seu pulso.

— Perfeito, dr. Mackey — disse ela. Pela centésima vez, ele insistiu que ela o chamasse de Ted. Mas Gina parecia cativada pela profissão de Ted.

— Eu sou apenas um especialista em podologia — ele disse a ela. — Não é como se eu fosse um neurocirurgião.

— Os pés são muito importantes — insistiu Gina. Então ela correu os dedos pela parte interna do braço dele, ao escrever algo no gráfico. Ted estremeceu. A mão dela circulou e apertou seu punho. Ela ergueu o dedo indicador dele e o levou até a boca. Lentamente.

— Eu sou casado, Gina — Ted lhe disse.

— Eu sei — disse ela, tristemente. Depois fez uma piada, indiferente. — O casamento é terrível para a cintura. — Ela soltou a mão de Ted e saiu da sala, e o deixou querendo mais. Odiando a si mesmo por querer mais. Mais daquela alegria, mais otimismo e atenção, mais do calor de dentro da sua boca.

Agora, a lembrança do calor de dentro da boca de Gina, a lembrança daquela vez, no parque, no saco de dormir, quando ela conseguiu tirar as calças dele (ele deve ter ajudado) e começou a lamber no meio das pernas dele e tudo o mais, enquanto escurecia — Jesus, eles poderiam ter sido *presos* —, causa tremores em Ted. Ele sacode a cabeça com força, uma vez, como um cachorro se sacudindo depois de sair de um lago. Ele fecha os olhos por um segundo. Quando abre, está no alto de uma colina e há um mar de luzes de freio à sua frente. Agora ele está indo rápido, mais rápido do que havia percebido. Há uma onda nauseante de adrenalina e depois ele pisa no freio, dá uma guinada, freia e bate. Bate numa picape velha, cheia de ancinhos e cortadores de grama e pás. O caminhão, que vinha a poucos centímetros atrás de um BMW, bate nela, que bate num Passat verde que bate em outro carro, que Ted não consegue enxergar. De repente, um ancinho da caminhonete bate no para-brisa. Agora ele está na faixa do canto direito. Sua camisa social está colada nas costas. Ele pega o acostamento, olhando através dos dentes do ancinho, e desliga o motor.

Para evitar o tráfego que vem vindo, Ted sai do carro pela porta do passageiro. Ele andou com dificuldade pela lateral íngreme da colina, olhando pela janela do caminhão, e se desculpou com os três homens que estão sentados, ombro a ombro, no banco inteiriço.

— Telefone? — um dos homens pergunta. Ele sorri. Dois de seus dentes estão revestidos de prata. Ted pega o telefone no bolso, depois vê que outras duas pessoas já estão fazendo a ligação.

A grama seca roça na calça de Ted, à medida que ele segue caminho pela beirada do morro e se desculpa com uma mulher.

– Sinto muito – diz ele, através das janelas fechadas. – Provavelmente estraguei seu dia.

– O quê? – diz a mulher, descendo o vidro da janela do lado do passageiro.

– É... – Ted limpa a sobrancelha com a parte de trás da manga da camisa. – Desculpe.

– Ah, tudo bem – diz a mulher, agora apertando as teclas em seu Palm Pilot.

– É minha culpa – Ted diz ao oficial, quando ele chega. – Eu não estava prestando atenção.

De volta ao seu carro, ele trava o cinto de segurança, embora saiba que claramente não irá a lugar algum, tão cedo. O policial acena a cabeça, olha a habilitação de Ted e a documentação do carro. Ele diz que essas coisas acontecem o tempo todo. Essa hora de engarrafamento, com o tráfego intenso, é um pesadelo. Ted gostaria que o policial não fosse tão compreensivo. Ele merece ser punido. No mínimo advertido.

Depois que o policial pega as informações de todos, os carros começam a ser ligados, um a um, e vão saindo. Ted tenta colocar o documento de volta no porta-luva, mas tem um monte de lixo ali dentro – garfos plásticos, fio dental, guardanapos, canudos. *Jesus, El,* ele pensa. Elinor é como um esquilo, sempre juntando coisas. Elinor! Durante meia hora esqueceu que a esposa tinha saído de casa, o abandonado, provavelmente. Ele amassa as coisas do porta-luva fazendo um bolo, e joga no banco de trás. Agora não pode dirigir.

Novamente sai de seu carro pelo lado do passageiro. Com pedrinhas e terra seca por baixo de seus mocassins, Ted escala a lateral da colina para se sentar. A grama afiada espeta suas pernas. Ele olha para o relógio de pulso: oito e cinquenta. Seu primeiro paciente está sentado na sala de espera há vinte minutos. Ele tira o celular do bolso. Três chamadas perdidas. Ele não quer dirigir. Liga para o escritório e pede para falar com seu sócio, Larry, que concorda em cobri-lo.

– Tudo bem, companheiro? – pergunta Larry.

– Elinor foi embora.

– Jesus, eu sinto muito.
– É... – Os dois últimos anos parecem ficar presos na garganta de Ted. – Bem – diz ele. Ele quer contar a Larry sobre Gina e o babaca que ele é. Mas Larry tem que correr para atender todos os pacientes adicionais. Eles desligam.

Ted encosta os joelhos no peito, se equilibrando de forma meio precária no morrinho seco, ao lado da rodovia. O tráfego acelera. Os carros passam rugindo por ele, o ar quente bate em suas calças como uma corrente submarina.

🙢🙠

Toda quinta à tarde, entre uma e quatro horas, Ted visita sua mortalidade. É quando ele faz turnos na casa de repouso Shady Glen, para dar um "trato", como Larry costuma dizer. Para cortar as unhas dos pés de idosos.

Quando Ted entra na casa, as portas duplas de vidro se fecham atrás dele. Ele para no tapete emborrachado, passa as mãos sobre o guardapó branco. Respira fundo, imediatamente desejando não tê-lo feito. O cheiro de urina, ervilha enlatada e o odor de corpo fazem seus olhos lacrimejarem. Ele prossegue por um corredor e entra numa imensa sala comunitária. O quadro branco na parede está repleto de letras de forma:

Hoje é dia: 12 de agosto
O clima está: quente
Para o almoço nós teremos: Espaguete com almôndegas
Você está em: San Jose, Califórnia

Uma mulher amuada numa cadeira de rodas está mastigando um cartão festivo.

O que Ted gosta em relação à sua profissão é o fato de poder ajudar as pessoas – a aliviarem sua dor –, seja podando uma calosidade ou operando uma fratura no metatarso. No entanto, o trabalho no Shedy Glen o oprime com uma sensação de futilidade. As unhas dos pés dos idosos – terrivelmente grossas e encravadas

– têm seu modo teimoso de entranhar de volta na carne, beliscando, furando. Em vez de ajudar esses pacientes, Ted sente que mal consegue manter o *status quo* de seus rostos severos. Ele tinha essa mesma sensação de inutilidade durante os tratamentos *in vitro*, quando não havia nada que pudesse fazer para melhorar a situação ou deixar Elinor se sentindo melhor.

A sra. O'Leary, primeira paciente de Ted, não é uma das residentes mais velhas. Ela está incapacitada por um tumor no cérebro. Seus cabelos brancos estão cortados tão curtos como os de um fuzileiro naval e sua cirurgia mais recente deixou uma marca profunda, do tamanho de uma bola de golfe, acima de uma das têmporas. Um de seus olhos murchou e fechou. Seu rosto está inchado pelos esteroides e, com exceção de um, todos os seus dentes caíram, em decorrência da radiação. Ela parece um fantasma.

A sra. O'Leary fica aliviada ao ver Ted. Ela se senta ereta na cama, com seu olho bom arregalado, implorando.

– Curtis! – ela sussurra, alto.

– Não, sra. O'Leary – diz Ted. – É dr. Mackey. Eu vim dar uma olhada em seus pés. – Conforme Ted levanta as cobertas para examinar seus pés ressecados e rosados, ela faz uma lista das maldições da casa de repouso, num cochicho ansioso: as enfermeiras roubaram seu talão de cheques e alguém construiu uma ponte coberta em seu quarto. Será que ele pode emitir um comunicado à imprensa?

Ted costumava pensar que devia ajudar os pacientes a ter uma percepção melhor da realidade, ao corrigir suas fantasias senis. Mas aprendeu que as pessoas acham mais consolador quando você os incentiva pelo lado do humor. *É mesmo? Dá pra imaginar? Que audácia!* Os pacientes pareciam aliviados por alguém estar ao menos ouvindo e respondendo.

As unhas da sra. O'Leary não estão tão ruins, já que só tem sessenta e poucos anos. Ao terminar de cortá-las, ele aperta as pontas dos dedos.

– Sente alguma dor? – pergunta ele, para se assegurar de que as unhas encravadas saíram.

– Bem melhor – ela suspira.

Ted passa creme nos pés dela, depois os coloca novamente embaixo das cobertas. Exausto, ele senta, por um instante, na cadeira ao lado da cama.

– Como *você* está, querido? – pergunta a sra. O'Leary. Embora ela já esteja meio maluquinha, é a mais meiga dos pacientes. Outros já gritaram com Ted, jogaram água nele ou lhe mostraram a genitália murcha.

– Minha esposa me deixou. – As palavras de Ted escapam.

– Aquela Margaret não *presta* – a sra. O'Leary diz, em tom conspirador, erguendo a cabeça do travesseiro, encarando-o com o olho bom.

Ted balança a cabeça.

– Eu a amo.

Ele jamais deveria ter colocado um livro de culinária na gaveta. Encontrar aquilo foi doloroso para Elinor. Mas ele não era bom em esconder coisas. Nunca precisou inventar mentiras durante o caso. Elinor não estava interessada em ficar com ele, então, ele podia ir e vir como quisesse. Quando ele voltava de uma visita a Gina, ela nunca perguntava onde ele havia estado. Era difícil tirá-la da lavanderia/escritório. Ele fazia o jantar todas as noites, e ela aparecia e ficava só o tempo de comer. Depois Ted lavava tudo e ela voltava ao que estivesse fazendo lá dentro.

– Não dá pra você só sentar no balcão e conversar comigo, enquanto eu cozinho? – ele pedia a ela. Mas era doloroso quando ela o fazia. Ela cruzava os braços, de maneira fria, e remexia nas páginas do jornal, sem ler. Eles confirmavam que o dia de cada um tinha sido bom. Raramente ainda discutiam.

Ted estica a mão para pegar a da sra. O'Leary, sobre o lençol.

– Tudo vai ficar bem – diz ele, alisando os dedos dela. Ted aprendeu que o segredo de cabeceira pode ser simples, como tocar a mão ou o braço de um paciente. Qualquer toque gentil, em lugar de um estímulo explicativo. Ele se levanta.

– Tente não se preocupar tanto – diz ela.

Ele puxa a mesinha com a bandeja de almoço para mais perto dela.

– Sorvete de baunilha – diz ele, tirando o lacre do copinho. – Tome um pouco, o cálcio faz bem. – Mas a sra. O'Leary já adormeceu. Ted olha a foto na mesinha de cabeceira. A sra. O'Leary está de vestido de noiva, com um punhado de cachos escuros emoldurando seu rosto rosado. Seu marido, meio dentuço, sorri para a câmera. Eles estão dançando, quase flutuando.

§ê

– Ouça – diz o agente da seguradora de Ted, pelo telefone, mais tarde, naquele dia –, você não precisa ser tão honesto.
O riso de Ted sai subitamente como um latido.
– Você não tem que dizer nada aos outros motoristas – continua o agente. – Só precisa aguardar pela chegada da polícia.
– Ele suspira. – Conte-me o seu lado da história.
Meu lado da história? Vejamos. Eu estava em alta velocidade, pensando sobre uma vez em que ganhei uma chupada de uma nutricionista da minha academia, quando bati na traseira de um caminhão e causei um imenso engavetamento na estrada.
– Eu estava correndo demais – Ted conta ao agente. – Subitamente, passei por cima de uma colina e o tráfego tinha diminuído. Eu não estava prestando atenção. Eu deveria ter mentido?
É claro que não, insiste o agente. Mas agora as taxas de Ted vão subir. Ele perderá seu desconto de bom motorista...
Ted não se importa. Ele já perdeu seu status de Bom Marido.
– Há algum sentido nesse telefonema? – ele pergunta ao agente. – Exceto me dar uma comida de rabo?
– Acalme-se. Eu só preciso ouvir de você o que aconteceu.
– E eu lhe disse. Foi inteiramente culpa minha.
Mas será que é inteiramente culpa dele o desmoronamento de seu casamento? Quanto mais decidida Elinor se tornava em ter um bebê, mais marginalizado Ted se sentia. Com o passar dos meses, ela ficou introspectiva e se zangava com ele – como se ele fosse o culpado por eles não conseguirem conceber. Quando ele a tocava, ela se retraía ou se afastava. Às vezes, quando ele entrava na sala, ela dava um pulo, assustada com sua presença. Ted come-

çou a se sentir desnecessário, até ter a clara sensação de ser totalmente repulsivo.

Quando ele sugeriu um intervalo dos tratamentos, ela o acusou de não querer filhos. Ele não parecia conseguir convencê-la de que queria, *sim*. Sempre torceu por três meninas. As menininhas gostavam dele. Quando ela teve o aborto espontâneo, foi uma das poucas ocasiões em que ele tomou um drinque puro, sem gelo, antes de meio-dia.

No entanto, ele não queria mais sacrificar o casamento deles por essas injeções malucas e essas idas ao médico. Ele costumava ter uma fantasia de que um dia chegaria em casa (realmente uma fantasia, já que Elinor sempre chegava em casa depois dele), e El estaria na cozinha, no fogão, e fosse surpreendê-lo com a notícia da gravidez. O comunicado o deixaria sem chão. Ele a pegaria no colo, a carregaria até o sofá e a cobriria de beijos.

O agente tagarela sobre como uma mulher diz ter machucado o pescoço. Ted sabe que a dor de uma batida não surge até um dia *após* a lesão, mas ele não diz nada.

– Apenas me mande a papelada – diz ao agente e finalmente desliga. Percebe que estava segurando o sapato durante todo o tempo em que esteve ao telefone. Acabara de entrar pela porta e estava se trocando para dar uma corrida. Aperta o calçado Boston Common com sua palmilha anti-impacto, subitamente detestando sua praticidade. Abre a porta de vidro corrediça do quarto e arremessa o sapato ao pátio, com toda a força, como se fosse uma bola de futebol americano. O sapato atravessa o gramado e vai bater nas árvores, do outro lado. Ele sente falta do futebol, que não joga desde o tempo do colégio. Tira o outro sapato. *Cotovelo apontado, pé traseiro vai à frente, barriga virada para o receptor.* Bingo. Lá se vai o sapato, desaparecendo no quintal do vizinho.

Ele se vira para a cama – uma Califórnia king. É grande demais, quando ele e Elinor dormem juntos. Não há a menor chance de deitar ali sozinho. Pelos dois últimos meses, eles passaram as noites quase sem se tocarem. Elinor dizia o indispensável – Eu te amo – e caía no sono, antes mesmo que Ted pudesse responder.

Ele ficava ali deitado, desejando que eles conversassem antes de dormir, como costumavam fazer. Desejando que fizessem amor.
– Como foi o seu *dia*? – ele perguntava, alto, despertando Elinor, assustada.
– O quê? – ela respondia, ofegante. – Foi bom! Eu estava dormindo!

Agora ele fica deprimido pelo fato de que, quando pensa em sexo, pensa em Gina. Precisa se esforçar para lembrar da intimidade com a própria esposa. Ele arranca a gravata e joga na direção do closet, onde ela aterrissa em cima do tênis de Elinor. Ele dispara até o closet, pega os tênis e joga no quintal. Tênis, sapatos, botas de escalada. Dele, dela, tudo em que consegue pôr as mãos. Danese isso. O que aconteceu com a mulher com quem ele se casou? Ele precisa obter sua vida de volta. Trazê-la de volta à casa deles e voltar à terapeuta conjugal. Descobrir que diabos aconteceu com eles.

Ele bate a porta de vidro corrediça com força, depois segue para o banheiro, para tomar um banho demorado.

Depois de vestir um jeans, uma camiseta e tênis – um dos quais ele teve que ir buscar na grama –, Ted se sente mais calmo. Pega a lista telefônica e liga para o Hyatt, no centro da cidade. Vai se hospedar na mesma rua de Elinor. Ela vai achar isso engraçado. Vai ligar pra ela e convidá-la para ir até seu hotel e pedir serviço de quarto. Território neutro. O terapeuta sempre se alegra ao mencionar isso.

No Hyatt, Ted tira a colcha grossa da cama e olha pela janela do quarto andar, vendo o Fairmont, no fim da rua. Suas mãos estão frias e molhadas de suor, ao mesmo tempo. Finalmente, ele pega o telefone para ligar para El.

– Aqui também tem serviço de quarto, sabia? – Depois ele ri, nervosamente.

O tom de Elinor é tranquilo, distraído, no entanto, bem profissional. Ela não se encantou. Não pode jantar com ele, porque está de saída para o aeroporto. Ela vai passar duas semanas com a mãe, que acabou de voltar para casa, depois de um tempo de

reabilitação pós-cirúrgica, decorrente de uma operação no joelho. Elinor tem tempo acumulado de férias, só Deus sabe.
— Deixe-me levá-la ao aeroporto — diz Ted.
— Não, obrigada, querido — diz El. — A Kat vai me levar.

Quanto mais tranquilo é seu tom, mais em pânico Ted fica. Ela parece ter tudo planejado. E se *tudo* incluir abandonar Ted para sempre? Há uma queimação em sua traqueia que dá a sensação de um comprimido que ficou parado ali.

— Você me liga quando chegar lá? — Ted se curva na cama. Elinor é como um trem partindo. As portas se fechando, a velocidade aumentando. Ted está correndo em direção à plataforma.

Elinor diz que irá telefonar para avisar que chegou, mas vai precisar de um tempo, de verdade, e não quer falar durante as duas semanas que vai passar fora. Ela liga quando voltar.

— Aí, podemos ir à terapeuta? — pergunta Ted. — Eu vou marcar um horário.

— Está bem. — Elinor faz uma pausa. — Como você vai?

— Ótimo — diz Ted, imediatamente se arrependendo pelo sarcasmo em sua voz. Ele quer manter a civilidade das coisas. — Eu meio que tive um...

— Você acha que essa cirurgia de joelho vai aliviar a dor da minha mãe? — El está respirando de forma ofegante, enquanto arruma suas coisas. — Ela diz que agora dói *mais*.

— ... acidente. Oh, a probabilidade é geralmente muito boa. Mesmo nos idosos. Sua dor deve ser bem aliviada, depois que ela passar por algumas semanas de fisioterapia.

— Espera, espera, que tipo de acidente? — Ted escuta que Elinor parou de se movimentar pelo quarto.

— Com o carro. Não foi nada. Está tudo bem. — Ele resolve não entrar em detalhes. — Ei, dependendo de como sua mãe estiver, talvez ela possa vir ficar conosco. — Certo. Como se *isso* fosse salvar o casamento deles. Ele fecha os punhos, tentando eliminar a sensação de impotência.

— Ah, ela jamais se mudaria. — A voz de Elinor se anima. Ted acha que ela talvez tenha alguma boa notícia, uma ideia para que

eles possam resolver as coisas. – Hoje eu nadei cinquenta vezes a extensão da piscina do hotel.
– Ah, isso é ótimo. – É, que ótimo que a sua esposa está morando no Fairmont! – Você não acha que... Você não quer conversar? – Ele se levanta. – El, eu quero que você saiba o quanto eu lamento. Elinor suspira.
– Esse que é o problema. Eu não acho que *consigo* falar, Ted. Eu posso gritar, posso quebrar as coisas, mas não acho que consigo conversar.
– Então, grite.
– Eu não... – Ela para e começa a chorar, depois retoma o fôlego. – Eu não quero.
Ótimo. Ele conseguiu fazer com que ela se sentisse ainda pior.
– Pode entrar! – Ela diz a alguém que está à porta. – Eu preciso correr – ela diz a Ted. – Nós vamos conversar. Eu só preciso de algum tempo. Jesus *Cristo*, Ted.
– Eu sei – diz Ted. – Eu estou... boa viagem.
– Então tá – diz El. – Tchau.
– Eu te amo. – Sinal contínuo. Tarde demais.

Ted desliga o telefone e olha para a cama cara, a Califórnia king, em seu quarto de hotel. Ele abre a mala, tira a escova, escova os dentes, sacode a escova, depois coloca de volta na sacola e fecha o zíper. O Hyatt parece tão solitário quanto a casa deles. Ele inveja a sorte de Elinor – a mudança de cenário. A distração de um voo para pegar. A lista do supermercado de sua mãe esperando em cima da pia da cozinha. O prazer de ser capaz de cuidar de alguém. Ted pega sua mala, balançando a cabeça. Ele se registrou num quarto de hotel para ligar para a esposa e escovar os dentes.

⁂

Tonto, com as mãos trêmulas, Ted percebe, a caminho de casa, depois de deixar o Hyatt, que não comeu nada, desde o café da manhã. Ele para no Country Kitchen Café, onde a comida é saudável e confortante. Pede sopa de feijão-preto, frango grelhado e arroz integral, e um prato de frutas.

Depois que a garçonete se afasta, ele cobre o rosto com as duas mãos. Esse dia pareceu se estender por uma semana. Ele não quer ir para casa. Que inferno, ele deveria dormir no carro. Ele esfrega o rosto e a testa, até que seus olhos rangem. Ao abri-los, vê uma porção de pontinhos, depois um pé atraente para fora de uma mesa no reservado, adiante. Ted é sempre meio míope quando está em público, se guiando por pés e sapatos.

Ele olha para os dedos do pé retos e bronzeados, as unhas pintadas de esmalte cor-de-rosa. Nada de dedo central ossudo. Um anel de prata no dedo do pé. Sandálias de dedo roxas. Boa escolha, se você vai usar uma sandália de dedo. A saia longa esvoaçante cai ao redor do tornozelo. Gina. É a saia estampada de *Gina*. É o pé perfeito e rosado de Gina. Ted olha acima e vê a parte de trás da cabeça dela. Os cabelos compridos, castanho-claros, macios e sedosos. As mechas individuais são finas, mas têm tanto cabelo que forma uma cortina adorável para se esconder. Gina. Bem, foi ela quem o trouxe a esse restaurante.

Ted desliza em seu sofazinho, pousando o queixo no peito.

– Cansado? – pergunta a garçonete, colocando o prato de frutas à sua frente.

– Morto. – Ted olha para a divisória de seu reservado. Há dois lugares na mesa de Gina. Seu companheiro de jantar está no banheiro ou em algum lugar. Gina inclina a cabeça para trás, bebendo seu vinho branco, rápido demais. Ela faz isso quando está nervosa. Por mais autoconfiante e firme que ela seja, há sempre uma onda submersa de nervosismo, por querer agradar. Uma vez, Ted pegou suas bochechas nas mãos, olhou em seus olhos e disse:
– Relaxe.

Talvez ela esteja nervosa por estar num encontro romântico. Ted se recosta mais para trás, escorregando no vinil Naugahyde e quase cai no chão. Ele agarra a mesa, derrubando o copo, espirrando água. O parceiro de jantar de Gina parece estar bebendo refrigerante em vez de vinho. Talvez seja um daqueles seus namorados que foram pegos dirigindo bebendo. Subitamente, Ted não consegue suportar a ideia desse bebedor de Pepsi beijando Gina. Alguma outra pessoa se apossando de seus lábios cheios e sempre ligeiramente adocicados e brilhosos, com aquele troço labial rosa. Gina beija bem. Foi isso que fisgou Ted. A forma como ela traçava o contorno dos lábios dele com a língua, mordiscava seu lábio inferior e apertava os dentes só o suficiente para fazer o couro cabeludo dele formigar. Depois ela sugava o lábio dele, prenunciando algo ainda melhor que estava por vir. Ted bate a base do punho na mesa. Enciumado por um porta-pratos vazio! Jesus. Enquanto tenta se *reconciliar* com a esposa. Ele se encolhe em seu sofá e espeta um pedaço de melão com o garfo.

Um garoto magrinho aparece, voltando do banheiro, e caminha até a mesa de Gina. Uma franja pesada e encaracolada, cor de mel, cai em seus olhos. Provavelmente tem cerca de oito anos. Ele se joga pesadamente no sofá junto à mesa, de frente para Gina, como se tivesse sido derrotado por alguma coisa.

Quem é o garoto?, Ted se pergunta, segurando o naco de melão no garfo, como se fosse uma bandeira.

Exatamente nessa hora, o garoto aponta para algo atrás de Ted. Gina se vira para olhar, estreitando os olhos, com o queixo erguido, a boca ligeiramente aberta. O restaurante tem todo tipo de coisas malucas penduradas pelas paredes – tudo, desde cabeças de alces até fotografias de celebridades.

Os olhos de Gina se arregalam e seu queixo cai, com a boca aberta. – *Ted.* – Ela sorri, depois parece se recompor, contendo sua alegria habitual. – Ted?

– Oi. – Ted acena levemente seu pedaço de melão.

A garçonete aparece, apoiando o prato de salada de Ted no quadril. – Quer se juntar a eles? – Ela dá um passo em direção ao reservado de Gina, com a salada.

– Eu... – Ted abaixa o garfo.

– Claro. – Gina ri, nervosamente. – Venha sentar conosco. – Ela chega para o lado, em seu sofá, para abrir espaço.

O garoto enruga o nariz, enfia uma batata frita na boca.

Ted engole e espalma as mãos sobre a mesa, para se manter firme.

3

VOCÊ PROVAVELMENTE NÃO DEVERIA CORTAR SEU PRÓPRIO cabelo uma semana depois de descobrir que seu marido dormiu com outra. No entanto, Elinor usou o bom-senso a vida inteira e aonde isso a levou? Ela se debruça sobre a pia do banheiro, na casa da mãe, em Ohio, e estuda a própria fisionomia no espelho. Seus cabelos louros lisos estão cortados em fio reto, pouco abaixo dos ombros. Sensível demais. Um corte de cabelo sensível, puxado numa trança francesa, sapatos baixos, carreira bem-sucedida. Ela quer algo mais sexy. Um daqueles cortes felpudos que ela viu nas estrelas de cinema, nas revistas. Uma cabeleira maluca de vários comprimentos, com a franja caindo nos olhos, displicentemente. Ela segura um punhado de cabelo acima da testa, para ter uma ideia de como deve ficar. Quando solta, cai caprichosamente de volta no lugar, pesado e teimoso demais para parecer desgrenhado.

Elinor sai marchando até a sala de estar, onde sua mãe está esticada no sofá, com uma perna sobre uma almofada, um zíper de pontos pretos joelho abaixo. Um cigarro está aceso no cinzeiro, na ponta da mesinha ao seu lado. Em algum ponto, Beatrice encolheu. Agora ela é uma espiga murcha de milho flutuando num robe azul-real.

– Mãe? Você tem tesouras afiadas? – Elinor aumenta o tom de voz acima do som da TV.

– Imbecil! – a mãe dela dispara, entretida com seu ritual matinal de ralhar com os calouros do programa *The Price Is Right*. Beatrice aponta, sem tirar os olhos de Bob Barker. – Na lavanderia.

– Aaaah – o auditório lamenta, quando uma mulher dá um palpite muito distante, tentando adivinhar o preço de um micro-ondas.

As cortinas estão fechadas. As dentaduras de Bob Barker são o único facho de luz na sala escura. Ele está magro e acabado, com um bronzeado marrom artificial. Elinor abre as cortinas. Ela se sente culpada por estar deprimida perto da mãe – pelo apartamento escuro, com cheiro de mofo e a visão de sua mãe estacionada diante da televisão o dia inteiro. A casa tem cheiro de fumaça de cigarro e desinfetante, misturado ao odor da linguiça Jones, que sua mãe queima todas as manhãs numa frigideira. Ela abre a porta corrediça de vidro para deixar arejar um pouco.

Beatrice aponta para a TV.

– Oh, agora sim, que clarão. – Ela suspira. – Para que eu assisto a essa porcaria, de qualquer forma?

– Você não lê mais? – Elinor torce para não parecer muito crítica. A mãe costumava devorar um livro por semana.

– Eu fico lendo o mesmo parágrafo, repetidamente. Minha concentração se foi, junto com minha densidade óssea. Não consigo ler, não consigo abrir vidros de compota, não consigo dançar.

A angústia de Beatrice com a chegada da idade preocupa Elinor.

– Com alguma sorte, eu não vou acordar – ela tinha resmungado, antes da cirurgia.

– Você nunca *gostou* de dançar – ela lembra à mãe.

– Não? Tá vendo. Nem me lembrava.

– Lembra, sim. – Isso sai num tom de acusação.

A mãe aponta para Bob Barker.

– Aquele homem parece um pedaço de carne seca.

– Quer que eu pegue alguma coisa pra você? – Elinor tenta parecer mais alegre. – Talvez eu possa alugar alguns filmes pra gente. – Ela apaga a guimba do cinzeiro, quando a mãe não está olhando.

– Você podia me levar até o quintal dos fundos e me dar um tiro.

Elinor sente o queixo tremer e os olhos queimarem.

– Não *diga* isso.

Beatrice se esforça em meio às almofadas para se sentar ereta e olha para Elinor. Seu rosto fica sério, quando os olhares se cruzam.

— Meu bem, eu só estou *brincando*. — Ela tira o som da TV.
— Fique tranquila por sua velha mãe.

Elinor relembra a voz do pai, que morreu de ataque cardíaco durante o primeiro ano em que ela estava cursando direito.

— Sorria, Ellie — seu pai sempre dizia, dando um soquinho de leve em seu ombro. Ela era uma criança séria, sempre lendo.

— Estou bem — ela insistia. As pessoas achavam que ela estava franzindo o rosto, quando, na verdade, estava apenas se concentrando. Concentrando-se nas coisas erradas, aparentemente. Quando Elinor estava prestando atenção na sua carreira, ela deveria estar prestando atenção no seu relógio biológico. Quando deveria estar prestando atenção no relógio biológico, deveria estar prestando atenção em seu marido.

— Por que acha que deixou para ter filhos depois? — a terapeuta conjugal perguntara, na primeira reunião. Elinor explicou que ela não tivera essa intenção: conhecera Ted aos trinta e cinco anos. Eles se casaram sete meses depois, quando ela estava com trinta e seis. Pouco depois de seu trigésimo sétimo aniversário, ela parou de tomar pílula e começou a tomar as vitaminas pré-natais e, por um ano, eles tentaram que ela engravidasse. Aos trinta e oito, seu obstetra lhe indicou uma lista de clínicas para tratamento da infertilidade. Até que Elinor e Ted encontrassem o médico certo, passassem pela lista de espera, fizessem os testes e as três inseminações intrauterinas, ela teve o aborto espontâneo, o período de convalescença e duas tentativas de fertilização *in vitro*, até que chegou seu aniversário de quarenta anos. Subitamente, ela estava com quarenta anos e sem filhos. Mas como ela poderia ter sido mais pró-ativa?

— Desculpe por eu estar ranzinza, querida — diz Beatrice. — Não me sinto muito bem.

— Eu sei. — Elinor tira o mudo da TV. A mãe simplesmente quer assistir ao seu programa. Ela deveria parar de implicar com seu ambiente. Ela percebe o quanto Ted deve ter se sentido inútil durante o período em que ela estava passando pelos tratamentos. "Quer que eu pegue alguma coisa?", ele perguntava, ternamente. Quando Elinor balançava a cabeça, Ted parecia desapontado, aflito.

– Meu bem, pode ir para casa agora, sabe? – Beatrice sorri, inclina a cabeça e olha para Elinor, com uma expressão intrigada. – Estou bem sozinha. De verdade. Vá ver aquele seu maridinho querido.

Elinor não se deu ao trabalho de contar à mãe as novidades do caso de Ted, tampouco o fato de que seu casamento está desmoronando.

– Não posso trocar meu bilhete aéreo – diz Elinor, embora provavelmente possa, pagando uma multa. Além disso, ela gosta de ajudar a mãe, lendo as receitas, preparando as refeições em bandejas, pegando sacos de gelo, segurando seu braço frágil, à noite, conforme elas sobem juntas pela escada. Ela precisa que a mãe precise dela. Isso é parte do que ela estava esperando quanto a ter um filho: ter alguém de quem cuidar. Abotoar casacos, limpar narizes, acalmar os nervos. Enquanto isso, ela foi negligente em relação ao fato de que Ted precisava dela ao longo do caminho – de amor, sexo, atenção, companheirismo. Todos os aspectos de um bom casamento.

※※

A única tesoura que havia na lavanderia era uma com lâmina em zigue-zague, para cortar papel decorativo. Talvez sirva apenas para dar um visual felpudo. Elinor espalha jornal sobre a pia. Puxando uma mecha acima da cabeça, ela corta rapidamente. O cabelo sai em sua mão, sedoso e macio. Ela imediatamente sente falta dele. Ao contrário da maioria de suas amigas, ela não teve que tingir. Seu tom alourado não tende a ficar grisalho. Talvez tivesse sido melhor deixar que ele crescesse até ficar comprido. Cabelos louros e compridos, até a cintura. *Isso* sim teria ficado muito sexy.

Ela estuda a si mesma no espelho. Ted diz que o rosto de Elinor tem um formato de coração, uma observação que secretamente a deixa toda empolgada. Ela acha o próprio rosto longo demais, o queixo pontudo demais. O que ela considera um nariz achatado, Ted afirma ser um nariz de botãozinho. Ele sempre faz com que ela se sinta mais bonita do que é.

— Você está ótima para sua *idade* — disse Gina, na academia. Quando ela soltou o rabo de cavalo para voltar a prendê-lo, os cabelos castanho-claros batiam na cintura, em tufos finos e leves. De colegial.

Elinor não sabe como sentir a raiva certa em relação ao caso. Ela quer pegar um voo de volta pra casa, entrar na academia como uma bala e plantar a mão na boquinha dentuça de Gina, ou se encolher numa bolinha aos pés da cama de sua mãe. Ela não sabe como ficar zangada e ir ao que interessa. Dignamente.

A mecha mais curta de cabelo até que tem um ar displicente legal. Elinor pega outro punhado de cabelo e dá um corte em ângulo. O cabelo cai sobre o jornal, fazendo um barulhinho, aterrissando em cima da coluna de Querida Abby.

Querida Abby, meu marido teve um caso. Elinor vai cortando ao redor do topo da cabeça, tentando lembrar as técnicas de seu cabeleireiro. A tesoura range e picota. Rapidamente, uma pequena pilha de cabelos cobre as palavras cruzadas e o horóscopo.

Range e picota. *Abby, eu poderia ter sido mais legal com o Ted.* Elinor se ressentia pela resistência de Ted à adoção e por seu alívio ao desistirem dos tratamentos de fertilização. Aquele saltitar irritante em seus passos. Ela explodia com ele pela faltas mais insignificantes, como esquecer de pegar a roupa no tintureiro. A raiva transbordava, antes que ela conseguisse conter, assim como vomitar, antes de chegar ao banheiro. Mas a amargura provou ser um mecanismo de defesa inútil, como um inseto que morre depois de ferroar.

— Isso também é difícil para mim — Ted insistia. Havia uma ponta de culpa em sua voz, como se ele não tivesse permissão de dizer isso.

— Eu sei, meu bem — Elinor respondia. *Tudo que você tem a fazer é colocar esperma num potinho!* Ainda assim, ela sabia que devia ser difícil para ele. Estranhos criticando seu esperma, a esperança minguada de se tornar pai. Talvez Ted também precisasse se sentir sexy. Elinor bate com a tesoura sobre o tampo da pia do banheiro, pensando na barriga nua e sequinha de Gina, acima do cós da calça de malhar. Da forma como as mãos de Ted segura-

vam Gina na base das costas, enquanto eles entraram no mercado Healthy Oats.
Ted pode enfiar seu flax no cu. Plec, plec, plec, faz a tesoura. Ela odeia o fato de sentir falta dele. Sente falta de seu cheiro, que lembra pinho, e do calor de seu corpo forte na cama. Coxas fortes, braços musculosos, ombros definidos. Abraços de urso que fazem esquecer o resto do mundo. Sente falta daqueles poucos minutos que passavam na cama, todas as manhãs, depois que o relógio despertava, olhando pela janela, para o jardim. Ted sempre acorda de bom humor. Mesmo que tivessem discutido na noite anterior, tudo já passou até de manhã. E ele sempre ri das piadas de Elinor, independentemente de seu humor negro. Depois da primeira vez que eles saíram juntos, Elinor ligou para a mãe e disse: "Ele me pega."

Elinor insistiu para que Ted não ligasse para ela em Ohio. Eles conversariam quando ela voltasse para casa. Até lá ela teria esclarecido as coisas na cabeça. Até agora, ela não esclareceu nada. Ela e Kat conversam todas as noites. Elinor sente um misto de gratidão e culpa por matracar sobre o caso. Ela não quer ser a rainha do drama.

– É um clichê tão grande – diz ela.

– Não há nada de errado em se sentir uma merda – Kat diz a ela. – Dê um tempo a si mesma. – Elinor adora Kat porque ela nunca solta aquelas velhas pérolas. (*Você pode dormir até tarde, quando não tem filhos! Você pode ir para Paris!*)

Muitos casais conseguem deixar um caso para trás, Abby provavelmente aconselharia. Plec, plec, plec.

Talvez Elinor possa perdoar Ted pelo caso. Ela está bem certa de que consegue. Plec, plec, plec. Mas não enquanto a raiva borbulhar tão perto da superfície. Raiva assustadora. Ontem, quando ela foi até o supermercado para comprar o iogurte da mãe, teve um pensamento de pânico, ao ver uma mulher atraente, vestindo calças de fazer ioga, perto da seção de sorvetes. *E se o caso não tiver terminado? E se Ted estiver enfurnado com Gina e seu flax?* Ela quis invadir a geladeira de vidro com seu carrinho.

Plec, plec, plec. Só mais um pouquinho da franja. Quando ela voltar de Ohio, eles irão ver a dra. Brewster. Plec. As discussões naquele escritório, de alguma forma, são produtivas. Plec, plec, plec. Encurtar nas laterais.

Ela dá um passo se distanciando da pia, contemplando seu corte de cabelo felpudo. O estilo displicente está um pouquinho mais comprido atrás. Mas chega de cortar. Quando voltar para casa, irá a um cabeleireiro para fazer o arremate. Para deixar com a aparência correta de displicência.

Ela se debruça à frente e passa, na parte de trás do pescoço, o vento do secador que achou embaixo da pia. O calor aquece seu couro cabeludo. Quando ergue a cabeça, seus cabelos estão espetados em mil direções, refletindo seus sentimentos.

– Oh! – sua mãe diz, ao ver o cabelo de Elinor. Ela sorri. – Você fez isso? Está adorável.

– Você acha? – Elinor gagueja, puxando as pontas do cabelo.

– Acha que Ted ia gostar? – Ela quer seus cabelos de volta. Sua cintura. As funções de seus ovários. Sua vida sexual. Seu biquíni. Seu *marido*.

– Oh, meu bem. – Beatrice desliga a TV e arrasta a perna ruim para fora do sofá, dando um tapinha ao seu lado para que Elinor sente. Elinor se afunda no sofá e pousa a cabeça no ombro forrado pelo robe macio da mãe. Beatrice afaga as costas da filha, mas não diz nada. Ela nunca foi de se intrometer. Agora, Elinor gostaria que fosse.

– Ted e eu estamos tendo problemas – diz ela, baixinho.

– Oh, *querida*. – Elinor afunda a testa no pescoço quentinho da mãe, sentindo o cheiro reconfortante de pomada.

– É por causa da infertilidade? Aquilo foi tão puxado para vocês dois suportarem.

Conforme Elinor abraça as costas da mãe, ela fica alarmada pela fragilidade de suas vértebras. Isso e outras coisas.

Beatrice concorda.

– O aborto deve ter sido tão difícil para vocês dois. – Seu tom se alegra. – Mas ao menos você sabe que pode engravidar.

Muita gente disse isso, depois de seu aborto. Mas Elinor se envergonha em admitir que ela já *sabia* que podia conceber. Tinha feito um aborto na faculdade. Seu namorado, Caleb, um poeta e colega, aluno do curso de direito, tinha morrido num acidente de carro, durante o feriado de Ação de Graças. Elinor voltou às aulas meio confusa. Uma noite, ela bebeu muitos drinques camicases e dormiu com James Slandler, um sósia de Tom Cruise, que era meigo e carinhoso, e por quem ela tinha uma queda desde que eles haviam sido parceiros de debate. Como ela estava de coração partido, teve uma noção melodramática de que havia perdido a vontade de viver. Então, foi até o quarto de James e não se preocupou com o fato de não estar tomando anticoncepcional. Essa foi a *única* vez que ela não evitou, e bum! Ficou grávida. Dali em diante, ela equivocadamente imaginou ser superfértil.

James era meigo. Ele a levou até a clínica de aborto e lhe deu milk shake de chocolate e margaridas. À época, Elinor teve certeza de ter feito a escolha certa – primeiro, a faculdade, mais tarde, um bebê. Em contraste, sua mãe, uma aluna que só tirava dez, havia engravidado em seu primeiro ano de faculdade, quando estudava na Ohio State, numa ocasião em que ela e seu pai beberam cerveja demais, depois de um jogo de futebol. Beatrice abandonou a faculdade, trocando Yeats e Keats pelo dr. Spock e o serviço de fraldas. Ela teve Elinor e nunca mais voltou a estudar.

– Eu já sabia que podia engravidar – Elinor confessa, observando a fileira de pontos pretos no joelho da mãe. – Eu fiz um aborto. Há muito tempo. Na faculdade, sabe? – Ela olha para Beatrice, cuja expressão é de tanta aceitação, sem qualquer julgamento, que Elinor poderia cair em prantos. – Achei que era a coisa certa a fazer, naquela *época*.

– Oh, querida, mas foi. – Beatrice carinhosamente arruma os tufos do cabelo novo de Elinor.

– Talvez eu devesse ter tido meu bebê, naquele tempo. – Quando ela e Ted não conseguiam conceber, ela ficava fantasiando sobre seu "bebê da faculdade", que já seria um adolescente a essa altura, provavelmente discutindo para colocar um piercing no umbigo ou ir aos shows de rock durante a semana de aulas.

– Não, não. – Beatrice sacode a cabeça. – Isso era o que nós fazíamos lá atrás. Nós, mulheres, não tínhamos escolha, como garotas como você. – Ela acrescenta essa última parte de forma ligeiramente melancólica, depois para. – Oh! Não que eu tenha deixado de adorar cada minuto depois de ter tido você. Você era um bebê *tão* doce.

– Deus, eu espero que sim. – Elinor sempre se sentiu um pouquinho culpada por ter sido a razão pela qual a mãe não terminou a faculdade.

Elas ficam sentadas, em silêncio, olhando a tela vazia da televisão e Elinor, na verdade, sente falta de Bob Barker.

– Escolhas. – Elinor finalmente diz, repetindo a mãe. – Isso é um tipo de conto de fadas, sabia? – Ela recosta a cabeça no ombro ossudo de Beatrice. Elinor sempre foi a favor das escolhas, mas nunca lhe ocorrera que um dia ela própria ficaria sem escolha. Há muitas coisas que você pode fazer mais adiante, na vida, mas ter um filho não é necessariamente uma delas.

δϸ

Ted senta pesadamente no sofá do reservado, ao lado de Gina, no Country Kitchen Café, fazendo com que ela dê um quique em seu lugar. Eles dois riem nervosamente. Gina o abraça levemente, um abraço amistoso. Ele toca seu ombro, que está bronzeado, sob as alças finas de seu collant branco de fazer ioga. O contorno arredondado de seus seios fica ligeiramente à mostra, por baixo do tecido fino. Ted desvia o olhar.

– Esse é meu filho, Toby – diz Gina. Ela olha para o menino, sorrindo, quase explodindo.

– Seu... filho? – Gina nunca dissera a Ted que tinha um filho. Será que havia alguma *foto* dele na casa de Gina?

O garoto espia por baixo dos cabelos cacheados.

– Toby está morando com o pai.

– Oh. – Ted sopra sua sopa, embora já não esteja quente.

Gina está tentando se mostrar alegre, mas ele nota que ela está estressada. Ela termina seu vinho branco e pede um chá gelado, e fica mexendo até que os cubos de gelo começam a derreter.

Toby suspira e bate na mesa com a colher.
– Agora eu vou morar *aqui*. – O desdém em sua voz faz com que Ted se sinta mal por Gina.
– Isso é ótimo – Ted diz a Toby.
– O pai de Toby vai voltar a estudar – diz Gina. – Então, não vai estar muito em casa.
Toby chuta o pé da mesa e faz os copos tremerem.
– Quantos anos você tem, Toby? – Ted dá uma colherada na sopa de feijão-preto. Ela tem a consistência de papelão encharcado.
– Dez.
– Coma sua salada, querido. – Gina aponta para uma pilha de folhas ao lado das batatas fritas de Toby.
Toby franze o nariz. O peso de seus cachos parece empurrar seu rosto em direção à mesa. Seus cotovelos, que são grandes demais em relação ao restante do corpo, estão cobertos de cascas marrons. Ele as coça.
– Não faça isso, querido. – Gina estica a mão na direção de Toby. Ele recua, enfiando os braços embaixo da mesa. – Alguém tem tendência a acidentes e eczema – Gina diz a Ted.
Ted pede meia garrafa de Chardonnay, que a garçonete traz junto com duas taças. Ted tenta não beber rápido demais.
Gina acena a cabeça em direção a Toby.
– Tem alguém que precisa dar um tempo no McDonald's, e eu estou tentando fazer com que ele coma apenas uma pequena salada por dia. – Suas pulseiras de prata tilintam, conforme ela começa a comer a própria salada.
Ted fica irritado com a forma com que Gina se refere a Toby, na terceira pessoa – como se ele não estivesse realmente ali. Ele não conseguia se lembrar de nenhuma vez que Gina o tivesse irritado. É claro que não, já que tudo que eles faziam era escalar o aparelho de step, comer comidas caseiras e fazer sexo.
Toby franze as sobrancelhas olhando para Ted, cruzando os braços para poder coçar os dois cotovelos de uma só vez.
– Você sabia que uma pessoa decapitada pode permanecer consciente por até quatro minutos, porque ainda há sangue em seu cérebro? – As costas de Toby ficam eretas de entusiasmo quando ele pergunta isso a Ted.

– Mesmo? – Ted pousa o garfo, novamente servindo a taça de Gina, depois a sua.
– É, mas você provavelmente não sente qualquer dor.
– Alguém tem uma tendência para histórias terríveis – Gina diz a Ted. – Ted é médico – ela diz a Toby.
– Não são *histórias* – diz Toby. – São relatos. São verdadeiros.
– O sangue escorre de uma das cascas. – Que tipo de médico? – ele pergunta a Ted, esperançoso. – Um cirurgião?

Gina dá um guardanapo a Toby e ele pressiona ao cotovelo.
– Um podologista. Faço pequenas cirurgias.
– Que legal!
– Mas, me conte, qual é a sua matéria preferida na escola?
– História. Só que a gente não tem. Temos uma aula imbecil de estudos sociais. Uma porcaria sobre Plymouth Rock. Eu gosto de história de verdade. Sabe, sobre a Grécia e Roma. Assisto ao History Channel e meu avô tem uns livros da Time-Life.

Normalmente, Ted se preocupa em arranjar algo a dizer para as crianças que incite seu interesse. Perguntas que irão exigir respostas de mais de uma palavra. Mas esse garoto fala sem parar.

– Não conseguimos fazer com que Toby leia seus livros escolares – Gina conta a Ted, ligeiramente angustiada –, porque ele está sempre lendo aqueles livros da Time-Life.
– Uau – diz Ted.
– Ela não lê *nada* – Toby diz a Ted.
– Eu *leio*. – Gina para de comer e alinha seu descanso de prato com a borda da mesa.
– É, aqueles livros imbecis, de nutrição. Um monte de porcaria.

Ted acha estranha a forma como Gina e o filho falam com ele, em vez de falarem um com o outro.
– Bem, aquela porcaria me ajudou a perder quase sete quilos – ele diz a Toby.
– É – diz Toby. – Ei, você conhece o Cícero? Sabe como ele morreu? Ele queria que Roma fosse uma república, mas Marco Antônio não queria, então, Marco Antônio o assassinou e, depois, sabe o que aconteceu?

– *Respire*, Toby. – A irritação permeava a voz de Gina.
– Cícero foi assassinado? – pergunta Ted. Ele sabia que César tinha sido assassinado, mas, francamente, não lembrava que diabos Cícero escreveu ou fez. Ele era apenas outro romano com o nome começando pela letra C. Elinor ia gostar desse garoto. Isso é o tipo de assunto dela.
– É, eles *deceparam* a cabeça e as mãos dele e pregaram com pregos nas paredes do Fórum. – Quando ele diz a palavra *deceparam*, Toby dá um caratê na mesa. O vinho de Gina respinga em seu collant. Ela dá um solavanco para trás, depois pressiona o guardanapo junto ao peito.
– Desculpe – diz Toby. Mas ele mantém os olhos em Ted, seu expectador cativo. – É, e foi aí que a república começou a cair pelo ralo.
Ted quer ajudar Gina, mas não quer olhar para o collant de ioga, muito menos tocá-lo. Ele lhe dá um guardanapo.
– A nossa república não foi baseada na deles? – ele pergunta a Toby.
– Foi! – Toby responde, com grande entusiasmo.
– Nossa, eu quase não me lembro mais dessas coisas – Ted diz a Gina. – Está tudo bem?
Gina assente, sacode os ombros e pousa o guardanapo na mesa. Há uma mancha do formato da América do Sul em seu peito.
– Toby esteve no programa GATE, ano passado, no Maine, onde o pai dele mora – ela conta a Ted. – Mas ele parou de fazer seu dever de casa e suas notas caíram. E agora ele não pode participar do GATE, aqui. – Ela ergue a sobrancelha para o filho.
– GATE? – pergunta Ted, sentindo o rosto vermelho. Ele está constrangido pelo fato de saber de cor todos os detalhes da roupa de Gina. A saia indiana é de amarrar ao redor da cintura, e para tirá-la é só desamarrar um nó que ela cai, como se fosse uma capa de toureiro. O collant branco de ioga é uma peça inteira. Tem três pequenos botões de pressão nos fundilhos e é desabotoado com um leve puxão. Às vezes, Gina usa calcinha por baixo, às vezes, não. Se tivesse calcinha, Ted rapidamente a puxava para o lado e deslizava o dedo para dentro dela, sempre surpreso pelo

calor úmido. Ela arqueava as costas e mordia o lóbulo de sua orelha. Rapidamente ela estaria em cima dele e ele puxaria seu collant pela cabeça e o arremessaria no chão.

– É um programa avançado – Gina explica. Ela está claramente orgulhosa de Toby. Orgulhosa e aflita, ao mesmo tempo. Ted empurra o prato de sopa para longe. Limpa a garganta.

– Eu não me importo – diz Toby. – Nem quero ir para a escola aqui. – Ele começa a chutar o pé da mesa, novamente.

– Toby está acostumado a morar com o pai – explica Gina. Ela tenta passar a mão nos cachos de Toby, mas os dedos ficam presos. Toby vira a cabeça para se soltar de seu toque.

Ted espeta uma banana de seu prato de frutas.

– Essa é a fruta que tem mais carboidrato – diz Gina, sorrindo.

– *Carboidrato?* – Ted enfia o pedaço de banana na boca.

– Pior que sorvete. – Ela ergue as sobrancelhas. – E tãããoo boa.

– Sua pele bronzeada parece reluzir.

– Leva uma hora e meia para reduzir um corpo comum de adulto às cinzas – anuncia Toby. – Você sabe, que nem quando cremam um corpo.

– Pulverizem minhas cinzas numa floresta – diz Gina.

Toby tira um livro de sua mochila e mergulha o rosto nele: *Uma miscelânia macabra*. MIL FATOS REPULSIVOS E SANGUINÁRIOS! Diz a capa.

– Entrei para a ACM – Ted diz a Gina. Ele quer declarar sua separação da academia dela.

Gina concorda que a ACM até que é boa, mas recomenda outras academias. É claro que a dela é a melhor, levando-se em conta a piscina externa e o estúdio de ioga, com todas as janelas. Ela olha ao redor do restaurante, enquanto fala.

Ted tem um ímpeto de tirar seu collant de ioga com os dentes. É uma compulsão súbita e alarmante – como imagina acontecer com Tourette. Ele deveria ter ido para casa fazer um hambúrguer grelhado para o jantar. Ter assistido ao jogo. Gina quer saber se ele está treinando para o segundo triátlon. Não. Ele balança a cabeça. Agora provavelmente já é tarde demais. Mas ele encontrou uma porção de caras para jogar futebol, duas vezes por semana.

Gina insiste que ainda não é tarde para treinar. Ela parece achar que Ted pode alcançar qualquer coisa que se disponha a fazer. A garçonete diz que está saindo, mas que outro garçom assumirá.

O garçom, Derrick, chega para perguntar se eles querem sobremesa. Ele não tira os olhos de Gina. Ela parece não notar. Ela toca o braço de Ted, sugerindo um sorbet de limão. Ele se sente um babaca por se orgulhar da atenção dela. *Está vendo, Derrick*, diz a sua autoestima. *Ela prefere a mim*. Ele declina a sobremesa. Embora não tenha comido muito de seu jantar, já não está com fome.

– Não gostou da sopa? – pergunta Gina, quando o garçom se afasta. Ted sacode os ombros.

– É melhor comer em casa – diz ela. Olhe só para mim, a nazista da comida. – Ela dá um gole em seu vinho. – Estou levando esse trabalho a sério demais.

– Não, você é boa nisso – diz Ted.

– É, bem, você deveria cozinhar – diz ela, tristemente. – Você deveria preparar o jantar para Elinor.

– Ela partiu – diz Ted. – Quer dizer, foi passar algumas semanas com a mãe.

– Lamento mui...

– Para poder ajudá-la, depois de uma cirurgia no joelho. Ela vai voltar. – Ted gostaria de não ter dado essa informação. – Ela está...

– Alguém tem dever de casa a fazer – diz Gina.

❧❦

O carro de Gina está parado do outro lado do estacionamento, num canto, sozinho. Ted lembra que ela sempre estaciona longe dos lugares para que possa fazer um exercício extra. Quando eles se separam, diante do restaurante, ela dá um beijinho na bochecha de Ted. É um beijo seco e macio, que provoca uma centelha de eletricidade estática.

– Foi bom vê-lo. – Ela afaga os cachos de Toby. Distraído pelo livro, Toby se aconchega à mãe, encostando em seu quadril.

— Foi ótimo ver você — diz Ted. Excessivamente entusiasmado. Ele tosse. — Bom — ele acrescenta.

Gina assente, sorri. Os olhos dela passam pelo rosto dele, identificando algo.

— Toby — Ted diz, estendendo o braço para um aperto de mão, imediatamente se sentindo um bobo. — Continue estudando essas batalhas.

— Eu deveria te mostrar o livro sobre a batalha de Salamis — diz Toby, estreitando os olhos para Ted. — Tem um cara que...

— Boa sorte com o triátlon. — Gina vira Toby na direção do carro e segue à frente do menino, em ritmo acelerado. Ela nunca se alonga em despedidas; suas partidas são repentinas e rápidas, deixando Ted querendo mais. Amaldiçoando-se por sempre querer um pouquinho mais.

༄༅

Quando Elinor abre a porta da frente para pegar o jornal da mãe, ela encontra um imenso buquê de rosas corais, na varanda. Suas prediletas.

— Oh! — Seu hálito forma uma nuvem. Ela não gosta de rosas vermelhas, que são artificialmente perfeitas. Rosas vermelhas geralmente significam que alguém transou com alguém em situação suspeita. Ted sabe que ela gosta de flores mais naturais.

Talvez as rosas sejam para sua mãe. Elinor pega o cartão.

Venha pra casa agora. Traga sua mãe. Ela pode voar. Me liga. Eu te amo. Preciso que você volte pra casa. Uma mensagem comprida e detalhada para as flores. Elinor imagina o vendedor, no florista, tentando anotar tudo, lendo para Ted ouvir. Ela lamenta por tê-lo feito recorrer a esse método de comunicação. Sabe que não tem lógica deixar de falar com o marido ao telefone. Mas ela apenas quer dizer a coisa certa. As palavras que o farão amá-la outra vez. Agora ela percebe isso, em pé, na varanda, segurando as flores junto ao peito, inalando a fragrância. Ela sabe que o marido ainda a ama, mas talvez jamais volte a amá-la como antes.

Ted resolve terminar a porcaria da arca de cerejeira antes que Elinor volte pra casa. Tirar a bagunça da garagem. Se ele ficar acordado a noite inteira, talvez consiga terminá-la. El claramente não ligava para o negócio. Ele achou que ela talvez quisesse guardar as louças, faqueiros e castiçais, e coisas que eles nunca usam. Mas dava pra ver que ela se esforçava para ter entusiasmo pelo projeto, tentando não magoá-lo. Ela não é caseira, nem é de guardar coisas. Ela é racional demais para ser exigente com esse tipo de coisa. Exceto pelo quintal. Ela é muito minuciosa quanto às plantas e flores.

Ele tem um medo esmagador de que Elinor não volte. Ou, em vez disso, que ela volte, mas não para ele. Por que ela não quer falar com ele? Qual é o sentido de não fazer nada? Será que ela está chegando a algum tipo de decisão? Será que ele está sendo julgado por infidelidade, em Ohio? Será que ele não deveria ao menos estar *presente*, em seu próprio julgamento?

Ainda bem que a serra elétrica é mais alta que sua ansiedade. O cheiro fresco de serragem é consolador, remanescente de um novo começo. Ele segura as instruções e lê sobre o canto canelado que precisa fazer na parte de baixo, onde entra o arremate. Estilo Shaker, em vez dessa complicação de rainha Anne, com todas as curvas e camadas internas. Em vez disso, ele decide trabalhar nas gavetas.

Ele está chateado pelo fato de ter sido bom ver Gina no restaurante. Por que será que ela nunca lhe disse que tinha um filho? Ele é um garoto estranho. Bonitinho. Elinor precisa voltar pra *casa*, droga, antes que Ted perca a cabeça. Ele desenha dois Xs onde os puxadores de bronze serão colocados, nas gavetas, pressionando os lápis com tanta força que quebra a ponta. Ele pega a chave de fenda elétrica.

Durante o caso, Ted gostava de ver Gina fora do ambiente da academia de ginástica – de saia comprida e sandália, com os cabelos soltos. Ele se lembra da época em que fumou maconha com Gina e eles fizeram amor no banco de trás do carro dela. Ele deixou seu carro na academia, depois do trabalho, e eles foram dar uma volta no dela, sob o pretexto de que ela mostraria uma pista local onde ele poderia correr. Conforme eles foram se distanciando da academia, ela apertou o acendedor do carro e acendeu um baseado. Apesar de seus melhores instintos, Ted deu um trago. Ele prendeu a fumaça, tossiu, soltou e sentiu o estresse do dia se esvaindo. Ele imaginava o estresse correndo ao lado do carro, como se fosse um cachorro que quisesse pegá-lo. Ele ria. Gina sorria.

– É melhor não fumar e dirigir – disse ela, encostando o carro junto a um beco sem saída. – Ted deu a ela o baseado. Ela deu um trago, prendeu e inclinou a cabeça para trás, fechando os olhos.

– Meu único vício – disse ela. Ela relaxou os ombros, girando algumas vezes, suspirou de satisfação, como se alguém tivesse encontrado um ponto de coceira em suas costas.

E quanto a dormir com um homem casado?, Ted queria perguntar. No entanto, ele não queria saber mais nada sobre sua vida amorosa, nem do passado, nem do presente.

Gina sorriu, abriu a porta, saiu, e abriu também a porta do banco de trás.

– Venha – ela disse a Ted, dando uma risadinha. – Vamos ficar no banco de trás por um tempo. – Ele a seguiu até o banco traseiro. Eles comeram uvas do saco de mercado de Gina. Ela cuidadosamente as lavou, com uma garrafa de água que escorria por seu braço. A distância, surgiam as luzes da rua. Eles comiam e olhavam para os encostos de cabeça dos bancos da frente.

– E aí, você já tá legal? – Gina deu uma risadinha. Ela chutou as sandálias para longe e se debruçou para beijar Ted, com a boca morna e adocicada pelas uvas. Depois tirou a calcinha e jogou para trás. Ela esticou o braço para abrir o zíper da calça de Ted e abriu seu cinto.

Ted disse não, mas saiu como *nã*. E se as pessoas os vissem? Mas não havia nenhuma casa em frente ao carro, apenas arbustos. A rua por trás deles estava vazia e escura. Então, Ted não estava ligando. Gina subiu em seu colo, com um joelho em cada lado de suas pernas. Depois ela levantou a saia e deixou cair ao redor dele, sem que nada ficasse aparecendo. O tecido macio fez cócegas nos braços de Ted. Num movimento veloz, Gina arqueou as costas e baixou a cabeça em cima de Ted. Depois ela subiu novamente, apoiada nos joelhos, se afastando dele completamente, baixando a cabeça para evitar bater no teto do carro. Ted apertou suas coxas, que eram notavelmente fortes. Gina congelou. Ted pensou que eles iam parar. Está certo. Isso era loucura. Mas depois Gina abaixou totalmente outra vez, e lá se foi ele.

– Eu sou adulto, que droga – agora Ted diz à arca de cerejeira. *Tenho controle sobre minha vida, meus desejos. Tenho!* Crack! Ele bate com o punho na frente do móvel para dar ênfase. Seu braço fica preso na madeira e ele não consegue mexê-lo. A mão lateja e arde. Ele está ali, na garagem, cheio de farpas até o cotovelo, quando ouve a voz de seu vizinho, Carl, vindo da entrada da garagem.

– É uma frustração terrível, não é? – Carl acena e ri.

Ted se vira, acena com a mão livre.

– Essas malditas dobradiças. – Da próxima vez, ele vai fechar a porta da garagem.

Carl, um engenheiro civil aposentado, recentemente parou de fumar charutos e dá duas caminhadas ao dia. Uma depois do almoço, outra após o jantar. Ele balança a cabeça e ri.

– A Elinor está viajando a negócios? – pergunta ele. Os vizinhos aposentados notam tudo. Quando os irrigadores automáticos estão quebrados, quando seu carro não fica na entrada da garagem por alguns dias. Ted e El costumavam achar que isso era uma sorte. Que ótimo bairro. Mas agora Ted gostaria de ser anônimo.

– É – ele mente, passando o braço pela porta da arca. O sangue e as farpas mancham sua camisa de trabalho, que ele nem se incomodara em tirar. A manga está rasgada.

– Ei, companheiro, posso ajudá-lo? – Carl dá um passo na direção da garagem. – Talvez você precise de pontos.

– Não, estou bem. – O sangue encharca a gravata de Ted.

– Melhor correr e lavar. – Ele segue para a porta da cozinha. – Estou bem! – Ele grita, por cima do ombro, apertando o botão para fechar a porta da garagem, deixando Carl ali em pé, com as mãos nos bolsos, de boca aberta.

⸙⸙

Elinor está nervosa, ao discar. Uma única ligação não vai romper um casamento, ela diz a si mesma. Apenas lhe agradeça e diga a ele que em breve você estará em casa.

Há uma comoção na voz de Ted, quando ele atende o telefone, deixando cair, depois pegando.

– Alô? – diz Elinor.
– Elinor! – Ted está surpreso, sem fôlego.
– Como vai você? O que está havendo? – Ela tem um nervosismo infantil, como se ele fosse o garoto da escola de quem ela gosta.
– Eu... eu me cortei.
– Você está bem? – Ela senta na cama da mãe, passa a mão na colcha de algodão. A familiaridade do tecido a faz relaxar.
– Acho que sim. Oh, foi uma bobeira.
– O quê?
– Dei um soco na porta.
– Em casa? – Apesar da ternura de Ted, de sua compaixão, ele tem pavio curto. Perde a paciência e frequentemente bate os punhos ou quebra coisas. As explosões quase sempre são direcionadas a si mesmo e ele se recupera rápido.
– Na arca.

A arca. Elinor se sente culpada por não ligar para o troço. Por se ressentir da atenção que Ted dava a cada detalhe. Mas por quê? Ela não queria que ele prestasse atenção nela. Talvez, porque ele encontrava consolo no projeto, enquanto nenhuma atividade a confortava. A menos que dobrar roupa contasse. Ela poderia ter ajudado Ted com a arca. Lido as instruções em volta alta. Em vez disso, ela evitava qualquer ideia que Ted arranjasse para que eles se recuperassem juntos.

– Você está bem? – ela repete.
– Claro.

– Ted, muito obrigada pelas flores. São lindas. E pelo bilhete. Apenas... – Elinor se levanta. – Obrigada.
– As flores de quem fez algo errado.
– Não, você não fez algo errado. Ambos estamos na merda. Juntos.
– É? – pergunta Ted, triste.
– Estou voltando para casa. Desculpe por não ter falado com você. Eu estava com medo de tornar as coisas piores.
– Deixe isso comigo.
– Eu te amo – diz Elinor. – E o verei em breve.

෯෯

Ted está em pé, de peito nu, diante da arca arrebentada, com o braço latejando, envolto por um pano de prato. Ele dá um pulo quando seu celular toca, na cozinha. Volta cambaleante para dentro. Torce para que seja El, ligando de volta. Ou talvez Deus, ligando para dizer que houve um engano: os três últimos anos não aconteceram. Ele e Elinor não são estéreis, Ted não teve um caso e sua esposa não está em Ohio. Ele não acaba de destruir um projeto de madeira, no qual desperdiçou dois meses.
– Ted? – É a voz de Gina, em tom sério.
– Gina?
– Oi. Eu gostaria de conversar com você a respeito de algo. Preciso vê-lo, se não tiver problema. – Ela parecia nervosa, agitada. Não de seu jeito alegre habitual. – É algo sobre logística.
– Bem – diz Ted. Ele é um idiota. Não deveria ter ficado babando em cima dela, nem ter dito que a esposa estava fora da cidade.
– Preciso desligar agora – diz Gina. Ted ouve algo batendo ao fundo. – Você pode dar uma passada por aqui, amanhã à noite, por volta das sete horas?
– Eu... – Ted fica surpreso pelo tom de voz dela, que parece repleto de preocupação.
– Eu o vejo, então?
– Mas...

Gina desliga.

Ted começa a fazer a matemática em sua cabeça, calculando a última vez em que dormiu com Gina. Será que ela poderia estar *grávida*? Mas isso não seria a ironia infernal que Ted merecia? Ela toma pílula, mas as coisas mais loucas aconteceram. Jesus! Ted está perdendo a cabeça. É como se ele tivesse engravidado Gina com suas fantasias absurdas sobre ela. Ele tenta se acalmar com o argumento de que Gina certamente lhe teria dito no jantar. Mas como ela poderia, com Toby ali? O que mais ela poderia querer?

Exausto, ele cambaleia até a sala e desmorona no sofá, elevando o braço machucado sobre uma almofada. Ele deveria se levantar e servir um drinque – vodca sem gelo, do freezer, a maior pancada nos carboidratos. Ele tenta juntar forças para se levantar.

O negócio é o seguinte: Gina é uma jovem vibrante e Ted é um mané indisponível. Depois desse favor, seja lá o que for, ela provavelmente não vai querer ter mais nada com ele. Ted espera pela sensação de alívio que deveria seguir a essa conclusão, mas ela não vem.

4

PARE DE ME ENCARAR, ELINOR TEM VONTADE DE DIZER AO BEBEzinho encolhido no colo da mulher ao seu lado, no avião, de volta para casa. Os olhos azuis do bebê – que parecem grandes demais para sua cabeça – se fixam em Elinor. *Por que você não pisca?!* Elinor olha pela janela acrílica, com lágrimas ardendo nos olhos. Bebês com menos de um ano ainda são tão macios, rechonchudos e parecem ter sido mal cozidos. Eles poderiam ser de qualquer um, na realidade. O bebê dá um gritinho e Elinor se vira, forçando um sorriso. A mãe sopra a franja, tirando-a da testa e sorri, como quem pede desculpas. Elinor teme estar irradiando uma vibração asquerosa. Em Ohio, a amargura deu lugar ao perdão e otimismo. Mas agora ela volta a sentir a amargura emanando de seu corpo, como o calor que emana do chão.

Ela quer dizer à mulher que seu bebê é um doce, e ela está triste porque não consegue ter filhos. Mas isso é informação demais. Além disso, será que é *relevante*? Quando será que esse fato vai parar de definir cada *instante* da vida de Elinor?

O bebê se remexe e joga a chupeta, cheia de cuspe, nos pés de Elinor.

– Desculpe – diz a mãe.

– Por favor, não se preocupe. – Elinor se abaixa para pegar a chupeta, com um lenço de papel, e a entrega à mãe, buscando forças para sorrir. Depois ela se vira para descansar a testa junto à janela do avião. Você deveria *adorar* bebês, não se retrair diante deles. Já não incomoda mais Elinor que ela não possa ter seu próprio bebê. Ela nem está tão louca por seu DNA, mesmo, o gene alcoólatra do avô, a tendência dela à tristeza. Ela fica mais decepcionada por não poder ter um bebê *de Ted*. Que eles não possam ter um filho com a inteligência e a aparência de menino de Ted.

Sempre que Ted segurava um bebê numa festa, a garganta de Elinor inchava. Elinor conserta a postura em sua poltrona e abre *A Ilíada*. A deusa grega criou uma luz reluzente ao redor da cabeça de Aquiles para intimidar os troianos. Aquiles perdeu sua armadura, mas sua mãe providenciou para que ele tivesse um escudo especial, feito pelos deuses. Elinor não gosta de Aquiles, que é movido pela vingança e sempre salvo pelos deuses. Que tipo de herói é esse, que precisa que a *mãe* lhe arranje um escudo especial? Um comissário fecha o porta-casacos acima com uma batida, e Elinor dá um pulo. Ela põe o dedo no furo do jeans, sobre o joelho. Na casa da mãe, encontrou sua velha calça Levi's 501 e suas botas de caubói. Ela os deixara para trás, numa visita anterior – abandonando as roupas que preferia usar, mas raramente tinha a chance, devido à sua agenda de trabalho. Parecia que em algum lugar, ao longo de sua trajetória de uma mulher de negócios bemsucedida, ela houvesse deixado sua identidade com o guardador de casacos. Ela pega nas pontas dos cabelos curtos. Antes de deixar Ohio, foi até a cidade e fez luzes – mechas claras que fazem com que pareça e se sinta mais jovem. Ela gostaria de fazer luzes em sua *psique*, para iluminá-la também.

O avião ruge e sacode, depois decola. Aquiles troveja atrás de Heitor, lanças em punho. O bebê dá um gritinho. Aquiles passa a espada na garganta de Heitor. Por que será que Elinor não consegue viajar com revistas, como uma pessoa *normal*? Quando o avião chega à altitude de cruzeiro, o corpo de Heitor é arrastado pelas ruas, seus membros musculosos são destroçados.

Abaixo, os bairros e as piscinas se misturam, numa colcha de retalhos feita de terra marrom e nuvens brancas. Por mais que Elinor quisesse se afastar de casa – de Ted, sua piranha da academia e seu bacon de peru, do casamento tumultuado e de seu emprego exigente –, agora ela percebe que realmente quer se afastar de *si mesma*. Ela gostaria de fugir para os trópicos e deixar seu monólogo interior para trás.

Pela primeira vez, Elinor não se sente animada, na expectativa de voltar ao trabalho. Subitamente, seus relacionamentos profissionais parecem muito insignificantes. Ela pensa na pasta que abriu em seu computador, chamada RECLAMAÇÕES, CHEIROS. Por lei, os direitos no local de trabalho proíbem "conduta ofensiva de quaisquer tipos". Assédio sexual e hostilidade direta são suficientemente fáceis de identificar e abordar. Mas Elinor passou a detestar as queixas mais obscuras e triviais, muitas das quais parecem cair na categoria de "odores", ultimamente. Tem a mulher que esquenta peixe no micro-ondas, todos os dias, o cara com um cêcê de matar, a recepcionista que usa o sufocante Chanel nº 5. Os gerentes desse pessoal querem que Elinor dê sua consultoria legal quanto à forma de abordagem a essas pessoas. O mundo corporativo se tornou tão formal, paranoico e litigioso que você não pode simplesmente chegar pra alguém e dizer pra se mancar. Em vez de disparar seus e-mails habitualmente diplomáticos, Elinor deixou que sua caixa postal transbordasse, enquanto se escondia na lavanderia, em casa.

    Nuvens em tufos se deslocam abaixo do avião. Talvez Elinor deva tirar uma licença do trabalho. Agora já faz mais de um ano que ela tem esse direito. Ted queria que ela tirasse algum tempo de folga quando eles estavam fazendo a fertilização *in vitro*, para que realmente pudesse relaxar. Mas Elinor estava certa de que perderia a cabeça se não trabalhasse. Sentada em casa, entre uma consulta e outra, riscando os dias do calendário, esperando pelos resultados dos testes. Ela precisava do emprego, que ao menos podia controlar. Mas está cansada de controlar as coisas. Ela não consegue sequer controlar sua própria *biologia* ou a vida sexual do marido.

    O que fará durante o tempo de licença? Talvez ela também, muito em breve, esteja adivinhando os preços dos eletrodomésticos de Bob Barker. Ela esperava tirar um tempo de folga, depois que o bebê nascesse. Tonta, pela falta de sono, faria sua própria comida de bebê. Ela encosta a cabeça na janela do avião, desejando poder atravessá-la e sair voando.

Quando Ted passa pela porta da casa de Gina, os cheiros de óleo de gergelim que vêm da panela e o odor de seu perfume China Rain deixam sua cabeça girando.
– Oi. – Gina o toca levemente no braço. Ela parece exausta. Seus olhos estão fundos, com olheiras. Uma camiseta larga, masculina, pende de seus ombros, parecendo tão acabada quanto ela.
– Toby? – Gina chama, na direção do quarto de hóspedes.
– Só um minuto – Toby grita.
– Desligue *isso*, por favor. – Ted fica surpreso ao ver Gina agitada. Na academia, ela usa o incentivo para motivar seus clientes. No entanto, não parece ter toda essa delicadeza com o filho. O jogo de computador emite um som de colisão.
– Só mais dez minutos – Gina concorda. – Um copo de chá gelado? – pergunta a Ted.
– Claro. – Ele a segue até a cozinha. Ela enche dois copos com gelo, serve o chá e corta fatias de limão.
– Você está bem? – Ted pergunta. Gina preparou jantar para ele, duas vezes, nessa cozinha estreita, enquanto Elinor se escondia na lavanderia, se recusando a comer. O que ele está fazendo ali, agora? Deveria ter voado até Ohio e feito uma surpresa para Elinor.
Gina assente e coloca o copo no balcão, sem beber nada.
– Ouça, posso lhe pedir um favor?
A camisa de Ted gruda no suor que começa a se formar entre suas omoplatas.
– Vá em frente.
– Toby precisa de um professor particular. Ele é muito inteligente, mas não consegue se concentrar. Precisa de ajuda com matemática e ciências. Eu não consigo ajudá-lo. Quando nós nos sentamos juntos, vira um desastre. Contratei um garoto do ensino médio, mas Toby deu trabalho e o cara nunca mais voltou. – Ela olha para o chão. – Eu expliquei a Toby que se ele não trabalhar com um professor particular, uma vez por semana, terá que ficar de recuperação durante o verão, o que significa ficar aqui, *Deus o livre*, em vez de ir para o Maine, passar o verão. *Isso* lhe chamou a atenção. Ele perguntou se você não poderia ensinar-lhe. – Ela

vira de costas para Ted, e vai mexer numa tigela na pia. – Eu expliquei que você e eu somos apenas conhecidos. – Ela ri, sacode a cabeça. – Mas você é a única coisa que ele gosta na Califórnia, até agora. – Ela se vira para Ted, ergue as sobrancelhas. – Vê o que você consegue fazer com uma pessoa, em meia hora?

Desde que Ted conhecera Gina, ela demonstrara uma firme admiração, o que ele nunca entendeu. *Você está enganada*, ele sempre quer dizer a ela. Será que foi por isso que ele dormiu com ela? Por que ela o fazia parecer valer a pena? Que narcisista.

– *Morra!* – Toby grita de seu quarto.

– Eu quero que Toby goste daqui. – Gina limpa o balcão, embora ele já esteja limpo.

– Por que você nunca me falou sobre Toby? – pergunta Ted, tentando não soar tão crítico.

– Complicado demais. – O tom de Gina murcha, e ela baixa a cabeça. Discutir esse assunto é obviamente doloroso para ela.

– E constrangedor. Que tipo de mãe não tem a guarda do próprio filho? Quero dizer, eu *tenho* uma guarda conjunta, mas depois Toby decidiu que não queria morar comigo durante o ano letivo.

– A alegria e o otimismo persistentes de Gina agora parecem ainda mais notórios para Ted, pelo fato de que sua vida não tem sido tão fácil. Ele quer consolá-la, sem abraçá-la. Dá um passo em sua direção e enfia as mãos nos bolsos do jeans.

– Você foi casada com ele?

Gina sacode a cabeça.

– Não. Nós só namoramos durante alguns meses. Ele é pescador de lagostas. – Ela examina as cutículas, indiferente. Ted não consegue identificar como ela se sente em relação ao pai de Toby. – Toby sempre morou *comigo*, e passou os verões com o pai. Depois, quando fez oito anos, ele disse que preferia morar no Maine, com o pai dele. Agora, Rod vai voltar a estudar, vai fazer paisagismo. Sua nova esposa não quer Toby morando com eles, já que Rod vai estar fora a maioria das noites. Toby a *adora*, embora ela não o queira lá. Ela não tem filhos. – Ela aperta as mãos, visivelmente tentando manter a compostura. – Meu filho prefere morar com uma mulher que não gosta de crianças.

Ted dá outro passo na direção de Gina, fechando os punhos dentro dos bolsos.

– Oh, Gina, eu tenho certeza de que isso é uma coisa de pré-adolescência. – Ted já havia lido artigos sobre esse estágio turbulento.

– Claro, ele me adora. Mas não *gosta* de mim. – Ela vira o chá no ralo. – De qualquer forma, esse não é o ponto. O ponto é que ele passe de ano. Então – ela faz uma pausa –, eu sei que é um pedido estranho, mas pensei se você não poderia ajudá-lo com o dever de casa. – Ela começa a limpar o balcão novamente.

Pela hesitação na voz, Ted nota que Gina não queria lhe pedir isso.

Ela ergue o olhar para ele – meio encabulada, mais cansada.

– Vocês poderiam se encontrar na biblioteca. É claro que eu não estaria lá.

– É... – diz Ted. *Você é reagente*, Ted ouve a voz de Elinor dizendo. *Você deixa que a vida te aconteça. Seja mais pró-ativo.* Ted senta numa banqueta de bar, junto ao balcão.

– O pai de Toby é tão inconsistente. Ele não liga quando diz que vai ligar; às vezes, passa semanas sem ligar. Depois compensa com presentes enormes. Eu disse a Rod que crianças precisam de um amor do qual possam depender no dia a dia, muito mais do que grandes presentes. – Gina parece perceber que está limpando o balcão distraidamente e arremessa a esponja na pia. – De qualquer forma, Toby falou de você sem parar, desde aquela noite. – Ela cruza os braços apertados, junto à barriga.

Ted se sente tolo por ficar lisonjeado com isso. Mas Toby provavelmente apenas precisa de um cara em sua vida. Talvez ele possa apresentar Gina ao jovem paciente que teve uma cirurgia de fratura no metatarso, na semana anterior. Qual era o nome do cara? Ele era solteiro, não era? A ideia daquele belo garoto com Gina gera uma centelha de ciúmes que surpreende Ted. Ele prende as mãos entre os joelhos.

– Acho que talvez não seja uma boa ideia – ele finalmente diz.

– Desculpe. – Ele limpa a garganta. – Elinor está voltando pra

casa. Estamos nos reconciliando. Eu liguei para a terapeuta e marquei um horário.
— Isso é bom — diz Gina.
— Lamento muito que...
— Estou falando sério. Isso é bom. — Ela se vira para a pia, de costas para ele. — Eu gosto da Elinor. Realmente gostei dela, quando a conheci. — Ela rapidamente dobra um pano de prato.
— Quero dizer, Toby é um ótimo garoto, mas eu...
— Sabe, eu nunca dormi com um homem casado antes.
— Ah. — Ted fica ainda mais incerto quanto ao rumo que a conversa está tomando.
— Eu só queria que você soubesse disso. Foi um engano terrível e eu sinto muito. — Ela se vira para ele. Ele nunca a viu tão distraída e cansada.
— Eu só fico preocupado quanto a assumir um compromisso com Toby. — Ted se levanta, empurra a banqueta. — Tenho certeza de que você consegue achar um professor na faculdade. Além disso, você é uma professora nata. Você me ensinou a usar cada um dos aparelhos, na academia.
Gina acena a cabeça, determinada.
— É uma ideia maluca. Estou ficando meio desesperada. — Ela massageia as têmporas. — Preciso me situar.
— Gina. — Ted inclina a cabeça de lado para que ela olhe para ele. — Você ajuda tanto todo mundo, é tão atenciosa. Tente ser assim consigo mesma. — Ele soava imbecil, como esses caras *new age*.
— Mesmo? É, você está certo. Está bem — diz ela, indiferente, saindo da sala.
— Toby? — ela chama. — Ted está aqui. Você quer vir dizer tchau pra ele?
Toby aparece na sala.
— Ei! Você fez alguma cirurgia hoje? — Seus membros bronzeados à mostra, pra fora do calção de natação e da camiseta preta, com o desenho de um imenso mosquito branco, e as palavras CAMP ITCHALOT.
— Não, só revisões. Como foi o colégio hoje?
Toby revira os olhos, coça o joelho.

— Uns garotos passaram um trote nele — Gina diz a Ted.
— É. — Toby diz, de mau humor. — Eles encheram meu armário de bolinhas de pingue-pongue e, quando eu abri, todas elas saíram rolando pelo corredor, e *fui eu* que me meti em encrenca.
— Tenho certeza que tem algum jeito de dar um troco nesses garotos malvados — diz Ted.

O rosto de Toby se acende com tanta esperança que Ted se encolhe e tosse, engolindo saliva, ou ar, que desce pelo lugar errado. Ele tosse até engasgar, olhando ao redor da sala, em busca de alívio. Ele vê a porta, a janela — saídas de emergência —, depois Toby. Gina lhe dá tapinhas nas costas, lhe dá água. Finalmente, ele recupera o fôlego.

— Quer jogar Risco? — pergunta Toby.
Ted está ofegante, dá outro gole na água.
— Ted tem que ir pra casa, querido — diz Gina.
— Por quê? — pergunta Toby, dando um chute no carpete.
— Nós podemos jogar só um pouquinho — diz Ted, passando a mão na sobrancelha. Afinal, ele talvez nunca mais veja esses dois. E detesta a ideia de sua casa vazia... de jantar novamente com o Larry King, de ir dormir com a moça petulante da meteorologia.
— Oba. — Toby pega a caixa embaixo da mesinha de centro.
— Nós podemos começar agora e terminar da próxima vez. Eu vou deixar tudo bem aqui. — Ele dá um tapinha na mesa de centro.
— Só meia hora — Gina lança um olhar preocupado a Ted.

Ted senta de frente para Toby, no sofá de couro, que é fresco e confortável. Ele fica vermelho, lembrando de como ele e Gina ficavam ali deitados, lado a lado, Ted passando os dedos em cada uma de suas vértebras. Ted sempre quis um sofá de couro. — É muito *discoteca* para o meu gosto — dizia Elinor. — Sofás de couro me dão a impressão de que eu deveria estar em Los Angeles, cheirando cocaína com um monte de gente de rabo de cavalo.

Toby olha para cima, para a mãe. Gina agora está sorrindo, com as mãos nos quadris.

— *Você* não vai jogar, certo? — ele pergunta, esperançoso.
Gina se vira e segue em direção à cozinha, se esforçando para dar uma risada fraca.

– Não se preocupe.
– Sabe de uma coisa, a sua mãe é boa em todos os esportes do planeta – Ted diz a Toby. – Tênis, basquete, qualquer um que disser. – Para dar uma variada em sua malhação aeróbica, às vezes Gina dava umas raquetadas na quadra de tênis com Ted, na academia.
– É, bem, eu não gosto de esportes. – Toby começa a arrumar as peças de exército em cima do tabuleiro de jogo, pequenos soldados de infantaria, apontando seus rifles para Ted.
Ted estica o braço por cima da Escandinávia e pega a mão de Toby, surpreso por sua própria ousadia. Ele aperta os dedinhos grudentos.
– Tobe?
– O quê? – O garoto cola o queixo no peito. Olha Ted por cima, por entre os cachos.
– Vá devagar com sua mãe, está bem? Ela é uma boa pessoa e você precisa dar uma folga.
O queixo de Toby cai, a boca aberta. Ele concorda.
– Quer ser o vermelho? – Ted finalmente pergunta.
Toby concorda. Ele abre o punho embaixo da palma de Ted, mas não tira a mão. A pele é morna. Ted solta. Ele dá um tapinha no antebraço de Toby, depois em seu ombro.
– Está certo. – Toby concorda vagamente e conta suas peças de artilharia.
– Um dia – Ted diz a Toby, apontando para a Itália, em formato de bota, sobre o tabuleiro – talvez você tenha a chance de ir a Roma e visitar o Fórum. Sabe, eu ouvi dizer que as moedas ainda estão derretidas no piso de pedras, desde a época da invasão dos bárbaros.
– É, até parece – diz Toby. – Como se alguém, algum dia, fosse me levar pra algum lugar.
Gina ressurge, trazendo um copo de gelo numa das mãos e um refrigerante, na outra.
– Estou fazendo pizza de queijo congelado pra você – ela diz a ele. – Sua predileta.

– Obrigado. – Toby faz um contato visual com ela, algo que Ted percebeu raramente ocorrer. – Ei – ele diz a Ted. – Eu perguntei a minha mãe se você podia me dar umas aulas e ela disse que talvez...

– Querido – diz Gina –, Ted tem muita coisa a fazer nesse momento. Ele está ocupado demais.

– A gente faz o seguinte – diz Ted. – Eu vou te ensinar até que nós possamos encontrar um aluno que possa assumir o meu lugar. Talvez só uma ou duas vezes. – A palavra *nós* ficou pairando no ar. Ted queria pegá-la de volta. Ele percebe que, enquanto eles estavam saindo, ele não fez nada por Gina. Ela o ajudou com sua dieta, seus exercícios, deu motivação, lhe comprou livros, levou sopa caseira. E o que ele fez por ela? Nada. Ele nunca lhe deu sequer um presente.

※

– Senhores comissários, por favor, preparar para aterrissar. – Elinor acorda. Seus olhos estão ardendo por causa do ar seco do avião. Sua boca parece ter sido colada. Ela sonhou que estava segurando a cabeça decepada de Heitor, em seu colo, acariciando seus cabelos em desalinho. As luzes de AFIVELAR CINTOS estão acesas e agora ela não pode levantar, lavar o rosto e escovar os dentes. Deve estar um horror. Estica a mão para pegar a bolsa, procura o chiclete. Depois o colírio, o batom para lábios secos, blush e pó de arroz. Será que Ted estará no aeroporto ou na calçada? Ela gostaria de tomar um banho. Olha o espelho empoeirado do estojo de seu pó compacto, vendo seu reflexo borrado. Anos de leitura de textos legais até altas horas da noite deixaram uma ruga profunda entre suas sobrancelhas que a faz parecer ranzinza. Ela esfrega o blush, pra tirar o excesso, e passa o batom. Ambos parecem estar forçando demais a barra.

※

A expectativa arde no estômago de Ted, enquanto ele espera em meio ao mar de gente, do lado de fora da área de segurança, no aeroporto. Gostava mais quando se podia caminhar até o portão.

— Ei, nossa! — Ele solta, quando vê Elinor descer as escadas rolantes, com os outros passageiros, em direção à esteira de bagagens. Seus cabelos estão curtos e repicados, e mais louros. Os olhos dela percorrem a multidão. Ted se encolhe atrás de um homem mais alto, se deleitando com esse momento de observar a esposa, como se ela fosse uma estranha. *Sua* estranha. Ela está de jeans e suas botas de caubói, como usava o tempo todo, logo que se conheceram. Naquela época, tinha um visual desgrenhado, de um jeito sexy — jeans, botas, um dos velhos suéteres de Ted, com um corpete por baixo. O contrassenso da feminilidade da renda e dos laços sempre excitou Ted.

Os olhos de Elinor param de olhar a multidão. Ela abraça uma parca junto ao peito e franze o rosto, como se tivesse desistido de Ted.

— Ei! — Ele acena os braços, acima da cabeça.

Ela o vê, sorri timidamente, acena uma vez e desce da escada rolante.

Por um instante, o comprimento dos cabelos deixa Ted nervoso. Quando eles casaram, os cabelos dela iam até a cintura. Ele gostava de erguê-los e encostar os lábios na parte de trás de seu pescoço, encontrando um ponto quentinho e úmido, que tinha cheiro de maçã. Mas depois ela foi promovida no trabalho e, quanto mais trabalhava, mais curtos se tornavam os cabelos. E se o cheiro adocicado de maçã não estiver mais lá?

Ted abre caminho pela aglomeração, esticando o braço para pegar a mão de Elinor.

— Você está *ótima*.

— Mesmo? — Elinor ri, segura um punhado de cabelo nas mãos. Ted tira algumas mechas da franja de seus olhos, tenta colocá-las atrás da orelha.

— É mesmo. — Ele a afasta do aglomerado de gente, trazendo-a para seus braços, fechando os olhos e inalando seu perfume. Ted costumava achar sexy o cheiro do perfume da esposa. Agora ele acha confortante – tranquilizador, algo com que ele pode contar, como o jornal na entrada da garagem, todas as manhãs. Bem-vindo, mas não exatamente emocionante. Mas, agora, esse *cabelo*. Ele beija Elinor na boca, com força. As costas dela se enrijecem. Ela pigarreia na orelha dele, depois, finalmente relaxa em seus braços.

Ele dá um passo atrás, se afastando dela.

– Achei que você talvez nunca mais voltasse pra casa. – Ele remexe as chaves no bolso e passa o dedo em cima de cada chave. Isso geralmente acalma seus nervos.

Elinor sacode os ombros, acaba sorrindo.

– Estou aqui.

§§

Eles param para almoçar, escolhendo um reservado com sofá, num restaurante quase deserto. Ted senta ao lado de El, para que eles fiquem de frente para a parede. Ele passa o dedo pelo buraco do jeans dela, em cima do joelho, e faz cócegas. Ela ri, nervosa. Ele também ri, sem ter certeza do que estão rindo. Quando a garçonete vem, ele pede duas cervejas.

Quando Elinor pega a sua, Ted vê que ela não está de aliança.

– Cadê sua aliança?

– Eu tirei.

– Mas ainda estamos casados. – Isso sai num tom entre uma afirmação e uma pergunta.

Elinor limpa a cerveja do lábio superior com as costas da mão.

– Nesse momento eu me sinto como se estivesse no meio-termo.

– No meio-termo – Ted repete.

– Talvez eu deva me mudar. Enquanto estamos indo à dra. Brewster. Não sei se quero morar com você, enquanto ainda estou tão zangada.

– O quê? Você acabou de chegar aqui. Não pode mudar. Como é que *isso* pode ser reconciliação? – A melhor parte do regresso de Elinor era o fato de que ele não teria que passar mais nenhum minuto sozinho naquela casa. – El, você *pode* ficar zangada. Você supostamente tem que ficar zangada. – Ted está falando rápido demais e elevando a voz. Ele não consegue evitar, e não liga. Puxa Elinor para mais perto dele. Os primeiros goles de cerveja deram origem a uma dor de cabeça entre os olhos. – Eu só quero que as coisas voltem a ser como eram.

A franja de Elinor cai em seus cílios. Ted quer beijar sua testa, seu nariz, sua boca. Ele quer apenas beijar a esposa.

– Mas não podemos – diz ela. – Esse é o problema. – Ela cutuca o rótulo da garrafa de cerveja. – Além disso, eu acho que isso se chama negação.

Ted baixa a voz.

– Só porque eu não quero analisar tudo até a morte não significa que esteja em negação. Por que não podemos simplesmente começar de novo? – Ele aperta seu copo. Escorregadio, por estar molhado, desliza para fora de sua mão, derrama cerveja na mesa e em seu colo. – Lindo. – Ele limpa a mesa e as calças com guardanapos.

– Precisamos ver a dra. Brewster. Isso vai exigir trabalho.

– Eu sei – diz Ted. Sendo *trabalho* a palavra operativa. Ele arremessa um bolo de guardanapos molhados. Não é que ele seja preguiçoso, ou esteja de má vontade, mas por que tudo tem que ser trabalhoso para eles? Ele estava torcendo para que fossem dar um passeio até a serra, para passar o fim de semana. Fazer amor numa daquelas camas ridículas com véus, no B&B, receosos dos vizinhos os ouvirem. É claro que ele não pode esperar que Elinor supere tão rapidamente o caso. Ele passa as pontas dos dedos pelos cabelos dela, colocando pequenas mechas atrás das orelhas.

– Ouça, El. Eu sei que meu comportamento foi absolutamente inaceitável. Farei qualquer coisa para tornar isso melhor.

– Então, vá comigo ver a dra. Brewster.

– Nós vamos. Eu agendei o horário. – Ted engole, contendo sua irritação.

Por um longo momento, ambos ficam em silêncio.

– Você acha que vamos conseguir fazer isso? – Ted finalmente pergunta, imediatamente aterrorizado pela interrogação. – Consertar as coisas? – Ele percebe que está quase cochichando.

A garçonete, que está vestindo calças pretas, uma camisa branca engomada e uma gravatinha-borboleta preta, chega com os pratos.

– Cuidado, os pratos estão quentes – ela avisa.

Elinor pega uma batata frita.

– Talvez. Eu quero. – Ela dá uma garfada, depois empurra o prato. – Vou tirar a minha licença.

– Ótimo. – Ted para de mastigar sua salada. – Espere, você não vai deixar a cidade novamente, vai?

Elinor tira o restante do rótulo de sua garrafa de cerveja.

– Não, só vou tirar um tempo de folga. – Ela parece ansiosa, como se não estivesse totalmente certa quanto a isso. – Eu realmente quero focar em meu casamento.

Meu casamento. Às vezes, parece que é o casamento de Elinor e a infertilidade de Elinor, como se Ted fosse meramente uma variante da equação de álgebra em sua vida. Emprego, casa, marido, bebê.

– Se você vai tirar um tempo de folga, talvez possamos fazer uma viagem – Ted sugere. – De carro, até Yosemite, depois até Tahoe.

– Vamos ver. Vamos ver como nos saímos na terapeuta.

– Certo. Nenhuma diversão é permitida. – Ted se sente um garoto fazendo lobby por melhores férias de verão. Ele abre a boca, mas resolve ficar quieto.

– Nós vamos fazer coisas divertidas – Elinor protesta, de forma exaustiva.

Ted aperta a mãozinha de Elinor, dentro da sua. Ele pensa nos dedos longos de Gina – lânguidos e flexíveis, como o restante de seu corpo – comparados à pequena mão de Elinor, suas unhas roídas. Fica enfurecido pela forma como Gina surge em sua cabeça – como um tique de loucura, como um mal súbito. Fecha os olhos e se concentra no calor dos dedos de Elinor, enquanto os massageia. Adora a sua forma miúda, sua imperfeição. Ele quer protegê-la. Só não sabe de quê.

– *Oito semanas?* – Phil, chefe de Elinor, não está contente em saber que ela finalmente decidiu tirar sua licença e o restante dos dias de férias vencidas. Ele recosta em sua poltrona de couro preta, de encosto alto, quase tão grande quanto aquela cadeira reclinável de dentista.

– Você tem me incentivado a fazer isso durante *meses* – Elinor relembra.

– É. – Phil ri, com resignação. – Eu só não pensei que você realmente fosse fazê-lo. – Ele coloca as mãos atrás da cabeça e olha pela janela, melancolicamente.

É claro que ele provavelmente desejaria que Elinor tivesse tirado a licença enquanto estava fazendo as fertilizações *in vitro* – enquanto estava desmiolada e trabalhando míseras quarenta e cinco horas por semana. Agora que ela parou os tratamentos, ele tem que torcer para que ela regresse às sessenta horas semanais. Abra mão da família.

– Preciso de tempo para organizar minha vida – ela lhe diz.

– Eu não sei o que faremos sem você.

– Tenho certeza de que a espelunca vai fechar – Elinor brinca.

– Não se preocupe, vou deixar todo mundo tinindo antes de sair.

– Ela quer tranquilizar Phil, mas, francamente, está irritada pela forma como essas empresas do Vale do Silício funcionam. Sempre fazendo com que você acredite ser indispensável. Uma vez, quando Elinor estava trabalhando como uma escrava, num dos casos que foi a julgamento, Phil disse a ela: "Você é o Steve Young e nós estamos prestes a entrar na final do campeonato!" Ela riu alto, diante de sua analogia ridícula. "Está certo, treinador", ela dissera, levando outra pilha de arquivos, junto com o seu jantar de pipocas queimadas no micro-ondas, de volta para sua mesa.

– Não se preocupe – ela agora repete. *Há vida além desse lugar*, ela pensa. Quer dizer, se você não deixar as coisas desmoronarem enquanto está aqui.

Na semana anterior ao início de sua licença, Elinor trabalha até tarde, para deixar o escritório em ordem. Quando finalmente chega em casa, à noite, Ted já está na cama, quase sempre dormindo. Elinor toma banho, coloca uma camisola de seda e deita na cama ao lado do marido, suspirando diante do calor que o corpo dele já gerou. Ele vira para o lado sonolento para lhe dar um beijo. Ela faz cócegas no rosto dele com seus cabelos úmidos, ou beija o centro rijo de sua barriga e, finalmente, na terceira noite depois de sua volta para casa, eles fazem amor.

Elinor tinha esquecido como era ser tocada por qualquer outro motivo sem ser propósitos médicos. Durante os tratamentos de infertilidade, chegou a um ponto em que o contato humano parecia invasivo. Ted mal se encostava a ela, e ela se retraía. Isso o magoava, ela sabia, mas ela não gostava mais de ser tocada. Até as roupas doíam, o tecido apertava impiedosamente a sua barriga macia e as coxas doloridas. A única coisa que dava uma sensação boa era nadar. Ela voava de um lado ao outro, na piscina do bairro, sem peso, a água beijando sua pele. Mas o nado adulto sempre acabava rápido demais e os garotos da vizinhança chegavam gritando e pulando na água, com seus macarrões de isopor. Elinor fugia, correndo, de toalha, para o calor de seu carro.

Agora, enquanto seu marido passa os dedos no interior de suas coxas, ela sente a carícia, em vez de golpes. Ainda assim, continua sendo difícil relaxar inteiramente, com o filme passando em sua cabeça: *Ela é tão bonita, tem um corpão e é tão jovem! Aqueles cabelos sedosos. Aquelas pernas longas. Será que ela é melhor amante?* Elinor quer interrogar Ted sobre os detalhes do caso. Que tipo de contraceptivo eles usaram? Mas Ted é tão meigo e gentil, beijando e tocando, como se nada tivesse acontecido. Elinor luta para imaginar que O CASO não está no quarto com eles, assombrando, no escuro.

༶༶

Na primeira manhã de sua licença, Elinor tenta relaxar com café e palavras cruzadas, mas a tela em branco do dia desestruturado acelera sua pulsação. Não há nada a fazer entre agora e seu horário agendado com a dra. Brewster e Ted. Ela fica deprimida ao pensar que precisa consultar uma PhD para se reconectar ao marido. Parece que eles esgotaram todo o casamento – primeiro, a parte sexual, agora, a parte do amor.

Mais cedo, no começo da manhã, Elinor levantou com Ted, fez claras de ovos mexidas para ele e tomou banho. Depois de decidir que elas pareciam anêmicas e insossas, ela as jogou no lixo e cobriu com folhetos de propaganda que vieram na correspondência, odiando Gina. Quando Ted irrompeu na cozinha, Elinor se sentiu oprimida pela forma como ele estava lindo – com o rosto recém-barbeado, avermelhado pelo chuveiro, com uma camisa verde-musgo que realçava seus olhos e cabelos castanhos, uma alegre gravata amarela, os ombros fortes, a cintura fina, o maxilar firme. Subitamente, ela não queria ir ver a terapeuta e revirar todo aquele troço horrendo. Primeiro, ela queria cultivar essa gratidão renovada pelo marido – deixar que isso fosse assimilado, da forma que você deixa uma mão de tinta secar, antes de acrescentar mais uma.

Ted tinha que correr; ele tinha uma cirurgia. Sua boca estava com gosto de pasta Crest, quando ele deu um beijo de despedida em Elinor. Ela ficou na varanda da frente e o viu dar ré, na saída da garagem, se sentindo deixada para trás. Enquanto Ted andou entrando em forma, ela ficou fora de órbita. No entanto, ele obviamente não quer embarcar na crise de meia-idade *sem* ela. Ele quer que ela vá junto – andando de bicicleta, acampando, mergulhando até a Austrália. O entusiasmo que ele tem por essas atividades deixa Elinor nervosa. Ela teme não ser mais divertida. Receia que irá desapontá-lo.

Palavra de cinco letras para resto de comida. Elinor olha de novo para as palavras cruzadas. Ela preenche com *sobra*. Depois olha pela janela da cozinha e vê as rosas, que ainda estão florindo. Depois de quinze anos trabalhando sob luzes fluorescentes, absorvendo os raios de LED do monitor de seu computador e respirando o ar doentio do prédio fechado, ela só quer ficar ao ar livre. Pega o café, o jornal, *A Ilíada*, tira uma colcha velha do armário de roupa de cama e segue para o quintal da frente.

Abre a colcha embaixo do imenso carvalho e recosta nos calombos do tronco, que é firme, atrás de suas costas. Ela empurra as palavras cruzadas e o livro para o lado, e dá um gole em seu café, vendo as mulheres do bairro passando de carro, em suas caminhonetes e minivans. Algumas delas a veem e diminuem a velocidade para olhar duas vezes, depois acenam. Com exceção a Kat, Elinor não conhece muito bem as outras esposas em seu bairro. As crianças são o denominador comum entre elas. O bairro transborda de encontros, festas de Halloween. Parece sem sentido que ela e Ted apareçam nessas reuniões, sem filhos.

Quando as pessoas perguntavam se Elinor tinha filhos, ela costumava dizer "Estamos tentando", ou "Ainda não tivemos sorte nesse departamento", mas isso gerava conselhos não solicitados que variavam desde acupuntura até Robitussin. Agora ela simplesmente diz não.

Depois de terminar seu café, Elinor deita de barriga para cima, olhando por entre os galhos do carvalho. Ele é meio torto, no entanto, glorioso, provavelmente mais velho que ela ou qualquer uma das casas da vizinhança.

Um carro passa bem devagar pela rua.

– Senhorita? Está se sentindo bem? – um cavalheiro idoso grita.

– A senhorita caiu?

– Estou bem. – Elinor se senta. – Só estou arrancando as ervas daninhas! – Ela arranca um naco de grama e lança no ar.

5

– MINHA PROFESSORA DIZ QUE EU FALO DEMAIS. – TOBY SE remexe e chuta a mesa no café da livraria Barnes & Noble, fazendo a espuma do chocolate com leite desnatado de Ted espirrar para fora da xícara. – Minha mãe também diz. Demais e muito rápido. Eu deveria ficar quieto e ouvir mais. Escutar o quê? Não é o caso de ter alguém falando alguma coisa tão interessante.

– Tente não chutar a mesa, está certo, campeão? – Se Ted conseguir fazer com que Toby apenas se concentre nessas frações, talvez ele passe em seu teste, amanhã.

– Desculpe. – Creme chantili e caramelo formam um contorno no lábio superior de Toby. Seus dentes grandes da frente são tortos e criam um sulco no lábio inferior, deixando duas marcas. Ele está naquele estágio desengonçado em que algumas partes do corpo são grandes demais para o restante – os cotovelos e joelhos ossudos sempre estão esbarrando nas coisas. Ele projeta o lábio inferior, para de chutar e começa a tamborilar no tampo da mesa com seus dedos grossos. Quando Ted franze o rosto, Toby coloca as mãos embaixo das coxas. Mas uma das pernas dá um solavanco, como num espasmo, batendo na mesa e derramando mais um pouco das bebidas. – *Desculpe!* – Toby suplica. – Se eu não posso chutar, preciso batucar.

Ted enxuga o café e o leite com um punhado de guardanapos.

– Tubo bem, companheiro.

– Na escola, eu tenho que sentar em cima das minhas mãos e contar.

Ted se pergunta se talvez Gina não deveria levar Toby ao pediatra para ver isso.

– Eu só conto até cinco, mas bem rápido, assim: umdoistrêsquatrocinco, cincoquatrotrêsdoisum. Tem uns ladrilhos do teto

da minha sala de aula que são bons para contar. Eles têm uma porção de buraquinhos, então eu também conto os buraquinhos. Não posso evitar, mas meus lábios se mexem quando eu estou contando. Então, o Todd Francis diz: "Com quem você está falando, cara de cu?" Ele xinga mais do que qualquer outra pessoa na escola. Contei ao meu pai sobre ele. Meu pai disse que o Todd vai trabalhar no Burger King e eu vou ser um diretor-presidente de uma empresa que vai figurar na revista *Fortune Five Hundred*.
– Toby lambe os lábios rachados. – Você acha que eu poderia ser um diretor-presidente?
– Não, se não trabalharmos nessas frações. Você precisará delas para as suas apresentações ao quadro de diretor.
– É, está certo. Ainda bem que você vai me ajudar. – A dedicação de Toby mata Ted. – Isso é muito melhor do que a academia – ele acrescenta. – Minha mãe acha que eu tenho que ficar superfeliz porque eles têm uma piscina. Mas sempre tem uns garotos gritando lá dentro, e os adultos gritam se você, tipo, colocar *um dedo* na faixa da raia deles. Eu gosto de ficar na lanchonete, onde tem ar-condicionado e jogar o meu Game Boy, mas ela sempre quer que eu vá lá pra fora. – Toby toma um pouco de sua bebida e olha ao redor do café, sacudindo a cabeça junto com a batida do baixo de um CD de jazz. – A gente devia estudar sempre aqui.

Ted debruça sobre a mesa.

– Ouça, meu chapa, eu vou te ajudar hoje, e talvez na semana que vem, mas depois...
– Eu sei que você dispensou a minha mãe.
– Bem, eu... – Ted não sabe que tipo de informação Gina deu a Toby.
– É uma pena, porque você foi o melhor namorado dela.
– Eu não era realmente...
– Os outros namorados dela eram uns babacas. Sabe o Shane? Ele nem pode dirigir. Tá cumprindo uma suspensão por dirigir *alcoolificado*.
– Alcoolizado. – Será que Gina estava saindo com esses caras enquanto saía com Ted? É arrogância pensar que só ele poderia fazê-la feliz. Mas dormir com outros caras?

– É, esse é o Shane. Ele aparece lá de táxi. Que largado. Você é o único cara que ela namorou que não é um completo perdedor. E também tem o Barry, que é um tipo de promotor de shows. Ele conhece o Eminem, como se isso fosse grande coisa. Eu tô cagando. Se bem que ele é bem legal comigo. É estranho, ele me trata como todo mundo trata os garotos populares do colégio. Tentando fazer com que eles gostem de você, mas com medo deles, ao mesmo tempo, sabe?

– Tentando ganhá-lo. – Ted empurra a folha de frações na direção de Toby.

– Isso. Ele tem muita grana. O banco de trás do carro dele é bem legal. Tem aquecedor nas poltronas e alto-falantes e uma cortina que você pode puxar para baixo. Mas sério mesmo? Acho que minha mãe gosta de você mais do que de todo mundo. Ainda.

– Sabe, eu sou casado, Toby. – Ted não consegue pensar rápido o suficiente para acompanhar esse garoto. Sua língua está queimada da bebida e parece em carne viva, na ponta.

– Quer dizer, os outros caras provavelmente são mais *bonitões* que você, mas eu sei que é de você que ela gosta mais. E não acho que seja só por você ser médico. Ela até *fala* que você é médico, mas eu acho que ela gosta mais de você.

– Sua mãe é uma mulher muito legal... – Ted não tem certeza de como encontrar o caminho de volta às frações.

– O Shane? Ele é totalmente *doido*. Ele tem que trabalhar de dia, instalando claraboias com outros caras, porque não consegue ganhar dinheiro suficiente tocando naquela banda *imbecil*. Ele está sempre com um monte de isolante térmico e outras porcarias coladas na roupa. Ele bebe e é totalmente doido pela minha mãe. Quando ele liga, minha mãe diz pra não atender mais. A gente vê o número do babaca no identificador de chamadas.

O liquidificador zune e a máquina de café expresso funciona furiosamente. Ted eleva o tom de voz acima do barulho.

– Está certo, bem, nós precisamos pensar sobre esse teste de amanhã. – Ele vira para o material de Toby. – *Sabemos que 5/10 é equivalente a 1/2, já que 1/2 vezes 5/5 é 5/10. Dessa forma, o decimal 0,5 é equivalente a 1/2, ou 2/4...* – Ele respira fundo.

– Ei, por que você saiu com a minha mãe, se é casado?
– Toby estreita os olhos para Ted.
– Eu cometi um erro, Toby. Minha esposa e eu estamos tendo problemas. Foi culpa minha. Sua mãe não teve nada a ver com isso. O casamento é muito difícil, às vezes.
– Bem, eu não saberia, já que meus pais nunca se casaram.
– Eu sei, companheiro, mas ambos o amam.
– É? Minha mãe disse que eu sou um bebê de uma noite só.
Ted não sabe como dar uma virada positiva diante dessa informação.
– Ela lhe disse isso?
– Não, mas eu a ouvi dizer uma vez, no telefone, para a amiga dela. O que isso quer *dizer*?
– Só quer dizer que sua mãe e seu pai namoraram por pouco tempo. Mesmo não morando juntos, eles se preocupam muito com você.
– Ah, é? Toda a *vida* dela é um engano. – Toby fecha o livro de matemática com uma batida e cruza os braços. – Quero morar com meu pai. Você deveria me ajudar a escrever uma carta pra ele.
– Toby, agora a gente tem que estudar. E você tem que dar um pouco mais de chance à sua mãe. Ela está se esforçando muito para fazê-lo feliz.
– Ei, broto de feijão! – uma voz gritou do outro lado do café.
Toby ergueu o olhar, estremeceu, depois deslizou, abaixando em sua cadeira.
Ted se virou para ver um garoto robusto, usando um boné de beisebol virado ao contrário, vindo em direção à mesa deles.
– O que você está fazendo, Frutinha de Tofu?
– Aquele é o Jamie. – Toby baixa a voz, mantendo os olhos em Ted. – Ele fica debochando do meu lanche.
Ted lança um olhar de cara feia ao tal do Jamie debochado. O garoto segue em direção ao corredor que leva ao jardim. Por um instante, Ted acha ter visto Kat, lendo um livro de capa dura, com flores na frente, mas é outra mulher, com cabelos curtos e escuros, bem parecidos. A ansiedade que está se formando no peito de Ted confirma que ele não deveria estar ali sem ter dito a Elinor.

– Experimente ter uma *nutricionista* fazendo o seu lanche – reclama Toby. – Tortilhas de trigo integral com queijo tofu e essas porcarias. Uma vez, o broto de feijão caiu no chão, e agora é disso que todo mundo me chama. E aquelas barras de proteína, sabe? *Parecem* boas, que nem doce, mas têm gosto de mijo. E sabe o que é mais triste? – Toby começa a chutar novamente. – Ela passa tipo uma *hora* preparando o meu lanche, na noite anterior. Agora eu simplesmente jogo tudo no lixo e uso o dinheiro que meu pai me manda pra comprar meu lanche. Mas essa semana eu tô sem dinheiro. – Toby desvia o olhar, sacudindo os ombros.
– Você explicou isso para sua mãe?
Toby balança a cabeça.
– Eu não consigo falar com ela!
– Consegue, sim. – Ted tira a carteira do bolso. – Sua mãe é uma boa ouvinte, Toby. Simplesmente diga a ela o que aconteceu, e eu tenho certeza de que ela vai fazer um lanche diferente, ou vai te dar o dinheiro do lanche. – Ele dá quinze dólares a Toby. – Por enquanto, tente não se preocupar tanto. – Ted tinha esquecido como pode ser estressante quando se é um garoto. Ele sente pena de Toby, tendo que se transferir para as escolas do Vale do Silício. Elas supostamente estão dentre as melhores do país, mas também são terrivelmente competitivas. Pais envolvidos com alta tecnologia, altas realizações, empurrando os filhos para trabalharem como pequenos presidentes.
– Isso aqui é *só* para o seu lanche, está certo, campeão? – Toby para, depois pega o dinheiro, dobra e coloca na carteira azul de náilon, fechada com velcro. Na aba interna fica a carteirinha de estudante de Toby e um cartão que Gina preencheu com a identificação dos pais. ALÉRGICO A ABELHAS, diz, numa bela caligrafia. Algo sobre a fragilidade da carteira toca o coração de Ted. Parece tão precário mandar um garoto para o mundo, todos os dias, para prover a própria subsistência.
Ted compra um pacote de cartões e os dois finalmente começam a trabalhar nas frações. Na saída da loja, ele diz a Toby para escolher um livro que gostaria de comprar. Toby escolhe um de cavaleiros medievais e armaduras.

– Até os cavalos têm armaduras – ele diz, admirado, passando a mão sobre um garanhão na capa.

Ted pega um livro recém-publicado sobre antioxidantes.

– Vamos comprar esse para sua mãe. – Gina sabe tudo de antioxidantes. – Pode ser dado por você. – Ele está desesperado para preencher o vazio entre Gina e Toby, um vazio dentro do qual teme cair.

Toby se balança de um pé para o outro.

– Eu não quero comprar nada para ela.

Ted se inclina mais perto na direção do menino, sentindo seu cheiro de suor e borracha.

– Você tem que ter cuidado para não magoar sua mãe. Isso a deixa triste.

– *Eu* a deixo triste? – Toby chuta uma mesa com livros de culinária empilhados. – *Eu a deixo triste?* – Ele chuta a mesa novamente e os livros viram no chão. De punhos fechados ao lado do corpo, ele olha para Ted de cara feia. – *Eu a deixo triste!*

– Senhor! – um vendedor repreende, de trás do balcão de informações. – Por favor, peça ao seu filho que pegue esses livros.

෫෭

A sala de espera da terapeuta conjugal é um lugar escuro, onde Ted achou que jamais voltaria. É bem calma e relaxante, tem empatia. O tapete oriental e os sofás em estampas florais parecem dizer: *Nós sabemos que vocês estão ferrados. Tudo bem. Contanto que tenham trazido seus talões de cheque.* Subitamente ele se ressente pela empatia da dra. Brewster. Ted e Elinor contam a ela o quanto se sentem mal, como as coisas estão ruins, e ela assente, sabedora. Essas coisas acontecem. Não tem problema que está tudo uma bagunça!

Ted e Elinor sentam lado a lado no sofá de ratã, tímidos e nervosos como dois alunos de ginásio numa festa. Ted estica o braço e pega nas franjas desfiadas do buraco no joelho do jeans de Elinor. Ele enrola os fiapos no meio dos dedos, achando-os incrivelmente macios.

– Suas pernas estão bronzeadas – diz ele.
– É de ler embaixo da árvore.
– Bom. – Durante as horas que antecederam essa consulta, eles ficaram escolhendo as palavras cuidadosamente, como se estivessem procurando pela pedra menos escorregadia para pisar, ao atravessarem um riacho.
– Você está bem? – Ted pergunta a ela. – Quero dizer, você *parece* ótima.
Elinor está com uma camiseta do Talking Heads, sem sutiã. Ela parece descansada – sem olheiras nem rugas nas sobrancelhas.
– Bem – diz ela. Ela não está bem. *Eles* não estão bem. Ted deveria parar de fazer perguntas imbecis.
Elinor estica as pernas diante de si e dobra a cabeça, até encostar nos joelhos. Ela era aluna de dança na faculdade e ainda é notavelmente flexível. A sala está em silêncio, exceto pelo piano de uma caixa de som, no canto. Um enorme vaso de planta fica atrás. Um troço pontudo, com flores. Ted não consegue identificar se são naturais. Elinor detesta plantas artificiais e Ted detesta o fato de não conseguir identificar a diferença. Como é que você deve saber? Ele tem o ímpeto de atirar essa planta contra a parede, mas, em vez disso, ele estala os dedos.
Já do lado de dentro do consultório da dra. Brewster, Ted observa El tirar um Kleenex atrás do outro, da caixinha sobre a mesa, ao seu lado. Embora ela raramente chore em casa, uma vez do lado de dentro da porta, o dique se rompe. Ela sempre foi uma pessoa que faz as coisas certas, no lugar certo – um talento para separar cada coisa em seu lugar que a torna muito boa em seu trabalho.
– É como se não o afetasse – diz Elinor, se referindo ao fato de que eles não podem ter um bebê. Ted não consegue acreditar que ainda nem sequer chegaram ao caso.
– Não é verdade. – Talvez seja hora para que ele finalmente fale sobre esse assunto. – Não me afetou da mesma forma que afetou você, por essa razão, você conclui que não me afeta de forma alguma. Isso é um raciocínio falho.

– Você que deveria ser advogado. – Elinor desvia o olhar. – De qualquer forma, eu acho que você trepou bastante enquanto estava sentindo a dor. – Elinor alega que xingar à vontade é uma das únicas coisas que gosta, quanto a não ter filhos.

– Eu queria ter uma filha! – Ted se inclina na direção dela, cruzando com seu olhar. – Eu *queria* uma menininha. – Ele sempre temera dizer isso, como se ser esperançoso fosse trazer um carma ruim.

Elinor parece surpresa. Ela baixa o tom de voz.

– Está vendo, eu nunca soube disso, porque você não fala sobre isso. Você só quer atrasar o relógio ou adiantar, sem discutir nada.

– É porque tudo que eu falo deprecia a *sua* dor. A dor *física* que eu jamais experimentarei. Não tenho permissão para experimentá-la do meu próprio jeito, porque nunca pus meus pés nos estribos.

A terapeuta assente. Ted se sente como se tivesse feito um ponto, numa partida de tênis. *Ponto!*

Um carro passa por uma poça na rua. É um dos poucos dias chuvosos do verão. O ar-condicionado estala e ruge.

– Oh – Elinor finalmente diz, baixinho. – Entendo o que você quer dizer. – Ela é uma ouvinte solidária. Esse é outro traço que a torna uma boa advogada. De certa forma, isso dificulta ser casado com ela. Porque ela ouve cuidadosamente e busca o significado das palavras das pessoas; Ted gostaria de ser mais profundo.

– O fato a ser compreendido – diz a dra. Brewster, em sua voz calma – é que os grandes acontecimentos, tais como doenças, ou a perda de um bebê, ou a infertilidade, tocam as pessoas de formas diferentes. Um homem e uma mulher podem reagir e lidar com o fato de forma inteiramente distinta. Você se zanga com seu parceiro por não parecer tão triste como você está, embora esse raramente seja o caso. Ironicamente, isso causa uma ruptura entre as pessoas, justo quando elas mais precisam uma da outra.

Elinor está em prantos novamente, fazendo uma bola de lenços de papel nas mãos.

– A infertilidade e a infidelidade são dois assuntos grandiosos a serem discutidos no casamento – acrescenta a terapeuta. Elinor concorda. A terapeuta assente. O consenso paira pesadamente no ar. Ted gostaria de poder abrir uma janela.

– Eu sei que o caso pode parecer algo imperdoável – diz Ted.

– Eu gostaria de poder desfazer...

– Você não pode...

– Eu *sei*, Elinor, eu sei! – Ted ouve a própria voz se elevando, mas não consegue parar. Ele quer decepar o braço e entregar a essas duas mulheres! – Motivo pelo qual você *deve mesmo* estar zangada. Talvez nós *devamos* gritar. Grite comigo! – ele grita.

A dra. Brewster se inclina na direção deles, como se estivesse assistindo a um programa interessante. Ela sempre veste os mesmos tons discretos de bege e marrom, combinando com o papel de parede, carpete e móveis de seu escritório – uma neutralidade em tweed que incomoda Ted.

– Ah, não devemos gritar. – Ted lança o braço na direção da terapeuta. – Não. Devemos ouvir música clássica e rasgar Kleenex e calmamente conversarmos sobre nossos *sentimentos*.

– O que *você* está sentindo? – A dra. Brewster pergunta a Elinor. Ela franze o rosto para Ted, sinalizando para que ele fique quieto, por um instante.

Ted suspira profundamente, depois tenta redirecionar a onda de impaciência com uma tossida.

– Talvez seja uma coisa boa que a Suzie NoRisoto tenha surgido – Elinor resmunga –, para forçar que nos separássemos. Quero dizer, nós tivemos que terminar, antes de ficarmos juntos.

Ted endireita as costas diante da menção de Gina.

– Sinto muito – diz Elinor, num tom de brincadeira. – Não consigo dizer o nome dela.

– Por que sente muito? – pergunta a dra. Brewster.

– Não *gosto* de ficar amarga – diz Elinor, na defensiva. – É como ter um resfriado, só que pior, como se ele nunca passasse.

– Ela dá uma risada fraca. – Fico mais amarga por estar amarga.

– Mas você parecia zangada comigo *antes* do caso – frisa Ted.

Surge um silêncio e Elinor assente. Seu rosto está inchado com manchas vermelhas. Ted tenta se esticar para tocá-la, mas seu peso parece ser puxado para longe dela, para o centro da poltrona de couro, que é escorregadia e côncava, como uma luva de beisebol. Finalmente, ele se inclina à frente e pega a mão de El. Ele a aperta, talvez um pouquinho forte demais.

– O que você está sentindo agora? – a dra. Brewster pergunta a Elinor.

– Estou me sentindo terrível – diz Elinor, por entre o choro.

– Nós estabelecemos isso! Eu me sinto terrível, Ted se sente terrível. O que mais estabelecemos?

A dra. Brewster levanta e abre uma gaveta. Ela tira dois blocos pautados e entrega um a Ted e outro a Elinor, acompanhados de canetas.

– Quero que cada um de vocês faça uma lista de dez coisas que adoram do outro. Apenas listem o que vier à cabeça, e depois nós vamos conversar mais um pouco.

Ted fica impressionado com a rapidez com que a caneta de Elinor desliza sobre o papel, revolvendo, com o ritmo de sua escrita. Sente-se intimidado por seu bloco em branco. Ele adora um milhão de coisas a respeito da esposa, mas sempre leva alguns instantes para organizar os pensamentos diante de um assunto.

Elinor congela. Ted sente que ela o está olhando de canto de olho.

Ele escreve: *senso de humor, inteligência, linda, joelhos macios, dentes perfeitos*. Ted pensa na forma como os dentes de Elinor parecem brilhar do outro lado de uma sala, numa festa, ou no jeito como ela faz todos rirem. *Ética profissional, humor*. Opa. Ele já tinha escrito humor. Ele risca, percebendo que isso provavelmente faz parecer a Elinor e a terapeuta que ele mudou de ideia a respeito de alguma coisa. Rapidamente acrescenta à lista: *tudo que ela sabe sobre cadeiras*. Ele acha ótimo que Elinor consiga distinguir uma cadeira Luís XIV de uma Luís XV e uma Luís XVI. Algo que tem a ver com a extensão e as pernas. Ela honestamente acha que os móveis foram a causa da Revolução Francesa. Há teorias inteligentes a respeito disso. – Pense a respeito – ela diz.

A realeza cobrava impostos infernais para folhear suas cadeiras a ouro. Você não ficaria injuriado? – Depois, tem sua outra teoria, de que a cafeína causou a Revolução Industrial. – Então, por que não aconteceu na China, de onde veio o chá? – Ted tinha perguntado. – Hum. Boa pergunta – Elinor ponderou, repensando. Eles costumavam falar de coisas aleatórias como essas, o tempo todo. Não sobre os problemas deles, suas questões. Jesus, tudo que eles fizeram foi tentar começar uma família!

Ted percebe que está olhando para o espaço, enquanto Elinor e a dra. Brewster o observam, esperando. Ele se vira para El. Ela parece magoada, provavelmente porque Ted não está trabalhando em sua lista. Ela abraça o bloco junto ao peito.

– Você gostaria de ler sua lista? – A dra. Brewster gentilmente pergunta a Elinor.

– Bonito – Elinor começa –, forte e atlético. Cabelos grossos e perfeitos. Bíceps maravilhoso. Quero dizer, *por favor*.

Ted sente que está ficando vermelho. Ele nunca se achara bonito. Ele é parrudo e desajeitado, não é?

– Tímido, de um jeito meigo. Gentil e bondoso com seus pacientes. Está certo, às vezes, bondoso demais. Ele ouve a história da vida inteira enquanto a sala de espera está transbordando. – Elinor franze o rosto para seu bloco. – Não fica zangado por muito tempo, mas fica frustrado com facilidade e às vezes tem gênio. Desculpe, isso é negativo. – Ela pula algo escrito no papel.

Ted quer ouvir, quer saber quais são os outros pontos negativos.

– ... trabalhador árduo, bom para as pessoas idosas – Elinor continua –, dá boas injeções, melhor que enfermeiras, *isso* é certo, ótima risada, mãos fortes, bom professor. – Ela ergue o olhar para a dra. Brewster, ligeiramente constrangida. – Ele me ensinou a arremessar uma bola de softball.

– Isso é ótimo – diz a dra. Brewster. – Quando se mora com alguém, fica fácil esquecer essas coisas. Ted?

Ted nem precisa olhar o bloco para dizer todas as coisas que ele adora na mulher. A lista vai saindo: inteligente, engraçada, bonita, humor negro espirituoso, ótima advogada, arrebenta nas palavras cruzadas, não liga para o que as outras pessoas pensam, no entanto, é atenciosa com os outros –, gentil com os funcionários, em seu trabalho –, conhece todos os tipos de cadeiras, adora estar ao ar livre, deixa nosso jardim muito bonito, lhe dá muito apoio. *Ao menos, até recentemente*, pensa ele. Não foi o fato de El ter parado de lhe dar apoio; apenas aconteceu que, de alguma forma, eles não fazem mais as coisas juntos. Cada um deles está em sua própria órbita, incapazes de apoiar um ao outro. Mas Gina faz isso. Gina consegue levantar o astral de Ted e mantê-lo no alto. Ele estremece diante dessa ideia, aliviado que a dra. Brewster esteja falando agora, propondo um plano: Ted e Elinor devem se encontrar com ela uma vez por semana e fazerem um programa duas vezes por semana. Um dos programas deve ser algo divertido, devem sair, e o outro deve ser feito em casa.

– Pode ser um projeto no qual tenham tido a intenção de trabalhar juntos, ou podem fazer um jantar juntos, ou uma caminhada pelo bairro – ela sugere. – Ou podem apenas sentar e ler. Tentem não planejar coisas de grandes expectativas. Vocês não precisam de restaurantes finos e luz de velas o tempo todo.

Ted esfrega o rosto. Dois meses antes, seus espermas e os óvulos de Elinor estavam num tubo de ensaio. Agora eles estão *namorando*.

– E você, Ted, tem alguma ideia? – a dra. Brewster pergunta.

– Ideia? – Ele havia parado de ouvir, por alguns minutos.

– De um local como território neutro para um encontro amoroso – diz a dra. Brewster.

– Boliche? – Ted arrisca. El gosta de jogar boliche. Da cerveja barata, da batata frita gordurosa, da forma como os sapatos de boliche deslizam pelo chão. *Como se o piso fosse um tabuleiro de Ouija*, a El sempre diz. – Em Camp David – ele acrescenta.

Elinor ri de sua piada, limpando as bochechas.

Ted sente que está sorrindo.

– Bom. Está marcado. – *Boliche*. É como se ele tivesse dito a coisa certa pela primeira vez, em um ano.

Ted acorda, no meio da noite, e imediatamente sabe que Elinor não está na cama com ele. Ele olha para o radiorrelógio. São duas da manhã e ela sumiu. O braço dele voa, buscando as cobertas ao seu lado. Ela está em Ohio. Não, ela está em casa. Eles foram dormir juntos. Leram, deram um beijo de boa-noite, tentaram um carinho, mas resolveram que não estavam confortáveis e cada um deles rolou para o seu lado da cama.

– El? – As luzes não estão acesas nem no banheiro, nem no corredor. Ted sai cambaleando da cama, xingando. Ele coloca a calça de moletom e segue pelo corredor. – El? – Ele espia na lavanderia. Ela sempre encontra *alguma* coisa para lavar, mesmo que sejam toalhas de praia ou descanso de pratos natalinos. Mas a lavanderia está escura. Ele pisca e estreita os olhos, ao acender a luz da cozinha, depois abre a porta da garagem. Os dois carros estão ali. O escritório de Elinor, a sala de jantar, a sala de estar. Tudo escuro, escuro, escuro. Ele estica a mão para abrir a porta da frente, surpreso por descobrir que está destrancada. Coloca suas sandálias de dedo e sai para a varanda. O ar noturno está úmido e fresco. As luzes da rua reluzem amareladas. O céu está tingido de rosa, pelas luzes do centro da cidade. Ted olha o quintal e avista um montinho embaixo do carvalho.

– El! – ele chama, num sussurro alto. Ele se apressa para atravessar o gramado até Elinor, que está encolhida, dentro de um saco de dormir, em cima de uma colcha velha. Seu travesseiro está em formato de bola, embaixo de sua cabeça. Ela dorme profundamente, em posição fetal, sob a sombra do tronco da árvore. Jesus, qualquer doido pode passar de carro e encontrá-la ali. Ted se ajoelha ao seu lado e passa a mão em seu rosto.

– Elinor?

Ela dá um pulo, ofegante, estreitando os olhos para olhá-lo.

– Está na hora de ir para a terapeuta conjugal? – Ela franze o rosto e fecha os olhos outra vez.

– Hora de ir para a *cama*. Querida, o que você está fazendo aqui?

– Eu desliguei o irrigador automático – diz ela, como se isso explicasse tudo. Ela encosta o queixo no peito e lambe os lábios.

Ted senta ao seu lado, na grama úmida que o espeta nas pernas, atravessando o cobertor.

– Eu não conseguia dormir – murmura ela.

– Mas você não pode dormir *aqui* fora.

– Por que não?

– Para começar, não é seguro. – Ele a beija na testa. – Vamos lá pra dentro.

– Deita comigo. – Elinor chega para o lado, no cobertor. Ela abre o zíper do saco de dormir e tenta colocar por cima de Ted, conseguindo cobrir uma de suas coxas. Depois adormece novamente. Ted olha em volta, para se assegurar de que não há ninguém espionando na rua, depois deita de lado e passa o braço ao redor da cintura dela, mergulhando o rosto em seus cabelos.

A pele de Elinor está morna e úmida. Ao correr os dedos sobre o macio corpete de seda, ele fecha os olhos. Segura o seio dela, faz carinho nas costelas. Ela é tão miúda. Essa foi a primeira coisa que ele reparou na esposa, quando a conheceu. Foi no verão em que seu amigo Duncan trabalhava no mesmo escritório de advocacia que El, e convidou Ted para um piquenique da empresa deles. Quando o jogo de softball começou, Elinor ficou sentada, sozinha, junto à mesa de piquenique, bebendo cerveja. Ted perguntou se ela não ia entrar no jogo.

– Está certo, tenho uma confissão – disse ela. – Eu nunca disse isso a ninguém.

Ted riu.

– Eu não sei *jogar*. – Ela disse que ninguém nunca a havia ensinado a arremessar, nem rebater uma bola de softball. Ela era uma devoradora de livros quando criança e devia estar ausente no dia em que aprenderam a fazer isso, no colégio. Então, ela secretamente odiava os piqueniques de verão e seus jogos de softball. Ted também resolveu não jogar naquele dia, e ele e Elinor ficaram sentados, conversando e bebendo cerveja, até que todos foram embora do piquenique e escureceu. Ao longo das semanas seguintes, eles se encontravam depois do trabalho e ele a ensinou a arremessar e rebater a bola. Sete meses depois, eles estavam casados.

E se passar um carro de polícia?, Ted pensa agora, enquanto pega no sono, embaixo da árvore. Ele abre os olhos. Será que você pode ser multado por dormir no seu próprio quintal? Ele respira, sentindo o cheiro da grama molhada. Enquanto todo mundo no bairro tem jardineiro, Ted prefere ele mesmo cuidar do quintal. Que droga, ele é a única pessoa que conhece que tem um cortador de grama. Ele gosta da distração de passar com o carrinho, cortando, gosta de puxar as folhas com o ancinho, e até da ligeira dor que surge em suas costas depois do trabalho.

Elinor se remexe e tosse, se virando de frente para Ted. Ela abre os olhos. Eles estão claros, quase febris. Ela estica o braço para tocar o rosto de Ted, mas recua a mão, como se a pele dele estivesse quente. O cabelo dela está com mechas espetadas ao redor da cabeça. Ted percorre o dedo num tracejo de seu maxilar.

– Eu adoro a nossa casa – diz ela.

– Adora? – Elinor comprou o lugar antes que ela e Ted se conhecessem, mas, à época, ela detestava, porque era cheia de problemas que ela não tinha tempo, habilidade, nem dinheiro para consertar. Depois que eles se casaram, ela e Ted trabalharam juntos, arrancando pisos de linóleo, substituindo armários, e até comprando uma picape velha para as viagens ao Home Depot.

– Se você adora, então, vamos lá pra dentro – Ted provoca.

– Eu adoro tudo nela – diz Elinor, jogando o braço para fora do saco de dormir. – Eu adoro essa *árvore*.

Ted faz cócegas na parte interna do braço de Elinor, com as pontas dos dedos, algo que ela sempre pedia que ele fizesse.

– Adorei nosso quase bebê – murmura Elinor. – Nosso zigoto.

– Eu sei. – Ted se inclina para beijá-la na testa. Depois ele desliza os braços por baixo de sua cintura, a tira do chão e carrega para dentro da casa.

Na cama, Ted ri, enquanto tira folhas dos cabelos dela, juntando-as sobre a mesinha de cabeceira. Ele pega o primeiro botão do jeans 501 dela.

– Eu me lembro de fazer isso nos velhos tempos – diz ele, abrindo a fileira de botões numa puxada. O hálito de Elinor está morno, na orelha dele. Ela levanta o quadril para que ele possa puxar o jeans e a calcinha. E depois eles fazem amor. Por nenhuma razão. Não para ter um bebê, nem para manter um nível estatístico de algum artigo, numa tola revista feminina, nem para fazer as pazes depois de uma briga, ou porque um deles quer e o outro não. Estão fazendo amor porque Elinor não conseguia dormir lá dentro e Ted não conseguia dormir lá fora, e porque é gostoso.

Elinor dá uma risadinha.

Ted recua e para, erguendo-se um pouquinho em cima dela.

– O quê? – ele pergunta, constrangido.

– Todos aqueles anos em que me preocupei com contraceptivos.

✤✤

O salão de boliche está cheio de gente, na sexta-feira à noite. Led Zeppelin está tocando a toda na estação de clássicos do rock, e as luzes coloridas piscam acima. Ted observa Elinor dar uma corridinha, curvando a perna de trás, arremessando sua bola. A bola segue perfeitamente pelo centro da faixa. Ela fica parada como uma estátua, enquanto a bola gira e bate nos pinos. Strike. Ela se vira, balançando os punhos acima da cabeça, a renda do corpete aparecendo sob o velho suéter de tricô de Ted.

– Você está me dando uma surra – diz Ted, quando ela se aproxima, ligeiramente sem fôlego. Ela senta no colo dele, enquanto ele marca a folha de pontuação. A cerveja está gelada, o queijo quente está quente e gorduroso, e o pescoço de sua esposa tem aquele cheirinho adocicado de maçã. Ele sente uma ereção começando, dentro do jeans. Elinor também deve estar sentindo. Ela remexe a bunda, sutilmente rebolando sobre ele.

– Aposto que você não sabia que esse salão de boliche tinha dança de colo. – Elinor se vira para beijá-lo, com os lábios gelados da cerveja.

– Esse boliche tem tudo que eu preciso nesse momento – Ted ergue os cabelos dela e lambe a parte de trás de seu pescoço.

– Olhe só pra gente, daqui a pouco alguém pergunta se você vai me comer aqui ou se é pra embrulhar pra viagem.

– Não se surpreenda. – Ele aperta a coxa dela ao levantar, para lançar sua bola.

Ted pega uma bola e assume a posição para lançá-la, primeiro fechando os olhos e ouvindo a cacofonia dos pinos e do riso. Ele inala o cheiro de cerveja e fumaça de cigarro, achando esse odor estranhamente confortante. O salão de boliche é como uma máquina do tempo. Isso poderia ser em qualquer ano de sua vida. Ele abre os olhos e arremessa a bola. Ela bate no chão com um pouquinho de força e desvia à direita, atingindo apenas três pinos.

– Bom. – Elinor anota seus pontos.
– Sou uma droga. – Ted passa as mãos no jeans.
– Ei, dr. Mackey! – uma voz grita.

Ted se vira e vê Toby vindo correndo, em meio à aglomeração de gente, com um sorriso dentuço no rosto. O peito de Ted se aperta, quando ele espia além de Toby, para ver se Gina está com ele.

– Toby, oi, o que você está fazendo por aqui? – pergunta Ted.
– Festa de aniversário. – Toby sacode os ombros timidamente, quando vê Elinor. Ele aponta um ombro na direção de uma gangue de garotos barulhentos, algumas faixas adiante.
– Bem, é ótimo vê-lo. – Ted diz isso num tom conclusivo. *Então, tchau!* Toby parece magoado. Ele dá alguns passos para trás, cruzando os braços para alcançar as cascas dos cotovelos.
– Você não vai me apresentar? – pergunta Elinor.
– Você é a sra. Mackey? – Toby dobra a ponta macia do sapato que deve ser uns dois tamanhos maiores que o seu pé.
– Sou. – Elinor ri. – Qual é o seu nome?
– Toby.
– Prazer em conhecê-lo, Toby. – Ela aperta a mão sardenta e oferece um saco de amendoim M&M.
– Sou alérgico a amendoim – Toby resmunga, como se o doce o tivesse ofendido. Ele chuta uma cadeira vazia e ela se desloca no chão.
– Filho de paciente? – Elinor sorri para Ted.

Ted pigarreia.
– Sua mãe é a nova enfermeira do consultório? – Elinor pergunta a Toby.

– Até parece. – Toby olha para Ted. – Minha mãe, enfermeira. Ela nem consegue fazer suas tabelas de horário.
– Esse é o filho de Gina Ellison. Você sabe. – Ted tosse novamente; uma tosse seca e antiprodutiva que o faz sentir ter folhas na garganta. – Gina, a treinadora da academia?
Elinor sorri formalmente para Toby.
– Nós não vamos mais àquela academia.
– É, é uma porcaria – Toby diz. Ele está inclinado à frente, com aquela expressão de quem vai começar a matracar por dez minutos seguidos. – Por isso que é melhor quando o dr. Mackey me leva para a livraria.
– Não diga? A livraria? – Elinor se vira para Ted. – Você não me disse que ela tinha um filho – ela diz, por entre os dentes cerrados.
– Eu não sabia que ela tinha um filho, até recentemente. – Ted baixa o tom de voz, torcendo para que Toby não possa ouvi-lo.
– Recentemente? Recentemente, quando?
– Enquanto você estava em Ohio.
– E você o levou à livraria? – Elinor se vira na direção de Toby, com uma expressão impotente no rosto. – Ele parece ser seu grande fã.
– Eu encontrei com eles por acaso. Depois, Toby e eu fomos até o shopping e eu o ajudei com seu dever de casa. Uma vez. – Melhor dizer a verdade. Ted deve ao menos isso à esposa.
– Estudaram? Uma vez? – Elinor olha para Toby.
– Ele me ajudou com as minhas frações – diz Toby, orgulhosamente. – Ei, eu tirei um oitenta e dois no meu teste!
– Dever de casa – Elinor diz, incrédula.
– Sim, mas eu lhe disse que não posso mais ajudá-lo. Certo, Toby? – Ted estica o braço e coloca a mão no ombro de Toby, apertando.
Toby chuta a cadeira novamente.
– Tanto faz. É. Talvez você pudesse me ensinar na sua casa? – Ele olha para Elinor, pedindo a ela, falando com desespero, mais do que afronta.

– O quê? – diz Ted. – Não, Toby. – Ele pega o ombro do menino e o vira para longe de Elinor.
– Com licença. – Elinor levanta, joga a bolsa no braço e passa por eles, apressadamente, começando a correr ao passar pelas máquinas de fliperama.
– Toby, você precisa voltar para a sua festa. – Ted coloca a palma da mão sobre as pequenas clavículas ossudas do menino e lhe dá um empurrão.
– Broto de feijão, é a sua vez! – grita um dos garotos da festa.
Toby sai correndo de Ted, em direção oposta à festa, rumo aos vestiários.
Ted dá a volta e vai atrás de Elinor pelo corredor escuro e estreito. O tapete cafona, preto e vermelho, com uma estampa maluca de pinos e bolas, começa a girar embaixo de seus pés.
– *Sapatos!* – uma voz grita para ele, pelo sistema de alto-falantes. – *Os sapatos não são permitidos do lado de fora.* – Ted passa como uma bala pelas portas dos fundos, batendo o quadril. Ele encontra Elinor entrando no carro.
– O que você vai fazer – ele grita pra ela –, me deixar aqui?
Elinor abre a janela do carro.
– Você pode arranjar uma carona pra casa com o pessoal da festa de aniversário.
Ted chega ao carro, sem fôlego.
Fla se vira pra ele, com o rosto vermelho, em fogo.
– Você não me disse que ela tinha um filho.
– El, ele sabe que eu sou casado. – Ted está ofegante e espalma as mãos sobre a porta do carro, como se tentasse segurá-lo no lugar. Ainda está ligeiramente claro. O ar está refrescando, mas o asfalto emana calor.
– Então, você realmente não está me traindo com um garoto de oito anos? – Elinor liga o carro.
– Ele tem dez anos. É pequeno para sua idade. – Ted diz isso na defensiva, sem a intenção de fazê-lo.
– Jesus, Ted. – Elinor parece mais aborrecida do que zangada.
– Está certo. Então você terminou com ele. Você terminou com o filho de dez anos de sua ex-amante.

Ted assente.

– Que diabos está acontecendo conosco? – Elinor grita, para o estacionamento. Duas veias surgem como cordas em seu pescoço. – Por que fazemos tudo tão terrivelmente difícil?

– El, por favor...

– Por favor, o quê?

– Por favor, não vamos brigar. Eu te disse tudo que há para saber. É isso, eu juro. Eu a encontrei por acaso, quando você estava em Ohio, e ajudei o filho dela uma vez, com o dever de casa, porque ele está tendo dificuldades e eles não encontraram um professor particular ainda. É só isso. Acabou.

– Quantas vezes terá que ter acabado, Ted?

Ela franze o rosto, olhando o para-brisa, como se estivesse se concentrando no tráfego intenso.

– Está certo, eu sei – diz Ted.

– Ele é um garoto bonitinho. – Elinor parece calma. Ela pega o volante, estreitando os olhos. – Não parece nada com a mãe dele.

Ela se inclina à frente e sua cabeça some, enquanto ela mexe embaixo do painel. Depois ela ressurge, entregando seu par de sapatos de boliche para Ted, pela janela.

– Espere, eu tenho que ir até lá dentro pagar. – Quando Ted se vira para o salão de boliche, ele ouve o carro sendo engatado.

– É. Pegue um táxi, pode ser? – Elinor soa como se fosse um pedido de desculpas, ao dizer isso. Ela sai dirigindo. – Eu vou me mudar de casa – ela grita, por cima do ombro.

– O quê? Você não pode... Como é que estamos casados se você se muda de casa e não está sequer usando nossa aliança?

Elinor diminui, vira a cabeça e lança um olhar de quem diz *você não pode estar falando sério.*

– Ouça, eu não vou mais dar aulas para o Toby. Eu não ia mesmo. Quero dizer, eu... – Ele pega uma pedra e atira na parede dos fundos do salão de boliche.

Elinor pisa no acelerador, fazendo voar pedrinhas por trás das rodas.

– Eu te vejo na terapeuta? – Ted grita.

Elinor pisa subitamente no freio, tomando um impulso à frente, presa ao cinto de segurança. Ela se debruça para fora da janela, balançando a cabeça.
— Eu acho que não. Preciso de um tempo para sair com você.
— Ela gesticula para o salão. — Ou seja lá que diabo isso for. — O carro dá outro solavanco à frente. Ela sai acelerando do estacionamento, sem sequer olhar pelo espelho retrovisor.
— Deixe que *eu* me mude! — Ted grita, atrás dela, segurando os sapatos de boliche empoeirados, junto ao peito. Ted sente o gosto de ketchup e cerveja ardendo na garganta. A nuvem de poeira chega até ele. — *Deixe que eu mude!*

6

SEMPRE HÁ ALGO DE ERRADO COM OS HOMENS QUE GINA AMA: eles bebem demais, ou quebram as coisas, ou dão cheques voadores, ou não conseguem se manter no emprego. Ted é um novo tipo de algo errado. Casado. Acrescentado à lista de atributos inadequados.
Por que ela não pode se apaixonar por nenhum dos homens que *deve*? Bob, por exemplo. Depois da primeira vez que eles dormiram juntos, ele disse que a amava e queria levá-la para Paris. Queria que ela fosse morar com ele. Gina continuou a sair para jantar e ir ao cinema com ele, mas não havia química. Quando ia buscá-la para sair, seu entusiasmo nervoso a fazia querer pular do carro. E o fato de que ele tinha o pior beijo do planeta não ajudava muito. À medida que a língua esponjosa abria caminho em sua boca, Gina só conseguia pensar no quanto queria beber um copo d'água.
– A química que vá para o inferno – disse sua amiga Donna.
– Bob é sócio de um dos escritórios de advocacia do Vale! A química vem depois. – Gina torcia para que isso acontecesse. Mas, em sua experiência, a química nunca vem depois, ela desaparece.
Ela quer viajar para Paris. Quer ficar de sacanagem embaixo da Torre Eiffel. Com Ted.
Será que ela é uma daquelas mulheres disfuncionais que só conseguem amar homens que não a amam? Mas Shane a amava e ela também o amou, no começo. *Ali*, sim, certamente tinha química. Ela se apaixonou por ele num bar – não foi no melhor dos locais, tem de admitir – onde ele tocava, numa banda. Enquanto o vocalista pulava pelo palco como um candidato a astro da MTV, Shane fechava os olhos e dedilhava seu baixo com uma concentração triste, que comoveu Gina. Seus cabelos pretos repicados até

os ombros emolduravam seu rosto claro. Ele parecia magro e definido, em seu jeans simples, com camiseta. Quando ela finalmente o conheceu – uma semana depois, no intervalo do show –, não conseguia acreditar no contraste estarrecedor de seus olhos azuis e aqueles cabelos negros, com a pele clara. Sexo com Shane era, ao mesmo tempo, doce e intenso. Ele é provavelmente o melhor amante que Gina já teve. Embora tenha quase quarenta anos, tem o corpo de um universitário – magro, porém musculoso e vigoroso, com um peito liso e barriga definida, sem que precise malhar para manter. Ele não tem vaidade para malhar, nem é obcecado por dietas. Seu corte de cabelo repicado e suas roupas – jeans, camisetas e camisas de flanela – são meio ao estilo dos anos 1970, o que logo cativou Gina – como se ele pudesse levá-la de volta a uma época mais calma.

    Nas manhãs, Shane sempre preparava café da manhã para Gina, cantando músicas tolas, enquanto fazia omeletes de queijo e passava geleia nas torradas. Mesmo sendo um cara típico – com seus Marlboros e a pequena tatuagem de cobra no tornozelo –, é impressionante o quanto é doméstico. Sua mãe morreu num acidente de carro, quando ele tinha dezesseis anos, e seu pai trabalhava à noite, portanto, ele tinha que cuidar das irmãs mais novas. Ainda adolescente, aprendeu a cozinhar e lavar roupa, e até a passar. Por isso, ele não acha nada de mais passar o aspirador na casa de Gina, nem acha bobagem simplesmente fazê-la rir.

    Gina logo descobriu que o problema com Shane era a birita. Ele bebe demais e tem uns horários loucos, e corre demais de carro e fuma e xinga. Quando ele bebe, seu humor oscila de afetuoso a brincalhão, a sarcástico, a rabugento e zangado. Depois que a raiva se instala, ele é um contraste em movimento, andando de um lado para outro, falando de modo explosivo. Os foras não são direcionados a Gina; geralmente são resmungos sobre a indústria musical ou os patrões desatenciosos do bar. Mesmo assim, a intensidade de seus ataques de fúria parece um incêndio descontrolado, o modo como começam à toa sugere que isso poderia facilmente se voltar contra ela.

E também tem o ciúme. Uma noite, Gina cometeu o erro de falar sobre Ted. Foi antes de se envolver com ele. Shane perguntou como ia seu emprego – quem era seu cliente favorito. Pelo fato de ter crescido com irmãs, ele era bom em puxar conversa desse tipo. Ela disse que não conseguia acreditar no quanto esse cara, o Ted, era grato por suas ideias, o quanto ele parecia faminto por um pouquinho de elogio e incentivo. Sua esposa, uma advogada poderosa, não parecia prestar muita atenção nele. Essa esposa parecia incrivelmente independente, nem um pingo carente – duas características que Gina admirava secretamente.

– Eu aposto que esse cara te adora! – Shane disse em tom acusador, batendo o punho na mesa. Ele já tinha tomado quatro cervejas naquela noite, e sua voz se elevava a cada garrafa. Gina rapidamente mudou o rumo da conversa, dizendo o quanto o *velho* Ted estava fora de forma e gordo, depois ela perguntou a Shane sobre sua banda.

Depois de mais dois drinques de tequila, Shane bateu nela. Não foi bem uma pancada, foi mais um empurrão. Ainda assim, doeu e deixou um hematoma no braço de Gina. Ela tinha cometido o equívoco de dizer que não podia condenar as pessoas do bar por conversarem enquanto a banda estava tocando. Ela até batera um papo com um cara, durante a última parte do show. Então, Shane a empurrou contra a parede da cozinha. No instante em que ela ficou ali, presa, encurralada por seus olhos vermelhos irados e seu hálito de cerveja, ela se desapaixonou. Num lampejo, ela viu o potencial que Shane tinha para machucá-la, ou ao seu filho, e *puf*, acabou. Ela gostaria de pensar que aquilo foi racional e nobre, mas realmente não foi. Gina simplesmente se apaixonou e desapaixonou instantaneamente. Isso não acontecia com frequência, mas quando acontecia era súbito, como um relâmpago.

Foi assim que aconteceu com Ted. Numa manhã, ele sentou de frente para ela, diante de sua escrivaninha, na academia, contando como ajudara um vizinho, no dia anterior, a procurar por um cachorro perdido. O cachorro tinha fugido para uma colina, atrás das casas onde eles moram, e Ted andou pelo mato com o cara, durante duas horas, até que eles finalmente encontraram o cachorro, no quintal dos fundos de outro vizinho, comendo a comida do gato. O cachorro estava coberto de carrapichos e Ted fez uma pequena cirurgia em sua pata, usando um cortador de unha para tirar um dos carrapichos presos no meio da pata do *pobrezinho*. Gina se abaixou para amarrar o cadarço do tênis, ouvindo, rindo, admirando a bondade de Ted. Quando ela ergueu a cabeça, a beleza de Ted a sufocou. Ela sentiu o calor emanando do peito, até o rosto. *Droga, eu adoro esse cara. Droga, droga, droga. Esse cara casado!* Depois disso, durante semanas, Gina tentou não olhar Ted nos olhos. Era o rosto dele que pegava. Um rosto grande de irlandês, com lábios cheios que facilmente se abriam num sorriso largo. Olhos castanhos profundos e lóbulos das orelhas que mais pareciam jujubas, pedindo para serem mordiscados.

Ela tentou tirar Ted da cabeça. Mesmo tendo terminado com Shane, ligou e o incentivou a ir até o AA. Ela se ofereceu para ir junto. Shane disse que não era para ir com a *mãe*. Gina sabia que esse era o papo de doidão. Mas depois Shane parou, de fato, de beber, e começou a ligar para Gina todas as noites. Ele sentia sua falta. Ele a amava. Ele a queria. Precisava dela. Eles passavam horas conversando ao telefone. Ela dizia tudo que podia pensar para lhe dar apoio e ajudar. Eles dormiram juntos novamente e foi apaixonado e lento e perfeito, mas ela não o amava mais. (Será que seu coração nunca ia consultá-la a respeito dessas questões?)

Enquanto isso, Gina ficou sabendo que Ted estava tendo problemas com a esposa. Um dia, durante a malhação, Gina sugeriu que ele e a esposa fossem fazer caminhadas no fim de semana, pois é mais divertido fazer exercícios com um parceiro.

– Numa caminhada, você está ao ar livre, conversando, e nem nota que está fazendo um ótimo exercício – disse ela.

– Você está supondo que ela faria qualquer coisa comigo – disse Ted.

A tristeza e frustração na voz dele surpreenderam Gina. Ela tentou esconder seu susto, desviando para aumentar a carga dele na esteira.

– Não é sempre assim? – Você começa pensando que tem tanta coisa em comum, depois, antes que perceba... Teve um cara que eu namorei, que disse adorar encontros em locais de vendas e brechós, depois, assim que passamos a namorar sério, ele não ia comigo. – Que diabos ela estava *dizendo*? Ela não tinha certeza de como conseguia se manter tão alegre. Era algo que ela fazia desde o primário. Ela era a menina bonita que estava sempre contente. Não afetada, mas animada. Otimista. Nunca por ela, diga-se de passagem, mas pelos outros. Foi por isso que ela se tornou uma personal trainer.

Ted começou a correr na esteira, sorrindo para ela, abaixo. Sua esposa não queria fazer nada com ele? Que diabos? Ela ia cair matando em cima desse homem. Ela estremeceu e fingiu estar com dor de cabeça, e terminou a aula mais cedo, deixando que Ted concluísse e alongasse sozinho.

Na primeira vez que dormiram juntos, na casa dela, Ted a beijou tanto (beijos leves, ternos, molhados, por todo o seu corpo) e a abraçou tão apertado, e gozou com tanta força, que ela não pôde evitar amá-lo ainda mais.

Depois, Barry, um bem-sucedido promotor de shows, a convidou para sair, ao lado de uma montanha de camarões, no mercado Healthy Oats. Gina imediatamente disse sim, sem qualquer ansiedade estranha, dominada pelo fato de que ela faria qualquer coisa para desgrudar seu coração do tal Ted, o casado. Ela desejava, com todos os ossos de seu corpo, sentir-se atraída por Barry. Mas ele era... escorregadio. A forma como a chamava de "gata" a fazia se sentir como uma vedete de boate – mais um acessório, como seu Rolex, ou seu Jaguar. Ainda assim, era melhor que sair com Bob, com quem ela terminara porque ele sempre a cobria de presentes e jantares elegantes, e ela sabia não poder retribuir.

Ela nunca se sentira atraída por alguém mais do que se sentia por Ted, no entanto, Ted nem era tão bonito como Shane. Embora o rosto de Ted fosse bonito, seu corpo era meio acabado, de tantos anos jogando futebol. Um dos tornozelos era inchado feito uma laranja, por conta de uma vez em que fraturara jogando basquete. Seus joelhos e canelas eram cheios de cicatrizes avermelhadas que quase pareciam queimaduras. Gina gostava de beijar **cada uma dessas imperfeições. Depois ela corria a língua pela parte** interna das coxas de Ted, até ele estremecer. Ela nunca amara ninguém com tanta voracidade e detestava o fato de isso estar fora de seu controle.

Seus clientes não tinham força de vontade quando se tratava de alimentação e malhação. Gina não tinha qualquer determinação quando se tratava de controlar seu coração. Barras de chocolate? Quem se importa? Ela não conseguia entender. Por que as pessoas ficam tão insanas por causa de comida? Uma cliente, que nem era gorda, se torturava por causa de pudim de chocolate.

– Eu comi um – ela dizia a Gina, desesperadamente, como se tivesse ateado fogo a um prédio.

– Está bem – Gina incentivava. – Vamos passar para a bicicleta e estimular essas endorfinas! – Coma uma salada, ela queria dizer, coma um pote de morangos, coma qualquer coisa. Quem está ligando? É somente comida. Componha-se! No entanto, quando se tratava de Ted, Gina não conseguia se compor.

Ela ficava numa alegria abençoada durante as vinte e quatro horas antes de vê-lo e quando estava com ele, depois, numa tristeza esmagadora quando eles estavam separados. Ela sabia que isso não era saudável. Não dava para fazer dieta, nem exercícios para eliminar *esse* tipo de toxina de sua corrente sanguínea.

Gina relutava com o ímpeto de dizer a Ted que o amava. Ela era orgulhosa demais para ser a primeira a dizer isso. Potencialmente, a única. Não, não era isso. Ela temia que assim que dissesse ele saísse correndo. Para os homens, as palavras *eu te amo* parecem significar: "eu quero algo de você". Como se você quisesse lhe tirar um rim. Gina não queria nada de Ted. Ela não queria nada, queria tudo. Não queria romper seu casamento. Só queria dormir com ele todos os dias. Não, dia sim, dia não, já seria suficiente. É, dias alternados já estaria de bom tamanho. Alguns dias, eles transavam duas ou três vezes. Depois, Ted se arrastava para casa, de volta para a esposa.

Eu te amo, eu te amo, eu te amo!, ela queria dizer, enquanto comiam uma salada, no almoço.

Dois meses se passaram e Ted nunca disse que a amava, pois provavelmente não amava. Ele era casado. Amava sua *esposa*. Era

um bom homem. Ser um bom homem significava que ele se sentia terrível por dormir com Gina. Ela notava, a julgar pelos suspiros desesperados que ele dava, sentado na beirada da cama, antes de tomar banho e se vestir, para ir para casa. No entanto, ele continuava a convidá-la para almoçar, cobria seu rosto de beijos, sussurrava as palavras "garota linda", quando entrava nela. Uma vez, ela virou o rosto, para que ele não a visse chorando. Como é que a esposa de Ted podia rejeitá-lo?
– Ela nem me olha – ele dizia a Gina, ao subir no aparelho de step. Ele ficava triste com isso. Triste e culpado, por dormir com Gina. E por isso Gina sabia que tinha que terminar. Ela nunca tinha dormido com um homem casado. Que tipo de mulher moralmente falida dorme com homens casados? Além disso, ela não gostava de ser a porcaria do pudim de chocolate de alguém.

Por isso, foi uma bênção quando o pai de Toby ligou dizendo que Toby precisava se mudar e voltar a morar com Gina. Foi uma bênção quando Elinor Mackey confrontou Gina e Ted, e eles terminaram. Ela ia esquecer Ted e se apaixonar pelo homem certo, mais cedo ou mais tarde. (Mais cedo, por favor!) Enquanto isso, ela dedicaria sua atenção exclusivamente ao filho.

Ela ficara de coração partido, dois anos antes, quando Toby anunciou que queria morar no Maine, com o pai, e ir ao colégio de lá. Talvez Gina já devesse esperar por isso. Toby chegara a um estágio em que se retraía dela. Não queria mais colo. Já não ia mais para o quarto dela, no meio da noite, assustado, querendo cantar musiquinhas. Embora estivesse se tornando um menino grande, ela ainda adorava abraçar o filho – pegá-lo no colo e girá-lo no ar, e fazer cócegas até que ele pedisse clemência. – *Não tem* mel atrás das minhas orelhas! – ele dizia, dando gritinhos, enquanto ela se embolava com ele no chão, virando suas orelhas para beijar a pele rosada por trás delas. – Tem *sim*, bem *ali*! – ela insistia.

O contato físico representa o conduíte através do qual nossos filhos se sentem seguros. Gina lera num artigo. Mas logo após seu aniversário de oito anos Toby anunciou, no carro, numa manhã, a caminho da escola, que não queria mais ser abraçado.

– É claro! – disse Gina, tentando não demonstrar que ficara magoada. – Você quer dizer quando eu te deixo no colégio.
Toby remexeu as mãos e se coçou.
– Nem em casa – disse ele, olhando pela janela.
– Está certo, meu bem. Aproveite o colégio! – disse Gina, alegremente, depois que ele saiu do carro. Ela apertou o maxilar para não chorar, com uma dor que começava nas orelhas.
– Obrigado – disse ele, de um jeito incomum e gentil, num tom de adulto. Depois ele fechou a porta e seguiu rumo à escola, sem dar tchau.
Isso tinha que ser normal. Principalmente com meninos. Gina transformou em questão de honra o fato de diminuir sua afeição física, principalmente em público. Ela sentia compreender o que o filho tinha que estar passando: não podia ser fácil ter pais divorciados. (Na verdade, ela nunca chegou a ser casada com o pai de Toby.) No entanto, quando Toby voltou a morar com Gina, de forma alguma ela estava preparada para esse tipo de desdém. Torcera tanto pelo seu regresso, tirando os lençóis do Homem Aranha do armário para lavar, arrumando sua pequena escrivaninha com material escolar, comprando barras de cereal e maçãs para sua lancheira. Quando Toby desceu do avião, ele parecia mais lindo do que nunca. Aqueles cílios eram de matar. Em contraste com seus cabelos claros, os cílios de Toby eram incrivelmente escuros, longos e curvos nas pontas – pareciam cílios postiços! Seus braços bronzeados estavam cobertos de pelos louros, sardas e casquinhas de feridas. Ela adorava seu jeito esculachado. Ele ainda era um menininho! Ela resistiu ao ímpeto de abraçá-lo e, em vez disso, correu os dedos por seus cabelos.
– *Mãe!* – disse Toby, irritado.
– *O quê!* – respondeu ela, fingindo que ele não a estava matando.
Daquele dia em diante, ela não conseguiu mais nada que agradasse o filho. Enquanto isso, ela e Ted tinham terminado, e o fato de não vê-lo dava a sensação de que alguém havia morrido. Ninguém com quem ela tivesse namorado desaparecera tão subitamente de sua vida. De alguma forma, ela se mantivera amistosa com

seus exs. A vida é curta demais para rancores. A falta de Ted deixava Gina doente. Tinha enxaquecas, vomitava.

Pedir a Ted que desse aulas a Toby havia sido uma ideia louca. Mas Toby ficava ao telefone, com o pai, todas as noites, implorando para voltar para casa. Voltar para casa, no gelo do Maine, para morar com a madrasta ainda mais gélida. A primeira noite que Toby deixou de ligar para o pai foi a noite em que eles encontraram Ted. Toby pareceu se apaixonar por Ted tão repentinamente como acontecera com Gina.

– É mesmo? Você o ajudou num triátlon? – Toby forçava a conversa, no caminho de volta pra casa. – Sabe de uma coisa? Eu acho que ele gosta de você. Mãe, ele tá totalmente a fim de você! Por que você não *namora com ele*? – Essa foi a primeira vez que Toby pareceu estar ligeiramente orgulhoso dela. Ela percebeu que isso era o que queria, tanto quanto o amor do filho, que ele se orgulhasse dela. Ou ao menos que não se envergonhasse.

– Ele é casado – Gina teve de admitir. Algo que não era exatamente para se orgulhar.

– O quê? – disse Toby, incrédulo. Ele ficou olhando pela janela por um longo tempo. – Bem, talvez ele se divorcie.

Como é que pode? Toby era tão crescido, em alguns aspectos.

– Por que você sai com o babacão do Shane e o manezão do Barry? Por que não pode encontrar um cara legal, como o dr. Mackey?

– Barry não é mané – disse Gina, baixinho.

Toby revirou os olhos, chutou o painel.

– Você devia namorar o dr. Mackey.

– *Eu namorei!* – Gina gritou, perdendo o controle, finalmente, após dez dias do desprezo impiedoso do filho. – Eu saí com ele. E o namorei. Nós terminamos. Ele é casado! – *Jamais converse ou discuta com seu filho, como se ele fosse seu colega,* Gina ouviu a repreensão do livro que lera.

Ela parou junto ao acostamento da estrada e recuperou sua compostura.

– Desculpe, meu bem – disse ela, com a voz falhando, enquanto alisava a saia. – Eu sei que isso é mais informação do que você precisa. Mas é apenas por isso que não veremos mais o dr. Mackey.

Toby assentiu. Depois ele estalou a língua dentro da boca, como fazia quando estava tentando descobrir algo. Ao longo da semana seguinte, Toby ficou falando sem parar, dizendo que Ted seria o melhor professor do mundo. Finalmente, como uma idiota, Gina cedeu e fez o pedido a Ted.

Agora, por algum motivo, só Deus sabe por que, já que voltou com a esposa, Ted decidiu que dará aulas a Toby toda semana, em vez de apenas uma ou duas vezes, como originalmente concordara.

Ele disse a Gina que tirasse os avisos da faculdade comunitária; não seria preciso contratar um professor. Embora eles não estejam dormindo juntos, ver Ted só um pouquinho é melhor do que não vê-lo. Francamente, ela é patética. A pior parte é que os dois homens que ela mais ama – Toby e Ted – parecem não ver qualquer utilidade nela. Ela odeia as reações que obtém deles. De Toby, desdém. De Ted, pena. Não há nada pior do que ter alguém que sente pena de você. Ela vê isso nos olhos de Ted. *Pobre Gina, com o filho fora de controle e terríveis habilidades matemáticas.* Certo, então, ela não lembra como calcular frações. Ela não é uma advogada corporativa.

Gina quase prefere ser odiada a sentirem pena dela. Ela preferia ser uma nojenta. Mas nunca teria habilidade para ser nojenta. Bem que queria, na época do colégio. Ela era a capitã de sua equipe de exercícios com bastão e foi votada a aluna mais espirituosa da escola. As crianças debochavam de seu entusiasmo.

– Sabe como é que os caras chamam nossa equipe? – Amanda Carson perguntou a Gina, no vestiário feminino, um dia, erguendo a sobrancelha para a saia curta de Gina. – A equipe cheia de pique.

Gina tentou arranjar uma boa resposta. Mas só ficou ali, em pé, derrotada, odiando ser a garota alegre.

– Você não sabe nada sobre mim – ela finalmente disse, com as mãos trêmulas, ao pegar uma toalha de papel. Mas Amanda já tinha saído pela porta, rumo a um mar de garotos que berravam no corredor, um mar que fazia o estômago de Gina revirar.

7

TED NÃO SUPORTA A IDEIA DE MORAR NA CASA SEM ELINOR, então, a convence de que é ele quem deve se mudar. Ele assina um contrato, de mês a mês, num condomínio, desejando que fosse de semana a semana. Quer dizer ao locador que o acorde quando sua esposa o tiver perdoado e que ele pode voltar a viver com ela. Quando conseguir parar de pensar *o tempo inteiro* em fazer sexo com Gina, mesmo quando está examinando calos.

Em casa, ele arruma uma mala média, pega a biografia de Ulysses S. Grant, que vem pensando em ler, e meio quilo de bacon, da gaveta de carnes da geladeira. Elinor ergue uma sobrancelha para o bacon. Eles não falam.

O estofamento da sala de estar do apartamento alugado de Ted tem um ar ensebado que o faz querer assistir à televisão em pé, no meio da sala. Até recentemente, o lugar estava sendo usado por funcionários temporários, que se mudavam para o Vale do Silício, durante a explosão de negócios. Agora que a economia desacelerou, babacas como Ted podem se mudar para lá, a um preço reduzido. *Nós queremos que aqui pareça seu lar, mesmo longe de casa*, dizia um folheto perto do telefone. Seu inferno, longe do inferno. A televisão é presa na parede. Ted coloca seu meio quilo de bacon na geladeira e uma garrafa de vodca no congelador. Bela dieta. E ele é médico.

O apartamento é pintado de cores escuras e sufocantes, que parecem ser a última tendência. No quarto, as paredes cor de vinho oprimem Ted, quando ele abre a mala. A persiana em vermelho-sangue parece não apenas bloquear a luz do quarto, mas o ar também, e Ted sente uma ponta de claustrofobia. Ele arrasta a mala até a sala, ligeiramente mais clara, pintada de cor de cogumelo. Luta para abrir o sofá-cama e mergulha no centro macio.

O colchão fino dobra ao redor dele, como se fosse um taco. Os lençóis têm um leve cheiro de mofo. Ele se lembra de quando ele e Elinor pintaram a cozinha e a copa. Ela escolheu um tom claro de amarelo – abacaxi-gelo – que, segundo ela, atrairia a luz natural. Quando ele a viu abrir a primeira lata da tinta cremosa, ele se sentiu grato por ser casado.

Ele aperta o botão da TV e coloca no mudo, enquanto um cara grita, falando sobre caminhões. Ele olha a pilha de correspondência, encontra uma carta da companhia de seguros:

Prezado sr. Mackey,
Com base em nossa investigação dos fatos quanto à sua responsabilidade pelo acidente automobilístico ocorrido em 12 de agosto, nós tomamos uma decisão. Segundo a lei da Califórnia, um motorista pode ser considerado o culpado principal de um acidente se as ações ou omissões desse motorista forem 51% da causa do acidente. Os resultados de nossa investigação revelam que Theodore Mackey foi 100% responsável por esse acidente, na falha em manter a atenção apropriada...

Elinor insistira que, independentemente do que a companhia de seguros ou a polícia decidisse, Ted deveria agendar uma data na corte e alegar inocência.

– Confie num escarcéu burocrático – ela lhe dissera. – É provável que o policial nem apareça e você vai se dar bem. Depois, nosso seguro não vai subir de preço.

– Mas eu sou *culpado*. – Ted se aborrecia porque a burocracia poderia absorver esse fato.

– Não faz diferença – insistiu ela. – Você não está cometendo perjúrio por alegar inocência.

Meio de evasão. Ted suspira, fecha os olhos. Quando ele os abre, vê um inseto passeando pelo chão da cozinha. Uma barata? Aquele corretor preguiçoso bem que podia ter arranjado algo melhor que essa caixa de sapato ordinária. Seu batimento cardíaco pulsa em seus ouvidos, e ele segue até a cozinha. Um inseto marrom congela sob seu olhar. É um tipo de besouro. Ainda assim,

ele pega a lista telefônica no balcão da cozinha e aniquila o inseto num golpe.
— Seu miserável, filho da mãe! — Bater no chão com a lista dá uma sensação boa, de alguma forma. Agachado, Ted bate no besouro achatado até se transformar numa mancha marrom.
— Ei! — Um som abafado vem do apartamento de baixo. — Cale a boca!
— Cale a boca *você*! — Ted grita de volta. Ele ergue a lista telefônica acima da cabeça e bate no chão, repetidamente. — *Cale. A. Porra. Da. Boca!* — Ele bate e grita até sua garganta arder e as mãos doerem, experimentando um daqueles poucos momentos em que a dor dá uma sensação boa.

❧❦

A única coisa pela qual Ted espera animado a semana inteira é ver Toby e Gina. Embora Gina pareça contente por Ted estar dando aulas a Toby, ela mantém uma distância cautelosa de Ted. Agora está saindo com um cara que é promotor de shows — um cara claramente cheio da grana. Da última vez que Ted foi buscar Toby para estudar, ele viu os dois saindo do estacionamento num Jaguar. Gina acenou para Ted, rindo de alguma coisa que o Riquinho disse. Ted não disse a Gina que está separado de Elinor. Ele teme que isso só traga mais complicações para a vida dela. Em vez disso, ele gostaria de ser útil, elevando a nota de Toby para pelo menos um C.

Num sábado, a caminho da casa de Gina, Ted viu uma loja de brinquedos e saiu da estrada para comprar um presente para Toby.
— Que tipo de jogos os garotos de dez anos gostam, hoje em dia? — Ted pergunta a um vendedor adolescente que está atrás da parede de vidro, onde ficam trancados os games. O garoto parecia estar esperando o dia inteiro para que alguém lhe perguntasse isso.
— Para que tipo de jogador? — ele quer saber. — Ele tem o Xbox 360? — O garoto, cheio de argolas de prata na orelha, como um pirata, esfrega as mãos, saboreando essa possibilidade.

Ted não faz a menor ideia.

– PS2?
Ted sacode os ombros.
– Ele tem um Game Boy. Qual é o jogo mais maneiro pra isso? – Ted se retrai ao ouvir a si mesmo usando a palavra *maneiro*. Que babaca. – Tem alguma coisa com muitas batalhas?
Isso acende uma centelha cheia de prós e contras para o vendedor, e Ted finalmente escolhe um game que acha que será sanguinário o suficiente para Toby, sem horrorizar Gina.
Na saída, ele observa uma coleção de figuras de ação desconhecidas (onde estão o Super-Homem e o Batman?), depois, compra uma caixa grande de carrinhos Matchbox, para reforçar o presente.

※

– Ai. *Aaaaaiiii!* – A voz de Toby ecoa no ar, conforme Ted segue pela calçada, no prédio de Gina. Ele aperta o pacote da loja de brinquedos embaixo do braço, sai correndo. Toby aparece, pulando pela calçada, num pé só. – Abelhas! – ele grita, com o rosto contorcido e vermelho, as lágrimas escorrendo pelas bochechas sardentas. – Abeeeelhas!
– Tudo bem, companheiro – diz Ted, embora não tenha certeza.
Gina aparece, correndo atrás de Toby com uma caneta seringa na mão. Quando ela vê Ted, joga a cabeça para trás.
– Graças a *Deus!* – Ela dá a agulha para ele. – Ele precisa disso. – A mão dela está tremendo. – Ele é alérgico.
Toby para, fecha os olhos e espera a injeção. Conforme Ted pega a caneta, ele vê que Toby não foi picado apenas no pé; há marcas vermelhas por toda a sua perna também. O coração de Ted acelera, diante da ideia de que Toby possa ter um choque anafilático.
– Está certo, companheiro – diz ele. – Certo. – Ele tira a tampa verde da seringa e rapidamente aplica a injeção na coxa de Toby. – É fácil – Ted diz a Gina. – Você pode até aplicar por cima da roupa dele. – Elinor sempre elogiou Ted pelas injeções indo-

lores que ele aplica. Ironicamente, o truque é inserir a agulha rapidamente, como arrancar um band-aid puxando de uma só vez.
– Meu *pai* sabe fazer. – Toby olha para Gina de cara feia.
O corpo de Toby fica mole. Ele cambaleia à frente, assim que o medicamento entra na corrente sanguínea.
– Tá *doeno*! – ele grita. Sua língua obviamente está inchada, e ele não está respirando com a facilidade que deveria.
– Oh, meu bem – diz Gina, esticando a mão para Toby. – Ele bateu numa colmeia, embaixo do deque – ela conta a Ted.
– Fique longe de mim! – Toby grita para ela. – Tá *fento* por que eu detesto *princar* do lado fora!
Gina recua alguns passos, em direção a casa, e flexiona o corpo à frente, segurando a cintura.
– *Você* está bem? – Ted pergunta a ela.
Ela assente.
– Cólicas de estômago.
– Ouça, vamos até o pronto-socorro. – Ted tenta soar calmo e conduz Toby ao carro. – Você pode precisar de outra injeção, Tobe, já que levou tantas picadas. – Toby hesita, então, Ted para e o pega nos braços, pegando o jogo de computador da grama. Ele fica surpreso ao ver como Toby é leve e ossudo, como uma aranha. As cascas no braço do garoto são ásperas junto à pele de Ted.
– Ai, ai, *ai*. – Toby bate a cabeça de encontro ao peito de Ted, num movimento rítmico.
Gina se apressa atrás deles.
– Eu sei, campeão – Ted diz. – Eu sei.

❦

No hospital, todos pensam que Ted é o marido, o pai.
– Aperte a mão de seu pai – o jovem médico da sala de emergência diz, enquanto dá outra injeção em Toby. Seu *pai*. Essa suposição enche Ted de remorso. Mas ele não corrige o médico. Nem Toby ou Gina o fazem. Toby crava as unhas na palma da mão de Ted, conforme a adrenalina percorre seus membros.

Gina observa de uma cadeira ao lado da maca de Toby, com um balde cor-de-rosa posicionado entre suas pernas. Quando eles chegaram ao pronto-socorro, uma mulher índia havia se cortado com uma máquina de poda e o sangue, escorrendo por uma atadura feita com uma toalha descartável, pingava pelo chão. Alguém disse: "Dá pra ver o tendão", e Gina quase desmaiou. De alguma forma, Ted conseguiu segurá-la e ainda continuar segurando Toby, até que uma enfermeira chegou por trás, com uma cadeira de rodas para Gina.

Agora o pânico reluz nos olhos de Toby.

– Minha *língua*!

– Eu quero que você respire pelo nariz – diz o médico. Ele não pode ter mais de trinta anos. Ted coloca o rosto diante do rosto de Toby, fecha os lábios e inala o ar profundamente, pelo nariz, para ilustrar. Os olhos de Toby estão fixos nos de Ted. Eles respiram juntos. Conforme as lágrimas escorrem pelo maxilar trêmulo de Toby, Ted tem um instinto primitivo de carregar o garoto para fora dali, embora ele saiba que esse é o lugar mais seguro onde podem estar.

A injeção adicional faz com que Toby bata os calcanhares na maca. Uma enfermeira coloca outro cobertor sobre ele. Sua cabeça se movimenta para frente e para trás, e seus lábios começam a se mexer, conforme ele começa a contar.

– Pelo nariz – Ted o lembra. Ele fica atrás de Toby, enquanto o médico se inclina sobre o paciente, para olhar seus olhos com uma caneta lanterna. Gina debruça sobre o balde.

– Não se preocupe, querida – a enfermeira diz a ela.

– Chega de injeção – diz o médico, dando um tapinha na perna de Toby. – Agora, nós só vamos ficar de olho em você.

Você é um artista, Ted estava prestes a dizer, quando lembra que Elinor detesta essa frase. "Se mais um médico estagiário de genética vier me dizer que eu sou uma *artista*, vou estrangulá-lo com seu estetoscópio", ela dizia, fumegando. "Você tem que perguntar ao paciente como ele está se sentindo, não dizer a ele."

– Como vai indo, amiguinho? – Ted pergunta a Toby.

As pernas de Toby desaceleram, em espasmos lentos.

– Eu detesto abelhas.
Ted assente.
– Você é um sujeito corajoso. – O médico dá um tapinha no ombro de Toby. – Qual é o seu esporte predileto?
– História – diz Toby, distraidamente, olhando para a mãe.
– Ele é louco por história – Ted diz ao médico.
– Nossa – diz o médico. – Bem, eu acho que você estará de volta aos livros muito em breve. – Ao sair da sala, ele dá um sorriso para Ted, como quem diz *você deve estar muito orgulhoso*. Ted se inclina para beijar os cachos embaraçados de Toby, surpreso pela maciez. Toby está olhando para longe e Gina não vê, então, é como se fosse um prazer roubado.

§§

No carro, a caminho de casa, Gina diz a Toby:
– Meu bem, você foi corajoso, estou orgulhosa de você.
– Está vendo, é por isso que eu não quero ir lá pra fora – diz Toby, mal-humorado. – É por isso que eu quero ficar *dentro* de casa. Por que você não pode me deixar ficar lá *dentro* e ler?
Gina fecha os olhos.
– Ora, ora – Ted diz a Toby –, aquelas abelhas imbecis podiam te pegar enquanto você estivesse andando até o carro para ir ao shopping.
– Tanto faz – ele diz. – Eu poderia ter *morrido*. – Os olhos dele ficam passando de um lado para outro, observando a paisagem que passa.
– Nós nunca deixaríamos que isso acontecesse – Ted diz a ele. Ele quer pegar de volta as palavras *nós* e *nunca*, pois ambas sugerem a permanência de sua parte.
Eles prosseguem em silêncio. Finalmente, Toby solta o cinto de segurança e se inclina entre os bancos da frente, para falar com Ted.
– Ei. Você sabia que Guilhotina foi um cara?
– Você está puxando meu cabelo, querido. – Gina inclina a cabeça à frente, para soltar os cabelos compridos da mão dele.

— Desculpe. — Toby passa a pequena mão para o descanso de cabeça do banco de Ted. — Você sabia que ele foi um médico, o cara que inventou a guilhotina? Ele imaginou que a decapitação seria a maneira mais rápida para morrer.
— Ah — diz Ted.
— É. A lâmina pesava quarenta quilos. Isso é mais que eu! — Ele se joga de volta no banco de trás.
— Toby, querido, nós acabamos de vir do *hospital*. — Gina segura a testa. — Agora coloque seu cinto de segurança.
— Tudo bem, mas você sabia que a guilhotina era sobre rodas e eles a puxavam por Paris, durante a Revolução, e foi assim que mataram o Luís XVI? E você sabe aquela moça, a Maria Antonieta? Sabe o que meu livro diz sobre ela?
— O que diz, companheiro? — pergunta Ted.
— Diz que ela nunca disse: *Eles que comam bolo*. Ela nunca disse isso. — Toby fica ofendido por essa concepção errônea. Ele afivela o cinto de segurança.
— É mesmo? — pergunta Ted. — Está vendo, é bom questionar a história.
Gina sacode a cabeça.
— Como foi que eu tive esse garoto gênio? — Ela aperta o botão para descer parcialmente o vidro. O vento sopra seus cabelos, tirando-os do rosto. Ela fecha os olhos, arqueia as costas e ergue o rosto. Seu corpo forma um longo arco desde o queixo, descendo pelo pescoço, por entre os seios, passando pela barriga, até o cós escuro de sua saia de batik. Ted engole, olha de volta para a estrada. No pronto-socorro, ele cuidou de tudo: de Toby, de Gina e da papelada. Embora ele nunca conseguisse fazer nada para que Elinor se sentisse melhor, com Toby e Gina, parece que tudo que precisa fazer é *aparecer*. Eles precisam dele. Será que isso é algo estranho pelo qual ser grato? Que droga, aquele cara do Jaguar provavelmente também cuidaria de tudo. Tudo que ele teria a fazer seria preencher um cheque.
— Olha o Stew's Steak Shack! — Toby grita, assustando Gina.
— Podemos parar?
— Não. — Gina franze o rosto.

– Por favor.

– *Por favor?* – Ted ecoa o choramingar do garoto, tentando ser engraçado.

Gina sorri.

– Por que não? – ela cede. – Até que um filé parece bom.

๑๖

Os três sentam num reservado redondo, com Toby no meio. Ted e Toby escolhem hambúrgueres. Gina incentiva Ted a pedir seu hambúrguer ao estilo proteína, o que significa sem pão.

– Você está indo tão bem – diz ela.

Ted endireita as costas e encolhe a barriga.

– Olhe, você pode comer torta de morangos sem a torta, de sobremesa – acrescenta Gina. Ela consegue dar essas sugestões sem parecer autoritária. Ted gosta de quando ela o paparica.

Enquanto eles comem, o ketchup escorre pelas folhas de alface e pinga nas pontas dos dedos de Ted. Fazendo uma mão em garra, ele acena diante do rosto de Toby, exibindo uma careta.

– Arrr! – ele geme, fingindo um ferimento de filme barato, pingando o sangue falso.

Toby ri.

– Ai, que nojento! Que nem a moça que se cortou com a máquina de podar! – Ele quica no lugar, fazendo com que todo mundo dê um pulinho.

Gina suspira e sorri para Toby, com os olhos brilhando.

Toby diz:

– Ei, nós nem estudamos!

– No próximo sábado – diz Ted –, eu venho para te ajudar.

– Eu tenho um teste na quinta-feira. – A ansiedade faz com que Toby fique em pé.

– Tudo bem – diz Ted –, eu estarei lá, na quarta-feira, às cinco horas.

– Você pode me mostrar como aplicar a injeção? – Gina pede a Ted.

Toby revira os olhos.

– Mãe, é tão fácil. Eles raspam o prato do filé, hambúrgueres e saladas e pedem a torta de morango. À medida que o restaurante vai lentamente lotando de famílias que vão ocupando as mesas para o jantar, Ted se sente arrebatado ao perceber que está feliz.

⁂

Depois que Toby toma banho e sobe na cama, Ted pega a caixa de carrinhos Matchbox – uma caixa grande, com carrinhos variados, como uma imensa caixa de chocolates – e coloca sobre o colo de Toby.

Toby espicha o beiço diante dos carrinhos.

– Isso é pra garotinhos da primeira série – ele diz, empurrando a caixa em cima da colcha.

– Toby! – Gina o repreende.

– Desculpe. – Toby despenca sobre os travesseiros.

– E olha só. – Ted pega a caixa do Game Boy, atrás de suas costas.

Toby senta.

– *Nossa!* Eu queria muito um desses! – Ele bate os punhos na coberta, depois espalma a mão de Ted, no alto. – Obrigado!

Ted olha para Gina, que está recostada no portal do quarto de Toby. A expressão dela é um meio-termo entre um sorriso e uma careta. Primeiro, Ted deveria ter perguntado a ela sobre o jogo. Gina fica numa batalha eterna com Toby para diminuir seu tempo na "tela" – todas aquelas horas que ele passa jogando no computador e assistindo à televisão.

– Olha, mas você só pode jogar depois que fizer o seu dever de casa – ele diz a Toby.

– Está bem – Toby concorda, rasgando a embalagem.

Gina dá um sorriso fraco. Ted afaga a cabeça de Toby e sai do quarto, para dar um pouco de privacidade aos dois.

Ele fica junto à porta da frente, remexendo as chaves no bolso, esperando que isso dê a entender a sua intenção de ir embora logo.

A verdade é que ele não quer voltar para aquele apartamento cavernoso e escuro.
– Quer uma xícara de chá? – Gina pergunta, baixinho, enquanto fecha a porta de Toby.
Ted solta as chaves dentro do bolso.
– Claro.

൭൭

Eles sentam em lados opostos do sofá, bebericando o chá de menta Medley.
Gina olha para a lareira vazia, como se realmente houvesse um fogo aceso.
– A Elinor sabe que você está dando aulas a Toby?
– Não. – A borda da caneca queima o lábio de Ted.
– Ted, você não pode *mentir* pra ela. – Gina coloca a xícara firmemente sobre a mesa de vidro, e o barulho assusta Ted. – Uma omissão é uma mentira.
– Eu me mudei. – Ted amarra novamente o cadarço do tênis para ganhar tempo. Por que diabos ele não consegue falar com as mulheres? – Saí de casa.
Gina estuda os próprios pés, que estão em cima da mesinha de centro.
– Vocês estão tentando consertar as coisas? Indo à terapeuta conjugal?
– Não. Agora, não. Ela não quer ir comigo.
Os ombros de Gina caem.
– Toby sabe?
– Sabe...?
– Que você não está morando com Elinor.
– Não.
– Bom. Por favor, não conte a ele. – Ela suspira, cruza as pernas e fica em posição de lótus. – Eu não quero que ele fique esperançoso quanto... a nada.
– Está bem.

Depois de uma longa pausa, Ted diz:
– Eu lamento pelo jogo de computador. Eu deveria ter lhe perguntado antes.

Gina concorda.
– Eu estou tentando fazer com que ele diminua.
– Sabe, para alguns garotos, não é algo natural ser atlético ou brincar ao ar livre. Quando eu jogava futebol, no colégio, via os pais pressionarem seus filhos para serem melhores atletas. Talvez você não precise forçar o Toby a brincar fora...
– Obrigada pelo conselho de como educar meu filho, dr. Mackey. – Ted nunca ouvira esse sarcasmo na voz de Gina. – Talvez eu não precise que você me mostre o quanto sou uma porcaria de mãe. Talvez eu já saiba.
– Gina, não. Ó, meu Deus. – Ted chega mais perto dela, no sofá. – Você é uma ótima mãe. Desculpe. Eu estou sendo intrometido.

Ela se afasta, passando o braço ao redor da própria cintura.
– As pessoas que não têm filhos sempre acham que fariam melhor se cuidassem dos seus. Se fosse *meu* filho, *blá-blá-blá*.
– Eu não quis ser hipócrita.
– É claro que você e Elinor seriam *ótimos pais*. Essa que é a ironia, não é? As pessoas bem-educadas, com ótimos empregos, não conseguem ter filhos, enquanto nós, péssimos pais, reproduzimos como coelhos. Por que será que gente como eu tem filhos?
– Ela se vira para Ted, tirando a franja dos olhos. – Porque nós simplesmente os *temos*, é por *isso*! Fiquei grávida e foi por acidente, mas eu *tive* meu bebê. Não tinha um plano yuppie para ter filhos. Não esperei até que um bebê coubesse em minha vida. Enquanto você estava escolhendo seus ladrilhos aquecidos para o piso do banheiro, eu tive meu filho. E você quer cair na minha pele porque eu não sou perfeita.
– Eu... – Ted gagueja. Ele não tivera a intenção de ser um babaca forçando a barra, mas ela até que podia *aliviar* seu lado.
– Gina, me desculpe. Não foi isso que eu quis dizer, de jeito algum. Eu só estava pensando alto, de verdade. Imaginando como

deve ser para Toby não ser tão atlético quanto você. Você é uma ótima mãe.
– Não, não sou. – Ela massageia as têmporas.
– Talvez eu seja um babaca. – Ted chega mais perto de Gina. Ele pega sua mão e a massageia, esfregando cada um de seus dedos longos. – Mas eu não tenho ladrilhos aquecidos. – Ele a cutuca, tentando fazê-la sorrir.
Gina estica a mão para pegar um lenço de papel.
– Uma das minhas clientes tem. – Ela assoa o nariz baixinho.
– Ela também fez fertilização *in vitro*.
– Desculpe – Ted repete.
Gina sacode os ombros. Ela vira o braço dele ao contrário e corre os dedos pela parte de dentro do cotovelo de Ted, provocando uma onda de choque desde o couro cabeludo até a espinha.
Enquanto relaxa, ele se sente como se estivesse afundando entre as almofadas lisas de couro, do sofá. Ele estica a mão e pega o antebraço de Gina. É um gesto meio desajeitado – como se estivesse agarrando alguém quando se está tentando sair de um barco.
Enquanto esteve tentando *animá-la*, ele tem a nítida sensação de que Gina é quem está levantando seu astral. Isso que ela faz por ele há meses. Ela o tirou de seu estado infeliz de autorrepulsa e do desespero que o absorvia. E agora tudo que ele fez foi fazer com que ela se sentisse mal quanto a ser mãe.
Gina fecha os olhos.
– Você não é um babaca. A vida seria bem mais fácil se fosse.
Eles acabam indo parar no closet do quarto de Gina, que representa uma porta fechada a mais, na distância do quarto de Toby. Ted deita Gina de barriga para cima, empurrando seus inúmeros pares de tênis para o lado e pegando um moletom para fazer um travesseiro sob a cabeça dela. Ele puxa o laço da saia de amarrar com firmeza e o desfaz. Depois desliza as mãos pela maciez da parte interna das pernas dela. Ele tira a calcinha e joga por cima do próprio ombro, fazendo-a dar uma risadinha. Depois ele entra nela, mergulhando o rosto em seus cabelos e sentindo o cheiro de seu perfume China Rain. Gina massageia as costas dele – um toque que é mais amoroso do que terapêutico, diferente dos movi-

mentos desesperados de quando faziam amor antes. Ted ergue a cabeça para olhar para ela. Listras de luz amarela brilham por entre as fendas do closet, sobre seu rosto. Seus olhos verdes estão meio fechados. Quando ele volta a mergulhar o rosto em seus cabelos, a sua autoaversão dá lugar ao calor encharcado e ao êxtase.

֍

Mais tarde, enquanto Ted segue para casa, uma chuva leve faz as ruas brilharem. Ele segue devagar, odiando seu apartamento escuro. Embora não seja um homem religioso, subitamente tem o ímpeto de rezar. Mas não tem certeza pelo quê. Embora respeite a fé de outras pessoas, ele nunca escolheu uma religião própria. O engraçado é que ele e Elinor visitavam igrejas e catedrais quase diariamente, quando viajavam pela Europa. Eles dois adoravam a arquitetura, a pompa e a música, os acordes do órgão retumbando em seus ossos. "Nós, pagãos, não conseguimos enjoar dessas catedrais", Elinor ria. Ele sente falta dela. Como é que ele pode querer tanto Gina *e* sentir falta da esposa? Seu pé oscila entre o pedal do freio e o acelerador. Ele não está dirigindo nem encostando. Está à deriva.

Um lampejo de luzes vermelhas e azuis surge no espelho retrovisor. Um carro da polícia. Claro. Deve parecer que ele está bêbado. Ele encosta. O policial aponta a lanterna para o banco do passageiro.

– Algo errado?
– Não, policial.
– Você está saindo da faixa, invadindo a faixa de ciclistas.
– É que estou com a cabeça cheia. Vou prestar mais atenção.
– *Invadindo a faixa de ciclista*. Era exatamente isso que ele gostaria de fazer. Sair do carro e se encolher na rua, na faixa de ciclistas.
– Andou bebendo?

Ted balança a cabeça.

– Nada, exceto chá, pelas últimas três horas.
– Pode sair do carro, por favor?

Ted sai do carro obedientemente e faz todos os testes de sobriedade – conta de trás para frente, desde cem, depois toca o polegar com cada um dos dedos. Enquanto está demonstrando que pode andar em linha reta, um carro diminui e para no sinal. Através das gotas de chuva no vidro, Ted reconhece seu paciente Rolf Andersson, um sueco idoso, com tendência a calos. Ele move a boca, pronunciando as palavras: *dr. Mackey!* Depois desvia o olhar. Se você vai ter uma crise de meia-idade, é melhor que tenha em grande estilo. Tem que ter um Dodge Viper, bronzeamento artificial. Não tem que envolver um teste de sobriedade, na chuva, na frente da loja da FedEx Kinko's, sufocado pela vontade de fazer xixi de tanto chá de ervas, com seu paciente espiando-o, depois desviando, de vergonha.

– Está certo – diz o policial, sério. – Pode ir. – Ted entra de volta no carro e coloca o cinto de segurança. O policial dá um tapinha na porta do carro. – Mas fique de olho na estrada. Você se surpreenderia com a quantidade de acidentes que acontecem simplesmente porque as pessoas não estão prestando atenção.

8

HERMIONE NÃO PLANEJARA CORTAR OS PULSOS NO CHÁ DE BEBÊ. Mas foi o conjunto de coisas que pegou. As flautas no CD de Vivaldi; o sorvete de framboesa abrindo bolhas que nem de chiclete, no ponche; a quiche, com seus filetes de queijo pendurados no queixo de uma mulher; os ooohs e que lindinho! ecoando pela sala, conforme os presentes do bebê iam sendo abertos. À medida que o círculo de mulheres fazia a festa ao redor dos brinquedinhos e pacotes de fraldas, Hermione pairava ao redor da mesa do bufê, serrando o pulso com uma espátula de bolo. Claro que não era afiada o bastante para causar qualquer estrago. Talvez, se ela conseguisse cravar um garfo de sobremesa em si mesma. Ou se afogar na vasilha de ponche? Ou parar de ir a chás de bebê. Sim, era isso que faria. De agora em diante, simplesmente mandaria presentes e cartões. Melhor ainda, encomendaria os presentes online, para que não precisasse ir à loja do Toys "R" Us, ou à Baby Gap. Suas amigas não precisavam dela nessas festas, à beira das lágrimas, sua tristeza maluca flutuando pela sala.

– O que você está escrevendo?

Elinor ergue os olhos de seu caderno espiral e vê Kat, em pé, ao seu lado, no gramado, sob a sombra do carvalho. Ela se inclina à frente, colocando as mãos sobre os joelhos, ofegante e fazendo careta, sem fôlego, por conta de sua corrida matinal.

– Eu só estava abrindo a correspondência de ontem e recebi um convite para um chá de bebê. Estou escrevendo uma resposta. – Elinor fecha o caderno. Quando ela voltar para dentro de casa, vai ligar para a anfitriã e declinar o convite.

– Esses chás são a pior coisa. – Kat despenca no cobertor e se serve de café, da garrafa. Suas pernas são longas e estão bronzeadas de correr e nadar. Elinor sempre admirou sua forma atlética e sua beleza sem frescuras – suas feições delicadas, seus cabelos negros cortados bem curtos, como de um menino.

– Será que ninguém mais deita no chão e olha o céu? – Elinor pergunta, se esticando, de barriga pra cima, descansando a cabeça no moletom embolado. Nuvens brancas sopram acima, como se fossem uma corrente, com bolotas e tiras.

– Você é uma peça decorativa adorável para o gramado. – Kat deve ser a amiga mais gentil que Elinor já teve. Sua vizinha vem acampar embaixo da árvore, no quintal. Será que você diz a ela que está doida? Não, você senta com ela embaixo da árvore. Agora elas se encontram embaixo do carvalho todas as manhãs, depois de Kat ter levado as crianças ao colégio. Se estiver chovendo, elas falam ao telefone, conduzindo a conversa pelas janelas das duas salas de jantar, enquanto seguram coisas que ambas podem ver. (*Você acha que eu posso usar esse casaco com esse vestido? Deixe-me ver, vire.*) Kat chama isso de videoconferência da janela da sala de jantar.

– Tudo que eu faço é deitar e a vizinhança acha que eu tive um enfarto – diz Elinor, admirando a forma como as folhas do carvalho tecem uma estampa bordada em verde, contrastando com o céu.

– Essa árvore precisa de um nome. – Kat estreita os olhos vendo os galhos. – Talvez Stella.

– Acho que é ele.

– Uma árvore macho?

– Warren – decide Elinor, esticando a mão para tocar o casco rústico e cinzento. Quando traceja uma mancha, ela esfarela nas pontas de seus dedos.

– Warren – Kat repete. – Seu novo homem?

– Ele está aí pra mim.

– Minha amiga Elinor está namorando uma árvore – Kat anuncia.

Elinor bate o punho no gramado.

– Ted está saindo com um garoto de dez anos, sabe? Tudo bem. Estou saindo com uma árvore.

– Ele é uma árvore de poucas palavras. Do tipo forte, *quietão*.

— Isso mesmo. Nós não precisamos *falar* sobre tudo. Não precisamos dissecar nosso relacionamento, como se fosse um sapo na aula de biologia.

Kat suspira.

— Eu quero te apoiar, mas fico triste que vocês estejam jogando a toalha. Dá pra ver o quanto Ted ainda te ama.

Elinor se senta rápido demais, o que a deixa tonta.

— Mas é um alívio parar de tentar consertar tudo. Como se eu tivesse parado de bater com a cabeça na parede.

Kat assente, sem dizer mais nada. Ela está prestes a se recostar no tronco da árvore, quando Elinor avista algo marrom no sulco da casca da árvore.

— Cuidado, o que é isso?

Elas se inclinam à frente para examinar. Uma fileira de pequenos besouros marcha ao lado.

Elinor pega uma pedra e esmaga a maior quantidade de besouros que consegue.

— É bom que isso seja simbiose!

Kat tira o tênis de corrida e ajuda a matar os besouros, que correm em todas as direções.

— Eu preciso assar e decorar uns bolinhos até o meio-dia — diz ela, batendo mais forte com o tênis.

— Que tal do Safeway?

— Mas é a gente que tem que fazer. — Ela joga o tênis na grama.

— Quem disse? — Elinor joga a pedra depois do tênis, dando as costas para os besouros.

— A Mamãe Polícia. Se você trabalha em tempo integral, pode comprar seus bolinhos no Safeway. Se você é uma mãe que fica em casa, tem que assá-las e decorá-las. — Kat está deitada de barriga para cima, equilibrando sua caneca no peito. — É claro que há mães que trabalham em horário integral *e* também cozinham. Ao contrário de mim, elas provavelmente sabem a diferença entre farinha com fermento e farinha comum.

— Se você abrisse suas cabeças, encontraria fiação lá dentro — Elinor diz. Ela não consegue se imaginar trazendo um bebê de

volta para casa, do hospital, muito menos ter uma criança com idade suficiente para cursar o primário, ou comer tortinhas. Ela joga outra pedra, dessa vez com tanta força que seu ombro dói. – Gina certamente faria *seus* bolinhos a partir do zero. – Uma formiga se aproxima dela, sobre o cobertor. Ela a esmaga com o polegar. – Com farinha de flax integral.
– As crianças iam vomitar. – Kat franze o rosto. – Ei, agora eu acho que você está batendo a cabeça na parede.
Elinor bate a cabeça no tronco. *Tum, tum, tum. Ui, ui, ui.* Pedaços de casca espetam sua testa. Ela esfrega o local.
– Será que não posso me rebelar por um minuto?
– É claro.
Durante as sessões de terapia conjugal, Elinor se conteve quanto a criticar Gina para Ted e a terapeuta. Ela não queria deixar que o ciúme borbulhasse diante deles. Isso dava a impressão de ser muito pouco atraente. Ela queria estar acima disso tudo. Composta. Elegante.
– Acho que ela é envolvida com budismo. Tentou me fazer ler um livro de budismo como parte de sua abordagem para "se afastar da comida".
Kat franze o nariz.
– Ela é do tipo gatinha *hippie* de saia tingida. – Elinor sente que sua voz está acelerando. Agora ela está de joelhos, apontando um dedo no ar. – Certo. É psicótica com saúde, *mas* fuma bagulho...
– Ela fuma?
– Quando eu perguntei a Ted como tudo começou, ele disse que foi isso que os levou a transar pela primeira vez. O que os levou a *fumar maconha*? Isso é que eu queria saber. Você arranja um personal para ficar doidão? – Elinor faz uma pausa. – Na verdade, isso não parece tão ruim. – Ela senta em cima dos tornozelos. – De qualquer forma, ela é budista, mas dorme com homens casados. Eu detesto essa gente de segunda geração, metida a hippie. Ela nem tem idade suficiente para ser hippie! Budismo, bagulho e infidelidade. Que hipócrita!
– Oh, El. Tá vendo? – Kat ri. – É isso que Ted adora em você.

– Talvez essa tenha sido a forma dela de racionalizar para trepar com meu marido; ela não tem compromissos. Nem com o Krispy Kreme, *nem* com seus clientes casados.

Elinor se encolhe, encostando o peito nos joelhos, numa posição fetal, virando para o lado, para descansar a cabeça no cobertor velho.

– Eu seria uma budista terrível. Ia me apegar a tudo, até a essa árvore.

Elinor sente as mãos de Kat massageando seus ombros, seus dedos meio grudentos da caixinha de suco.

– Sabe do que você precisa? Uma ida ao spa!

Elinor se senta, tirando uma folha do cabelo.

– Eu detesto spas. Aquelas mulheres pingando, sussurrantes. Deitadas no escuro, ouvindo aquela música imbecil new age, com as gaivotas eletrônicas. – Ela coloca as canecas de café e as colheres numa bandeja. – Você já notou que aquela música nunca *chega* a lugar algum? Não tem começo, nem meio, nem fim. É uma música que equivale a uma cama desfeita. Aquilo me deixa doida.

– Mas as pedras quentes...

– E estão sempre querendo te empurrar aquelas porcarias daqueles cremes caros, quando você sai. Oitenta dólares o grama por um esfoliante facial de esperma de canguru australiano, algo assim. Sempre tem uma espetada em sua autoestima, pra combinar com a tentativa de venda. "Oh, você *pode* ficar bonita, se comprar esse creme de óleo de serpente, obscenamente caro. Um creme de massagem à base de *sal*." Não, obrigada, não quero sal no meu ferimento.

A expressão no rosto de Kat demonstra algo entre frustrada e magoada.

Elinor aperta a mão dela.

– Oh, desculpe. Está vendo o que meu marido *não* adora em mim? – Elinor pega a bandeja e levanta. – Vamos tomar uma cerveja e jogar um pouco de sinuca. Por minha conta.

– Fechado.

– E as tortinhas? – Típico: Elinor está tão absorvida consigo mesma que esqueceu dos desafios diários de Kat.

Kat esmaga um besouro no cobertor, com o punho.
– Safeway.

❧❦

Não importa que horas sejam, dentro da taberna de Ray e Eddie tem uma escuridão perfeita que faz com que todos pareçam jovens. À noite, o bar fica cheio de construtores que andam demolindo casas em sítios para substituí-las por pequenas mansões de estilo rural mexicano. De vez em quando, Elinor, Ted, Kat e seu marido, Jack, param ali, após uma noitada, para tomar a saideira, antes de irem dormir. Eles geralmente estão muito bem arrumados, mas Elinor sempre se sente em casa; a informalidade do lugar é tão confortante quanto seu enorme pijama de flanela.

A essa hora, apenas alguns alunos da faculdade local estão por ali – jogando dardos e bebendo cerveja barata. Elinor e Kat ficam no bar e pedem doses de tequila e cerveja. Quando Elinor engole, uma chama de calor se espalha pelo seu estômago e o limão queima em seus lábios. Ela tira o suéter para se refrescar. Seu corpete de seda é bem mais confortável. Tecnicamente, isso provavelmente é uma peça de roupa de baixo. Ela não tem certeza. Usa roupa de escritório há tanto tempo que tem dificuldade com seu guarda-roupa agora, que está de licença. Tudo que sabe é que jamais voltará a usar mocassins. O bartender dá uma espiada de canto de olho no peito de Elinor. Ela abaixa a cabeça e vê que o corpete está folgado no centro. Seus mamilos estão visíveis através da seda. Mas que diabos. Ela nem se lembra da última vez em que se sentiu sexy.

– El – Kat cochicha, tapando a boca com as costas da mão. – Você tem certeza de que é pra usar esse negócio sem uma camisa por cima?

Elinor toma outra dose, dando uma tremida, e sugando o ar entre os dentes.

– É, eu não sei. – A tequila queima através de sua ansiedade e medo. Ela pede uma terceira dose.

– É um corpete, também conhecido como *roupa de baixo*.

– Quem se importa? – Elinor dá um gole na cerveja e a espuma faz cócegas por dentro de seus lábios. Beber dá uma sensação perigosamente boa, nesse momento. Ela se vira para Kat. – Você sabe a sorte que temos por *possuirmos* seios... de não termos câncer de mama? – Uma amiga em comum de Elinor e Kat morreu na última primavera. Era vizinha delas, Joanna Fried, que tinha acabado de começar sua quimioterapia.

Kat assente, arrancando o rótulo da cerveja e colocando em cima do balcão do bar.

– Nós temos sorte por vários motivos. Então, estamos festejando, bebendo tequila e usando roupa de baixo?

– Acho que sim. – Elinor inclina a cabeça para trás e espia por baixo do fundo grosso de seu copo de dose única. – Tequila dá conta do negócio. Eu detesto aquele drinque, o cosmopolitan. Posso apenas dizer isso?

– Pode, sim. Mas você tem certeza de que está bem? Está me parecendo Thelma e Louise embrulhada numa só.

Elinor dá um arroto alto, que vem do fundo da garganta.

– Volto já. – Ela escorrega para descer da banqueta e segue, descalça, pelo chão de madeira, rumo ao banheiro. Cascas de amendoim e poeira grudam embaixo de seus pés. Ela tenta fazer com que seu balançado movido a tequila pareça poderoso, no embalo de Steppenwolf, que sai do fonógrafo.

Dois alunos de faculdade que estão jogando sinuca olham pra ela, sorrindo. Estão rindo com ela ou rindo dela? *Não seja paranoica*, diz a tequila. Ela para, coloca as mãos na mesa de sinuca e se inclina por cima do feltro verde, na direção dos garotos.

– Vocês gostam do meu corte de cabelo? – ela pergunta a eles.

– Claro!

– Eu que cortei.

– Ótimo! – Os dois caras são lindinhos, com suas Levi's e abdômen definidos. Parecem tirados de um comercial da juventude.

– Vocês sabem quanto custa um corte de cabelo feminino, no subúrbio, atualmente?

Os garotos riem, sacodem os ombros.

— Cento e quinze dólares. Foi por isso que desperdicei meus trinta e poucos anos num prédio de escritórios. Para poder pagar cortes de cabelo de cem dólares.

— Mas que pena — diz um dos garotos. Ele é lindo com a beleza de James Dean... de calça Levi's, camiseta branca e cabelos úmidos, como se tivesse acabado de sair do chuveiro.

Horrorizada, Elinor se dá conta de que é mais velha que a Mrs. Robinson e a Blanche DuBois. *Quarenta é o novo trinta!*, diz a tequila.

— Posso te pagar um drinque? — pergunta o James Dean.

— Não, obrigada. — Elinor cobre a boca, temendo arrotar novamente.

— Ora, vamos — o garoto insiste. — Só uma cerveja não pode te fazer mal.

— Tá...

Mas de repente Kat está a seu lado.

— Você vai desafiá-los numa partida?

— Claro. — Elinor procura moedas nos bolsos e coloca duas em cima da mesa. Ela dispensou a bolsa. Diminuiu o peso que carrega, resumindo tudo a dinheiro, chave do carro, habilitação e brilho labial.

— Eu quero ser sua dupla — o garoto que está pagando a cerveja diz a Elinor.

— Ah, é? — Elinor dá a volta na mesa, em direção a ele. Começa a tocar uma música de Stevie Ray Vaughn. Os braços do garoto enlaçam a cintura de Elinor, puxando-a para dançar. O peito dele é morno e côncavo, tão reto quanto sua barriga. Ele não tem nenhum lugar mole. Cheira a Marlboro e cerveja. Cheira a faculdade.

Kat arruma as bolas, de olho em Elinor.

O garoto gira Elinor, afastando-a da mesa de sinuca, gentilmente empurrando-a através de um portal que conduz a um corredor, ao lado do telefone público e banheiros. Ela fecha os olhos, diante de uma luz alaranjada, em néon. Ela ouve Kat dizer ao outro garoto: "Ela está passando por um período difícil."

— Eu estou ouvindo! — diz o outro garoto. As bolas de sinuca estalam, abrindo a partida. — Sua vez.

O garoto que está dançando cheira o pescoço de Elinor. O rosto dele é notoriamente macio.
— Você é muito divertida. — Ele disse divertida. Não disse velha, nem maluca. *Divertida*. O garoto acidentalmente recua, de encontro à parede. — Ops! — diz ele. Uma onda de força percorre Elinor. Ela joga os punhos dele para o alto, prendendo-os junto à parede, e desliza um joelho na parte de dentro de sua coxa. Ele se inclina à frente para beijá-la. É a primeira vez que ela beija alguém sem ser seu marido, em quantos anos? Provavelmente seis. *Você está separada*, diz a tequila. O interior da boca do garoto está fresco e tem o sabor forte da cerveja. Elinor gostaria de levá-lo para casa. Um prêmio do Ray and Eddie.
— Você vai entrar para a equipe de luta? — Kat se encosta ao portal, se inclinando para dentro do corredor.
— Ah, minha mãe está aqui. — Elinor dá uma risadinha e se afasta do garoto. — Só estou me divertindo um pouco. — Elinor lambe os lábios, molhados pela boca do garoto. — Isso é melhor do que massagem com pedra quente — acrescenta ela. — E mais barato também.
— Eu não sei se Warren aprovaria isso. — Kat ergue uma sobrancelha.
— Warren é seu marido? — O garoto segura a cintura de Elinor, pelo jeans.
— *Namorado* — diz Elinor, com a voz rouca. Ela se inclina à frente, apontando a testa para o garoto, como se fosse um touro, pronto para atacar.
— Oh. — O garoto parece indiferente. Ele sorri e solta o passador de cinto da calça dela.
— Eu ficaria esperto, se fosse você. — Kat conduz Elinor pelos ombros, na direção dos banheiros. — O Warren é um cara *grandão*.
— Iiiih, um cara grandão! — O garoto ri, dando um passo atrás, afastando-se delas.
Elinor acena para o garoto, enquanto Kat a leva até o banheiro feminino. De braços dados, elas passam pela porta. O banheiro não quer ficar parado e a tequila não quer ficar no estômago. Elinor se balança na direção da pia e abre a torneira de água fria.

Antes que consiga molhar o rosto, ela engasga e vomita no ralo. Um gosto amargo queima sua garganta. Ela ergue os olhos. Seu reflexo lacrimoso no espelho é assustador – o rosto pálido e os olhos fundos, com os cabelos úmidos colados na testa.

– Que atraente – ela diz a Kat.

– Não se preocupe. – Kat encosta um bolo de toalhas de papel molhadas com água fria à testa de Elinor, depois em suas bochechas. – Você é a alma da festa.

৩৫

A ressaca de Elinor desperta antes dela, pesando em sua cabeça, conforme ela acorda de um sono profundo. Como foi que ela chegou em *casa*? Táxi, ela lembra, aliviada. Lembra dos garotos – nem perguntou seus nomes – debruçados na janela do carro, para se despedirem. Kat subiu o vidro e prendeu a manga da camisa de um deles. Elinor achou aquilo a coisa mais engraçada do mundo.

– Pegamos um – ela gritou.

– Não se preocupe, ela já vomitou – ela se lembrou de Kat dizendo ao motorista. Que adorável.

As cortinas estão fechadas e o sol matinal entra pelas frestas. Ela dormiu a tarde toda e a noite inteira, e ainda está de jeans e corpete. Espia um imenso copo de água, com dois comprimidos para dor de cabeça, na mesinha de cabeceira, junto com um bilhete de Kat.

Depois me liga. Beijos.

Elinor está pensando o que seria melhor, torrada ou mais sono, quando toca a campainha. Suas pernas estão anestesiadas e pesadas, conforme sai da cama.

Ela abre a porta da frente e encontra um homem de peito largo, calça cáqui e camisa social, ali em pé, sob o sol. Ele é quase totalmente careca e a luz faz brilhar o topo bronzeado de sua cabeça.

– Bom-dia – ele diz, alegremente.

Elinor olha para os papéis em suas mãos. Por um instante terrível, ela imagina que ele é um advogado vindo apresentar os papéis de divórcio de Ted. Ela segura a testa, e a vontade de vomitar vai surgindo em seu estômago.

– A senhora está bem?
– Isso depende. O que você quer?
– Eu sou o botânico municipal. – Ele olha para as próprias botas, meio tímido.
– Certo. – Elinor não fazia a menor ideia de que esse título de emprego existisse.

Ele a entrega um cartão de visita. NOAH ORCH, BOTÂNICO MUNICIPAL CHEFE E CIRURGIÃO BOTÂNICO. Tem uma árvore em relevo, ao lado de seu nome.

– Algumas das árvores da vizinhança estão doentes. – Ele gesticula na direção da rua. – Receio que aquela sua árvore esteja com uma peste súbita.

Elinor sai na varanda. Ela ergue a mão para proteger o rosto da claridade matinal e ver para onde ele está apontando. *Warren.*

– Mas isso parece terrível. Existe algo como peste gradual?

Ele ri, inclinando a cabeça para trás. Seu bigode grisalho está caprichosamente aparado, e Elinor percebe que ele não é totalmente careca; há uma faixa preta e branca de cabelos em formato de U, na parte de trás de sua cabeça.

– Eu lamento – diz ele. – A senhora vai perder a árvore.
– Oh, mas. – Os joelhos de Elinor oscilam. Ela precisa de um biscoito e um banho. Ela senta na varanda, com o frio assustador do concreto passando por seu jeans. – Não há algo que possa fazer? Algum spray?

O homem, Noah Orch (que raio de nome é esse?), sacode a cabeça.

– Eu sinto muito, é uma bela árvore. – Ele segura a papelada junto ao peito, olha para Warren, respeitosamente.

Noah prossegue explicando que essa árvore está com *cancro* e que isso se espalhou pelo tronco.

– Sabe, todos aqueles insetos? São besouros de casca. Eles estão devorando a árvore.

Elinor descansa a testa nos joelhos, fechando os olhos. Essa manhã precisa passar.

Ela olha a rua vazia.

– De qualquer maneira, o que vem a ser cirurgia de árvores? Você opera?

– Na verdade, é apenas uma poda honrada.

Elinor vira a cabeça e descansa a bochecha nos joelhos, olhando para Noah de lado.

– Desculpe. Minha cabeça está pesada demais para mantê-la em pé, nesse momento.

Noah ergue a cabeça e ri.

– Está com saudade de casa, hoje?

Elinor assente.

– Veja, eu só comecei a gostar dessa árvore há pouco tempo.

– Oh, bem, isso é bom. A maioria das pessoas nem repara em suas árvores. – Ele estremece. – A prefeitura virá na segunda-feira.

– A prefeitura toda?

– O serviço de jardinagem da prefeitura. Com o podador.

– Jesus. Você chama isso de cirurgia?

– Sinto muito. É o ciclo da vida – ele acrescenta, tentando consolá-la. – Mas nós plantaremos uma nova árvore. Há uma lista de árvores aprovadas pela prefeitura, da qual a senhora e seu marido podem escolher.

– Meu mari... Ele não. Nós nos separamos. – Elinor finalmente diz. Ela acredita ser capaz de continuar a pagar a hipoteca e cuidar da casa sem Ted, mas escolher uma nova árvore a deixa oprimida. Essa é uma das coisas que ela mais gostava quanto a ser casada: a tomada de decisões, por mais comuns, junto com um parceiro.

– Lamento – diz Noah, encaixando o bico de sua bota numa rachadura do tijolinho da varanda.

Elinor se vira para descansar a testa nos joelhos. Ela não vai chorar na frente de um homem que se chama Noah Orch.

– A Mãe Natureza é simplesmente cruel, às vezes, sabe? – diz ela, para o concreto, abaixo. – A Mãe Natureza pode ser uma cretina, às vezes. – Ela gostaria de não acreditar nisso.

Para sua surpresa, Noah diz:
– Eu sei.
Ela ergue a cabeça e se vira para ele. Seu bigode e as costeletas são surpreendentemente cheios, diante do pouco cabelo em sua cabeça. Ele é bonito – uma daquelas pessoas que provavelmente não se acha muito bonita. Faz muito tempo que Elinor beijou um cara de bigode. Será que ela já dormiu com um cara careca? Por que ela está *pensando* nisso? Primeiro, os garotos do bar, e agora o cara das árvores. Ela nota a ausência de uma aliança no dedo de Noah. Talvez ele tenha que tirá-la, para não prender no equipamento de poda.

Noah aponta para as árvores perfiladas do outro lado do quintal.

– Aquele cipreste ali está com um probleminha. Eu acho que suas raízes podem ter sido danificadas. Os ciprestes têm raízes que crescem muito perto do solo. – Ele estica a mão fazendo uma forquilha com os dedos, para ilustrar. – As árvores têm raízes grandes e outras pequenas, parecidas com artérias, que transportam água e nutrientes para a árvore. Você pode cortar uma de suas maiores artérias, mas não duas. Se cortar duas, elas geralmente morrem.

Elinor se sente como se duas de suas maiores artérias tivessem sido cortadas. Seu marido, sua chance de ter filhos.

– Você vai estar presente? – ela pergunta a Noah.
– Perdão?
– Quando cortarem a árvore, você também virá?
– Não, eu tenho que... – Noah Orch olha para o gramado, depois para Elinor. Ele afaga o braço dela. É um gesto gentil, mas não condescendente. – Claro – diz ele. – Estarei presente.

9

EIS O QUE ROGER DETESTA QUANTO A LIMPAR CASAS: QUANDO as mulheres perguntam o que ele faz como meio de vida, e ele se vê obrigado a dizer: limpo casas. Quem vai querer sair com um cara de vinte e seis anos, com um carro acabado e empréstimos estudantis vencidos, e, ainda por cima, empregado doméstico? A única pessoa que quer dormir com ele é Sallie Mae. Talvez ele passe a dizer que é professor de física. Seu amigo Phil leciona ciências no ensino médio, e as garotas adoram isso. *Oh, um professor!* Como se Phil tivesse pregado a si mesmo numa cruz.

Roger é um faxineiro da pesada. Cascão na banheira? Amônia com bicarbonato de sódio. Pelo de gato? Boas esfregadas com as luvas de borracha molhadas. Sangue? Vinagre branco com água oxigenada. Obrigado, internet. Ele poderia fazer uma faxina depois de um assassinato da máfia, se não fosse pelo seu estômago fraco.

Sua cliente, a sra. Wilcox, o fez limpar uma tenda, uma vez.

– Tire todas as agulhas de pinheiro – ela exigiu, apontando o mastro da tenda, no chão, mostrando uma monstruosidade circense listrada de verde e amarelo, jogada em seu quintal dos fundos. Ela queria aquilo impecável. Qual é o sentido de acampar? Roger tirou todas as agulhas de pinheiro e as aranhas mortas, esfregou o mofo. Ele secou as paredes com secador de cabelo, diante da insistência da sra. W., usando uma imensa extensão cor de laranja, que vinha lá de dentro da casa. Imaginou-se amarrando aquela corda laranja ao redor dos tornozelos dela e arrastando seu corpo imenso, como uma árvore.

Roger detesta quando as pessoas ficam em casa enquanto ele está limpando. Porque aí você não pode botar o som alto, nem dar uma olhada no armário de remédios. E é obrigado a conversar com as pessoas, ficar ouvindo papo furado. Por isso, fica decepcionado quando chega à casa de sua nova cliente, a sra. Mackey, e vê que claramente ela não vai a lugar algum. Quando Roger toca a campainha, ela abre a porta lentamente, protegendo os olhos e espiando o lado de fora, como um animal que estava hibernando. Roger foca os olhos na caixa de correio, porque ela não está muito vestida. A parte de baixo de um pijama masculino está pendurada em sua cintura e dá pra ver seus mamilos através da regata rosa que diz THE RAMONES. Um telefone sem fio está preso entre seu ombro e a bochecha. Ela olha vagamente para o aspirador e o balde de produtos de limpeza de Roger. Depois, parece lembrar que ligou para ele e sorri, mostrando uma boca cheia de dentinhos perfeitos, como de criança. Ela acena para que ele entre.

– Ted pode enfiar a Zona Zen na bunda – ela diz para a pessoa ao telefone. Roger dá um passo atrás. – Estou comendo bolo Atkins. Ovos e bacon, todas as manhãs. E aí. – Ela escancara mais a porta. Ele nota que ela está calçando botas de escalada e os cadarços estão soltos, ao redor dos tornozelos. Ele arrasta seu aspirador ruidosamente, passando por cima do friso da soleira da porta.

– Essa é uma hora ruim? – ele sussurra.

– Só vou demorar um minuto – ela sussurra de volta. – Sentese. – Ela aponta para uma cadeira no corredor. Roger senta, obedientemente. Ele gosta da intimidade implícita pelo cochicho. A sra. Mackey desaparece atrás da porta da cozinha para a sala de jantar, com os cadarços voando e batendo no chão. Roger ainda pode ouvi-la ao telefone.

– Eu ainda tenho que perder cinco quilos das fertilizações *in vitro*. Diga-me o que é pior que estar gorda e cansada, *sem* estar grávida.

O corredor cheira a lã e limão – como casa de gente grande. Tem tapetes orientais, antiguidades em marfim, espelhos com molduras douradas – o lugar parece um museu. Na faculdade, Roger visitava garotos que moravam em casas como essa. Casas de *verdade*, com hall de entrada e arte nas paredes. Não como as casas alugadas de sua mãe, com a forração cafona de madeira e o carpete interno e externo que servia apenas como barreira ao cimento que havia por baixo – pelo fato de que eles sempre moraram na garagem ou no porão convertido de alguém, na sombra abafada de uma casa de *verdade*.

– É, apenas não coma o pão. – A sra. Mackey irrompe pela porta da sala de jantar. Ela desliga o telefone e sorri para Roger. Seus cabelos curtos e louros estão espetados para todo lado. Ela parece a Meg Ryan depois de um tufão. – Obrigada por vir – ela diz. – Desculpe fazê-lo esperar. Nossa, eu adoro sua calça.

– O quê? Obrigado. – Roger olha abaixo, para as calças de poliéster xadrez que ele comprou numa loja barata. Se ele não fosse tão magricela, a calça ficaria melhor. Ele gosta de fazer a faxina de camiseta e calças velhas, dos anos 1980. Se elas estragam com a água sanitária, ele pode simplesmente jogar fora.

Roger não consegue decidir se a sra. Mackey é bonitinha ou irritante. Ela pega seu aspirador e o carrega para a cozinha. Essa é a primeira coisa que ele gosta a seu respeito. Por que *ela* está carregando o aspirador? Está certo, talvez a primeira coisa tenha sido as botas de alpinista e seus mamilos.

Na cozinha, a sra. Mackey lhe oferece café, ovos e bacon. Ele aceita apenas o café, embora esteja com fome, porque nunca consegue tomar café da manhã.

– Desculpe, ainda não me vesti direito. – A sra. Mackey olha para os próprios pés, com as botas. – Durante quinze anos, eu levantei as cinco e meia, coloquei meia-calça e fui para a cidade. Agora estou de licença e posso fazer o que quiser. – Ela dá uma olhada ao redor da cozinha, que cheira como o Denny's, mas até que está limpa. – Era de se pensar que eu conseguisse ao menos me vestir e limpar minha casa.

Roger repara na edição gasta de *A Ilíada*, em cima do balcão da cozinha.

– É professora?

A sra. Mackey ri.

– Não. Eu estou de licença. Você dá à empresa semanas de sessenta horas, durante dez anos, e finalmente eles te dão seis semanas remuneradas. É um incentivo para que você perca dez anos de sua vida para receber um mês e meio para fazer o que *realmente* quer. – Enquanto fala, ela remexe na gaveta da geladeira. Finalmente, encontra o que estava procurando... um cigarro.

– Legal. – Roger faria uma viagem longa, ou algo assim.

– Eu tirei algumas semanas vencidas de férias. Só que agora não sei o que gostaria de fazer. – Ela acende o fogão elétrico. – Esse é o caso dos dez anos com semanas de sessenta horas. Você esquece o que *realmente* gostaria de fazer, como ter um bebê, ou ir para a Itália ver a catedral de Brunelleschi.

Ao se inclinar sobre os queimadores do fogão para acender o cigarro, o cheiro enjoativo de cabelo queimado se espalha pelo ar.

– Seu cabelo está queimando. – Roger pousa a caneca de café.

– Oh – diz a sra. Mackey, sem alarme. Ela ri e abana a mão, na frente do rosto. Com o cigarro aceso preso em dois dedos, vira-se para a janela da cozinha e puxa um punhado de cabelo queimado para examiná-lo na luz. Depois, pega uma tesoura de cortar frango e corta as pontas. O cabelo salpica a pia.

A sra. Mackey é a primeira cliente a tratar Roger como uma pessoa de verdade, em vez do Cara Robô da Limpeza. Ela pergunta onde ele mora e como estava o trânsito a caminho de sua casa. Seu jeito meio desleixado é sexy – como se ela tivesse acabado de sair da cama, ou estivesse pronta para deitar. O calor pinica o rosto de Roger, à medida que ele conta sobre seu trajeto monótono.

Enquanto conversam, ela se debruça sobre a pia e solta a fumaça pela janela da cozinha.

– Desculpe – diz ela, abanando a fumaça. – Eu não fumo, de verdade. Isso é apenas temporário. Tudo é meio temporário, nesse momento. – Ela abre a torneira em cima do cigarro, estremece e o joga no lixo. – Meu marido acabou de se mudar.

– Oh, lamento. – Há um longo silêncio. *Não tem filhos?* Roger quer perguntar. Em vez disso, ele diz: – Eu já estive em Florença. É legal. Aquela catedral levou vinte anos para ser construída. – Ele puxa os pelos da moita em seu queixo, que ele acabou deixando, depois de aparar o cavanhaque, na noite anterior, porque estava entediado. Provavelmente não ficou muito bom, porque agora

sua pele está sensível e encaroçada. Subitamente, ele gostaria de não ter uma aparência tão tola.
– É mesmo? Vou fazer uma pesquisa sobre essa viagem hoje.
– A sra. Mackey não diz isso com muita convicção. Ela permanece junto à janela. – Você gosta de limpar? – ela pergunta.
– Gosto. – Engraçado. A sra. Mackey provavelmente é a primeira pessoa a quem Roger admite isso. Arrancar pasta de dente petrificada das pias e esfregar molho de macarrão queimado dos fogões é uma droga, mas pelo menos essas são tarefas que você consegue concluir, ao contrário de seu portfólio, que ele parece não conseguir completar. Além disso, ele prefere esfregar privadas a ter que sentar num cubículo e trabalhar numa porcaria de emprego de marketing. E ele tem certeza de que não quer ser assistente fotográfico em casamentos. Seu amigo Devon tem um emprego bem remunerado, fazendo fotos em casas elegantes, para uma revista de design de interiores. Ele tem um apartamento lindo na cidade. Mas Roger também não quer fotografar almofadas e cozinhas de sonho.
– Eu sou fotógrafo – ele diz a ela. – Fiz artes, na faculdade. – Ele revira os olhos. – Ainda não consegui um emprego de verdade. – O que ele realmente quer fazer são retratos de pessoas, em preto e branco. Para ele, os rostos das pessoas representam as paisagens mais interessantes.
– Fotógrafo? *É mesmo?* – A sra. Mackey faz parecer que Roger disse ser um cientista espacial. – Eu *adoraria* ver as suas fotos.
– É, bem, estou tendo dificuldades em terminar o meu portfólio. Um probleminha de procrastinação e perfeccionismo. Uma combinação ruim. – Logo que Roger se formou, ele conseguiu um emprego num jornal, trabalhando com os repórteres policiais. O reflexo de gagueira hiperativa impedia que tirasse muitas fotos. Ele chegava aos locais de imensos acidentes de trânsito, com gente ferida, ou numa cena de tiroteio, e acabava vomitando na calçada. "Isso não é *nada*", dizia o repórter policial, todo irritado. O babaca fez Roger ser transferido para a seção de alimentos. Depois, ele tinha que fotografar *crème brûlées* e pés de couve-flor. Queijo

dinamarquês envernizado. Logo depois, Roger foi despedido. "Último a ser contratado, primeiro a ser dispensado", disse o editor.
– Talvez eu possa ajudá-lo – disse a sra. Mackey. – Se você me der seu currículo, posso dar uma olhada e sugerir algo.
– Está bem, obrigado. – Roger fica subitamente inquieto com essa atenção. Ele estica a mão para pegar o aspirador e o balde de produtos de limpeza. Algumas pessoas querem que você use os produtos delas... tem uma moça que insiste para que ele use apenas vinagre e água, e um spray amigo do meio ambiente que não limpa porcaria nenhuma... mas ele gosta de usar seus próprios produtos.
– Ouça, Roger... – A sra. Mackey baixa o tom de voz e fica séria. – Eu preciso lhe mostrar a lavanderia. – Ela diz isso como se a lavanderia fosse um cadáver, no quintal dos fundos.
– Claro. – Qual será o grande lance? Ele a segue pelo corredor até uma sala aquecida, nos fundos da casa. Há dois cestos de toalhas e umas coisas. Ela abre os armários acima das máquinas de lavar e secar, para mostrar uma variedade notória de detergentes líquidos e secos, removedores de manchas, sabão especial para eliminar ácaros, amaciante de roupas, água sanitária para roupas de cor, para roupas brancas, garrafas com borrifadores etc.
– Nossa, que ótimo.
– Estou tentando me afastar da lavanderia. – Ela fica segurando os puxadores do armário.
– Algumas pessoas não gostam de estranhos, principalmente um *cara*, lavando sua roupa. Mas eu fico feliz em fazê-lo. – Roger ouve a própria voz ligeiramente trêmula. Por que será que a sra. Mackey o deixa nervoso? Merda, talvez essa dona esteja melhor trabalhando aquelas sessenta horas semanais. Roger não consegue distinguir exatamente o que é, mas há algo errado em relação à sra. Mackey. Talvez seja alergia, mas ela parece ter andado chorando. Tem uma certa vulnerabilidade que ao mesmo tempo é doce e assustadora.
– De qualquer forma... – A sra. Mackey olha para os cestos de roupa. Roger gosta da forma como o nariz dela faz uma curva côncava entre os olhos, depois arrebita na ponta. Um nariz que

parece uma pista de esqui. Se ele pudesse tirar uma foto sua, a faria ficar em pé, embaixo da lâmpada suave da lavanderia, que lança sombras em seus cabelos. – Em minha próxima vida, eu quero *ter* uma vida. – Distraidamente, ela dá um tapinha no braço de Roger e passa por ele, saindo da sala.

Roger primeiro coloca o sabão para roupas. Elissa, sua namorada da faculdade, lhe mostrou isso. Sabão, água, roupa. Depois que eles se formaram, Elissa foi cursar direito e conheceu outro cara. Mas ela só *disse* isso a Roger quando ele pegou um avião e atravessou o país para ir visitá-la. Ela achou que seria melhor dizer pessoalmente. Que ótimo. Ela poderia pelo menos tê-lo feito poupar a porra do dinheiro da passagem. Sua calma fez com que ele se sentisse pior ainda.

– Não faça isso a si mesmo – disse ela. Ele arremessou seu bule de chá inglês contra a parede.

– O que você está *fazendo* aqui? – ele berrou. – E quanto à sua arte? – Ela se formara em pintura. – Você está se vendendo! – Deus, Roger parecia tão pomposo. Ele dormiu no gramado da quadra, naquela noite, depois pegou um voo de volta para casa, para fazer uma seção de três horas, fotografando uma tigela de creme de abóboras para o encarte de outono. Roger quase não dormira na noite anterior. Ele se sentia meio embriagado, de tão cansado.

– Executou a sopa? – o diretor de arte perguntou, no corredor, naquela tarde. Como se a sopa tivesse que ser assassinada! Ele explodiu num riso histérico. Executar a sopa! Ria, ria, ria, depois começou a tossir, depois a engasgar. As lágrimas corriam até sua boca. As porras das *lágrimas*. Ele caiu de joelhos, temendo que o diretor de arte pudesse ver, receando talvez vomitar. – Cara, está *tudo bem* – disse o diretor, batendo nas costas de Roger.

§§

Você geralmente consegue desvendar a história de vida de uma pessoa quando limpa sua casa. A história da sra. Mackey fica embaixo da pia do banheiro da suíte, onde Roger encontra um esconderijo maluco de troços medicinais. A primeira coisa que vê é uma embalagem vermelha, como aquelas usadas nos hospitais. Dá pra ver através do plástico fino que o troço está quase cheio de agulhas usadas. Talvez ela seja diabética. Mas há frascos que não são de insulina. Ele pega um. GONAL-F. E se vira para trancar a porta do banheiro, depois liga a ventilação. Ele nunca pega nada dos armários de remédios das pessoas, mas sempre gosta de olhar – um fascínio do qual se envergonha, no entanto, se sente atraído por isso. Sentado no chão, de pernas cruzadas, ele espia dentro do armário. Há caixas cheias de ampolas de Pergonal, *apenas para injeção intramuscular*. Ah. Jesus. Outra caixa de ampolas de Gonal-F. Algumas ampolas têm um pó branco, e outras têm um diluente. Roger desdobra a bula. *Gonal-F estimula a produção dos ovários...* Jesus. A sra. Mackey deve se sentir como um experimento científico. Isso deve ser uma merda. Não se admira que ela seja um caso lunático. Há uma imensa variedade de outros troços no armário – cápsulas de progesterona, seringas, Band-Aids, testes de gravidez. Que diabo é isso? Como é possível *não* engravidar? Agora que seu marido se mudou, o que a sra. Mackey vai fazer com todos esses remédios?

Roger finalmente fecha o armário, sentindo-se meio enjoado, como se tivesse comido muita porcaria. Ele limpa a pia, a privada e o chuveiro, que até que estão bem limpos. Tira o pó dos livros das prateleiras embutidas ao lado do vaso. Os Mackey leem tudo, desde Shakespeare até revistas intituladas *Essa velha casa*. Há uma pilha de livros com as lombadas viradas para a parede. Ele fica em pé na privada para alcançá-los. Uma camada cinzenta de poeira o faz tossir. *Novas tecnologias para o tratamento da infertilidade, O livro da fertilidade, Resolvendo a infertilidade.* Deus, hoje em dia há um guia para tudo. Quando menos se esperar, alguém vai escrever um livro sobre como dar uma cagada. É triste a forma como os livros estão virados para a parede, como se isso fosse tudo que a sra. Mackey tivera energia para fazer. Ele termina de tirar o pó e volta a esconder as lombadas.

De volta ao quarto, ele limpa os abajures e as mesinhas de cabeceira. Não deve fazer muito tempo que o sr. Mackey foi embora, pois sua mesinha de cabeceira ainda tem uma pilha de jornais de podologia e romances de mistério. Há uma leve camada de poeira flutuando no copo d'água, do lado dele. Talvez a separação seja apenas temporária. Roger assim espera, pelo bem da sra. Mackey. Ou não. Talvez o marido seja um babaca.

Ele alisa o edredom e afofa os travesseiros, parando para puxar as cobertas. Na semana anterior, Roger começou a colocar pequenas coisas na cama das pessoas: um frutinho do carvalho, um folheto de propaganda que veio na correspondência, um fio de tecido. Lixo. Pode-se dizer que ele está colocando lixo na cama das pessoas. Por elas serem tão indiferentes. Se as pessoas fossem mais observadoras, talvez apreciassem mais as fotografias artísticas.

Ele imagina que isso seja meio gay, mas costumava fazer coisas extras pelos clientes. Aquela ponta dobrada em triângulo no papel higiênico. Colher flores do quintal e deixá-las num vaso, em cima da mesa da cozinha. Limpar a geladeira. Mas ninguém notava. Se notavam, não diziam nada. Então, talvez notem *esses* detalhes. Na casa dos Rowinson, ele escondeu, na cama, três pequenos coquinhos que pegou no quintal. Aqueles dois viciados em trabalho precisam se aproximar mais da natureza. Os lençóis dos Waxman estão sempre tão lisos e sem rugas e perfeitamente presos que dá pra notar que não rola muita ação *naquele* quarto. Ele enfiou algumas pétalas de rosas vermelhas embaixo dos travesseiros. A casa dos Carter é tão escura que parece uma funerária, então ele enfiou no meio dos lençóis uma página de revista com a propaganda de claraboias. Roger imagina a sra. Carter passando os dedos dos pés nos lençóis frios. Ela vai dizer: "O que é isso?", tirando o anúncio. "Como foi que *isso* veio parar aqui?" E seu marido sacode os ombros, todo irritado. "Como é que eu vou saber?"

Ele volta para a sala de estar da sra. Mackey, tira uma partitura musical do piano e coloca entre suas cobertas. Um prelúdio de Chopin. Ele a imagina andando nas pontas dos pés pela casa escura, com a folha na mão, vestindo a camisola branca longa que está pendurada no gancho, atrás da porta de seu banheiro. Ele a imagina sentada junto ao piano, seus dedinhos quadrados deslizando pelas teclas.

Ao terminar a limpeza da casa, Roger encontra a sra. Mackey esparramada num cobertor, embaixo da árvore, no quintal da frente. Ela está cercada por um laptop, livros, blocos e canetas. Mas, em vez de usar algum desses troços, ela está deitada de barriga pra cima, olhando o céu.

– Meu escritório – diz ela, sentando, quando Roger se aproxima. Há um escritório elegante na casa, com uma imensa escrivaninha e uma cadeira complicada.

– Legal – diz Roger. A sra. Mackey pode até ser mais maluca que a sra. Warrington, cuja mesa de jantar tem pilhas de latas vazias que ela tem obsessão por lavar e colecionar. Mas que droga, Roger imagina que se alguém *lhe* desse injeções na bunda com todas aquelas agulhas ele também ficaria doido.

A sra. Mackey faz uma careta para os galhos que estão acima.

– A prefeitura vem cortar esse lindo carvalho.

– Por quê?

– Está morrendo.

– É mesmo? – Roger olha acima. A árvore é curva e toda retorcida. É legal que a sra. Mackey a ache bonita. – Parece estar bem.

– Por fora. Mas está toda podre por dentro.

– Eu me identifico com isso. – Por alguma razão, Roger se sente à vontade em dizer isso à sra. Mackey.

A sra. Mackey se vira para ele, franzindo o narizinho e sorrindo de um jeito tão terno que o faz querer deitar embaixo da árvore com ela.

– Vai querer o serviço semanalmente? – ele pergunta. – Pode verificar a casa e me dizer.

– Tenho certeza de que está tudo ótimo. Pode vir na semana que vem. Obrigada, Robert.

– É Roger.

– Ó, Deus, que falta de educação! – A sra. Mackey dá um tapa na própria testa.

Ele gostaria de tirar sua foto assim, enquanto ela está iluminada por trás, com o sol iluminando seu cabelo desgrenhado e reluzindo ao redor de seu rosto. Roger aponta para *A Ilíada*.

– Eu detestei esse livro quando estava na faculdade.
– Ah, eu *sei*. – A sra. Mackey senta sobre os tornozelos. – Eu também, mas essa é uma nova tradução. – Os olhos dela se arregalam em direção à casa. – Eu venho pensando na amante de meu marido como a Helena, de Troia, mas, francamente, acho que isso é dar a ela muito crédito. – Ela olha para Roger. – Entende o que quero dizer?

Roger assente. Ele não faz a menor ideia do que ela quer dizer, mas ela o olha tão esperançosa que ele simplesmente continua a concordar. Roger dá uma olhada na vizinhança, ao redor. Está tudo vazio, exceto por alguns jardineiros.

– Ninguém nunca fica em casa nesse bairro, não é? – ele pergunta.

A sra. Mackey sacode os ombros.

– Todos nós precisamos trabalhar para pagar nossas hipotecas.

– As pessoas são felizes por aqui? – Roger imediatamente se arrepende dessa pergunta imatura.

– Ah! É essa a impressão que você tem quando limpa as casas das pessoas? Você pode tirar o pó dos bichinhos de pelúcia e remover as marcas de café, mas não consegue varrer a infelicidade?

– Mais ou menos.

– Bem, talvez você possa inventar um produto. Que corte a gordura *e* o mal-estar!

Roger ri.

– Jogar água sanitária na amante de seu marido!

Ops. Roger não consegue pensar em nada engraçado para dizer.

A sra. Mackey assente e olha para a casa do vizinho, do outro lado da rua.

– Essas casas são bonitas. Algumas têm piscina. Algumas têm cozinhas sofisticadas e banheiras de hidromassagem. Mas nenhuma delas vem com a felicidade. Nenhuma delas vem com bebês.

– Esses atrativos são vendidos separadamente. – Roger entra sob a sombra, depois se agacha ao lado da sra. Mackey, sobre seu cobertor.

– Hã. Isso mesmo.

— Sabe, meu professor de inglês disse que Hemingway uma vez escreveu uma história muito curta, que dizia o seguinte: *Sapatinhos de bebê à venda. Sem uso.*
A sra. Mackey se vira para ele. Sua expressão é algo entre estarrecida e grata.
— Ah, eu... Às vezes, você não precisa de muitas palavras, não é?
— É, bem, ninguém sabe ao certo se ele escreveu isso. — Talvez Roger a tenha aborrecido. É melhor ir embora. Ele se levanta.
— Da próxima vez, traga o seu portfólio e seu currículo. Eu adoraria ver seu trabalho. — A sra. Mackey sorri. Cara, esses dentinhos!
— Obrigado. — Roger inclina a cabeça para trás para estudar o carvalho. — Que furada esse negócio com a sua árvore — ele diz, tentando fazer com que ela se sinta melhor. *Cara, pode crer.* Ele parece uma porra de um surfista.

§§

— Você terminou de preencher suas inscrições para o curso de graduação? — a mãe de Roger pergunta, naquela noite, durante a ligação telefônica mensal. Ela sempre tenta parecer não estar forçando nem julgando. Roger tem que lhe dar crédito por isso. Como sempre, Roger resmunga que seu portfólio não está concluído.
— Avise-me se você precisar de ajuda com dinheiro, meu bem — diz ela. — Para que você tenha tempo livre para essas inscrições.
— Mas Roger jamais lhe pede dinheiro. Ela provavelmente nem chega a ter o suficiente de sua aposentadoria. Ele quer conseguir uma bolsa de estudos. Deixá-la orgulhosa e aliviada.
Depois que eles desligam, ele vai para a cama assistir ao programa de Letterman, com uma cerveja. Suas mãos estão sensíveis da faxina. Em alguns lugares, as rachaduras começam a sangrar. Muito sexy. *Não.* A cerveja gelada alivia a pele ferida.
Ele se imagina no programa de Letterman.
— Que legal — Dave diz, erguendo o portfólio fotográfico de Roger.

– Puxa, obrigado – Roger responde. (Imagine isso: um planeta onde as pessoas ficam eufóricas com fotógrafos artísticos, não apenas com atores e modelos.)
– E você está dormindo com aquela boneca da Elinor Mackey? – Dave pergunta. – Como vai indo isso?

Roger olha o auditório, radiante.

– Incrível.

10

– Escolha alguns cavalos e faça uma pequena aposta, gata – diz Barry, o acompanhante de Gina, num murmúrio alegre, sorrindo e passando algumas notas de vinte dólares pelo guichê do hipódromo. – É sempre divertido, quando os riscos são pequenos.

Gina estuda os nomes dos cavalos, acima – Pround Athena e Hang-Tough Harry – saboreando o fato de que é disso que gosta quanto a estar com Barry: os riscos são pequenos. Ela não o ama. Nunca lhe ocorrera que o fato de *não* amar alguém poderia resultar numa boa sensação. Com Ted, a possibilidade de perdê-lo chegava quase a arrasá-la. Temendo afugentá-lo, ela procurava sempre demonstrar menos a sua afeição, conter a alegria irreprimível de apenas *vê-lo*. Isso a fazia se sentir tola, como um cachorrinho trancado no carro.

Depois que ela e Barry fizeram suas apostas, eles seguiram para o bar. Barry comprou baldes de pipoca, cachorro-quente, amendoim, garrafas d'água e cerveja. O caixa se apressou em pegar o pedido, chamando Barry de "senhor". Algo em Barry invoca as pessoas a se apressarem a atendê-lo. Talvez seja a combinação das roupas de grife e sua autoconfiança.

Gina observa, enquanto Barry paga o jovem e enfia uma nota de cinco dólares de gorjeta num vidro. Embora seja sábado, Barry está vestido impecavelmente, com calças bem passadas e uma camisa de gola, em tricô. Seus cabelos escuros formam um U na testa, e a transpiração salpica as entradas rosadas dos dois lados. Seu nariz é pequeno e em forma de bulbo. Embora ele não seja realmente o tipo de Gina, tem um ar sexy de Tony Soprano, que ela sabe ser irresistível para muitas mulheres.

Esses são bons carboidratos, ela está prestes a comentar, ao mergulhar a mão na pipoca. Quem se importa? A pipoca está quente e salgada ao tocar seus lábios. Ela pega outra mão cheia, conforme Barry a conduz até dois lugares, no centro de uma fileira vazia. Ele usa um guardanapo para limpar a cadeira dela. Depois que ela senta, ele lhe entrega um cachorro-quente. Faz anos que ela não come um cachorro-quente. A cerveja vai direto para sua cabeça e o sol aquece seu rosto. A mostarda amarela tem o sabor do verão.

Barry afaga seu joelho.

– Você, meu amor, tem as pernas mais bonitas do planeta.

A saia de amarrar de Gina está entreaberta, e ela estica a mão para fechá-la. Ela sorri para Barry e usa seu guardanapo para limpar a mostarda do lábio dele. Será que ela já esteve num relacionamento em que ela e o homem se amavam de forma igual? Como é que você pode saber? Esse deve ser um sentimento feliz e seguro. Esse seria um risco baixo e *saudável*. Embora os riscos pudessem ser mais altos, já que algo poderia acontecer ao seu verdadeiro amor. Ou talvez aquela sensação de segurança fizesse com que um passasse a depreciar o outro, como Ted e a esposa pareciam fazer. Gina amassa a embalagem de seu cachorro-quente e fecha o punho. Por que tudo tem que girar ao redor de Ted? Ela dá um longo gole em sua cerveja, tentando tirá-lo da cabeça.

– Lá vamos nós! – Barry dá um pulo, quando os cavalos explodem pelos portões. Gina fica em pé ao seu lado. Ele passa um braço ao redor de sua cintura e aproxima-se dela. Ele cheira a algo recém-comprado numa loja de departamento... como colônia e tecido de algodão fino. – Infernize-os, Harry! – ele grita, torcendo.

– Aí, garota, Athena! – Gina grita. Mesmo quando fazem coisas que ela jamais imaginara que fosse gostar, ela sempre se diverte com Barry. Se Ted era sua heroína, então, Barry é sua morfina. Será que isso significa que ela está usando Barry como uma bengala? Dá outro longo gole na cerveja, enquanto ainda está gelada. Ela podia parar de analisar tudo. É Barry quem sempre liga *para ela*. Pelo que sabe, ele tem outras namoradas. A melhor parte é que ela não liga. Imagine! Uma sensação que chega a ser quase igual à autoconfiança.

Depois de apostarem em mais duas corridas, ganharem noventa dólares e tomarem casquinhas que derreteram e escorreram em suas mãos, eles finalmente deixam o jóquei e entram no Jaguar de Barry.

– Pode dizer, eu não sou o filho da puta mais bonito com quem você já saiu? – Barry ri, olhando o cabelo no espelho retrovisor, colocando um palito no canto da boca.

– Não fale palavrões. – Gina dá uma risadinha. Ela não é puritana, mas não gosta de linguagem grosseira, que sempre parece nascer da raiva. – É claro – ela provoca. – O palito é o que eu gosto mais. – Barry não parece ligar quando ela o cutuca. Embora ele possa ser rude e severo... ela já o viu falando com seus empregados, ao telefone... ele não se leva muito a sério.

– Um palito é melhor que um charuto. – Ele acelera e sai do estacionamento. – Já faz um ano, sabia? Eu passei do cigarro ao charuto e aos palitos. Dê-me mais um ano e eu largo esses também. Está bem, gata?

Num sinal vermelho, Gina se inclina e tira o palito da boca de Barry, depois percorre seu lábio inferior com a língua.

– Mmmmm. – Ele a beija, com seus lábios grandes cobrindo os dela. Gina fecha os olhos, querendo que a química desabroche. Ela sempre fecha os olhos quando ela e Barry se beijam ou fazem amor. Quando Shane fazia amor com ela, ela tocava e admirava seus longos cabelos negros, um contraste profundo com sua pele clara. Shane sempre fechava os olhos, suspirando profundamente e dizendo que a amava, depois entrava naquela concentração profunda que ele curtia, quando estava tocando seu baixo, no palco. Mas quando Ted fazia amor com Gina ele a olhava *direto* nos olhos, prendia seu olhar, algo que ninguém jamais fizera. Quando o sinal fica verde, Gina se afasta de Barry, abrindo o vidro para pegar um pouco de ar.

Gina fica surpresa quando a campainha toca, às dez e meia da noite. Talvez Barry tenha voltado em busca de algo que esqueceu. Ela espia pelo olho mágico e vê Shane, balançando na varanda. Ela abre a porta a tempo de ver um táxi dando ré, na entrada da garagem.

– Meu bem. – Os cabelos de Shane estão úmidos do banho, formando duas manchas escuras nos ombros de sua camisa de flanela xadrez. Por baixo da flanela, ele está usando uma camiseta preta e jeans preto.

Gina cruza os braços, se sentindo como uma barricada inconsistente.

– A gente tá junto, ou terminou, ou o que nós somos? – A voz de Shane está alta demais.

– Você caiu do trem?

– Dia ruim. – Ele abaixa a cabeça. – O que a gente é? – Shane sempre está tendo um dia ruim.

– Amigos, Shane. Nós somos amigos. Contanto que você não esteja bebendo, nós somos amigos. Se você estiver bebendo, nem amigos nós somos.

– Bem, talvez, se fôssemos mais que amigos, como costumávamos ser, como *deveríamos* ser, eu não *estaria* bebendo. – Ele cospe um pouco, conforme fala.

Certo. Eu estraguei tudo. Gina não consegue argumentar com ele quando ele está bêbado.

– Vou te fazer uma xícara de café. – Uma xícara de café, *no máximo* meia hora de conversa, depois ela vai chamar um táxi. Ela se encaminha para a cozinha.

Shane se senta amuado junto à mesa, enquanto Gina programa a cafeteira e pega o leite desnatado e o açúcar. Ela pega pão integral, queijo e peru na geladeira, e faz um sanduíche para ele.

– Você consegue fazer com que qualquer lugar pareça um lar – diz Shane. – Você conseguiria fazer até com que uma porra de um buraco frio no chão parecesse um lar. Você *é* o lar. – Essa intensidade romântica cativou Gina logo que ela começou a sair com Shane. Mas, agora, seu lado sombrio é mais horrendo do que intrigante. Ele está com olheiras roxas e cheira a uísque e cigarro.

E a faz lembrar do bar, depois da última chamada para o pedido de bebidas, quando a luz forte é acesa e a imundície do local pode ser vista.

Toby aparece na porta. Quando vê Shane, revira os olhos e bate o pé descalço no chão, depois se vira para sair.

– Ei, preguiçoso – Shane o chama.

Toby resmunga e bate a porta do quarto.

– E ele ainda nem é um adolescente – Shane diz, com um ar desgostoso.

– Isso mesmo. – Gina coloca um descanso de prato e um sanduíche à sua frente. – Ele é apenas uma *criança*, Shane. Tem todo o direito de ficar aborrecido quando aparece gente bêbada em nossa casa, às dez horas da noite.

Shane olha para ela surpreso. Pela primeira vez, ela não está tentando animá-lo, nem ver as coisas sob seu ponto de vista. Ela não está a fim de negociar. Essa noite, não.

– O que aconteceu com o AA?

– Eu tive uma recaída. – Shane cospe café, dá um soluço, lança saliva e deixa escapar manchas de baba marrom em sua camisa. Lindo. Ela sentia tanta atração por ele! Lembra-se da época, logo depois que eles começaram a sair, quando ele trançou seus cabelos, fazendo duas tranças perfeitas. Foi depois que fizeram amor. "Eu fazia isso todas as manhãs, no cabelo da minha irmãzinha", explicou ele, se concentrando em trançar as três mechas do cabelo de Gina. "Mas não vou amarrar os seus sapatos. Você vai ter que fazer isso sozinha." Foi quando Gina se apaixonou por ele, enquanto estava sentado atrás dela, com as pernas ao redor das suas, terminando as tranças, depois fazendo cócegas em suas bochechas, com as pontas. O peito quente junto às suas costas, a voz ressonando pela coluna, como se fosse parte dela.

Ela senta do outro lado da mesa, de frente para ele.

– Você deveria ter ligado para seu padrinho, essa noite – ela diz. – Você tem que *querer* melhorar, Shane. Tem que transformar isso em um objetivo sério.

– *Você* é meu objetivo. – Ele estica o braço para pegar a mão de Gina. Ela se afasta. – Meu bem – ele diz, baixinho, tristemente.

Ele joga o sanduíche no prato, que se desmancha. Gina levanta e fica em pé junto à pia, de costas para ele.

– Se você quer me ver, então, tem que parar de beber. Você não pode ter tudo. – Ela estica a mão para o telefone. – Eu vou chamar um táxi pra você.

– Ainda não, só um minuto. Espera.

Dá pra ouvir que ele está de boca cheia. Ela se vira para vê-lo devorando o sanduíche com grandes mordidas.

– Isso tá tão bom! – Ele ergue o olhar para ela, assentindo loucamente e engolindo. Depois para, olhando para ela. – Vamos conversar. Só por um minuto. – Ele dá uma golada no café. Está enrolando só para ganhar tempo. Não tem nenhuma diferença de um garoto de dez anos que quer ver só mais quinze minutos de televisão. Ela está cansada de viver barganhando com as pessoas. Barganhar com o filho, para fazê-lo parar de jogar aquele Game Boy imbecil. Barganhar com seus clientes, para que eles façam mais cinco repetições. *Só mais cinco!* Barganhar com Shane para que ele vá ao AA. A certa altura, ela achou que podia se casar com ele, se ele ao menos parasse de ser duas pessoas.

– Você tem saído com alguém? – Shane pergunta.

– Sim. – Ela suspira, imediatamente se arrependendo de ingressar nesse *tipo* de conversa.

– Com quem, o Barry?

Gina assente.

– Ele é um porra de um promotor de shows, Gina! – Shane se levanta, com os punhos fechados nas laterais do corpo. – É a pior escória da terra. – Cuspe voa de sua boca.

– Acabou o jogo. – Gina pega o ímã da geladeira, com o número de telefone do táxi. Shane voa em sua direção. Ele dá um passo ao lado e bate com a mão fechada na porta da geladeira. Depois, vira-se para a mesa, como se estivesse procurando por alguma coisa. Pega o açucareiro e o arremessa, espatifando na parede.

– Que legal. – Gina não tem mais energia para ficar com raiva dele. – Está tarde e você está bêbado. Eu vou ligar para chamar um táxi. Podemos almoçar amanhã. Vá até a academia e eu te pago o almoço, e nós podemos ficar sentados lá fora. Deve

fazer um dia lindo. – Ela não tem a menor intenção de ver Shane amanhã. Não vai estar na academia. Mas isso é tudo que consegue pensar para fazê-lo se acalmar e ir embora.
– A academia – Shane diz, com sarcasmo. – A porra da academia de bacana. Se essa gente tivesse *vida*, eles não precisariam malhar em aparelhos. Sempre correndo em direção à TV, em cima da esteira. Jesus. Se fosse gente de verdade, como fazendeiros, a vida lhes daria exercício.
– Isso resolveria os problemas do mundo – diz Gina, surpresa consigo mesma, diante da rapidez de sua resposta. – Se todos fossem fazendeiros. – Quando ela começa a apertar os números para chamar o táxi, Shane lança o punho em sua direção, derrubando o telefone no chão. Ele bate no piso, a bateria sai voando.
– Está certo! Você quer que eu vá, eu vou. – Shane passa por Gina como um raio, saindo da cozinha. Gina se abaixa para pegar as peças do telefone, colocando-as de volta no lugar. Ela aperta o botão de rediscagem e sobe as escadas, atrás de Shane.
– Táxi do Charley – a despachante fala. Gina diz à mulher que precisa de um táxi imediatamente, imaginando se não deveria ter ligado para a polícia. Ela segue Shane para dentro de seu quarto. Ele passa por cima da cama, depois sobe na escrivaninha, ao lado da janela, derrubando as fotografias de Toby e de sua mãe. Antes que ela consiga alcançá-lo, ele arranca a tela da janela e desaparece no telhado.
– Shane! – Gina joga o telefone na cama e sobe na escrivaninha, ajoelhando no parapeito da janela. – Shane, volte aqui pra dentro – ela tenta sussurrar, mortificada pela possibilidade de que os vizinhos ouçam.
– Não. Você não quer que eu vá pra casa? Estou indo pra casa. Vou fazer o caminho toooodo, de volta pra casa! – Ele se remexe por cima do telhado, perto da beirada, saindo do ângulo de visão de Gina. Ela coloca uma perna para fora da janela, prestes a sair. Depois percebe que ele poderia facilmente levar os dois ao chão. Ela volta, ficando de quatro sobre a escrivaninha, só com a cabeça para fora da janela. Acende a luz da escrivaninha. A claridade da lâmpada dificulta a visão lá de fora, então ela a apaga.

– Todo, de volta pra casa – Shane repete, agora gritando. Rindo e gritando e ficando em pé no telhado, com os braços estendidos, como se estivesse em cima de uma prancha de surfe.

– Ei, seu babaca! – Gina ouve Toby gritando, da janela de seu quarto, abaixo. – O que você está fazendo em nosso telhado?

– Eu vou pular, preguiçoso.

– Vai fundo! – Toby grita, com a voz rouca do remédio de nariz e seus hormônios.

– Shane. – Gina tenta ter mais empatia. – Venha, meu bem. Agora entre. – Ela estende a mão para ele.

– Você está tentando se *matar*? – Toby grita, com puro desdém e incredulidade na voz.

– Acertou, preguiçoso.

– Está brincando. Você não vai *morrer*. Só vai quebrar as pernas. Ou talvez a coluna. – Toby é conhecedor desse tipo de informação, tendo memorizado grande parte de MIL NOJEIRAS E FATOS SANGUINÁRIOS! – Fracassado – ele acrescenta. – Depois nem vai poder dirigir, nem andar. Que fracassado! – Toby cai na gargalhada, se matando de rir diante dessa ideia.

– Toby! – Gina grita, ainda tentando sussurrar.

– Você está certo. Eu sou um fracassado – diz Shane, alto. – Uma merda de banda. Fico instalando claraboias – ele resmunga para si mesmo.

Nesse momento, Gina vê as sombras de seus vizinhos, os Jensen – um casal idoso que passeia todas as noites com o cachorro.

– Gina? Querida? Está tudo bem aí em cima?

– Ela está ótima! – Shane grita.

– Estamos bem – Gina diz a eles.

– Toby, meu filho? – a sra. Jensen grita. – Desça daí agora.

Gina liga para a polícia, sussurra o endereço ao telefone.

– Estou aqui embaixo – Toby grita de sua janela. – Aquele é o Shane! – ele acrescenta com empolgação. – Ele vai pular! Vá em frente, seu fracassado, pule!

Gina ouve o som de seis semanas de deboche dos garotos que vêm sendo malvados com Toby, na voz do filho. Ela ouve a perseguição escolar e o pai que não quer mais o filho morando com ele.

– Shane? – A sra. Jensen chama. – Você é amigo de Gina?
– Agora não sou mais – diz Shane. – Ela não me quer mais.
– Bem, vamos descer do telhado agora – diz a sra. Jensen.
Gina está horrorizada. Que ótimo: ela é a mãe solteira patética e vizinha rainha do drama, com um bêbado lunático no telhado.
– Eu *sou* um fracassado – Shane repete, se inclinando de forma provocadora sobre a beira do telhado, para falar com Toby. – Você é um garoto inteligente.
– Você é um idiota – diz Toby.
– Shane! – dessa vez, Gina grita. Ele se vira na direção dela, dá alguns passos de volta ao topo do telhado, em sua direção. Uma telha cai de baixo de seus pés, fazendo um *barulhão*, na entrada da garagem. – Você acha que não há dias em que eu não quero pular dessa janela? – Gina baixa a voz, torcendo para que os Jensen não consigam ouvi-la.
– O quê? – Shane pergunta.
– Acha que eu não quero pular de um prédio de dez andares, em algumas noites?
Shane senta.
Gina engole. Embora sua voz de alguma forma esteja firme, suas pernas bambeiam e o estômago queima.
– Mas eu não posso. Porque tenho um filho e eu o amo e tenho que tomar conta dele. E você não pode, porque tem a sua música.
– Minha música é uma bosta.
Os Jensen saem da rua e vão para a calçada.
– A polícia – Gina ouve a sra. Jensen dizer.
– *Não*, não é uma bosta. Você é talentoso e o mundo precisa de sua música. As pessoas precisam de música. – Deus, ela está tão cansada de inspirar as pessoas.
– Eu preciso de *você*. Eu te amo.
– Volte aqui pra dentro. E nós conversamos. – A luz do teto de seu quarto se acende. Ela se abaixa, entrando de volta no quarto.
Toby está em pé, na porta.
– *Namorado* legal.
Gina estreita os olhos para ele.

— Querido, ele não é... desculpe. Apague a luz, eu não consigo enxergar.

Toby apaga a luz e permanece junto à porta.

— Não me abandone — Shane implora.

— Shane, vai ficar tudo bem. Eu prometo. Por favor, volte pra dentro. — Gina coloca a cabeça para fora da janela. Shane está novamente em pé junto à beirada do telhado.

Nesse momento, luzes vermelhas e amarelas riscam o céu noturno. Um caminhão dos bombeiros surge virando a esquina. Gina se pergunta por que não há sirene. Talvez para evitar assustar a pessoa que quer pular. Ela suspira aliviada, fechando os olhos por um instante. Ao abri-los, ela vê Shane pular do telhado. É uma imagem estranha, porque ele primeiro sobe, dando um salto que o eleva acima do nível do telhado, como se estivesse tentando voar. Por um instante, como se fosse um flash de câmera, sua camisa de flanela forma um triângulo que lembra uma capa ao redor de seu corpo magro e seus braços estão esticados. Depois ele some. Não há qualquer som, depois há três sons: o grito da sra. Jensen, o estalar de um arbusto e a batida abafada do corpo de Shane colidindo no solo. Mas em quê? Na grama? Nos arbustos? Concreto? Gina senta na beirada da cama, estarrecida.

— Mãe? — diz Toby. A voz malvada e debochada de colégio havia sumido. Ele está franzindo a testa, mas seu lábio está tremendo. — Você acha que ele está morto?

※

Até a hora em que Gina desce da varanda e vai até o gramado da frente, os paramédicos já colocaram Shane numa maca. Ele geme dizendo palavras incompreensíveis. Gina fica perto da casa, sem querer que ele a veja. O ar noturno é fresco e úmido. Toby espia por trás da porta da frente. Os Jensen abaixam suas cabeças e se apressam pela rua, com o cachorro.

Um policial interroga Gina. Ela conta tudo que aconteceu essa noite, falando sobre o problema alcoólico de Shane e seus rompantes de raiva. Por ele ter sido violento e ameaçador, o policial pergunta se Gina quer que eles liguem para um advogado de vítimas do abrigo local.

– Um... o quê? – Ela *não* é uma mulher que apanha. Detesta o fato de que Shane tenha feito com que a polícia e os vizinhos pensassem que ela apanha. – Ele não me *machucou* – ela diz ao policial. Por que será que ela se apaixonou por alguém num bar?

– Eu compreendo. – O policial assente. – Mas ele é violento e alcoólatra e, a certa altura, a senhora talvez queira solicitar uma ordem restritiva. Talvez, mais tarde. – Ele entrega a Gina um folheto. – Aqui tem um número para onde pode ligar. Não é necessário advogado. Apenas vá até a vara de família e preencha com quaisquer incidentes que tenham ocorrido. A senhora obterá uma audiência formal sobre a questão. É provável que o juiz expeça uma ordem permanente, tornando ilegal que o cavalheiro chegue a menos de cem metros da senhora, seu filho ou sua propriedade.

– Obrigada. – Gina pega o folheto. *Cavalheiro*. Que piada.

– É meu trabalho.

Gina se arrepia diante da expressão de pena nos olhos do policial. Talvez ela esteja paranoica. Talvez seja apenas gentileza. Ela assente e diz a si mesma para sorrir.

§§

Depois que a polícia vai embora, Toby e Gina sentam junto à mesa da cozinha. Gina serve café e prepara um leite com chocolate para Toby.

– Quer brincar com seu Game Boy?

Toby balança a cabeça, dizendo que não.

– Quer assistir ao Canal Disney?

Toby suspira, desgostoso.

– Isso é para bebês.

– Ah, está bem, desculpe. – Ela levanta para lavar a cafeteira.

– Teremos que ir visitar o Shane, no hospital? – Toby pergunta.

– Não, querido. – Gina vai ligar para o hospital e se assegurar de que Shane esteja bem, mas não vai até lá vê-lo. Se ele voltar a incomodá-los, talvez ela solicite aquela ordem restritiva.

– Mãe?
– Hum? – Ela está pensando se o hospital dará informações pelo telefone.
– Você não poderia casar com o dr. Mackey?
Gina fecha a torneira que está enchendo a cafeteira. A geladeira liga no termostato.
– Querido, tecnicamente, ele ainda é casado.
– Mas eu acho que ele está se divorciando.
– Querido, ele teria que me pedir. – Ela coloca a cafeteira no secador de louça e olha para o filho.
– Por que *você* não pede *a ele*?
– Olhe como está tarde! – Ela aponta o relógio. – Já passa de meia-noite!
Toby franze as sobrancelhas para ela.
– Bem, mesmo se o dr. Mackey estiver se divorciando...
– O quê? Você ainda não vai pedir a ele?
Gina balança a cabeça.
Toby chuta a mesa novamente e o pote de creme escorrega e espatifa no chão. O creme se espalha, formando um filete.
Toby ergue os olhos para ela, como se soubesse que está encrencado.
Gina sacode os ombros.
– Eu sei, querido – diz ela. – Eu sei. – Ela abre a última gaveta, cheia de tralha, junto ao telefone, pega o martelo e entrega a Toby. – Pode quebrar o jarro também, se quiser. Já perdemos o açucareiro essa noite. – Gina esperava ter todo o conjunto de porcelana Viceroy, com as violetas-africanas roxas e folhas douradas. As peças eram caras, portanto, ela vinha comprando uma de cada vez. Agora, ela não liga.
Toby levanta a cabeça e olha para a mãe. Ela coloca o martelo em cima da mesa, ao lado dele.
– Você sabe que eu te amo? – ela pergunta.
Toby assente. Ela aperta os ombros dele. Está magro demais. Amanhã à noite, ela vai preparar um jantar com macarrão caseiro, queijo e salsichas.
– Quer ligar para seu pai e conversar com ele um pouco?

Toby balança a cabeça.

– Por que você não pode pedir ao dr. Mackey?

Porque eu já sei a resposta, ela quer dizer. *Porque ficaria ainda mais magoada e humilhada do que já estou. Embora eu não ache que ele me ame, estou disposta a dormir com o dr. Mackey. Eu o amo quase tanto quanto amo você, e não há nada que eu queira mais para você e para mim do que todos nós morando juntos, nos mudando para uma casa num bairro que tenha uma escola de que você goste e crianças que gostem de você. Depois, eu quero ter um bebê com o dr. Mackey. Mas só se isso for o que você quer. Só quando você estiver pronto para isso. Primeiro, eu quero que nós três fiquemos juntos.*

– Ah, querido, porque... – Ela enfia os dedos nos cachos de Toby, buscando as palavras certas. Seus cabelos são sedosos, apesar de embaraçados. Pela primeira vez, ele não recua diante de seu toque. – É que as coisas simplesmente não são assim.

11

ELINOR ACORDA COM O ZUNIDO DE UM MOSQUITO EM SEU ouvido. Vírus do Nilo! Não, uma máquina de tirar folhas. Não, uma *serra elétrica*, no quintal da frente. Os cortadores de árvores, ou seja lá como se chamam – *assassinos* –, já chegaram. Não são nem oito horas. Eles não deveriam chegar antes das nove! Conforme ela joga as cobertas para o lado, uma folha de papel flutua até o chão. Ela se abaixa e vê que é uma partitura. O que o Chopin está fazendo em sua cama? Ela joga a valsa no lixo, pois sempre achou complicada demais. Segue cambaleando até o banheiro, joga água no rosto, passa a escova de dentes na boca. Depois coloca um jeans por baixo da camisola, um moletom por cima da cabeça e segue para o quintal.

    Lá fora, o sol de agosto já está alto no céu. O ruído zangado da serra ecoa pela vizinhança. A árvore é propriedade da prefeitura (ela não sabia disso, até que Noah lhe disse), mas os caras poderiam ao menos ter tocado a campainha. Há um homem no alto dos galhos, preso por um gancho na cintura e um laço de couro, ao redor da árvore. Cones cor de laranja isolam uma parte da rua. Um caminhão grande bloqueia a entrada da garagem. Elinor não vê nenhum sinal de Noah.

    – *Ei!* – ela grita, para o cara que está na árvore. Tudo que ela consegue ver são as pernas de seu jeans. Um galho grande despenca na entrada da garagem. Um segundo homem aparece dando a volta no caminhão, para e joga o galho num triturador, na traseira. O ruído alto de moedor é seguido por um som estridente, como um liquidificador com gelo demais.

    – *Desligue!* – Elinor segue na direção do homem, sacudindo os braços. A transpiração salpica seu peito, por baixo do moletom.

– Desligue tudo!

O homem dá um pulo, tomando um susto ao vê-la.
– Senhora? – ele grita.
Elinor coloca as mãos nos quadris, tentando transmitir autoridade, embora sua camisola esteja pendurada por cima de suas coxas.
– Vocês não deveriam estar aqui até as nove horas. – Ela aponta para o carvalho, que agora parece ter levado uma mordida, tirando parte de sua forma folhosa. – Tudo que eu queria era tomar *uma* xícara de café embaixo dessa árvore.
O homem franze o rosto, confuso. Ele desliga o triturador e sacode a mão no ar, para que o cara na árvore desligue a serra. O barulho da serra vai diminuindo.
– Estamos começando cedo, por conta do calor – diz ele, tirando o boné e limpando a testa com a parte de trás da mão.
– Bem, eu... – Normalmente, Elinor ofereceria limonada e café aos trabalhadores. – Vocês podem esperar? Eu só quero... – O quê? Ela só quer que eles vão embora, para que possa tomar um banho e pegar seu cobertor e seu livro e deitar embaixo da árvore, e recuperar sua manhã.
Kat encosta na entrada da garagem, depois de ter deixado os filhos na escola. Quando ela vê Elinor, desliga o motor e salta do carro.
– Já? Você tem certeza de que quer assistir?
Elinor sente que concorda com a cabeça.
– Sinto muito, senhora – diz o cara do triturador, coçando os braços gorduchos e bronzeados, enquanto estreita os olhos. – A praga pode se espalhar para outras árvores. Sabia que estávamos vindo?
– Às *nove*.
– Ouça, será que podemos ter ao menos um minuto com a árvore? – Kat pergunta ao homem.
Ele revira os olhos.
– Segura aí! – ele grita para o cara nos galhos, acima.
Kat puxa El em direção à árvore e elas ficam juntas, na sombra.
– Acabou-se o café com o Warren. – Elinor dá um tapinha no tronco do carvalho, com a palma aberta, como se estivesse batendo

nas costas de alguém. A árvore transmite uma solidez. É a cabeça dela que dá a sensação de apodrecida e oca, cheia de besouros.

– Nós ainda podemos tomar café da manhã ao ar livre, todos os dias – Kat lembra. – Você pode olhar o livro Sunset e escolher outra árvore, mais vigorosa.

– Isso vai ser caro. – Elinor pensa no quanto deve custar um *divórcio*, e se ela ainda estará morando nessa casa seis meses depois. É com *isso* que ela deve estar se preocupando. – Árvores custam dinheiro – diz ela.

– Árvores não dão em árvores! – Kat dá um tapinha em seu braço.

Elinor chega a roncar de tanto rir.

– Olhe pra mim. Quem é que precisa de despedidas de *árvores*? – Ela se vira para Kat. – Você era tão paciente assim, antes de ter filhos?

Kat enruga seu narizinho arrebitado, pensando nisso.

– Eu subestimo sua paciência – diz Elinor, antes que ela possa responder. Kat deve se sentir como se Elinor fosse seu quarto filho.

Kat sacode os ombros.

– Não, não esquenta.

– *Tudo bem?* – pergunta o homem que está pendurado na árvore, irritado. Não pode ser confortável ficar pendurado desse jeito. – Pode dar um passo *ao lado*, por favor? Temos um trabalho a fazer! – O cara do triturador joga uma guimba de cigarro na entrada da garagem, para enfatizar o fato.

Elinor sai voando debaixo da árvore e dispara em direção à varanda, com Kat atrás dela. O carvalho está morrendo e ameaçando a saúde das outras árvores. Esses caras têm um trabalho a fazer e estão derretendo no calor. Kat precisa seguir em frente com seu dia. A serra começa a berrar e cortar, pondo os galhos abaixo, caindo sobre a entrada da garagem. Elinor e Kat se encolhem nos degraus da varanda.

– Posso te fazer um café? – Elinor grita para Kat, por cima do barulho.

– Não, obrigada – Kat grita de volta.

Elinor observa o tubo metálico cor de laranja do cortador, com suas lâminas e imensos adesivos de PERIGO. Subitamente, ela sente um ímpeto de jogar alguma coisa da casa ali dentro. Seu laptop, com todos aqueles e-mails do escritório. Por que ela concordou em checar o e-mail, enquanto está de licença? *Com cópia, cópia oculta, para sua informação, blá-blá-blá.* Ou ela poderia arremessar o livro de culinária da Zona Zen. O que será que aconteceu com ele? Será que Ted o devolveu a Gina? Um livro facilmente passaria pelo triturador. Sim. Ela se levantou.

– Eu já volto – ela disse a Kat. – Só um segundo. – Kat concorda, fazendo uma careta para o barulho, enquanto lê as informações escolares, em xerox de várias cores.

Elinor passa correndo pela porta de tela e entra na casa, segue pelo corredor, entra no quarto e vai até o banheiro da suíte. Quando ela pega os livros na prateleira do alto, as páginas arranham seu pescoço e queixo. Ela os segura nos braços, folheando o livro de cima, trêmula. Lembra-se da primeira vez que comprou os guias, o quanto foi assustador ler sobre os procedimentos, que se tornaram cada vez mais complicados, conforme os capítulos seguiam adiante: histeroscopia, remoção de óvulo, incubação assistida, injeção de esperma. *Graças a Deus nunca precisaremos recorrer a isso!*, ela pensou, logo que comprou os livros. Mas, aos poucos, ela e Ted foram passando pelos capítulos, e agora páginas e páginas de explicações e diagramas estão com orelhas e sublinhadas com marcadores. Ela manteve os livros porque sempre torceu para que ela e Ted juntassem forças para tentar outra fertilização *in vitro*, algum dia. Mas a força não parece ter nada a ver com o desfecho. Ela abraça a pilha junto ao peito e sai do banheiro como um raio.

– O que houve? – Kat grita, conforme Elinor passa por ela, pela entrada da garagem.

Elinor espera perto da beirada, até o cara do triturador virar de costas e pegar mais um galho. Quando ele o faz, ela avança junto à máquina. Não há tempo para jogar os livros, um a um, então ela arremessa todos, de uma só vez. Um monte de lombadas e capas e páginas reviram e entram na máquina, listras de frases marcadas brilham sob o sol. Os volumes grossos geram outro som na máquina, um rangido abafado, em vez da lamúria estridente. Ele parece quase pronto para terminar seu trabalho. Elinor se afasta da máquina, com os braços agradavelmente leves sem os livros. Quando Elinor se senta de volta, ao lado de Kat, na varanda, uma picape grande e verde encosta junto à calçada. Noah desce. Ele espia por baixo do boné de beisebol para verificar a situação da árvore. Quando vê Elinor, apressa-se pelo caminho de entrada.

– Bom-dia! – diz ele.

– Por que você está tão animado? – pergunta Elinor.

– Desculpe – ele diz, timidamente, tirando o boné e mexendo nele. Será que ele está contente em vê-la? Ele é um homem grande, mais de um metro e oitenta, ombros largos e braços musculosos. Onde foi que Elinor o *viu* antes? Oh! Ele é o cara da Toalha de Papel Brawny. Uma versão mais velha e mais careca. Mas ele não é desajeitado. Há algo atraente nele – de alguém que passa o dia ao ar livre. Elinor pensa em sua própria roupa: camisola branca pendurada por cima da Levi's rasgada, moletom velho do marido, pés descalços, esmalte cor-de-rosa nos pés, cabelos desgrenhados depois de levantar, sem pentear. Passa a língua pelos dentes, torcendo por vestígios de pasta. Apresenta Noah a Kat e eles dizem olá um para o outro.

– Você vê muitas árvores doentes, hoje em dia? – Kat grita para Noah.

– Infelizmente.

– É uma operação bem eficiente essa aí – Elinor resmunga.

– Eu lamento pela árvore. – Noah senta ao lado dela. Ele tem que erguer os cotovelos para apoiá-los sobre os joelhos. Os pelos em seus antebraços são encaracolados em tufos que estão ficando grisalhos. Ele tem um cheiro ativo e limpo, como eucalipto. Elinor puxa o moletom por cima dos joelhos, na tola tentativa de cobrir a camisola.

Bonitinho, Kat gesticula com a boca, enquanto Noah está concentrado na árvore.

— Vou fazer café – Kat grita para ele, alegre demais, como uma aluna de primeira série. Noah diz não, obrigado, mas ela pisca para Elinor e entra em casa, assim mesmo.

Warren foi reduzido a um toco de três metros e meio. Um galho grosso ainda permanece, como um braço da Estátua da Liberdade esticado para o céu. O tronco está pintado com pequenos círculos brancos de onde os galhos saíam. O cara que está no chão continua a alimentar o triturador. Enquanto a máquina engasga e cospe, Elinor pensa alto: – Será que uma *árvore* é demais para se desejar?

Noah não a escuta. A serra elétrica diminui e o homem na árvore coloca o último galho. Do outro lado da rua, três pequenas bétulas dançam ao vento, sacudindo suas folhas, provocando Warren com sua beleza flexível. Elinor se vira para Noah. Seu bigode preto e branco é grosso e notavelmente aparado nas pontas. Ela sente ímpeto de tocá-lo.

O braço restante de Warren é grosso e teimoso. O homem na árvore luta para cortá-lo. Finalmente, o galho estala e cai no chão. Elinor se sente vingada, quando o homem do triturador precisa pular no caminho, conforme o galho passa rolando junto aos seus pés.

Os homens erguem a serra e apoiam o peso deles dois sobre o restante da árvore, trabalhando para derrubá-la. Círculos de suor mancham as axilas de suas camisetas. O pó de serragem forma um arco atrás deles. Finalmente, Warren emborca, balança e cai na rua, com uma batida oca. O homem com a serra perde o controle por um instante, seus braços voam no ar, como se ele tivesse dando uma tacada de golfe desajeitada. Ele cai de joelhos e desliga a serra. Por fim, o ruído para completamente, como uma dor de cabeça que passa. Ainda assim, os ouvidos de Elinor continuam a zunir com o barulho. Um corvo gralha acima.

Kat volta com o café. Noah assente com gratidão, e os três ficam sentados, bebendo, vendo os homens rolarem o último pedaço do tronco, contarem até três, depois virá-lo no caminhão. Em seguida, eles jogam os cones para dentro, varrem a rua, acenam para

Noah, entram no caminhão e vão embora, rebocando o triturador atrás deles.

O quintal fica claro demais sem o carvalho, como uma fotografia excessivamente iluminada. Elinor sai andando pelo gramado, a grama úmida e grudenta embaixo de seus pés descalços. Noah e Kat vão atrás. Warren agora é um toco chato, como uma mesa. Elinor pega uma folha perdida. Ela está com pedaços faltando. Ao soltá-la, a folha cai rodopiando no chão, e ela percebe que os pelos de seu braço estão cobertos com pó de serragem amarelo. Ele tem um *cheiro* saudável, como algo recém-construído.

– Ela pode plantar algo já crescido que possa dar uma sombra imediata? – Kat pergunta a Noah.

– A prefeitura só paga por mudas – explica Noah –, mas os moradores podem pagar a diferença por árvores mais desenvolvidas. Eu tenho um livro em minha picape. Posso lhe mostrar algumas fotos, se quiser.

– Um livro! – Kat exclama, como se Noah tivesse dito que tinha mil dólares. – Bem, eu tenho que correr e marcar uma consulta com o ortodontista. Dá pra acreditar? Mas, nossa, será ótimo se você puder ajudar Elinor a escolher uma nova árvore. – Ela aperta a mão de Noah e sai, em direção a sua casa.

– Talvez agora eu consiga enxergar a floresta, por causa das árvores – Elinor diz a Noah.

Noah ergue a cabeça e ri.

– Que bom que gosta de árvores. A maioria das pessoas nem liga ou repara nelas.

De repente, Elinor se sente envergonhada.

– Os mamíferos andam me decepcionando, ultimamente.

§§

– Não vai querer um liquidâmbar – diz Noah, debruçando sobre seu livro de árvores, em cima da mesa da cozinha de Elinor. – Eles têm pinhas que são um perigo, se você pisar nelas. Ah! – Os olhos dele se acendem com uma ideia. – Deveria obter um *Ginkgo biloba*, uma avenca-cabelo-de-vênus. Veja. – Ele aponta para a fotografia de uma árvore de folhas bem verdes, com formato de leque. – No outono, elas ficam amarelas. Quando o sol bate sobre elas, ficam lindas. E estão na lista de árvores aprovadas pela prefeitura.

– Nossa. – Elinor tenta compartilhar do entusiasmo de Noah, pela foto das folhas douradas. Mas subitamente o fato de escolher uma árvore a deprime. Quantas novas coisas ela precisará nos próximos meses? – Talvez eu nem fique nessa casa – diz ela, para as flores cor-de-rosa de um jacarandá, fotografado no livro. Se ela e Ted não reatarem, não vai precisar de um lugar grande assim, só pra ela. Ela tivera a intenção de enchê-lo com um marido e filhos. – Eu tenho ficado sentada embaixo do carvalho, todas as manhãs, porque não sei o que fazer da vida.

– Uma coisa de cada vez – diz Noah. – De qualquer forma, vai precisar de uma nova árvore, e plantar uma bem bonita aumenta o valor de sua casa.

– Certo – Elinor tenta focar no livro. – Quem podia saber que há tantos tipos de árvores? – Antes de sentar com Noah, para olhar o livro, ela tinha ido ao banheiro fazer xixi, colocar uma camiseta, escovar os dentes e passar um brilho nos lábios. Enquanto estava lá dentro, borrifou perfume embaixo dos braços, e agora teme estar cheirando a um encarte de revista.

Noah fala sobre as acácias. São bonitas, mas reflorescem com muita facilidade, o que não é necessariamente algo bom.

– De repente, você tem raízes e galhos em lugares que não quer...

Nada de aliança hoje, também, Elinor observa.

– ... um jacarandá cor-de-rosa realmente se destaca na paisagem...

Árvores, árvores, árvores.

– Você é casado? – Elinor solta.

– ... As folham caem muito... O quê? – Noah olha seu livro de árvores, como se quisesse que ele o ajudasse a responder. Ele balança a cabeça. – Divorciado.

– Oh, eu lamento. Há quanto tempo? – Elinor espera não estar sendo intrometida, mas ela quer saber mais sobre as pessoas que se divorciam.

– Oito meses. Achei que minha esposa e eu nos dávamos muito bem. Nós dois gostávamos de estar ao ar livre... Mas um dia ela disse que eu era um tédio e precisava de mais coisa. Achei que ela ia me dizer do que precisava, que fosse algo que eu pudesse lhe dar ou mudar. Mas ela já tinha encontrado o vice-presidente de vendas da empresa de informática em que trabalha. Diga se *isso* não é um tédio. – Ele vira uma folha.

– Sinto muito – Elinor repete, fechando o livro de árvores. Noah é estranhamente falante para um homem. Mas ela não quer ouvir mais sobre árvores.

– Esse cara faz uma tonelada de dinheiro – Noah continua. – Eles se casaram assim. – Ele estala os dedos. – Acho que se pode dizer que o dinheiro não é tedioso. Eles foram fazer alpinismo no Tibete, na lua de mel. – Ele volta a abrir o livro numa página aleatória sobre raiz podre. – Mas ela caiu e teve que voltar para casa de avião, toda engessada. No fim das contas, o Mala de Dinheiro era um guia de merda. Eu a visitei no hospital, uma vez, quando ele não estava lá. Eu estava tentando ajudá-la a comer o jantar e acidentalmente deixei cair uma ervilha dentro do gesso. Ela começou a gritar comigo: "Isso é uma metáfora para tudo!" – Ele se vira para Elinor, descrente. – Uma ervilha resumiu tudo para ela.

Elinor se escancarou de rir, pensando na ervilha caindo dentro do gesso.

– Sinto muito – diz ela. – Isso deve fazer cócegas ou coçar. Dá pra imaginar? – Ela cobre a boca, sem conseguir parar de rir.

Noah franze o rosto.

– Foi um *acidente*.

– Eu sei – diz Elinor. – Isso é que faz ser tão irônico e engraçado.

Noah parece magoado. Quanto mais magoado ele parece, mais Elinor ri. Ela tem que cobrir o rosto com as mãos e se afastar. Quando finalmente se vira de volta para ele, ele está com a mesma expressão vaga, com um olhar de magoado, um olhar que ela acha irresistível. Ela pega o rosto dele nas mãos.

– Desculpe, desculpe. Eu sei que isso deve ter sido difícil. – Ela chega mais perto e passa o dedo em seu bigode ouriçado. Para surpresa de Elinor, Noah morde seu dedo, fecha um olho e sorri, um sorriso largo de pirata, malicioso, que a faz pensar que há outro lado dele, além dos detalhes sobre as árvores, que anestesiam a mente. Num gesto deliberado, Noah tira Elinor de sua cadeira, a leva para a sala e a deita no carpete.

– Tudo que eu queria era uma árvore! – ela grita.
– Eu vou te arranjar uma! – Noah grita de volta.

Ele se ajoelha ao lado dela, observando-a, por um momento. Eles olham um para o outro, da forma como se olha para uma pintura, num museu, atentando para todos os detalhes. Elinor estica as mãos para pegar atrás do pescoço dele e o puxa para que ele a beije.

Quando você é casado, não tem chance de ficar rolando pelo chão da sala, às dez e meia da manhã, de sacanagem com o cirurgião de árvores da prefeitura. Ah, mas Elinor é casada. Então, é essa a sensação? Ficar deitada, tonta, de barriga pra cima, vendo o lado sem verniz de sua mesinha de centro, pela primeira vez? Como é que ela nunca beijou um homem de bigode? É cheio e ouriçado, junto à sua boca, como um legume roçando. Ela gosta do calor e do peso do corpo de Noah sobre o seu. Noah tira seus cabelos dos olhos e a beija em cada uma das sobrancelhas, o bigode fazendo cócegas em sua testa. Depois ele puxa sua camiseta, descobre-lhe a barriga e dá beijos entre suas costelas. Elinor suspira e fecha os olhos.

– Você é adorável – Noah sussurra, erguendo a cabeça para beijá-la na boca. Esse beijo é mais profundo, mais quente e salgado. Mas a palavra *adorável* gira na cabeça de Elinor. Adorável não é menos que bonita? Três abaixo de linda? As avós são adoráveis. Ela deveria relaxar e... ops... a mão de Noah, grande e agradavelmente áspera, massageia seus seios. *Isso* é muito melhor do que café embaixo da árvore.

O celular de Noah toca. Ele geme e vira para o lado para verificar o relógio.

– Droga – sussurra ele. – Eu deveria estar em outra casa vinte minutos atrás.

– Tudo bem. – Elinor fica aliviada. Isso já está de bom tamanho, por enquanto. Ela precisa tomar um banho, de qualquer forma.

Ela fica em pé e arruma o sutiã e a camiseta.

– Isso foi divertido.

– Então, imagino que esteja tudo bem se eu te ligar?

– Você tem o número.

– Não se preocupe com a árvore, por enquanto – Noah diz a ela, se apressando para colocar as botas, que ele havia desamarrado e chutado para o lado. – Vou ajudá-la. – Ele a beija no rosto. Elinor gosta da sensação que o bigode deixa.

Conforme ele corre, descendo a entrada da garagem, rumo à sua picape, ela pensa: *Lá se vai uma árvore. Lá vem o cirurgião de árvores.*

ঔঌ

Ted e Gina estabeleceram uma rotina. Toda terça-feira à tarde, Ted pega Toby na academia e o leva para a livraria Barnes & Noble, onde eles estudam. Depois, Gina faz o jantar, em sua casa. Mais tarde, Gina convence Toby a ir para a cama, ela e Ted tomam café ou vinho, depois vão lá pra cima, até o quarto dela, e fazem sexo da forma mais silenciosa possível, um desafio que Ted acha excitante. Eles tomam cuidado com a cama, temendo que ela possa bater ou ranger. Em vez disso, deitam no chão, ou Ted ergue Gina em cima da beirada da cômoda. Uma vez, ele a pressionou contra a parede, enquanto ela o enlaçava com as pernas, ao redor da cintura. Quando Ted fica mais empolgado, Gina cobre-lhe a boca com a mão, que cheira a cebola e alho e limões, por ter feito o jantar. Ele traça círculos na palma de sua mão, com a ponta da língua, olhando seus olhos verdes. Depois, eles geralmente deitam na cama de Gina e adormecem, com as pernas entrelaçadas. Ted sempre vai embora antes de amanhecer. Ele programa o despertador do relógio de pulso para as cinco da manhã, mesmo antes de chegar à casa de Gina para jantar, temendo que possa acordar nos braços de Gina, com o sol alto, e Toby em pé, ao lado da cama. Quando Ted vai embora, na quarta-feira de manhã, ainda está escuro e a grama está encharcada de sereno. Uma caminhonete velha vem passando pela vizinhança, com um homem vietnamita jogando os jornais nas entradas de garagem. As horas anteriores, de dever de casa, o jantar, o Jogo de Risco, sexo, e sono-curto-porém-profundo, deixam Ted se sentindo feliz. Ele gostaria que todo dia fosse terça-feira.

O sexo nem é a parte predileta de Ted. Particularmente, ele gosta de sentar e jantar com Gina e Toby. Às vezes, jogam vinte perguntas. Toby se orgulha por continuamente ganhar de Gina e Ted. Numa noite, ele os derrotou duas vezes seguidas, com "Howard Johnson" e "manhole cover".

– Howard Johnson era um cara de verdade? – Gina pergunta.

– Ãrrã – diz Toby. – Ele inventou o sorvete Premium, ao fazer todos aqueles troços gordurosos e tudo o mais. Ei, e vocês sabiam que o Man Hole também foi um cara? Ele era alemão e se chamava Mann Hool. Mas em inglês é Man Hole.

– É mesmo? – A sobrancelha de Gina se arqueia de incredulidade.

– *Mãe!* – Toby ri, irritado e contente, ao mesmo tempo. – Mann Hooool! – ele grita.

Gina é fácil de provocar, pois ela não se liga em humor irônico. Essa seriedade encanta Ted. Não é da natureza dela ser sarcástica. Ela sempre acredita nas pessoas e procura o lado bom de tudo. Em contraste, para Elinor, o consolo das coisas é o mais irritante.

– Não tem filhos! Você pode ir para a Europa sempre que quiser! – conhecidos bem-intencionados diriam a Elinor, em festas, fingindo estar com inveja. El forçava um sorriso e dava uma golada em seu drinque. No caminho de casa, ela reclamava: – Será que a União Europeia fecha as portas assim que você procria? Eu sei que é hediondo levar uma criança num voo transcontinental e convencê-la de que a *Mona Lisa* vale a pena. *Saquei!*

– Eu sei – Ted diria –, eu sei. – Mas a raiva de Elinor parecia ser direcionada a ele. Enquanto ela reclamava, ele se via abaixando a cabeça e mantendo a cabeça arqueada de lado. Mesmo gostando do otimismo e da alegria de Gina, sente falta do humor negro de Elinor. Ele gosta de pensar que sua visão do mundo inclui essas duas perspectivas. A verdade é que ele não se vê pensando com amplitude suficiente para ter uma visão do mundo. É excessivamente míope – isso que Elinor diz. Talvez seja por olhar para os pés das pessoas, o dia todo. Não há nada que cause mais miopia do que um calo ou um dedão gigante. Mas o dedão é essencial. Você mal consegue *andar* sem o dedão. Não consegue ficar em pé apropriadamente, que dirá caminhar pela vida.

– Você está tão quieto – diz Gina, colocando mais salada no prato dele. As pulseiras de prata tilintam em seu pulso bronzeado.

Ted sorri e dá uma garfada em seu frango, que está temperado e suculento, acompanhado por alface fresca, abacate e molho de mostarda na salada. Ele manda tudo pra dentro e dá um gole no vinho Zinfandel que trouxe. Ao engolir e fechar os olhos, lhe ocorre que está apaixonado por *duas mulheres* ao mesmo tempo. Ele nem consegue imaginar um dia *não* amar Elinor, e o fato de não querer estar em nenhum outro lugar do planeta nesse instante, exceto nessa sala com Gina, deve significar que ele a ama também. Quando ele abre os olhos, a sala parece entortar para o lado. Ele segura na beirada da mesa. Dá um gole na água, depois bebe mais vinho. O vinho aquece seu peito e o faz querer um mundo inalcançável: um universo Zinfandel paralelo, onde todas as combinações de desejo são possíveis – o casamento com Elinor e a vida com Gina, e o dever de casa com Toby.

– Minha nossa! – Gina ri de Toby, que está fazendo uma imitação do som nasal de seu professor de matemática. Um pedacinho de cenoura voa de sua boca.

– Que nojento! – Toby grita.

Gina cobre a boca com o guardanapo, constrangida. Ela tosse, toma um gole de água, as lágrimas brilham em seus olhos, do riso. Ted desvia o olhar de Gina para Toby. Eles estão tendo um momento – um *momento* sem ele. Ted sente que deveria ir embora

– sair escondido da casa, enquanto esses dois finalmente compartilham a paz.

Mas Ted fica, e depois do jantar ajuda Toby com um poema que está convencido de que o menino deve decorar – "Paul Revere's Ride". Ele ouviu no rádio uma história sobre a forma como os antigos hábitos são difíceis de se abandonar; eles precisam ser substituídos por outros novos. Ted acha que memorizar o poema pode ajudar Toby a se livrar do ímpeto de contar, ou batucar. Ele disse a Toby que sempre que quiser contar deve repassar o poema em sua cabeça.

– "Um, se for por terra, dois, se for pelo mar; e eu na outra margem vou estar" – Toby diz agora, em pé, se balançando. Ele parece gostar da empolgante construção do poema, todas aquelas exclamações que pedem um grito. – "E olhe! Olhando a torre dos sinos, um vislumbre depois um raio de luz!"
– Mãe! – Toby grita, orgulhosamente para Gina, na cozinha.
– Eu decorei totalmente cinco estrofes!

৩৩

Naquela noite, depois que Toby vai para a cama, Ted e Gina ficam sentados na mesa da cozinha, bebendo vinho do Porto. Gina levanta para pegar uma caixa de chocolates no armário.
– Eu estava pensando que talvez Toby e eu pudéssemos estudar juntos às terças e quintas – diz Ted. As costas de Gina se enrijecem. Ela para a mão no ar, por um instante, antes de pegar a caixa de laminado dourado. Vira-se, coloca a caixa em cima da mesa, mas não senta.
– Você já entrou em contato com um advogado? – ela pergunta.
– Por quê?
– Para uma separação legal? – Ela baixa o tom de voz. – Um *divórcio*?
– Ah. – Ted sabe que até pensar nisso já é *algo* problemático. É problemático o fato de que ele está vivendo no limbo. – Não. – Ele gostaria de poder dizer que *ainda não*, mas isso seria engana-

ção. A verdade é que ele está esperando que Elinor tome essa atitude. Ele deveria ser capaz de se livrar dessa passividade. De *saber* o que quer e ir atrás. Subitamente, ele torce para que Gina esteja prestes a lhe dar um ultimato.

Mas ela não diz nada.

– Segunda e quarta também seria bom – diz Ted, se sentindo um babaca.

Gina senta, empurra sua taça de vinho do Porto e cruza as mãos no colo.

– Se você partir o coração do meu filho... – Ela ergue o olhar para Ted. Há uma seriedade calma em sua voz e em seus olhos que ele nunca vira, uma proteção que quase o assusta. – Elinor pode querê-lo de volta, e se ela quiser talvez você se reconcilie com ela. Então, quanto mais tempo você passar com ele agora, com mais força vai partir seu coração depois. – Ela desvia o olhar de Ted. – Eu faço jantar para você, uma vez por semana, porque meu filho o adora, e durmo com você, porque você me faz feliz e eu sou uma idiota, mas eu *não* vou deixar... – Ela joga a cabeça para trás e pressiona a parte interna dos punhos sobre os olhos, contendo as lágrimas. – O que estou dizendo? – Ela chuta o pé da mesa, um gesto parecido com Toby. – Você já *está* fazendo.

– Terça – diz Ted. – Por enquanto, vamos continuar com as terças. – Ele tenta escolher as palavras, cuidadosamente. *Quer* ser compassivo. – Eu sinto muito por não ter resolvido as coisas em minha vida. Eu quero. Espero vir às quintas também. Em algum ponto. – Se isso não for uma promessa vaga e loroteira, Ted não sabe o que é.

12

Quando Elinor abre a porta da frente, Roger está em pé na varanda, ao lado de seu balde de produtos de limpeza, segurando um pequeno pacote para ela. Está embrulhado em quadrinhos de jornal, com um laço amassado.

– Eu sei que a senhora gosta de ler. – Ele empurra o presente na direção dela. Na frente, Charlie Brown está tentando chutar uma bola de futebol. Roger abaixa a cabeça e fica corado, suas bochechas claras ficam vermelhas, passando pelas costeletas, até beirar seus cabelos louro-avermelhados. Ele cora com facilidade, como se a vida simplesmente fosse constrangedora demais.

Elinor pega o presente.

– Obrigada. – Talvez Roger tenha uma queda por ela. Ou talvez apenas se sinta à vontade quando está atrás de uma câmera.

Enquanto ele reluta com o aspirador de pó, seu rodo com esponja cai no chão da varanda, fazendo um barulhão. Elinor se agacha para ajudá-lo.

– Eu tenho a maioria dessas coisas – ela diz. – Caso não queira trazer tantos produtos. – Já lá dentro, Elinor rasga o papel de embrulho, e a tinta do jornal mancha as pontas de seus dedos. É um livro, um romance chamado *Cal*. – Oh, Roger, eu adoro romances. E provavelmente devo ler algo *contemporâneo*. Mas você não devia. – Ela toca o braço de Roger. Sua pele é grudenta, como a pele de um garoto. Ela gostaria de ter um filho, um garoto bagunceiro. Graças a Ted, ela agora saberia como arremessar uma bola de softball.

Ela lê a orelha do livro. Ambientada na Irlanda, a história é sobre um jovem que se envolve com o IRA, depois se apaixona por uma mulher mais velha. Eles acabam se escondendo juntos. *Iih*.

– Nós lemos isso na minha aula de irlandês, na faculdade. – Roger segue Elinor até a cozinha, enquanto ela lê.
– Bem, eu sempre quis ir à Irlanda. – Elinor tenta assumir um tom descontraído. Ela coloca o livro em cima do balcão da cozinha. – Você se lembrou de trazer seu currículo e seu portfólio? Roger estala os dedos.
– Esqueci.
– Da próxima vez. – Ela pega a bolsa. – Obrigada pelo livro, de verdade. Tenho que correr. Vou encontrar meu marido.
– Ah – diz Roger, com o rubor se acentuando no rosto. – Está certo, boa sorte.
– Obrigada. Acho que vou precisar.

§§

No caminho para encontrar Elinor para um café, Ted ensaia o que pretende dizer a ela.
– A vida é curta demais para se viver no limbo – ele diz ao rádio do carro. – Vamos chegar a uma decisão de como queremos seguir adiante. – Deus, ele parece tão formal, como se estivesse fazendo uma transação de negócios. Mas o que eles *devem* fazer? Se Elinor quer lutar para salvar o casamento, ele também vai lutar. Do contrário, eles devem se separar legalmente. Então, ele pode parar de se sentir como um adúltero sorrateiro, inclinado a decepcionar Gina e Toby.

Essa manhã, quando estava se vestindo, Ted quase que torcia para que Elinor quisesse uma separação legal. Mas agora, que está dirigindo até a cafeteria, ele torce apenas para *vê-la*, para conversar com ela. Ele sente uma vontade inapropriada de contar sobre Gina. É claro que jamais magoaria El fazendo isso. Mas Elinor o conhece melhor do que qualquer um, embora eles estejam juntos apenas há cinco anos. É a *ela* que ele quer pedir conselhos sobre como consertar sua vida amorosa. No passado, ela sempre apoiou Ted. Quando ele passava por um período em que odiava o trabalho, Elinor o incentivou e ajudou a encontrar um sócio para abrir seu próprio consultório. Ela nunca fez com que ele se sentisse pres-

sionado ou encurralado. Sempre via uma forma de resolver as situações. Era como se eles estivessem fazendo uma escalada juntos, dentro de uma caverna, e ela estivesse segurando a lanterna. Então, por que diabos eles devem se separar? Um motorista impaciente buzina para Ted, enquanto ele fica parado no sinal.
— Jesus! — ele vocifera, lutando contra a compulsão de fazer um gesto obsceno para o cara. — É domingo, pelo amor de Deus. Vá com calma! — Ele pisa no acelerador e faz os pneus cantarem.
Elinor está esperando por Ted do lado de fora da lanchonete, que fica no centro da cidade. Está fresco e ela está bonita, de jeans e um suéter azul-claro que combina com seus olhos. Lá dentro, Ted puxa uma cadeira para ela, junto a uma mesinha de mármore. Ela senta e mergulha seu saquinho de chá Darjeeling dentro da xícara, pensando sobre algo.
— Sinto falta... — Ted começa.
— Estou meio que vendo...
Ted ri, Elinor não.
Eles frequentemente fazem isso — começam a falar ao mesmo tempo. Embora costumassem dizer coisas muito parecidas, rindo da cronometragem do tempo, agora parecem querer expressar exatamente o oposto do que o outro está pensando.
— *Você* — diz Ted. — Eu ia dizer que sinto sua falta. — Ele empurra o café para o lado, pois não está com vontade de tomá-lo. É a primeira vez que se sente enjoado de café com leite espumante.
— Oh. — Elinor franze o rosto. — Eu também sinto sua falta. — Ela diz isso como se não precisasse dizer. Todas as coisas em que Ted pensa já são como pontos de partida para Elinor. Ele sempre está cinco passos atrás dela. Finalmente, ela tira o saquinho da xícara e dá um gole no chá.
— Eu ainda te amo — diz Ted. Embora isso não estivesse em seu discurso ensaiado, certamente é verdade. A confusão embaralha sua cabeça como algodão. O barulho da máquina de café expresso ataca seus nervos.
— Também te amo, Ted. — Elinor baixa a cabeça para cruzar com o olhar de Ted. — Sempre vou *amá-lo*. Você sabe disso. Mas você não acha que isso é bom pra nós?

Ted sacode os ombros.
— O quê? O que estamos fazendo? É isso que quero saber. Aonde isso vai dar?
— Dando um tempo, eu acho. Estou meio que saindo com alguém. — Elinor desvia o olhar, ao dizer essas palavras.
— Saindo com alguém — Ted repete, secamente. — O que isso significa, exatamente? — Ele esfrega a mão embaixo da mesa e fica enojado quando sente um chiclete duro colado.
— Namorando, caminhando.
— Dormindo junto?
— Não cem por cento. Você sabe, ainda. Mas essa não é a questão.
— O que ele faz?
— É um cirurgião botânico. Ele é o cara que veio ver nossa árvore.
— Cirurgião botânico? Parece que ele viu mais coisa que a árvore. Ele investigou suas moitas?
— Ora, vamos. — Elinor suspira, frustrada. — Deixe-me esclarecer isso. Você teve um caso e agora está rancoroso porque eu estou saindo enquanto estamos separados?
— Em todas aquelas tragédias gregas, os caras têm defeitos sérios, não é?

Os lábios de Elinor se curvam, num meio sorriso. Ela olha pela janela, vendo os carros disputando uma vaga no estacionamento, gente clamando por sua cafeína.

— Você acha que temos algum controle sobre isso? Talvez seja como uma tragédia grega. Você sabe, como Dido em *Eneida*. Ela o ama, e ele a ama, ele está dizendo tipo *até mais*! Preciso ir até o escritório e ver o que os deuses disseram.

— Então, os deuses são uns babacas.

— Não brinca.

— Aquele seu clube de leitura é ligeiramente barra pesada. Vocês nunca leem mistérios, ou algo assim?

— É isso que o grupo quer ler. Mas eu escolhi *A Ilíada* e Kat escolheu a *Eneida*. Estamos tentando misturar os clássicos. Francamente, não nos entrosamos ali. Na verdade, queremos falar sobre os *livros*. Grande equívoco. Você deve falar sobre o livro por seis minutos e meio, depois reclama do marido e dos filhos. Pela primeira vez, Elinor não parece zangada com Ted. Um romancezinho com um cirurgião botânico e ela é uma nova pessoa. Tudo bem, mas o Paul Bunyan pode ir embora agora. O que o Tarzan sabe sobre *sua* esposa? Ele não sabe que ela detesta lamber envelopes e prefere sutiãs com fecho na frente, e come seu porco moo shu sem panquecas e sua história em quadrinhos preferida é *The Quigmans*, e sua música predileta dos Rolling Stones é "Can't You Hear Me Knocking?". Ele não sabe que uma vez ela ganhou um torneio de viagem de acampamento, dançando hula equilibrando uma frigideira na cabeça. O cara não sabe nada dessas coisas!

– Bem, você ainda *parece* um deus grego – Elinor diz a Ted.
– Tem malhado?
– Jogado futebol com uns caras.
– E dormido com Gina?

Ted assente, baixando a cabeça. Embora não tenha certeza do que ele e Elinor devem fazer, uma coisa que sabe que *precisa* fazer é ser honesto com ela.

– Você vai dormir com seu homem das árvores? O Tarzan?
– Como vai o trabalho? – Elinor muda de assunto.

Ted olha pela janela. Todos que ele vê parecem cheios de determinação. Todos parecem ter um plano para o dia.

– Bem – ele finalmente responde. – Como vai indo a licença?
– Bem. Enervante. Como um feriado. Dá aquela sensação de que deveria ser um tempo bem aproveitado. Como se tudo tivesse que ser ótimo.
– É.

Eles ficam sentados em silêncio. Se fosse um ano e pouco atrás, os dois estariam lendo. Elinor estaria com sua revista *New Yorker* e Ted teria sua seção de esportes, e eles iam parar para ler as coisas em voz alta, um para o outro, e trocar mordidas do que estivessem comendo, junto com o café.

– Talvez nós devamos, você sabe, nos separar legalmente – diz Elinor. – Eu conheço um advogado com quem poderíamos trabalhar. Poderíamos fazer uma mediação amigável. – Ela gentilmente toca o queixo de Ted e vira o rosto dele em sua direção. A expressão dela é terna, interrogativa.

– O mesmo advogado para os dois lados. O objetivo é ficar fora do tribunal e negociar um acordo sem brigas. – Agora suas palavras parecem ensaiadas. Como se ela também tivesse ficado ensaiando no carro, no caminho. Mesmo assim, ela parece incerta, como se estivesse tão duvidosa quanto Ted.

– Se fizermos isso, é assim que deve ser – diz Ted. – Eu não quero desembolsar um monte de dinheiro de advogado, só para tornar as coisas terríveis. – Ele não está interessado em brigar por causa das coisas deles... por dinheiro ou propriedade. Ele e Elinor nunca brigaram por coisas que *tinham*. Brigaram por coisas que não conseguiam ter ou perderam... filhos, sexo, paixão.

– Está bem – diz Elinor, baixinho. – Eu posso ligar para o cara.

Que conversa bizarramente civilizada. Isso faz com que Ted tenha vontade de virar a mesinha de mármore. Ali estão eles, criando fronteiras claras. Exatamente o que Ted queria, ou *achou* que quisesse, quando estava na casa de Gina. Agora, ele não tem certeza do que quer. Ele quer tudo. Quer que Gina faça o bolo e que Elinor coloque o glacê. E quer comê-lo em algum lugar além do arco-íris, onde o sorvete nunca derrete. Que pateta.

Elinor estica o braço sobre a mesa e toca a mão dele. Seus dedinhos miúdos são macios.

– O que acha? – pergunta ela.

– Eu não sei. O que você achar. O que quiser fazer.

Elinor afasta a mão.

– Não me faça decidir.

– Está bem – Ted concorda. Mas ele não consegue pensar em mais nada para dizer.

– Eu vou ligar pra ele. – Elinor empurra a cadeira, afastando-se da mesa. – Vou agendar uma reunião para nós.

Jesus. Eles estão sempre tendo uma reunião com alguém. Médicos, especialistas, a terapeuta conjugal, agora um advogado. Talvez o casamento deles *esteja* além da esperança.

Elinor amassa seu copinho de papel na mão.

༺༻

– Você não vai querer colocar uma árvore de cem dólares num buraco de dez – diz Noah, em pé na borda da pá, para cavar mais fundo no solo e plantar a nova ginkgo, no quintal de Elinor. – Isso é o que sempre digo aos caras. – Ele explica que o ginkgo deve ser plantado a pelo menos um metro e oitenta de distância de onde foi arrancado o toco de Warren. – Qualquer vestígio da raiz do carvalho irá devorar o nitrogênio no solo aqui, então, nós vamos dar a esse cara um começo novo em folha. Vou adicionar fertilizante.

– Obrigada – diz Elinor. É sábado, dia de folga de Noah, e eles deveriam estar plantando a árvore juntos, mas, na realidade, ela só está ali em pé, atrás das costas de Noah. Seus ombros são largos e retos na horizontal, ao contrário dos de Ted, que descem em declive do pescoço. Não é que um físico tenha uma aparência melhor que o do outro; eles são apenas diferentes, e ser diferente é legal. Noah prossegue falando sobre a forma como os ginkgos são originalmente da China e são vistos em todos os templos budistas ao redor da Ásia. Eles foram levados ao Oriente quando um viajante alemão se apaixonou pelas árvores e levou as sementes com ele, para os Países Baixos.

– Nossa. – Elinor se sente ligeiramente pressionada a gostar desse ginkgo. Embora ela adore ficar ao ar livre, não adora todas as árvores e arbustos, da mesma forma que não se gosta de todas as pessoas.

Depois que Noah termina o buraco, ela o ajuda a arrematar a terra, jogando Clay Buster, com um ancinho. Finalmente, eles tiram o ginkgo do balde e colocam no solo. Depois que Noah cobre a raiz de terra, ele se ajoelha e usa três dedos para fazer um círculo em volta da árvore, para receber a água. Elinor gosta do fato de que ele não se importa de passar os dedos pela terra.

Ao terminarem, vão de carro até a Skyline Boulevard, para uma longa caminhada. Ofegante pela inclinação, pegajosa de suor,

Elinor sente uma excitação de primeiro encontro quando eles param para descansar e Noah a prende junto a uma árvore, para um longo beijo. Tudo sobre Noah é diferente de Ted – sua altura e seu porte, seu bigode, sua calvície. Tocá-lo lhe dá a mesma onda de energia que ela sente quando está viajando por um país estrangeiro. Ela acha a trilha da escalada sexy, meio parecido com o ensino médio, quando ela e Tim Currington costumavam matar aula de francês para irem escondidos beber latas de Colt 45 e mergulhar pelados. – *Soup du jour!* – eles gritavam e saltavam de uma pedra alta, para dentro da água fria, abaixo. Depois de nadarem, eles se enrolavam em toalhas surrupiadas do ginásio, para praticarem beijo de língua, como "dever de casa".

No quarto encontro – com o jantar que Noah preparou em sua casa –, Elinor torce para que eles durmam juntos. Enquanto se arrumava, em casa, ela toma um longo banho e passa loção hidratante, aliviada pelo fato de que um mal-estar de estômago deixou sua barriga magrinha. Ela não tem certeza se são os nervos, ou o vírus, mas está enjoada e vomitando há três dias. Torce para que não seja contagioso e Noah não cozinhe nada temperado demais.

Enquanto Noah pica cebola, Elinor fica sentada junto ao balcão central de sua cozinha, observando. Ela se oferece para ajudar, mas ele insiste para que ela relaxe e beba um cálice de vinho.

– Você sabia que acreditam que a espécie do ginkgo tem pelo menos duzentos milhões de anos? – diz ele, abrindo uma caixa de cogumelos. – Um de seus apelidos é sobrevivente. Os chineses já usam suas folhas há milhares de anos para todos os tipos de doença.

– É mesmo? – Elinor gostaria de gostar tanto das conversas com Noah quanto gosta de tirar um sarro com ele. Seu amor pela natureza é encantador, e ela odeia admitir, mas é meio chato. Ele nunca ouviu falar sobre os livros que ela leu e acha que Monty Python é um cara. Será que Ted tem mais em comum com Gina? Pela primeira vez, ela desconfia que Ted tenha algo mais profundo com Gina. Ela empurra seu vinho para o lado, dando um gole na água, que cai mais suave em seu estômago.

Noah fatia os cogumelos, enquanto reclama das pessoas do Vale do Silício, que compram casas e arrasam a paisagem, só porque podem.

– É algo como: *Agora eu moro aqui, então, vou demarcar o meu território*. – Ele bate no peito e grita, sacudindo a cabeça de incredulidade, enquanto continua cortando. – Tem um casal que arrancou lindos arbustos de ceanothus, que demoram um tempão para crescer. Sabe, aquelas flores de azul bem vibrante, que aparecem na primavera? – Ele joga cebolas e cogumelos numa frigideira quente.

– Acho que sim. – Elinor não tem certeza quanto às flores azuis. O cheiro da comida lhe dá repulsa.

Depois do jantar, eles mergulham no sofá, em frente à lareira de Noah. A casa dele tem um cheiro masculino, de terra, couro e grãos de café.

– Tudo que é divertido agora faz mal – diz Noah, colocando uma tora de Duraflame na lareira. – Eu adoro um fogo com madeira de verdade, mas, olha, como faz mal ao meio ambiente.

A amargura na voz de Noah lembra Elinor dela mesma. Isso talvez seja o que ela e Noah tenham mais em comum: melancolia. Eles são o tipo de gente que consegue se deixar entristecer por uma tora de Duraflame. E, se acabassem sendo um casal, iam entrar numa espiral de insatisfação com uma tristeza perpétua.

– Há algumas *poucas* coisas divertidas que ainda restam – Elinor murmura, chegando mais perto de Noah e pegando nos passadores da cinto. Ela lambe a parte debaixo do bigode, surpresa pela embriaguez que beijar uma pessoa nova lhe causa. Tenta lembrar quando foi que essa euforia passou, com Ted. Segundo a forma como ela passou a compreender o casamento, isso não *passa*, se torna algo melhor, mais profundo, mais significante. Mas, na verdade, dá a sensação de uma droga que para de fazer efeito com o passar do tempo. Depois, você se vê *lendo* aqueles artigos de revista, na fila do supermercado, de como apimentar sua vida sexual, grata porque a pessoa à sua frente está com um carrinho tão apinhado de coisas que você consegue ler todas as dicas, mesmo sabendo quais são.

– Mulher – Noah rosna. – Em minha caverna. Rrrr. Bom. – Para uma coisa que ele não tem nada de melancólico é sacanagem. Ele tem uma agressividade alegre de que Elinor gosta. Ele a ergue do sofá e a carrega até seu quarto, deitando-a de barriga para cima, na cama. Quando ele segura os braços dela acima da cabeça, coloca o rosto embaixo de sua blusa com o bigode áspero passando em sua barriga, como uma esponja de cerdas.

O sexo é todo diferente e todo bom, e, de alguma forma, deixa Elinor energizada e exausta, ao mesmo tempo. Depois, quando Noah chega para o lado, para passar o braço ao redor da cintura de Elinor, a televisão liga.

– Eu rolei em cima do controle remoto! – Noah ri.

Pernalonga está andando nas pontas dos pés, numa noite escura de tempestade, num castelo assombrado. Elinor senta.

– Ah, deixa! – É seu desenho animado predileto: aquele com o cientista maluco Peter Lorre e o monstro de pelos vermelhos com a cabeça em forma de coração. Ela se recosta nos travesseiros, descansando junto ao ombro nu de Noah. Noah ergue a cabeça e sorri para ela; abaixo, sua careca reluzindo sob a luz azul da televisão. Ele a olha como se ela fosse uma espécie rara de árvore que ele está encantado em ver, mas não entende bem.

– Você não adora esse desenho? – Elinor pergunta.

Noah não está rindo.

– No fundo, você é uma criança – diz ele, desnorteado.

– Na verdade, não. – Elinor aponta para a TV. – Isso é um clássico. – O Pernalonga distrai o monstro batendo um papo enquanto faz suas unhas, mergulhando suas garras na água e sabão, o que simplesmente *mata* Elinor.

Noah assente e sorri, levemente.

– Se você está dizendo.

Ele não adora esse desenho? Será que dá pra ficar fisicamente atraída por alguém que não adore o Pernalonga e o monstro de pelos vermelhos? Será que é mais fácil para os homens dormirem com mulheres com quem nada têm em comum?

Subitamente, Elinor não consegue mais debater o assunto. Cogumelos, cebolas e risoto estão queimando no fundo de sua garganta e ela tem de pular da cama e ir para o banheiro vomitar.

֍֍

A caminho do trabalho, pela manhã, Ted liga para Gina. É apenas quinta-feira e ele não quer esperar até terça para passar a noite com ela e Toby. Ele sente falta deles – principalmente da alegria de Gina. De alguma forma, ela diz coisas que o ajudam. Ela é tão esperta quanto qualquer terapeuta. Até o som de sua voz é calmante. Ted fica aliviado por sentir falta de algo além do sexo, com Gina. Ele sente falta de seu sorriso, do cheiro, *de tudo*.
– Oi – ele diz, quando ela atende.
– O que aconteceu? – pergunta ela. Ele deve estar com um tom urgente, desesperado, na voz.
– Nada. – Ted detesta falar ao telefone enquanto está dirigindo. É uma negligência que ele raramente comete. Mas ele tem que chegar ao consultório e quer saber quando pode ver Gina.
– Ouça, sobre as quintas. Eu gostaria de ver vocês. – Ele tira o pé do acelerador, percebendo que está correndo demais ao se aproximar de um cruzamento. – Quero ver mais vocês. Não vou me reconciliar com Elinor. Ela vai ligar para um advogado. Vamos... – As palavras ficam entaladas na garganta. – Nos separar legalmente.
– Certo – diz Gina, hesitante.
– Posso levar vocês para jantar hoje à noite?
– Não. Eu tenho um... tenho planos para essa noite. Que tal amanhã, sexta?
– Planos? Com quem? – Ted limpa a garganta, tentando se manter calmo. – Quem?
– Barry, ele vai me levar a um show.
Claro. O lustroso. Daddy Warbucks.
– Então, sexta-feira. – Uma noite de final de semana. É quando do casais de *verdade* saem. – Você escolhe o restaurante.

— Eu posso arranjar uma babá — Gina sugere.
— Ótimo! Um programa de verdade. — Terças, quintas e sextas. Logo o babaca do Barry piloto de Jaguar vai estar fora de cena. — Ótimo — repete Ted. — Ei, eu sinto sua falta. Que droga, *preciso* de você.
— Muita gente precisa de mim — Gina diz, secamente. — Meus clientes precisam de mim. Meu filho precisa de mim. *Shane* precisa de mim.

Ted fica surpreso por seu tom. Mas é claro que a última coisa que ela quer é outra pessoa que precise dela. Ela quer alguém que a *ame*. No entanto, Ted não pode dizer essas palavras.

— Então, está certo — diz ele. — Eu te vejo na sexta.

Um silêncio doloroso persiste na linha telefônica.

13

A SEGUNDA LINHA ROSA. DURANTE DOIS ANOS, ELINOR TORceu por isso, desejou isso com cada estrela cadente do céu e semente de dente-de-leão que soprasse ao vento. Agora a linha rosa olha para ela, da varetinha do teste de gravidez, equilibrada sobre um quadrado de papel higiênico, na beirada da pia do banheiro. É claro. Ela não está com virose estomacal. Sua menstruação está dez dias atrasada, mas ela achava que poderia ser uma menopausa prematura. Seus ciclos se tornam irregulares. Ela atribuía a vontade esmagadora dos cochilos da tarde à depressão. Enquanto isso, temia que sua menstruação fosse chegar justamente a tempo de seu encontro com Noah. É típico. Sempre se preocupando precisamente com a coisa errada.

Ela lava as mãos e as seca na calça do pijama, sem tirar os olhos do visor da tirinha. A segunda linha rosa é mais clara que a primeira, o que sempre parece, logo que você faz xixi, para mostrar que você atingiu seu objetivo. Durante dois anos esse visor a insultou. Vazio, vazio, vazio. Ela via a segunda faixa rosa como o símbolo máximo da feminilidade. A ausência dela era o sinal máximo de fracasso. Às vezes, ela remexia o lixo, uma hora depois, para verificar novamente. Outros meses, ela sentava no quarto e fazia com que Ted olhasse.

Elinor abaixa a tampa da privada e senta, tonta de vertigem. Isso não poderia ter acontecido numa hora pior, e ela não podia ligar menos. Um filho ou filha, aqui, com ela. Um bebê! O bebê de *Ted*. Ela certamente não está grávida por ter dormido com Noah, pela primeira vez, ontem à noite. (Deus, ela já é uma mãe terrível. Ir para a cama com um estranho antes de se separar do pai de seu bebê.) Ela retrocede o pensamento e chega até a noite em que ela e Ted fizeram amor pela última vez – depois que ele a encontrou dormindo, embaixo do carvalho. Foi uma loucura dormir no quintal da frente, mas ela sentia necessidade de fazer coisas diferentes dali em diante – de fazer uma verdadeira decolagem de sua vida antiga. Ao se lembrar da doçura na forma como fizeram amor, naquela noite, Elinor sente uma onda de carinho por Ted. Essa afeição é mais calma que paixão, mais sã, talvez, mais fácil de manter. Ao se levantar, uma nova onda de náusea sobe desde os joelhos até o fundo de sua garganta. Ela levanta a tampa da privada e senta ao lado, no chão.

Ela precisa falar com Ted. Eles têm que descobrir o que fazer, principalmente em relação ao compromisso que ela marcou para eles com o advogado. Logo que Elinor tentou ligar para o advogado, um espasmo sacudiu sua mão, como se ela fosse incapaz de apertar as teclas dos números. *Pin, pin, pin!* O telefone ralhava enquanto ela parava. Ela desligou o troço por um minuto. Encontrar o advogado não significava, necessariamente, que eles iam se *divorciar*. Primeiro, iam descobrir o que envolvia uma separação legal – quais eram suas opções. No curso de direito, ela nunca prestara atenção aos detalhes da lei de divórcio, que parecia para adversários. Finalmente ela agendou o horário. Assim que conseguir se arrastar para fora do banheiro, ela vai cancelar.

Elinor se ergue da privada e liga o chuveiro. Ela e Ted podiam se separar, e o bebê podia morar com ela. Eles teriam a guarda conjunta. Talvez isso seja difícil demais para Ted. Será que eles poderiam ser apenas companheiros de moradia? Ela tira a calça do pijama e a camiseta regata e entra na água morna. Enquanto se ensaboa, seus seios estão macios. Abaixa a cabeça e tem uma onda ainda mais forte de náusea. Talvez esteja sendo tola em ser otimista – em pensar que ela e Ted podem fazer com que isso dê certo. *Pensamentos positivos*, ela diz a si mesma, respirando profundamente no vapor. De agora em diante, ela vai ter pensamentos positivos. Vai parar de xingar. Só vai comprar coisas orgânicas. Desencavar o ácido fólico e os tabletes. Abaixar o som do carro e passar a ouvir Mozart.

Ao se enxugar e escovar os dentes, Elinor olha novamente a tirinha. A segunda linha rosa está embaçada, mas definitivamente ali. Ela veste uma saia, camiseta e sandálias, sacudindo os cabelos molhados. Como é que vai contar a Ted? Essa notícia é muito bombástica para um telefonema ao seu trabalho. Ela vai ligar e convidá-lo para jantar – dizer que tem uma boa notícia para dar. A náusea borbulha novamente em sua garganta, quando pensa em fazer um filé grelhado com molho holandês. Ela não vai tentar fazer um jantar elegante. Graças a Gina, rainha das refeições caseiras, Elinor desenvolveu um medo irracional de cozinhar para seu marido. Em vez disso, ela vai comprar umas saladas na delicatéssen e eles vão fazer um piquenique no parque – exatamente como nos velhos tempos, quando costumavam se encontrar depois do trabalho.

O cheiro da banana muito madura na cozinha traz de volta a sensação de boca aguada. Elinor vomita na pia, enxágua tudo com água da torneira e desaba numa banqueta junto ao balcão. Ela liga para o celular de Kat.

– Você parece estar sem fôlego – diz Kat.

– Estou grávida.

– O qu...? Ó meu Deus! – Ela para. – Quem?

– Ted. – Elinor se surpreende pelo fato de que ficaria feliz de qualquer jeito. Sempre pareceu importante casar com seu verdadeiro amor e ter um filho na época certa. Mas, agora, ela ficaria feliz se estivesse grávida do carteiro.

– Oh, *El*.

– Eu não consigo parar de vomitar. – O pânico a arrebata. – O bebê precisa de nutrientes. E se eu perder, de novo?

– Você precisa comer.

– Aí vou vomitar.

– Não, você precisa comer carboidratos leves, o dia todo, torradas e biscoitos e cereal. Mantenha algo em sua bolsa e coma os biscoitos antes mesmo de se levantar da cama, de manhã. Deixe em cima da mesinha de cabeceira antes de você ir... ó meu *Deus*! – Kat grita.

– A mesinha de cabeceira – Elinor repete, esticando o braço com cansaço, pegando o pão e colocando uma fatia na torradeira. Ela deveria entender de biscoitos! A sensação de inadequação que sempre teve enquanto tentava engravidar volta como uma pequena voz a lhe dizer que ela não está qualificada.

– O Ted sabe? – Kat pergunta.

– Não. Eu te liguei primeiro. – A torrada quentinha tem um gosto bom, e ela tenta não comer rápido demais.

– Eu fico lisonjeada, mas você precisa ligar pra ele...

– Eu sei – diz ela, com a boca cheia de pão. – Torrada, depois Ted. – Ela não tem energia para contar a Kat sobre seus planos de dar a notícia durante um piquenique.

– Tenho tanta coisa que você pode usar! – Kat vibra. Elinor agora entrou para o clube. Ela tenta afastar o medo de perder o bebê.

De volta ao quarto, Elinor liga para cancelar o horário agendado com o advogado. Eles podem voltar a agendar depois. Uma coisa de cada vez. Em seguida, ela liga para a clínica de fertilidade.

– A segunda linha está meio pontilhada, está tudo bem? – ela pergunta à enfermeira.

A enfermeira ri.

– Sim. Você está grávida.

Elinor senta na beirada de sua cama por fazer. Ouvir outra pessoa dizer isso – uma profissional – a faz chorar.

– Às vezes isso acontece logo depois que a paciente para o tratamento – diz a enfermeira. – Seu sistema ainda está impregnado pelos medicamentos. Você teve sorte, um daqueles óvulos finalmente desceu pelo lugar certo.

Quando a enfermeira pergunta a data da última menstruação, Elinor tem que olhar o calendário. Ela costumava ser obcecada por seus ciclos. Agora que desistiu, não tem prestado atenção. A enfermeira faz as contas e diz a Elinor que ela deve ir até lá fazer um exame de sangue amanhã, para que eles possam medir seus índices hormonais. Também irão prescrever progesterona, como precaução, e mais vitaminas pré-natais. Como já está com dez dias de atraso, Elinor pode ir dentro de quatro dias, para fazer uma ultrassonografia transvaginal e ver se há batimento cardíaco. Então, duas semanas depois, ela fará a segunda ultra. Se tudo estiver bem, eles irão liberá-la para uma consulta com seu obstetra habitual.

Liberar. Elinor se sente sentenciada à clínica. Ela gostaria de evitar a rigidez de todas as salas de exame e todos os testes, e pegar o elevador do hospital, direto ao pavilhão da maternidade, e simplesmente esperar ali.

— Tantos procedimentos — diz ela, com a torrada queimando em seu estômago. Recosta nas cobertas sobre a cama e descobre uma folha de bordo no meio dos lençóis. Que diabos? Ela a pega. É de um vermelho profundo, com um formato perfeito, e parece aveludada no meio de seus dedos. Ela a coloca na mesinha de cabeceira, distraída pela complicada programação de consultas da enfermeira. Elinor estica a mão para pegar um pedaço de papel. A única coisa que encontra por perto é o cartão de visitas do advogado. Ela anota suas consultas no verso.

෨෧

— É sua esposa que está na linha — a recepcionista diz a Ted, enquanto ele segue rumo à próxima sala de exames, para verificar as unhas encravadas da sra. Carson. Ele entra em seu consultório para atender a ligação. Fora Larry, ele não contou a ninguém que ele e El estão separados.

— Oi — diz Elinor, sem fôlego, quando ele atende. — Eu tenho novidades. — Ela parece estar tentando conter sua empolgação. — Você pode me encontrar depois do trabalho, no parque Watson Creek, junto à mesa de piquenique ao lado do córrego?

— Que tipo de novidade? — Ted detesta surpresas.

Elinor faz uma pausa.

— Novidade *especial*. Eu vou te contar. Vamos conversar. Faremos um piquenique. Eu te encontro, então? Perto do córrego?

Ted debruça sobre a mesa, para se apoiar. Que novidade poderia ser maior do *que vamos nos separar legalmente*? *Não vamos nos separar?* Ele olha para a fotografia em preto e branco sobre sua mesa, de Elinor no dia do casamento deles. Ela está olhando para ele por cima do ombro nu, com um sorriso imenso, seus cabelos louros caindo sobre um dos olhos, de forma sexy. Eles se divertiram no casamento. Todos disseram que não iam se divertir, que estariam nervosos e estressados demais. Mas eles dançaram com os amigos até meia-noite, depois foram junto com a festa para o bar do hotel.

– Está bem – Ted concorda.

No fim daquela tarde, quando Ted deixa o consultório, ele é arrebatado por uma onda de calor. É um daqueles dias nublados de outono, quando é difícil respirar. É nessas horas que ele sonha em deixar o Vale do Silício. Talvez se mudar para Calistoga, numa antiga casa vitoriana, e dar início a um pequeno consultório. Ultimamente, essa fantasia passou a incluir Gina. Gina fazendo sua ioga durante as manhãs, sobre o piso de madeira, brilhando sob o sol. Ted e Toby numa varanda dos fundos cercada de tela, jogando Risco, à noite, ao lado da luz de um lampião.

Ele entra no carro e liga o ar-condicionado no máximo, confortado pelo ruído de fundo, e segue para o parque. *Especial* não é uma palavra de Elinor. É uma ambiguidade. Ela habitualmente se esquiva de ser vaga. Poderia se referir a qualquer coisa, desde uma criança deficiente até uma recepção de casamento. *Recepção de casamento*. Ted bate na beirada do volante com a palma da mão. É isso: Elinor vai se casar com o tal cirurgião botânico. *Especial* é só para dar uma amortecida na notícia. Ted soca o volante com o punho fechado. Por que diabos Elinor não ligou *para ele* quando a árvore ficou doente? A casa era sua também. *Sua árvore*. Ele sabe como manusear uma serra elétrica! Quem é esse cara para matar sua árvore e levar sua esposa?

Embora ele saiba que é irracional, egoísta e infantil, Ted está com ciúmes dos outros homens, tanto da vida de Elinor quanto de Gina. Shane, Barry, Tarzan. Seja lá qual for o nome do babaca da árvore. Todos eles tinham mais é que se jogar de um precipício juntos.

Ele encosta o carro no estacionamento da represa. Ele e Elinor costumavam caminhar até ali, nos fins de semana – há muito tempo, quando conversavam durante horas, sobre trabalho e a vida, e os livros que estavam lendo, e como queriam reformar a casa deles. Antes que todas as conversas passassem a focar os problemas, *as questões*. Ele encontra uma vaga para estacionar na sombra, sai do carro e passa pisando as folhas secas, descendo a colina. Para ao ver El, em pé, na luz, em meio às árvores, parecendo uma pintura impressionista, com seu vestido de verão. Seus cabelos curtos estão presos no alto, com algumas mechas soltas, pendendo na nuca. Ted fecha os olhos e imagina o local úmido com o cheiro doce de maçã de sua pele. Ele respira, com o nariz e a garganta ardendo por conta do pólen.

– Oi! – ele grita, tentando parecer alegre. Elinor ergue o olhar da mesa de piquenique, que está com uma toalha de xadrez em vermelho e branco, uma garrafa de vinho, uma garrafa de água gasosa, uma caixa de frango frito e uma porção de caixas de papelão da delicatéssen, fatias de melão, queijo, pão e figos.

– Jantar. – Ela sorri e senta, secando a sobrancelha com um guardanapo de papel.

Ele lhe dá um rápido abraço.

– Você está bonita. E o que é isso tudo? – Ted aponta para a mesa.

– Eu só quero conversar num ambiente de paz. Vinho? – Elinor o serve de uma taça de Pinot Grigio, antes que ele possa responder. Ela dá um gole na água gasosa, num copo de papel, depois corta um pedaço de pão e espalha queijo cremoso.

Ted mastiga. Quando eles estavam namorando, Elinor sempre fazia piqueniques como esse. Pão, queijos e frios da delicatéssen. Uvas e vinho. Embora ela deteste cozinhar, sempre foi boa em escolher coisas combinadas do mercado.

Elinor está sentada de frente para Ted, do outro lado da mesa de piquenique. Ela parece estar tendo dificuldade em reunir as palavras para a conversa. Seu rosto tem um tom alarmante de vermelho, por conta do calor, e a transpiração pontilha seu nariz e sobrancelha.

– Você está bem? – Ted pergunta.

– Ótima. – Ela levanta, engole com força, depois senta novamente. – O calor. – Ela sorri, remexe uma uva, depois levanta como um raio, cambaleando para desenroscar a perna do banco, e segue colina abaixo, em direção do córrego. Embaixo de uma árvore, ela se curva e vomita.

– Você está com insolação! – Ted segue em direção a ela, os galhos estalam sob seus pés.

Elinor ergue a cabeça e olha para ele. Subitamente, ela está pálida como cera.

– Não. – Ela ri e enxuga uma lágrima da bochecha. – Estou grávida.

– Você? O quê? – Ted para e cospe o pão. – *Grávida?* – Esse era o momento que ele sempre desejou, e era exatamente assim que sempre torceu para ser, Elinor disparando a notícia, quando ele menos esperasse. *Grávida*. Sua esposa vai ter um bebê. Ele vai ser pai. – *Mesmo?* Quero dizer... – Ele ouve a incredulidade na própria voz e espera que isso não magoe Elinor. Mas que hora louca.

Ele engole, sentindo como se tivesse um bolo de pão seco ainda preso na garganta. Espere. E se Elinor estiver grávida de um bebê *do cara da árvore?* Talvez Ted é que fosse estéril, todo o tempo. *Motilidade baixa*. Ele dá um passo na direção de Elinor.

– Você... e o cirurgião botânico...

– Ted! Não. *Você*. – Ela limpa a boca com as costas da mão.

– *Nós*. – As frases com mais de uma palavra parecem exigir energia demais dela. – Nossa última noite... depois que você me encontrou dormindo embaixo da árvore, lembra? A enfermeira disse que estou de quase seis semanas.

Ted se sente tonto. Ele está com calor e cansado e velho e feliz e confuso. Ele pega a mão de El e gentilmente a conduz em direção à mesa de piquenique. Então, pronto: ele e Elinor vão voltar. Se ela vai ter um bebê, o bebê *deles*, eles têm que ficar casados. Os joelhos dele bambeiam enquanto eles caminham pelo solo desnivelado. Ele segue atento às raízes, para que Elinor não tropece. Talvez os caras gregos daquelas histórias tenham tido sorte, quando do se chega à sua essência: as decisões difíceis foram tomadas *por* eles. O livre-arbítrio pode ser um fardo. Simplesmente pergunte aos filósofos.

– Fiz um teste hormonal e minha taxa é de cento e cinquenta e um. – Elinor fala com uma energia nervosa, enquanto caminham.

– Isso é *bom*. Então, você sabe, eu provavelmente não vou... – ela para de falar.

Perder, Ted pensa. Mas a náusea e suas taxas hormonais são fatores animadores.

Elinor para subitamente, ergue os olhos para Ted. Sua franja tem mechas coladas à testa. Ela recua a mão.

– Não se preocupe. Isso não significa que nós temos que voltar.

– Ela parece ter interpretado mal o silêncio dele, como uma decepção. – Eu quero que você seja parte da vida do bebê, é claro, mas não quero que se sinta pressionado a... *fazer* nada. – Ela olha para o chão, melancolicamente. – Não tenho certeza quanto ao que devemos fazer. Algo... pacífico.

– Meu benzinho. – Ted pega sua mão novamente e aperta, conforme a leva de volta para a mesa. – Estou processando. – Ele teve a intenção de que isso fosse uma piada, enfatizando uma das palavras que a terapeuta usava, excessivamente, mas Elinor ainda está franzindo o rosto.

– Vou me mudar de volta – diz Ted. – Se você quiser que eu volte – acrescenta ele, rapidamente. Ele senta Elinor no banco, pega alguns guardanapos de papel e molha com a água gasosa, passando na testa dela.

Elinor sacode a cabeça.

– Nós precisamos conversar.

Por um momento, Ted pensa que ele e Elinor podem criar o bebê *sem* se reconciliarem. Poderia dar certo. Mas, depois, ele imagina Tarzan, o homem da árvore, se mudando para sua casa e segurando seu bebê.

– Chega de conversa – ele diz a ela. – Vamos apenas decidir. Vou voltar pra casa. Você está grávida, eu estou voltando pra casa. – Ted entrega a ela a garrafa de água gasosa. – Enxágue a boca, mas cuspa. O gás da água vai deixá-la ainda mais enjoada. Eu vou lhe comprar uma água comum. – Ted olha em volta, para o parque. Tudo que vê são árvores que o cercam. – Vamos dar o fora daqui.

Elinor bochecha, cospe e concorda.

– Além do enjoo matinal, eu tenho que voltar a tomar progesterona, o que torna a coisa dez vezes pior.

— Você não precisava fazer tudo isso. Quero dizer... — Ted gesticula para o piquenique. — Isso é carinhoso. — Ele a beija levemente na testa, depois no nariz e em cada uma de suas bochechas. — Obrigado.
 Elinor assente, indiferente. Ela abaixa a cabeça em direção aos joelhos. Está claramente desidratada e provavelmente não está obtendo proteína suficiente. Seus eletrólitos podem estar desordenados. Ted rapidamente recolhe todos os itens do piquenique e os coloca nos sacos marrons de papel, do mercado. Ele vai levá-la de volta pra casa e colocá-la na cama e ficar de olho nela. Se ela não conseguir manter líquidos no estômago, eles talvez tenham que ir até o hospital para que ela tome soro intravenoso.
 — Vamos para *casa*. — Ted gosta da sensação da palavra *casa*, em sua boca. Sua esposa *precisa* dele. Eles vão para casa.

§§

— Eu sinto tanto — Ted diz a Gina. Ele a levou para jantar, como planejado, só que agora tem que terminar com ela.
 — Deus, eu *sabia* que isso ia acontecer. — Gina afasta seu prato de salada. Ela engole com dificuldade e olha ao redor do restaurante, para os outros casais que estão de mãos dadas, por cima das toalhas brancas, sob a luz de velas. Jesus, o que pode ser mais cruelmente irônico do que terminar com alguém num restaurante francês romântico? Agora isso passa pela cabeça de Ted. Que bundão. *Covardes* é que terminam com suas amantes em restaurantes. Você não pode demonstrar raiva ou desânimo enquanto está comendo *foie gras,* em público.
 — Eu fiz uma promessa e quebrei essa promessa a você e a Toby. Lamento profundamente. — Ted estica o braço para servir mais vinho a Gina. Ela cobre a taça com a mão. — Você é uma mulher fantástica e Toby é um ótimo garoto, e eu sei que vocês vão encontrar...
 — Ah, me poupe. — Gina joga os cabelos por cima dos ombros. Suas costas estão eretas de tensão e orgulho. — Eu lamento profundamente por ter sido tão imbecil. Eu sabia que assim que Elinor

o quisesse de volta você correria para ela. Toby e eu éramos sua família de aluguel.
– Isso não é justo...
– Então, por quê... – Gina respira, pega sua bolsa e se recompõe.
– Talvez seja apenas por enquanto... – Ted começa a falar. – Elinor e eu realmente não temos certeza do que vamos fazer. Só precisamos de algum tempo para resolver as coisas. – Que *diabos* ele está dizendo, e como é que espera que Gina reaja a isso?
Gina o olha com incredulidade.
– Com licença – ela diz, colocando o blazer marrom de veludo sobre a saia e se virando para sair.
– Eu vou falar com Toby – Ted diz a ela, baixinho.
Ela se vira de volta, de frente para ele, e aperta o dedo indicador firmemente sobre a mesa.
– *Não*, não vai. *Pode* ter certeza.

14

– MEU MARIDO QUER FAZER ISSO COMIGO – ELINOR EXPLICA A Noah. Ela calcula que terminar com alguém pelo telefone não seja a melhor forma do mundo, mas não faz tanto tempo que ela e Noah estão saindo e sua energia está muito escassa, por isso, ela não quer gastá-la com ele.
– Nós vamos fazer a ultrassonografia amanhã.
– Eu compreendo. – A decepção na voz de Noah surpreende Elinor. – Sabe qual é o seu problema? – ele pergunta, de uma forma tão gentil que ela não se sente na defensiva.
– Qual?
– Você espera que tudo aconteça na hora certa.
– Eu gosto de pensar que *esse* era meu problema.
– Você quer ficar comigo, mas não pode, porque não é a hora certa.
– Noah, um bebê é algo muito além da hora certa. – *E eu não quero ficar com você,* Elinor pensa. *Eu gosto de você, mas nós não fomos feitos um para o outro. Será que você não vê isso?* Ela suspira. – Você é um cara muito legal.
– *Legal*. Isso é uma maldição. Para minha esposa, legal significava um tédio. Além disso, eu não me sinto tão legal. Estou com vontade de dar uma surra no seu marido.
– Legal não é uma maldição. Para mim, foi muito importante que você estivesse presente no dia em que cortaram o carvalho e depois você me ajudou a plantar uma nova árvore.
– Eu te achei bonitinha.
– Obrigada – diz Elinor.
– Tudo bem. É meu trabalho cuidar de árvores doentes.
– Não, eu quero dizer obrigada por passar um tempo comigo. – Elinor faz uma pausa, à procura das palavras certas. – Obrigada por fazer com que eu me sentisse sexy.

– Fico feliz por ter sido útil. – A voz de Noah tem um tom mais leve. – Você *é* sexy.
 – Você é um bom partido, Noah. – Não para Elinor, mas para alguma outra pessoa. – Não deixe que nada que sua esposa tenha dito o impeça de acreditar nisso.

ஒ

Quatro dias após a segunda faixa rosa, Elinor e Ted podem ver o batimento cardíaco. Francamente, Elinor finge ver, enquanto está deitada, de barriga para cima, com os pés nos apoiadores, o papel branco na mesa de exames amassando embaixo, enquanto ela se esforça para examinar a imagem vaga na tela de TV, na sala escura. A princípio, a dra. Weston fica em silêncio, estudando a tela com uma seriedade preocupada. Ted não se mexe. Elinor engole uma bola de riso nervoso.

– Ali. Bem ali. – O rosto da médica se ilumina enquanto ela aponta para uma minúscula bolinha pouco nítida de massa cinzenta. – Ali está a batida do coração.

Elinor fecha os olhos, abre novamente, esperando ver alguma coisa pulsando.

– Nossa. – Ted chega mais perto. *Você também não está vendo nada!*, Elinor pensa.

– É essa coisa que me faz querer cochilar em todos os sinais vermelhos e vomitar na rua? – Elinor coloca a mão sobre a boca. Ó, Deus. Já crítica, desde o começo. Como uma mãe que reprova a escolha da roupa da filha, no primeiro dia de aulas. – Quero dizer, nossa. É tão pequeno.

Em casa, Ted coloca a fotografia do ultrassom na porta da geladeira. A imagem do útero de Elinor, como uma fatia de torta, parece cinza e estática – como uma má recepção de sinal num aparelho de televisão em preto e branco.

– Olá – Elinor diz ao bebê, que já tem uma vaga forma de amendoim, como uma manchinha branca, ligeiramente maior do que os outros pontinhos brancos da imagem. Ela canta uma musiquinha no mesmo tom de uma cantiga de ninar.

> *Eu te amo embrião,*
> *Por favor, crie alguns dedinhos,*
> *Quero comprar muitas roupinhas,*
> *Meu pequeno embriãozinho!*

Cantar afasta sua ansiedade quanto a tudo que possa prejudicar o bebê. O cloro da piscina, creme facial prescrito, o spray de formigas na garagem, *queijo cremoso*. Deus sabe o porquê. O mundo está cheio de toxinas. Como é que você pode se manter informado sem ficar paranoico?

Poucas comidas atraem Elinor, e Ted faz tudo para encontrar receitas e preparar os pratos que ela consegue segurar no estômago.

– Você sabe a origem do fettuccine Alfredo? – pergunta ele, pegando queijo, leite e manteiga, e colocando sobre a pia.

Elinor não sabe. Ela deveria ser mais entendida de comida.

– Teve um chef romano, no início do século XX, que não conseguia fazer com que a esposa comesse, durante a gravidez. Ela estava ficando cada vez mais fraca, e ele, muito frustrado por não conseguir alimentá-la, algo que deveria ser capaz de fazer. Então, ele cozinhou macarrão fresco, acrescentou manteiga derretida, misturou queijo parmesão, creme, um pouquinho de noz-moscada, pimenta, e *voilà*. – Ted liga o fogo com uma panela, para ferver água.

– Isso parece bom mesmo. – Elinor fica comovida pela atenção de Ted. Ele está se esforçando muito. Ela o ama por isso. Quem poderia querer um pai melhor? Ela passa a mão na barriga. Desde que Ted voltou para casa, ele tem sido tão atencioso e gentil. Tão... *reverente*. Era essa a palavra que ela estava procurando. Ele tem tanta admiração por ela e essa gravidez que ela se sente *mais* do que uma futura mamãe. Sente-se um monumento nacional ou uma espécie em extinção. Seu novo status trouxe uma certa formalidade ao relacionamento. Uma gentileza de um com o outro que chega a ser enervante – como se eles estivessem num

casamento arranjado. Se eles se esbarram na cozinha ou no banheiro, saltam, depois se *desculpam*, dando beijinhos um no outro.
– Como vão indo as coisas? – a mãe dela pergunta, ao ligar, se referindo não apenas à gravidez, mas ao casamento.
– Bem, tudo bem – Elinor diz. Embora essa não seja uma resposta enfeitada para se dar à mãe, de alguma forma, *tudo bem* não parece estar muito certo.

Elinor se recorda da forma como suas colegas de trabalho pareciam fortes ao longo da gravidez, trabalhando longas horas, viajando a negócios – todas com uma capacidade estarrecedora. Ela mal consegue abrir uma lata de sopa!
– Esse é o segundo trimestre – Kat promete. – Você vai ficar energizada.

Elinor aguarda por essa energia, torcendo para que, enquanto isso, os hormônios não a deixem tão emotiva. Quando o filhote de elefante do zoológico morre, ela se sente inconsolável. Espia as fotos do filhote no jornal, colocando a mão sobre a boca. Suas orelhas ouriçadas são grandes demais para a cabeça, sacudindo à frente, esperando que ele cresça junto com elas. Mas ele jamais terá esta chance. Abaixo dele, há uma foto da mãe, parecendo desolada.
– Elefante! – Elinor grita para Kat, ao telefone.
– O quê?
– Ele morreu!
– Quem? – Kat parece pronta para desligar e sair correndo, atravessando os dois gramados até a casa de Elinor.
– No zoológico. O elefante *morreu*. Olhe no jornal!
– Ah. – Um remexer de papéis ao fundo. – Pobrezinho. Mas tudo bem. – Kat promete.

Elinor não consegue parar de chorar.
– Oh, querida – Kat diz, com empatia. – Um elefante te acertou de pijama, hoje de manhã.
– Credo. – Elinor soluça, chorando.
– Isso é uma parte daquela piada... – Kat imita a voz de Groucho Marx. – Eu acertei um elefante em meu pijama...

– Eu sei. – Elinor perdeu o senso de humor. Ele desapareceu com sua energia. Estão embolados em algum motel, por aí, tomando bebidas com cafeína, sem ela.

– Hormônios – diz Kat.

– Eu sei – Elinor repete. A resposta para tudo. Ela deveria se acalmar. A histeria só vai assustar o bebê. – Eu sou terrível nisso – ela confessa.

– Oh, El, você será uma mãe maravilhosa. Eu te prometo. Tente não se preocupar.

– Está bem.

– E não leia o jornal. O mundo está uma bagunça.

– Está bem – Elinor concorda. Ela só vai ler a respeito de gravidez. Toma um banho e se veste. Na última prateleira, encontra o único livro de gravidez que ela se permitiu comprar, quando estava se esforçando para conceber: O *que esperar quando você está esperando*.

Na Starbucks, Elinor dá um gole no leite semidesnatado espumante, salpicado de canela, e dá uma olhada em O *que esperar*. Para começar, ela é uma negligente por comer um muffin de farinha de trigo, essa manhã, em vez de uma torrada integral. E que fracassada por nem sequer *pensar* em cafeína – um pequeno vício semelhante ao crack, ou cocaína. Aquele banho quente, ontem à noite? Provavelmente chamuscou o QI de seu bebê. Esse livro confirma o que Elinor sempre soube: ela é incapaz e desmerecedora de ser mãe. – Vai se ferrar – ela sussurra, para as páginas. Ela levanta, pega o leite que está deixando um gosto amargo em sua boca e passa pela porta dupla de vidro, rumo ao estacionamento. Perto de seu carro, ela avista uma caçamba de lixo. Ela segue até lá, apressadamente, e atira o O *que esperar*. – Vai se ferrar – repete, jogando o leite morno, depois do livro. Ao ligar o carro, a culpa revolve em suas vísceras. Não se admira que ela tenha demorado tanto para conceber. Não consegue sequer ler um livro de gravidez. Tem de haver outros por aí – alguns legais. Ela vai perguntar à Kat. Sem Kat, Elinor estaria perdida.

Ela sai da Starbucks e segue para o In-N-Out, para comer um hambúrguer com batata frita, cobiçando o chá gelado que há no cardápio, mas escolhendo o leite semidesnatado. Ela sente falta da cafeína, como se fosse um amante perdido. Mataria por um chá, café ou uma Coca. Qualquer coisa exceto sua mistura de ervas com laranja e canela, que tem cheiro de potpourri.

 Enquanto fica sentada no carro, no estacionamento, enfiando batatas fritas na boca e xingando o livro *O que esperar*, Elinor pensa em Gina e suas receitas saudáveis e seu flax integral. Nos últimos dias, ela não tem conseguido tirar Gina da cabeça. Ficar em casa sem trabalhar lhe dá tempo demais para pensar – centenas de momentos solitários do dia, para pensar em todos os atributos que só podem ter atraído Ted a Gina. Qualidades que Elinor jamais terá: uma alegria de escoteira, senso atlético, flexibilidade fluídica, leveza como as bétulas do quintal do vizinho.

 Naquela noite, Ted está exausto demais para cozinhar e concorda em levar para Elinor pizza com pepperoni.

 – Isso está bom – Elinor geme, com o queijo pendurado no queixo, enquanto eles ficam junto à mesa de centro, na sala de estar, diante da televisão.

 Ted dá um gole em seu ginger ale. Ele declarou solidariedade ao também abrir mão de vinho, cerveja e café. Inclina-se para empurrar uma almofada entre as costas de Elinor e o sofá. Subitamente, Elinor reconhece a gentileza do marido. É a mesma compaixão que ele tem por seus pacientes. Afinal, é isso que Elinor é agora – uma paciente.

 – Quer que eu pegue alguma coisa para você? – Ted acaba de beber seu ginger ale e balança a cabeça em direção à cozinha.

 – Um novo cérebro. Estou tão emotiva. – Ela faz uma bola com seu guardanapo de papel. – Isso não pode ser bom para o bebê.

 – É normal. – Ele sacode os ombros. – Hormônios.

 Elinor olha abaixo, a caixa de pizza manchada de gordura. Pergunta-se se Ted sente vontade de comer as comidas caseiras saudáveis feitas por Gina.

 – Você sente falta dela, às vezes? – ela pergunta.
 – De quem? – pergunta Ted.
 – Gina.

— Na verdade, não. — Uma boa forma de responder, sem mentir. Ted é um homem honesto. *Sempre diga a verdade, a menos que seja cruel*, a mãe de Elinor aconselharia. Mas a expressão de Ted o trai. Há uma certa aflição em suas sobrancelhas, que diz que ele, de fato, sente falta dela. Elinor tem certeza disso. Mas ele abre mão dela para isso, ficar em casa com sua esposa e ter um bebê.

— Eu sinto só um pouquinho de falta de Noah — diz Elinor. *De uma forma horizontal*, pensa ela.

— Ótimo. — O ciúme arde na voz de Ted.

— Foi você quem...

— Nós vamos começar com isso essa noite? Tudo outra vez? — Ted arremessa a beirada da pizza dentro da caixa.

— Não. — Elinor abraça os joelhos junto à barriga, que começa a inchar. Mas ela começa com isso todo dia. Entrando no mundo mesquinho da obsessão. Falar sobre o caso, em vez de fingir que nunca aconteceu, ajuda a fugir desses pensamentos sombrios. Quando ela fala com Ted, não fica zangada. Consegue manter uma distância analítica de advogado, apenas tentando entender toda essa bagunça.

— Desculpe — ela murmura. E chega mais perto do marido, afastando a mesa de centro para que possa descansar a cabeça na coxa dele. Ele afaga seus cabelos. Ela sempre gostou do cheiro de sabonete hospitalar antibactericida de suas mãos, um cheiro que lhe dá uma sensação de segurança.

෴

— Opa! — A dra. Weston suspira, com alívio. — Ali está. — Ela aponta para a tela de ultrassom. — Seu bebê.

Elinor e Ted conseguiram chegar até a fase seguinte: a segunda ultrassonografia, da oitava semana.

Bebê. Essa é a primeira vez que Elinor escuta alguém dizer essa palavra na clínica de infertilidade. Fólico, óvulo, zigoto, embrião, batimento cardíaco, *bebê*. Em vez de tentar ver a tela, ela ergue a cabeça para encontrar o rosto de Ted, na sala escura de exames.

Os olhos dele estão fixos na imagem embaçada cinzenta.
– Nossa – diz ele, maravilhado. – Tantos passos só para chegarmos até onde a maioria das pessoas começam.
– Podem se arrancar – a médica diz, acendendo as luzes do teto. – Não encarem isso de forma pessoal, mas eu adoro quando não preciso voltar a ver um casal. – Elinor fica comovida que a dra. Weston pareça tão nervosa e esperançosa quanto ela e Ted.
Ted ajuda Elinor a sentar. Os olhos dele estão cheios de lágrimas, mas elas não derramam.
– Ligue para seu obstetra – diz a dra. Weston – e agende um horário para seu primeiro exame pré-natal. – Ela levanta, tocando cada um deles no braço. – E não se esqueçam de trazer esse bebê de volta para me ver. – Ela pisca, depois se apressa para sair da sala e ver sua próxima paciente.
– Obrigada – Ted lhe diz.
Elinor desliza da mesa de exame e coloca a calcinha e a calça comprida.
– *Bebê* – ela diz, baixinho. Uma palavra que nunca imaginou que seria sua.

§§

– Quer voltar a trocar as juras de casamento? – Ted pergunta, enquanto eles estão deitados na cama, naquela noite. – Ou é muita cafonice?
– Não. – Elinor chega para trás para se encostar a ele, confortada pelo calor de seu corpo.
– Nós poderíamos ir para o Havaí? – ele reflete.
– Não sei se devo voar.
– Depois que o bebê nascer. Uns seis meses depois. Nós iremos para Maui. Arranjamos um condomínio. – Ele rola na direção dela, deitando de lado, com a cabeça apoiada numa das mãos.
– Você se casaria comigo outra vez?
– Você sabe que sim.
– Quero dizer, não voltar atrás e casar comigo de novo. Mas depois de tudo que aconteceu. Você se casaria comigo *nesse mo-*

mento? – Ted fica de lado para olhar para ela. Ela passa a mão nos cabelos dele, ganhando tempo. Ela ouve: *Mesmo depois de eu ter sido infiel, você me perdoa?*

– Sim – ela responde. – Eu casaria. – *Mas eu ia querer saber mais sobre a forma como você traiu sua esposa*, pensa ela. *Como foi que passou a justificar isso. E se o faria novamente.*

Ted aperta os braços ao redor dela. Ela relaxa junto a ele, enquanto ele massageia seus seios. Ela fecha os olhos e suspira, sentindo sua ereção no pé de suas costas. Pela primeira vez ela se sente sexy, em vez de ser o recipiente.

– O sexo não faz mal para o bebê – ela sussurra.

Ted mergulha o rosto nos cabelos dela, beijando seu pescoço.

Quando ela estica as pernas e arqueia as costas, seus dedos dos pés tocam algo macio e úmido perto do pé da cama. Ela sente e puxa as cobertas, e encontra um punhado de pétalas das rosas amarelas do jardim espalhadas por entre os lençóis. Elas estão molhadas entre seus dedos.

– Que romântico. – Ela se vira para Ted, fechando os olhos e levando uma pétala até o nariz, para inalar seu cheiro doce.

Ted diz:

– Hum, é.

🙚🙘

– Que tal parece Dublin no Natal? Parece algo tirado de um romance de James Joyce? – Elinor imediatamente reconhece a voz de seu chefe, Phil, na linha, embora ele não tenha se identificado, nem tenha dito *olá*. Ele sempre entra numa conversa telefônica dessa forma, quando está empolgado.

– Phil? – ela pergunta. – Ou é o Comitê Turístico Irlandês?

– O que você acharia de liderar uma equipe de aquisições em Dublin? – Phil continua. – Eu adoraria mandar Ted com você, durante um tempo, se ele puder.

– Estou bem, e *você*? – Elinor provoca, segurando o fone junto ao ombro, enquanto prossegue fazendo sua lista de supermercado rica em ácido fólico. Chega de batata frita gordurosa!

– Nós estamos comprando uma pequena empresa de comunicação, em Dublin, uma ótima equipe de engenharia, e você é a melhor funcionária de relações internacionais que eu possuo. Como se sente quanto a trabalhar por lá, durante seis semanas? Achei que isso teria a ver com sua formação interna, em inglês.

Elinor sempre gostou de trabalho internacional – aprender a respeito de leis e sindicatos estrangeiros, montar pacotes decentes de benefícios para empregados no exterior. Mas agora ela está presa.

– Eu adoraria, mas vou ter que passar. Estou... – Elinor não tinha planejado contar sobre sua gravidez a ninguém no escritório, até que começasse a aparecer, no segundo trimestre. Mas ela sempre foi sincera com Phil quanto aos tratamentos de fertilização *in vitro*. Não havia nenhuma outra forma de explicar seus desaparecimentos para as consultas médicas. De outro modo, ele poderia suspeitar que ela havia desenvolvido algum vício. – Estou grávida.

– Oh. – Elinor ouve a decepção em sua voz. – Ótimo. Nossa. Meus parabéns!

– Não se preocupe – ela o tranquiliza. – Estou ficando maluca em casa. Estou voltando para o trabalho no dia 1º de novembro, como planejado.

– É isso que eu gosto de ouvir.

Isso é sempre o que eles gostam de ouvir.

෫෫

Não é necessário segurar a mangueira ao se regar o pé de ginkgo. Noah disse para ligar a água no jato fraco e voltar para dentro de casa por vinte minutos. Mas Elinor gosta da sensação do sol quente em suas costas e de ver a água vazar para dentro do sulco ao redor, formando um círculo marrom-escuro, que cheira como as florestas de sequoia. Subitamente, a imagem dos olhos verdes de Noah, seu bigode grosso e as duas covinhas lampejam em sua mente. Ela se lembra de sua risada fácil. Uma leve embriaguez passa por ela, ao imaginar a aspereza do bigode junto aos seus lábios e seios.

Ela estremece e estica a mão para pegar uma das folhas verdes na árvore. Em vez de pensar em Noah, ela se permite pensar no quarto do bebê. No início, ela receava que isso fosse agourar sua gravidez, mas é confortante imaginar como irá arrumar o quarto ensolarado. Vai colocar um sofá, junto a uma das paredes, para amamentar e talvez descansar, durante as tardes, enquanto o bebê dormir. Ela imagina uma prateleira de livros cheia de clássicos infantis: *Stuart Little* e *Blueberries for Sal*. Uma das coisas que Elinor adora quanto a estar grávida é que agora pode imaginar o futuro. Um futuro com uma tarefa *verdadeira* – um porto seguro a ser criado.

No entanto, ela tem o estranho temor de que irá amar essa criança de forma *muito* feroz. Uma vez, quando ela e Ted estavam na clínica para uma consulta da fertilização *in vitro*, ela avistou uma fileira de pequenas cadeiras de rodas, num corredor. Cadeiras de rodas para *crianças*. É claro. Essa percepção a atingiu como um soco no estômago. Você pode ter um filho e depois algo pode *acontecer* a ele. Elinor sabia que essa era uma forma de dor que ela não suportaria.

Ela dá um pulo quando Ted lhe dá um tapinha no ombro.

– Pessoalmente – diz Ted, batendo na árvore com o punho, como se estivesse chutando os pneus de um carro –, eu não teria escolhido uma árvore que muda tanto de folhas para fazer sombra na rua. Qualquer um que estacionar embaixo dessa coisa durante o outono vai ficar com o carro forrado de folhas.

Elinor se diverte com o desdém na voz de Ted.

– Você percebeu aquelas ali? – Ela aponta o fim da rua, para uma fileira de ginkgos resplandecentes, a distância. – São lindas.

Ted sacode os ombros.

– Se você está dizendo.

Elinor ri.

– Sim, eu estou dizendo.

– Sra. Mackey? – uma voz pergunta, quando Elinor atende o telefone.

– É ela. – Elinor alisa a colcha, satisfeita por ter feito a cama, uma tarefa para a qual vinha lhe faltando energia até recentemente.

– É... eu estou ligando pra saber se posso servir de babá para a senhora. Sabe... algum dia.

– Quem é...

– Nós tivemos uma aula na escola, hoje, sabe? Laços familiares? Eu sei, o nome é imbecil. Mas nós aprendemos como cuidar de bebês. Cada um de nós ganhou uma boneca e eles nos mostraram como segurar o bebê. Você tem que segurar a parte de trás da cabeça, fazer como uma concha de sua mão, porque quando eles são muito pequeninos não conseguem levantar a cabeça...

– Toby? – Elinor reconhece a falta de ar do filho de Gina. Sua forma frenética e asmática de falar, como se estivesse ficando ofegante. Ela senta na cama.

– Ah, certo! Eu esqueci de dizer, aqui é o Toby.

– Você gostaria de falar com o dr. Mackey? – Elinor tenta conter sua irritação.

– Na verdade, é... eu queria falar com a senhora. – A voz dele se ilumina. – Para perguntar se eu posso ficar de babá.

– Querido, nós ainda nem temos um bebê. – Ela tenta manter a calma. Certamente não quer que Toby diga à mãe: *Que moça má!*

– Eu sempre quis ter um irmão, mas, sabe, a minha mãe não tem um, porque, sabe, ela nem consegue arranjar um *marido*. Ela é uma fracassada.

– Bem, eu... – Esse garoto não é fácil. Gina não é uma fracassada, exatamente, Elinor pensa. *Piranha. Adúltera.* Mas fracassada, não.

– Eu posso ajudar em tudo na casa e parar de jogar tanto no meu Game Boy, e cuidar do bebê e ajudá-la no quintal, tipo plantar suas mudas, esses troços. Minha mãe fica zangada porque eu não ajudo. Ela quer que a gente faça coisas juntos. Mas arranja umas coisas muito *chatas*. Mas se eu morasse na sua casa...

– Morar? – A fornalha da gravidez de Elinor acende, o calor e a náusea sobem por seu corpo. Ela fica em pé, tira o suéter e joga no chão.

Toby resfolega, finalmente puxando um pouco de ar.

– Toby, eu vou chamar o dr. Mackey.

– Mas...

– Toby, eu acho que agora preciso vomitar. – Ela larga o fone em cima da cama e dispara para o banheiro. – Ted! – A bílis aguada queima ao subir por sua garganta.

– O quê?

– *Telefone!* – Ela ouve Ted pegar o telefone, enquanto inclina a cabeça para dentro da privada e vomita seu café da manhã, de ovos moles, mais uma comida que terá de riscar da lista. Ela quer ouvir, mas fica meio difícil vomitar e ouvir ao mesmo tempo. Se não fosse a maldita progesterona, que supostamente irá ajudar o revestimento uterino, ela teria certeza de que já teria acabado esse negócio de enjoo matinal. Ela dá descarga e pega a escova de dente.

Em pé no corredor, escovando os dentes, ela ouve Ted, enquanto ele ouve Toby.

– Eu sei – ele diz, tranquilizador. – Eu sei. Reprovado? Bem, mas você tem que estudar, Toby. Você consegue, campeão, eu sei que consegue. Não, Toby, eu sinto muito. Sei que sua mãe está colocando uma porção de avisos na faculdade local. Tenho certeza de que logo você vai arranjar um novo professor. Você não deve ligar pra cá, está bem? A sra. Mackey não está se sentindo bem e isso pode aborrecê-la. Eu sei. Eu sei. Eu preciso ir. Toby? Eu não quero desligar até que você diga tchau. Está bem? Tchau.

Elinor solta as mãos nas laterais do corpo. Subitamente, ela se sente tão triste por esse garoto, da forma como se sentira pelo filhote de elefante do zoológico.

§§

Roger é notavelmente meticuloso e detalhista quando se trata de limpeza, principalmente para um cara de vinte e poucos anos. Ele não recusa quando Elinor lhe pede que limpe a janela panorâmica da cozinha, que dá para o quintal dos fundos. Ela o observa da pia, enquanto ele fica em cima de uma banqueta, trabalhando com o limpa-vidros e as toalhas de papel. Suas calças xadrez parecem de um terno masculino de meados dos anos 1970. Sua camiseta diz SQUIRREL NUT ZIPPERS. Embora ele seja magro, seus ombros e braços são musculosos. Ele é um cara de boa aparência, conclui Elinor, enquanto enche e liga a lavadora de pratos. Qualquer garota se sentiria atraída por ele, não? Os olhos azuis e o porte esguio e o jeito meigo? O cavanhaque da moda? Gina se sentiria atraída por ele, não? Toby ia gostar dele. Essa ideia surge de repente, exatamente como as ondas de náusea têm surgido, durante semanas. Só que agora ela sente uma onda de *energia*. De bom grado, ela recebe essa sensação familiar de uma ideia girando em sua cabeça, embora seja uma ideia bem doida. Roger daria um bom namorado para Gina, um companheiro divertido para Toby. Pode até ter uma diferença de sete ou oito anos entre Roger e Gina, mas Roger é bem maduro e parece gostar de mulheres mais velhas. De qualquer forma, como será que vai a velha Gina? Elinor se arrepia, sem querer pensar muito nisso.

 Desde que Toby ligou para a casa deles, Elinor tem tido a sensação de que ele e Gina estão rondando a periferia de sua vida com Ted, como aquela forma circular de um tufão em alto-mar, no mapa meteorológico. Revolvendo fora do controle de qualquer um. Ela não deveria se preocupar com Gina e Toby! Ela já sente falta dos dias em que deixava tudo de lado e se esparramava embaixo do carvalho, olhando o céu. A vida é bem menos assustadora quando você se livra de suas ambições e para de desejar as coisas. Mas não dá pra ser tão nobre quando se está grávida. Motivo pelo qual ela não pode se dar ao luxo de ter Toby e Gina pairando por perto.

 – Ei, que tal um café da manhã? – ela pergunta a Roger, enquanto guarda a última caneca que tirou da lavadora de louças.

 – Não, obrigado.

 – Já comeu?

Roger balança a cabeça que não.

— Essa é a refeição mais importante do dia. — Ela pega bacon, muffins, ovos, queijo, uma cebola e cogumelos na geladeira. Finalmente, Elinor descobriu que sabe cozinhar... um vigoroso café da manhã. Torrada, marmelada, pedaços de pêssego do mercado agrícola, dentro do iogurte de mel. Ela abre os ovos dentro de uma tigela, batendo com tanto fervor que a gema voa em cima da pia. Ali está ela: no subúrbio, na cozinha, descalça, grávida e cozinhando. Na época de faculdade, essas eram todas as coisas que achava não querer. No entanto, está contente.

Roger dá um passo atrás, se afastando da janela, para verificar seu trabalho.

— Se eu fizer um intervalo, vou me atrasar. Tenho outra casa hoje.

Aí está: consciencioso. Outra ótima qualidade. Roger será perfeito para Toby e Gina.

Elinor coloca as fatias de bacon na frigideira.

— Você vai levar dez minutos para comer, no máximo. — Enquanto ele come, eles conversarão sobre a forma que Roger irá convidar Gina para sair. *Como, como, como?* Ela pica a cebola, fatia uma sobra de batata assada, frita tudo no azeite de oliva, com uma pitada de alecrim. — Você tem que manter seu nível de energia alto.

— Está bem. — Roger ri, suas orelhas corando.

Eles se sentam juntos à mesa e Elinor observa Roger comendo. Ele fecha os olhos ao dar uma garfada de gema de ovo e batata.

— Nossa, que demais. — Ele abre os olhos, mastiga a torrada. Elinor fica radiante. Roger engole, limpa a boca. Suas bochechas voltam a ficar coradas.

— É... eu estava pensando... — Roger começa.

Elinor coloca mais tomates fatiados em seu prato.

— Gostaria de ir comigo até a abertura da Avedon, em San Francisco? — ele pergunta.

— Oh, Roger. — Elinor espera não soar condescendente. — Eu adoraria. Mas você sabe que não estou mais solteira. — Ela dá um tapa na testa. — Que tola. Eu esqueci de lhe contar, o dr. Mackey **voltou pra casa**. Isso representa trabalho extra para você, que terá de limpar por mais uma pessoa, eu sei. Mas ele é bem caprichoso e nós ficaremos contentes em lhe pagar mais. – Ela não quer se ater ao fato de que Roger acaba de convidá-la para sair. Se ele ficar mais constrangido, na realidade, seu rosto pode pegar fogo. Ela levanta para pegar mais café.

– Ei, então você está solteiro? – Ela enche a xícara, tentando parecer indiferente.

– Eu tenho uma namorada. – Roger não diz isso com muita convicção. – Eu tinha, nós terminamos. – Ele empurra o bacon de um lado para o outro. – Ela terminou comigo.

– Oh, eu sinto muito. – Elinor dobra um guardanapo. – Isso é difícil. Os rompimentos são piores. Eu sei.

– Mas eu estou saindo – Roger acrescenta, rapidamente. Ele pega sua torrada.

– É mesmo? Porque eu conheço uma garota que ia *amá-lo*. É uma moça que trabalha em minha academia e é muito bonitinha. Que corpão. Nossa. – Elinor nota uma expressão aflita em suas sobrancelhas.

– É... um encontro às escuras? – Roger pergunta, receoso.

– Você é bom de matemática?

– Ela é matemática?

– Não, mas eu tenho que lhe dizer algo. Ela tem um filho.

– Legal.

– E ele precisa de ajuda com o dever de casa de matemática. Eu sei que isso significaria muito para ela, se você pudesse ajudar seu filho. – Elinor dá um tapa na própria coxa. – Ele é um garoto tão legal. Na verdade... – Ela levanta da mesa e vai até a carteira pegar o cartão de sócia da academia. – ... Você pode ligar para ela, no trabalho. – Elinor copia o número para Roger e coloca embaixo de seu prato. – Dê uma ligada pra ela, na academia, e se ofereça para dar aula ao filho.

Roger franze o rosto para o pedaço de papel.

Elinor senta, cobrindo a mão de Roger com a sua.

– Seria um tipo de favor pessoal para mim. Eu realmente quero que ela conheça alguém legal. Acho que você seria perfeito.

Ei, mas *não* diga a ela que eu sugeri tudo isso. É meio humilhante quando alguém lhe arranja alguém, você sabe, não?

– É... nem me fale.

– Ah! Eu quero dizer para as mulheres. Às vezes. – Elinor está hesitante. – De qualquer forma, ela é muito bonitinha e atlética. Além disso, o que você tem a perder? Na pior das hipóteses, você ganha um trabalho extra, dando aula.

– Certo – diz Roger. – O que um *perdedor* tem a perder?

– Roger! Você, meu amigo, não é um perdedor.

– Limpando casas? Saindo em encontros arranjados? – Roger joga seu guardanapo em cima da mesa, desgostoso. – Eu preciso terminar meu formulário do curso de graduação.

– Você consegue. Vai terminar. Tente não se preocupar tanto. Você é jovem.

Roger levanta, levando seu prato até a pia.

– Está bem. Vou ligar pra ela. – Seu tom se anima. – Ela parece ser legal. Obrigado. Mas agora preciso voltar ao trabalho, está bem?

– Está bem. – Elinor se sente tonta. Será que é maluquice pensar que esse plano pode realmente dar certo? Agora ela é como um daqueles deuses gregos intrometidos, que sempre têm algo malicioso na manga para os mortais sem sorte, em *A Ilíada* e *Eneida*, uma torta na cara, toda hora.

15

Que se dane Ted. Gina está cansada de pensar nele o tempo todo. Ela não tem conseguido se conter, mas vai parar. De alguma forma. Sempre que pensar em Ted, vai pensar em outra coisa. É assim que se rompem maus hábitos – com substituições. Em vez de sentir falta de Ted, ela vai fazer uma arguição mental sobre como pode começar seu próprio negócio, como personal trainer e consultora nutricionista, indo à casa das pessoas. E quanto ao seguro-saúde? Ela vai andar com um bloquinho para anotar ideias e perguntas como essa.

Ela se recosta no portal do quarto de Toby, exasperada. Quando Ted estava em cena, Toby deixava o quarto arrumado – arrumação suficiente para um garoto – e fazia seu dever de casa, suas tarefas. Agora ele deixa tudo de lado. Seu quarto parece ter sido atingido por um furacão. Roupa suja, cintos e tênis estão espalhados com todo tipo de tralha – CDs, livros, gibis, uma espaçonave montada até a metade em peças de LEGO, a parte interna de um computador desmontado, uma guitarra só com metade das cordas (de onde veio *isso*?). O sistema solar de isopor que ficava pendurado no teto está todo emaranhado no chão, com um planeta amassado. A escrivaninha está empilhada de louça suja – tigelas grudentas com cereal e leite, copos com coisas coladas no fundo.

Gina não consegue fazer nada para persuadir Toby a limpar o quarto. Ela já pediu, se zangou e berrou. Tentou uma abordagem que o motivasse, batendo palmas, como se fosse uma gincana. – Vamos trabalhar nisso juntos, só por meia hora – ela disse, animada, programando o despertador da cozinha e colocando em cima da cômoda de Toby. – Depois nós vamos pedir pizza. – Toby revirou os olhos. Ele trabalhou com ela, mas estava tão ranzinza e lento que melhorou pouca coisa.

Na semana passada, Gina tirou o "protetor de tela" de Toby, dizendo que ele não poderia assistir à televisão, usar o computador, nem jogar o Game Boy, até que fizesse uma limpeza por meia hora. Toby sacudiu os ombros e foi para o quarto, mergulhando em seu livro de cavaleiros medievais.

Quando Gina estava no ensino fundamental, sua turma fez uma excursão de ônibus até o Metropolitan Museum, em Nova York. Sua seção predileta era a coleção egípcia – as majestosas esfinges e escaravelhos. Todos os garotos, no entanto, adoravam o átrio gigantesco repleto de cavaleiros e cavalos em tamanho natural, em suas armaduras. Um dia, lembrando aquela exposição no museu, Gina bolou um plano: ela e Toby poderiam ir até Nova York. Eles não precisavam de Ted. Voariam até o leste e passariam um fim de semana para ver os cavaleiros armados e comeriam pedaços gigantescos de cheesecake, na delicatéssen Carnegie. Quando ela contou sua ideia a Toby, naquela noite durante o jantar, os olhos dele se arregalaram e ele estalou a língua dentro da boca, claramente empolgado. Mas finalmente franziu o rosto e repeliu a viagem.

– Que chato – disse ele, revirando os olhos e chutando a mesa.

– Não, *não tem nada* de chato – respondeu Gina. – A coisa real é muito melhor do que as fotografias, num livro. Mas se você quer recusar uma aventura divertida só para me magoar, tudo bem.

Vai fazendo devagar e sempre, ela agora diz a si mesma, espiando o quarto do filho. Está determinada a arrumar esse desastre antes que Toby volte do colégio. Ao passar pela porta, imediatamente escorrega num CD e torce o joelho. Um estalo é seguido por uma dor ardente. Ela se endireita, pega o CD, vai mancando até a escrivaninha e começa uma pilha. A dor no joelho faz seus olhos lacrimejarem até o quarto ficar embaçado.

– Que se dane! – ela grita para o quarto. Está cansada de sempre tentar fazer Toby feliz. – Ted que se dane! – Sempre tentando convencê-lo a amá-la. É como concorrer à presidência. Como se ela tivesse uma daquelas plaquinhas ridículas no quintal da frente: VOTE EM GINA! EU POSSO SER SUA MÃE! POSSO SER SUA

AMANTE! VOTE EM MIM! E ME AME! – *Eles que se fodam* – ela grita, pisando em cima de Júpiter. O isopor estala ao ser esmagado embaixo do tênis. Pronto. Aí está. Ela xingou. Igual a todo mundo que é gente grande. Talvez seu linguajar de moça alegre seja uma maldição. *Oi! Eu sou a Gina. Pode sapatear em cima de mim!*

Ela enfia as roupas sujas no cesto, sem ligar quando alguns CDs caem lá dentro. O quarto está com um cheiro de leite azedo e meia suja que a faz engasgar levemente. Tem dia que ela não consegue convencer Toby a sequer tomar um banho.

– Você quer ser o garoto fedorento? – ela perguntou a ele, numa manhã, quando ele estava saindo para a escola. Foi cruel dizer isso, mas ela *não* conseguia chegar nele.

– É! Eu quero ser o garoto fedorento sem pai! – ele berrou.

– Primeiro, você tem pai – disse-lhe ela, tentando ser firme e casual, ao mesmo tempo. – Segundo, muitas crianças na sua sala têm pais divorciados. Eu lamento que tenha de ser assim. Isso não significa que você tenha que ser infeliz e fazer nós dois infelizes.

Mas os dois estão infelizes. E Gina está perdendo. Ela arrasta o cesto pela bagunça, levando até o corredor. Olha para o teto branco no corredor, algo que faz frequentemente para recuperar a energia. Às vezes, você só precisa dar uma olhada no vazio, por um momento. Mas quando Gina olha ao redor do quarto não se sente mais preparada para ir à luta. Se conseguisse pelo menos colocar tudo numa única pilha... Sim, *uma* pilha. Ela segue até a garagem.

Ela ainda tem uma parafernália da vida rural no Maine, de quando conheceu o pai de Toby: um aspirador profissional, uma pequena caixa de ferramentas, um soprador de folhas. Sempre foi razoavelmente jeitosa. Seu pai, que morreu de câncer de pulmão quando ela estava com vinte anos, fora empreiteiro de obras e a levava para trabalhar com ele, aos sábados, quando ela era criança, deixando que lhe passasse as ferramentas e até apertasse a pistola de massa. No ensino médio, Gina ainda ia para algumas obras com o pai, e ele a pagava. Eles almoçavam sentados numa placa de compensado, entre dois cavaletes, na garagem de alguém, descascando laranjas e ovos, e lendo seus horóscopos no jornal. Até hoje, Gina adora o cheiro das lojas de material de construção e o departamento de ferramentas da Sears – os odores metálicos do cobre, alumínio e aço inoxidável, o tom almiscarado dos pisos de madeira. As lojas de material de construção têm cheiro de sábado, como seu pai. Como tudo que ela adora nos homens.

Ela localiza o mega-aspirador e soprador de folhas superprofissional e o arrasta, tirando da última prateleira. Aquilo não pareceu algo tão estranho a ser comprado, na época de Maine. Ela era mais independente lá, contando mais consigo mesma para ter felicidade. Ou talvez ela simplesmente nunca tenha se apaixonado antes de conhecer Ted. Ela pega o tubo conector para o soprador e uma extensão cor de laranja e volta ao quarto de Toby. Levaria horas para catar toda a sua tralha, então, vai apenas soprar tudo aquilo para um canto e fazê-lo arrumar.

Bolos de poeira embaixo da escrivaninha fazem Gina espirrar, conforme ela estica a mão para conectar a extensão. A máquina é mais pesada do que ela se lembrava. Ela deveria ter achado seu fone de ouvido. Assim que liga, seus ouvidos retumbam com o ruído e seus braços tremem pela vibração. Ela programa o botão de controle de velocidade para duzentos quilômetros por hora, a menor velocidade possível, e trabalha em movimentos da porta ao canto, no lado oposto. Os papéis voam e batem contra as telas na janela, como se tentassem fugir. Quando ela ergue o soprador para soprar os papéis para baixo (imbecil!), uma tela estoura e cai nos arbustos, do lado de fora. O estômago de Gina dói, de tanto rir, e ela tem que dobrar os joelhos para não deixar o aparelho cair. Isso não tem graça, mas *é* engraçado. Ela deveria soprar a tralha de Toby pela porcaria da janela!

Quando foi a última vez que ela *riu*? Quando estava com Ted. Mas não foi Ted que a fez rir, foi Toby. Ted fez Toby rir, e Toby a fez rir. Não era sua imaginação, as coisas *eram* melhores quando Ted estava com eles.

Uma pilha expressiva está se formando no canto do quarto. Calças de moletom, shorts de natação, caixas de jogos de computador, papel de embrulho de doces, papéis da escola, meias sujas, meias limpas – quem é que consegue saber a diferença? As coisas mais pesadas, como livros e tênis, são resistentes ao soprador, então, ela sai chutando, satisfeita com seu progresso. Mas Ted nunca chegou a realmente estar *com* eles, ela pensa. Esse foi o problema. Que tolice da parte dela acreditar que ele estivesse, que ficaria. Meio copo de Coca-cola vira, com o refrigerante marrom entranhando no carpete. Gina muda de direção e aponta o soprador para um caderno espiral. As páginas viram, esvoaçando. Ao desviar o soprador, ela vê as palavras *Querido Pai*, na caligrafia pequena e quadrada de Toby. Ela desliga o aparelho e pega o caderno. *Querido Pai, até que não é tão ruim morar com a mamãe, agora. Você sabia que ela é muito bonita e conhecida? Quero dizer, ela faz sucesso com os caras e em seu trabalho. Todos querem que ela seja sua treinadora.* Gina aperta o caderno contra o peito, imaginando qual seria exatamente a intenção de Toby, ali – fazer com que o pai se reconciliasse com ela, embora ele já seja casado? *Eu gosto da Califórnia porque em setembro ainda é como o verão. É quente o suficiente para ir nadar na piscina e...* E nada. A carta acaba ali. Gina arranca a folha, dobra e enfia no bolso. Ela olha abaixo o soprador. Há um número 0800 para assistência ao consumidor, num adesivo grande e amarelo. Ela gostaria de ligar e perguntar como deve criar esse seu menino.

– Ei! Que diabos? – Gina ergue os olhos e vê Toby, em pé, junto à porta. Ele está vestindo seu short grande, de surfista, uma camiseta preta e tênis de cano alto cor de laranja, sem meias. – O que você está *fazendo*? – Sua respiração é ofegante.

– Estou fazendo uma pilha pra você, é isso. Para que você possa olhar tudo, depois que terminar seu dever de casa. – Gina tenta permanecer calma. – O que você gostaria para o lanche?

Toby joga a mochila contra a escrivaninha.

– Eu estou sem telas! Sai do meu quarto!

– Toby, eu pedi educadamente, uma dúzia de vezes, para que você limpasse essa...

– Eu não quero limpar esse quarto porque eu *detesto* ele. Eu detesto aqui!

Gina cruza os braços.

– Certo, é tão horrível aqui, onde você tem seu próprio quarto, sua própria TV e uma piscina praticamente só pra você, e nós comemos fora, pelo menos uma vez por semana. – Gina enfia a mão no bolso. – Você escreveu para o seu *pai*, dizendo que gosta daqui. – Ela tira a folha de caderno e desdobra, e aponta para a letra de Toby.

– Isso era quando o dr. Mackey era meu professor. Ei! Você leu meus troços.

Gina solta a folha em cima da escrivaninha de Toby.

– Você detesta aqui? Você me detesta? Está bem. Eu vou ligar para o seu pai e a Cruela e dizer a eles que você está a caminho. – Chega. Ela desiste. Ela empurra um jeans para o lado, na cadeira junto à escrivaninha de Toby, para que possa sentar em seu computador. As teclas do teclado estão cobertas de poeira, farelos e semente de gergelim. Ela digita *expedia.com*, depois *Bangor, Maine*.

– O que você está fazendo? – Toby pergunta.

– Estou lhe comprando um bilhete aéreo. – *Não ameace seu filho com consequências que você não tem intenção de cumprir*, ela ouve seu livro educacional dizendo. *As crianças apontarão seu blefe.* Mas talvez Gina *deva* comprar uma passagem para Toby, para o Maine.

– Não faça. – Gina fica surpresa pelo pânico na voz de Toby, enquanto ela verifica os voos. – Não *toque* no meu computador – ele grita. – Arranje o seu próprio computador! O papai comprou esse para mim. – Ele vai em direção a ela como um raio, sacudindo os braços.

Gina tira as mãos do teclado e as enlaça, no colo.

– Tudo bem. Eu compro o bilhete pelo telefone. – *Não há mal em fazer uma reserva*, pensa ela. *Você tem vinte e quatro horas antes de realmente fazer a compra da passagem.*

Ela sai do quarto, batendo a porta atrás de si. Mais uma vez, ela desceu ao nível de Toby. A carta, o medo na voz de Toby. Ela não compreende. Quando você vê a essência da coisa, as pessoas não *querem apenas* o amor. Querem um amor difícil, complicado, atrapalhado. *Limpe seu quarto! Faça mais dez repetições! Encontre-me na academia.* Ela não entende. Por que as pessoas tornam a vida tão mais difícil do que precisa ser? Subitamente, o rugir do soprador de folhas preenche a casa, seguido de um som de vidro quebrando e a gargalhada de Toby. Gina dá a volta e vai ao quarto do filho.

16

A SALA DE ESPERA DO OBSTETRA É A ELLIS ISLAND DE ELINOR E Ted. Eles atravessaram do local em terra firme da infertilidade e chegaram à terra firme da gravidez. Elinor aperta sua prancheta com as informações atualizadas numa das mãos e os dedos de Ted na outra.
– Ai! – Ted grita.
– Desculpe! – Ela estava nervosamente apertando e dobrando os dedos dele, dentro da palma de sua mão. Ela afrouxa a pegada, se aconchegando no conforto do calor seco da mão dele. Mulheres em várias fases da gravidez se abanam, na sala quente demais. Uma menininha choraminga e sua mãe remexe num saco de fraldas. Ted é o único marido. Elinor se sente uma fracote por tê-lo trazido. Para todas que estão ali, a gravidez é algo rotineiro. Uma mulher boceja. Até tediosa. Mas Ted quis vir. Ele ainda não conhece a dra. Kolcheck, obstetra de Elinor, e, como Elinor já está quase no final do primeiro trimestre, hoje eles vão discutir sobre o amniótico. Ted folheia uma revista sobre *pais e filhos*, parando numa tabela que mostra os benefícios de maçãs em fruta, *versus* seu suco, *versus* a polpa. Elinor toca na barriga. Ela se sente melhor desde que parou de tomar progesterona. Agora é só ela e seu bebê, junto com o ácido fólico e a Mãe Natureza. Quando acorda de manhã, já não se sente mais arrasada pela náusea e a fadiga.

Uma porta ao lado da recepção se abre. "Elinor Mackey?", uma enfermeira chama. Ted aperta a mão de Elinor quando eles se levantam.

A dra. Kolcheck é mais jovem que Ted e Elinor. Ela é gentil e esperta, e fala rapidamente – mantendo um nível de energia que Elinor não consegue imaginar ter, mesmo sem gravidez e com cafeína. Ela descreve os prós e contras do amniótico *versus* outro teste, o CV, que muitas mulheres da idade de Elinor têm feito. O lado vantajoso do CV é que você descobre mais cedo se o bebê possui alguma anormalidade de cromossomos. Elinor já poderia fazer o teste na semana seguinte, e eles ficariam sabendo dos resultados em questão de dias. Ao passo que só poderia fazer o exame com o amniótico com dezesseis semanas, e teria que esperar duas semanas para o resultado. Para algumas mulheres, esse resultado é uma terminação tardia, o que, é claro, é muito traumático. Há apenas um risco ligeiramente mais alto de aborto com os exames de CV. As vantagens de um diagnóstico mais antecipado precisam ser pesadas contra o ligeiro aumento de risco.

Acrônimos, percentagens, prós e contras rodopiam como num liquidificador dentro do cérebro de Elinor. No trabalho, ela é perfeitamente capaz de absorver informações técnicas complexas e avaliar riscos. Mas a palavra *terminação* paralisa sua capacidade de pensar agora. Ela quer ficar com seu bebê, independentemente de qualquer coisa que haja de errado com ele. Ted afaga sua perna. É um alívio tê-lo ali. Ele é calmo em situações como essa, guarda as informações e faz perguntas inteligentes. A dra. Kolcheck faz uma pausa. Ela e Ted olham para Elinor, que não disse uma palavra. Sua boca está seca.

– Se os resultados forem ruins, talvez nosso bebê possa ir para a escola vocacional? – Elinor tenta reunir forças para sorrir. *Você não pode levá-lo, independentemente do que houver de errado com ele!*

A dra. Kolcheck sorri compassiva e estica a mão por cima da mesa para apertar o braço de Elinor.

– Desculpe. Eu a estou sufocando. Você pode ir para casa e pensar sobre isso. Leia e discuta em particular. E me ligue, com perguntas.

Em seguida, vem o exame físico de Elinor, para o qual Ted regressa à sala de espera.

– Estou tão feliz por você. – A dra. K coloca seu estetoscópio nos ouvidos para escutar o batimento cardíaco e a respiração de Elinor. – Lamento muito que você tenha tido tantos problemas.

– Nós fizemos uma viagem muito cara até o inferno e voltamos – Elinor concorda, deitando na mesa. – Mas o pior já passou. Eu volto ao trabalho na semana que vem. – Na verdade, Elinor está querendo voltar ao escritório agora, com seus dias estruturados, alvoroço das pessoas e as distrações que serão bem-vindas. Lá haverá menos tempo para se preocupar.

A dra. K franze o rosto um pouquinho, ao examinar o colo do útero de Elinor.

– Vamos torcer para que você não tenha um bebê muito grande. – Ela sorri. – Seus quadris são miudinhos. – Isso foi dito como um elogio; Elinor é mignon. Mas traz aquela velha sensação de ser desqualificada. Elinor vinha ganhando confiança. Na sala de espera, ela até imaginou seu regresso ao escritório na segunda gravidez, já com um bebê e outro a caminho.

– Vamos dar uma olhada nesse bebê na sala de ultrassom – diz a dra. Kolcheck. – Vá buscar seu marido.

Elinor espia Ted, na sala de espera, que está sorrindo e olhando para o espaço. Ela pisca e gesticula para chamá-lo.

Eles seguem a médica até uma sala escura de exames, no fim do corredor. A essa altura, Elinor está acostumada ao ultrassom vaginal, que é indolor e, de alguma forma, confortante. Durante todos aqueles meses, quando eles não conseguiam conceber, Elinor se sentia traída por seu corpo, pensando: *O que está havendo aí dentro?* Ao menos, o ultrassom revela parte do mistério.

Ted recosta na parede, dando a Elinor e a dra. Kolcheck espaço de sobra. Elinor suspira e fecha os olhos. A sala está quente e silenciosa – como um útero. Ela inala profundamente para relaxar. Sim, há milhares de marcadores genéticos no teste de CVs, mas ela está grávida. *Pensamentos positivos.* A máquina de ultrassom clica, à medida que a dra. Kolcheck examina a tela. Elinor vira a cabeça e vê um cone de luz embaçada. Alguns pontos na tela são maiores que outros, e um deles é seu bebê. *Oiê.*

– Oh – diz a dra. Kolcheck. A voz dela está diferente, de alguma forma, pontuada de incredulidade. As pontas de seus dedos tocam a coxa de Elinor. – Oh, eu lamento muito.

Lamenta?

– Não há batimento cardíaco. Eu lamento. – As pontas dos dedos afagam a perna de Elinor.
Elinor ri.
– Está aí. – Aquela pintinha embaçada é tão *pequena*. A dra. Weston sempre precisou de alguns minutos até encontrar o batimento cardíaco.
– Você perdeu o bebê. – A dra. Kolcheck aponta a tela. Elinor se esforça para olhar. A imagem parece a mesma de sempre, cinza e escura e rudimentar.
Ela vira a cabeça na direção de Ted. Ele encosta as costas e os braços na parede, como se alguém lhe tivesse dado um tiro.
– Está aí – Elinor repete. A mão da dra. Kolcheck gentilmente afaga a perna de Elinor. Não é um toque explicativo. É um gesto de compaixão.
Diga a ela, Ted! Está aí! O bebê. Ele está aí! Ted escorrega descendo a parede, até abaixo da linha de visão de Elinor. Ela espia e o vê sentado de pernas cruzadas no chão. Ela tem a sensação de que a mesa de exames é um navio e ele está no mar. O que está *acontecendo* aqui? Ela novamente se vira para a dra. Kolcheck.
– Eu lamento muito – a médica repete.
Tudo bem, Elinor quer lhe dizer. *Ele está aí. Estava aí em nossa última consulta. É difícil ver, só isso. É só uma pintinha, o camaradinha. Essas máquinas são malucas. Ted! Diga a ela.* Ela olha para Ted novamente. Ele está sacudindo a cabeça.
A dra. Kolcheck levanta e olha para ele, por cima da mesa de exames. Ela baixa o tom de voz.
– Eu sinto muito. Não há batimento cardíaco. Não há nenhum sinal de membros brotando. – Ela diz isso num tom de pedido de desculpas, aparentando estar torcendo para que Ted possa registrar essa informação, por também ser médico.
Elinor não sabia que *deveria* haver membros brotando. Havia isso em seu livro? O livro que ela jogou na maldita caçamba de lixo! Se ela *soubesse* disso, teria ficado pensando, visualizando os membros brotando, em vez de ficar cobiçando Earl Grey.
– Mas... – Elinor não consegue sentar.
A dra. Kolcheck remove o bastão do ultrassom e desliga a máquina.

– Vou dar um minuto a vocês – ela diz.

Ted se levanta. Seu rosto está sem cor. Será que vai desmaiar?

– Mas... – Elinor fecha os joelhos, subitamente se sentindo exposta e ridícula.

Ted olha pra ela, sacode a cabeça.

Ela se encolhe, vira de lado e consegue sentar na beirada da mesa de exame. Ted fica em pé à sua frente e a enlaça nos braços. Os botões da camisa dele estão frios junto a sua bochecha. Ela abaixa a cabeça e mergulha o rosto na barriga dele.

– *Não* acenda a luz – ela implora. Ela sente que Ted balança a cabeça. – Por favor, não acenda.

Ela passa os dedos sobre seus cabelos.

– Não vou acender, meu amor, não vou.

ఏఫ్

Ted liga o carro e sai dirigindo, se afastando do consultório da dra. Kolcheck, mas ele nem imagina para onde devem ir. Para casa? Para fazer o quê?

A dra. Kolcheck recomendou que Elinor faça uma curetagem pela manhã. El deve fazer jejum após a meia-noite, e eles devem regressar no primeiro horário. Embora a dra. K esteja cem por cento certa de que eles perderam o bebê, ela acha que Elinor e Ted realmente não acreditarão nisso a menos que vejam aquele ultrassom novamente. Então, eles vão até o consultório e dão mais uma olhada, depois Ted irá levar El até o hospital, onde ela ficará internada durante um único dia. Ao menos a dra. Kolcheck tem bons modos à cabeceira da cama. Isso é tudo que eles podem querer, a essa altura.

– Para onde devemos ir? – ele pergunta a Elinor. Ele quer apenas abraçar sua esposa e pensar, por um tempo. Não. Ele quer só abraçá-la e *não* pensar. Ele quer que seja ontem, semana passada, quatro anos e meio antes, quando eles se casaram. Por que ele não jogou fora suas pílulas anticoncepcionais, atirando-as pela varanda do hotel, onde ficaram em lua de mel, em Kauai, como um homem de verdade? Ele deveria tê-la convencido a se demitir

daquele emprego sanguessuga. Em vez disso, Elinor ganhou uma grande promoção e a empresa exigia cada vez *mais* do tempo e da energia de sua esposa. Uma fatia de sua alma. Ele deveria tê-la convencido a não aceitar a promoção. Mas isso seria falta de apoio da parte dele.
— Pode ir — Elinor diz, apontando o sinal verde, acima deles.
— Certo. — Ted acelera rápido demais e eles dão um solavanco à frente. — Desculpe. *Para onde?*
— É. Eu não sei. — Elinor estreita os olhos e protege a lateral do rosto do sol, que entra pela janela.

A cidade está movimentada demais, clara e cheia demais, com mães aglomeradas para pegar os filhos na saída dos colégios. No sinal seguinte, um guarda sopra um apito e olha para os carros parados de forma acusadora, enquanto marcha na faixa, deixando as crianças atravessarem.
— Ali. — Elinor aponta para um posto de gasolina Chevron. — No lava a jato. Olhe, não tem fila.

O carro já está limpo. Ted entra no posto. Ele enche o tanque e aperta o botão que diz SIM, para a lavagem. Está convencido de que a lavagem superior e a de luxo têm a mesma quantidade de espuma, mas escolhe a de luxo, esperando demorar mais.

— *Por isso* que me sinto melhor — diz Elinor, quando Ted entra outra vez no carro. — Eu achava que era por estar quase no meu segundo trimestre. Mas é porque nós perdemos o bebê, então meu nível hormonal está caindo. Ela esfrega a mão na barriga, um gesto que parte o coração de Ted. — Não tem hormônio, por isso não tem náusea. — Ela apoia a palma da mão sobre o painel do carro. — Além disso, tomei um banho muito quente. Não deveria.

— *Não*, Ellie. É o aumento do risco de nossa idade. São as estatísticas. Não é você, é a vida.

— Que tal *morte?*

Ted fecha os olhos e aperta o osso do nariz. Ele os abre, liga o carro e dá a volta no lava a jato, abaixando o vidro e apertando o código em seu recibo no teclado.

— Eu não deveria ter parado de tomar progesterona. — Elinor olha para ele suplicante.

– Meu bem. – Ele lhe afaga o ombro, beija sua bochecha. – A dra. Weston não a teria recomendado parar, se houvesse algum perigo. Ela é sempre muito cuidadosa.

Elinor assente e olha para as mãos, no colo.

– Obrigada por tentar fazer com que eu me sinta melhor – ela diz, baixinho. – Desculpe, não estou fazendo nada para que você se sinta melhor.

Um carro que aguarda atrás buzina.

– Você ainda quer passar? – pergunta Ted.

Elinor cobre o rosto com as mãos.

– Eu sei. – Ele engata o carro e entra no lava a jato, freando e desligando o motor, quando a luz vermelha pisca. Depois de um clique, os escovões azuis descem sobre eles, cobrindo-os, bloqueando a luz, o calor e o caos do lado de fora. Ted solta o cinto de segurança e chega para o lado, passando os braços ao redor de Elinor. Ela aperta a testa contra seu peito. A água bate no teto e nas janelas. Os olhos e a garganta de Ted ardem. Subitamente, o lava a jato emite um uivo baixo, como um gato prestes a entrar numa briga. Ted ergue a cabeça e se surpreende ao descobrir que o som veio de dentro de seu peito.

❦❦

Todo mundo no hospital sorri, ou toca Elinor, ou lhe dá remédios. Eles não sabem que *ela* matou seu bebê. Não sabem a respeito de todos os erros que cometeu – aquelas duas xícaras de Darjeeling que ela finalmente bebeu, um chá tão escuro quanto caramelo, a acidez formigando em sua boca, a cafeína tirando as teias de aranha de seu cérebro. Ela bebeu chá duas vezes! Finalmente tirou o esmalte das unhas dos pés com uma máscara de papel sobre o rosto, para impedir os vapores. Acetona! Ela fez a pose curvada, da aula de ioga. Não é *essa* pose que você não deve fazer, se estiver grávida ou menstruada? Ela foi de bicicleta até a farmácia. O ar e o exercício afastavam a náusea, mas sua pulsação certamente passou dos cento e quarenta e sete batimentos permitidos por minuto, quando ela pedalava de volta para casa, com seu bálsamo para lábios secos e seu xampu. Ela matou seu bebê e agora todos estão sendo tão legais com ela, dizendo que não foi nada do que ela fez. Se esse fosse o caso, por que iam ficar tocando no assunto? Claramente, estão tentando animá-la – tentando fazer com que ela se sinta melhor. *Você matou seu bebê. Acontece. Sentimos muito.*

Os ladrilhos do teto passam acima de sua cabeça, conforme eles a empurram na maca, rumo ao centro cirúrgico. Um rosto surge acima dela, sorrindo, lindo e próximo como um amante. Ele se apresenta.

Dr. Boa-Pinta, o anestesista.

– Estou faminta – Elinor solta, constrangida por estar pensando em comida.

– O que eu tenho é *melhor* que comida – ele diz, suavemente.

– Importa-se se eu começar sua medicação intravenosa? – Ela sente a picada da agulha, seguida por um calor no braço, depois já está flutuando rumo à sala de cirurgia. Isso seria assustador, se *realmente* fosse verdade. Se ela não estivesse voando e se apaixonando por todos à sua volta. – Conte de trás para a frente – diz o bonitão.

– Dez, no...

༄༅

Ainda há diferença entre tristeza e insanidade. Elinor pensa nisso, enquanto está sentada no vaso, apertando seu absorvente enrolado e sujo. Ela não consegue soltá-lo. Não quer jogar fora. Deveria colocá-lo em algum lugar seguro.

– Deus! – ela grita, finalmente jogando o troço no lixo.

– Você está bem? – Ted pergunta, da cozinha. Ele tem ficado perto dela desde que voltaram para casa, de olho nela, depois da anestesia geral.

– Só meio contente! – ela grita. Ali está ela, novamente: sendo uma cretina com seu marido. *Que merda, estúpida, imbecil.* A água queima sua mão quando ela abre a torneira. Ela sacode os dedos e sai do banheiro.

Passa os braços ao redor da cintura de Ted e gruda o ouvido em seu peito. Ontem, ela trazia por dentro algo que era deles dois, e agora se foi, mas ao menos ela ainda o tem. Metade do todo. Ted não diz nada. Ele a aperta.

Ela costumava adorar ficar em pé assim, ouvindo os barulhinhos de dentro dele, os roncos, o pulsar do coração, a respiração. Ele a balança, afagando e beijando o alto de sua cabeça. Ted deve ser o homem mais gentil que ela já conheceu. Será que ela esqueceu disso ao longo do caminho?

♂♀

Durante aquela semana inteira, Elinor e Ted não se abraçam na cama, à noite. Eles ficam grudados. Seus braços e pernas se entrelaçam formando um polvo suarento mergulhado no centro da cama, enroscados e apertados, fechados para o restante do mundo.

Quando Elinor acorda de manhã, o fato de que o bebê se foi é como um tabefe. – Oh! – ela diz, assustando Ted. – Certo.

Engraçado, para a curetagem, ela adormeceu contando de dez até um, e depois da cirurgia acordou com a enfermeira pedindo que ela dissesse seu nível de dor, numa escala de um a dez. *Físico ou psicológico*, Elinor se perguntava. A morfina dizia *cinco*, e foi isso que ela disse à enfermeira. A mulher afagou seu braço e sorriu. Elinor gostava da forma como todos a tocavam. Agora ainda tem cólicas e sangramento, e quer que as pessoas a toquem. Ela quer que o empregado do supermercado pergunte sobre sua dor, numa escala de um a dez. "Encontrou tudo que precisava hoje? E como está sua dor, numa escala de um a dez?" Ela quer sintonizar numa estação de rádio no carro e ouvir: *No noticiário de hoje, Elinor e Ted Mackey perderam seu bebê. "Eles já estavam separados mesmo", segundo comentou um vizinho. "Não conseguimos entender o que acontece com aqueles dois", outro vizinho acrescentou. A escala de dor subiu cinco pontos...*

A tristeza bate mesmo durante as tardes. Pesa em seus ombros e costas, fazendo com que ela imagine se não está andando como o Groucho Marx. Quando está em casa, tudo que quer fazer é *sair*;

quando está na rua, só pensa em voltar pra casa. Agora que pode ingerir toda a cafeína que quiser, ela odeia ir ao café do bairro, onde gostava de ficar lendo, sob o sol. Durante as manhãs, o lugar fervilha com grupos de mães, mulheres que se reúnem com seus gigantescos carrinhos de bebês, fazendo um círculo. Elas comem e bebem e se solidarizam. Estão exaustas. Estão juntas, nesse negócio de martírio maternal infeliz.

Elinor receia que possa gritar com elas. *Tudo bem! Por que não dá a maldita criança para mim?* Ela tenta focar na *Eneida*, mas não consegue bloquear o ruído das mulheres. Seus pensamentos aceleram e seu coração bate forte, como se ela fosse um palhaço pronto a saltar de dentro de uma caixa. Dispara em direção ao carro, para se esconder. Tenta visitar o café na parte da tarde, quando está a caminho do supermercado, mas a essa hora lá estão as mães com as crianças de idade escolar, que param para beber algo ou comprar um agrado.

O mundo inteiro a magoa. O caminhão *de sorvete* a magoa. Numa tarde, lhe ocorre que o caminhão de sorvete acelera ao passar diante de sua casa. O motorista parece pensar que não há nenhuma criança nesse cantinho retirado dos Mackey. A música infantil é entoada de forma mais veloz, conforme o caminhão se apressa ao passar. *Há netos!*, Elinor grita para a janela fechada da sala. *Os Alderson têm netos! Kat tem filhos! Diminua! Eu posso querer um sorvete de amêndoas!* Ela deveria ligar para a polícia e dar queixa do motorista, por dirigir em alta velocidade. Que doida. Ela precisa de um pouco daqueles medicamentos do hospital que a faziam acreditar que tudo ficaria bem. O que era aquele troço?, ela pergunta a Ted. Fentanyl. Ele não pode prescrever para ela? Não. Ela não pode ir até o México de carro e comprar? Não. É anestesia. Bem, ela precisa ser anestesiada.

As únicas pessoas ao redor das quais ela se sente à vontade são Kat e Ted. Na tarde após a curetagem, Kat estava na sala, com brownies, sorvete de baunilha, calda de caramelo, Chardonnay e um pijama novo.

– Eu lavei o pijama – ela disse a Elinor. – Para ficar bem macio e limpinho, pronto para usar essa noite.

— *Eu te amo!* — Elinor choramingou.
— Eu também te amo — disse Kat. — E detesto não poder fazer nada por você.

Elinor mergulhou o rosto no pijama de algodão macio, sentindo o cheiro do amaciante, e chorou.

— Acho que o pijama também pode servir como um bom lencinho. — Kat riu.

Finalmente, Elinor desiste de ir ao café e ao supermercado, com seus corredores de fraldas e bebês à espreita. Ela fica em casa e se atém a tarefas menores, como pegar e verificar a correspondência. Mas facilmente sente-se paralisada. Quando chega um envelope do consultório da obstetra, ela sabe que é apenas a cobrança, mas imagina uma carta: *Lamentamos informá-la de que a senhora é inelegível para a maternidade. Por favor, devolva o guarda-pó e quaisquer fantasias para participar da formatura da faculdade de sua filha.*

Ted faz as compras e cozinha. Roger mantém a casa limpa. Por alguma razão, Ted não gosta de Roger.

— Talvez ele esteja nos roubando — ele dispara.

— O quê? Não seja ridículo — Elinor responde.

— Por que ele vive sobressaltado? Há um ar de culpa ao seu redor, que paira como colônia pós-barba vagabunda.

Elinor pensa naquilo. Roger fica mesmo nervoso quando está perto de Ted. Logo que Elinor apresentou os dois, Roger ficou tão agitado que derrubou um frasco de óleo de limão, que espatifou na entrada da garagem.

Ele apenas tem uma pequena queda por mim, Elinor pensa. *Isso é tão difícil de imaginar? Eu também posso ser atraente para homens mais novos!*

※

Elinor fica aliviada quando chega a hora de voltar ao trabalho, na manhã da segunda-feira seguinte. No escritório não há bebês nem carrinhos de bebê. Antes de sair de casa, ela liga para o diretor-presidente da empresa e pede que ele, por favor, não diga a ninguém que ela perdeu o bebê. Ele lhe dá sua palavra. Quando ela chega, há um imenso buquê de rosas brancas dele, sobre sua mesa, com um cartão simples – *Bem-vinda*.

As pessoas vão à sua sala durante toda a manhã, para dizer olá.
– Como foi a licença? – eles perguntam, com inveja.
– Ótima! – Elinor responde.
– O que você fez?
– Eu... – Ela deveria ter pensado numa história. – Li, dormi, nada muito interessante. Trabalho de jardim. Você sabe como é, o tempo voa. – *Eu me separei, me reconciliei, perdi um bebê. Dormi com um cirurgião botânico.* Elinor espera que seu sorriso não seja forçado demais, que suas mãos não estejam visivelmente trêmulas. Era apenas um detalhe, mas ela realmente esperava estar comprando roupas de gestante para seu segundo e terceiro trimestre, no trabalho.

No meio da manhã, seu chefe dá uma passada em sua sala, senta na beirada de sua mesa e, erguendo a perna da calça, diz:
– É ótimo *tê-la* de volta.
– Obrigada. Muito obrigada pelas flores. – Ela abre a gaveta para pegar Ibuprofen. Seu sorriso permanente lhe deu dor de cabeça. – É bom estar de volta.
– Como eu disse – ele diz a ela –, você é a melhor advogada de relações internacionais do Vale do Silício, até onde eu sei. Eu *adoraria* mandá-la para a Irlanda, para cuidar dessa aquisição. Acredite, eu dormiria melhor à noite. – Ele se levanta e a olha, ternamente. – Ted gosta de Guinness?

Elinor gostaria de ser a melhor do Vale em outra coisa – como esposa, como mãe. Como *mulher* – uma mulher que pudesse conceber e ter um filho.
– Deixe-me pensar a respeito – diz ela, conseguindo dar um último sorriso. – Deixe-me falar com Ted. Parece ótimo. Parece, mesmo.

Até quarta-feira, Elinor mal consegue esperar para que termine a primeira semana de regresso ao trabalho. Ela teme cair em prantos no meio de uma reunião. No entanto, quando finalmente chega o sábado, parece que os finais de semana serão os momentos mais difíceis. Todas aquelas famílias passeando pela rua, brincando em seus quintais. Elinor tenta manter o bom astral, enquanto Ted prepara panquecas e bacon de peru para o café da manhã de domingo. Depois de limpar a cozinha, ela começa uma lista de afazeres. *Comprar*, ela escreve. *Comprar o quê?* Ela tinha certeza de que havia acabado de pensar em alguma coisa.

※

– Não estou bem certa quanto a isso – Elinor diz, quando Kat passa por lá, para pegá-la para o grupo de leitura. – Acho que não devo ir.

– Talvez seja bom para você sair de casa, não? – Kat segura uma garrafa de Chardonnay e um prato de pequenas quiches.

Esse mês elas terminaram a *Eneida*, o que Elinor até gostaria de discutir.

– Está bem. – Ela pega a jaqueta jeans. Ela tem uma ou outra coisa a dizer sobre Enéas, a quem julga um banana.

Como em todas as reuniões suburbanas femininas, a conversa começa com crianças, maridos, professores e futebol, sempre girando de volta às crianças. Elinor toma um gole de chá.

– Podemos ir? – ela pergunta a Kat, com os dentes cerrados.

– Dez minutos – Kat sussurra. – Senhoras – ela diz ao grupo –, podemos começar a falar de nosso livro?

– Eu tenho que lhe dizer – diz Janice Meads, passando a mão nos cabelos castanhos curtos. – Não gostei mais do que na época de faculdade. Talvez seja eu, mas achei... – Ela olha para o teto, à procura de uma palavra. – Inacessível.

– Bela forma de dizer tedioso – Doreen Whiting diz.

– É tão triste – menciona Fran. – Quero dizer, a parte com Dido e Aeneas. Aquilo me pegou.

– Eu sei – diz Kat.

– Eu também – Elinor concorda. – E, dessa vez, fiquei zangada com Aeneas. – As mulheres olham com interesse. – Quero dizer, quando você vai ao que interessa, é bem uma história do Vale do

Silício. Eles estão apaixonados, mas ele coloca o trabalho antes do amor.

– Ele é responsável – diz Kat.

– Exatamente – Elinor concorda. – Mas é a responsabilidade com a empresa, em vez de ser responsável com sua família. Ele ama Dido. Mas depois é chamado pelos deuses para ir a Roma e a deixa de lado.

– É – diz Cathy. – Quero dizer, eu não cheguei tão longe, mas é isso mesmo. O marido de Cathy é vice-presidente de marketing e nunca chega em casa a tempo do jantar, ou do banho das crianças. Embora ela raramente termine os livros, Elinor gosta dela, por beber vinho e rir com facilidade.

– Por que Dido não pode ir com ele? – Kat pergunta.

Janice diz:

– Ela tem que ficar e tomar conta do reino. – Janice é muito séria a respeito de tudo, até mesmo pasta de espinafre. Uma vez, ela ficou discutindo sobre as vantagens de cebola verde *versus* cebola vermelha picadinha durante cinco minutos seguidos.

– Mas por quê? – Elinor gosta da ideia de Kat. – Ela está de coração partido, não vai ser útil no reino. Por que não pode abrir mão de tudo pelo amor? Aeneas arranja uma transferência no emprego, ela vai com ele. – Elinor dá um tapa na própria coxa. – Que se dane o reino.

Doreen se encolhe. Mais uma vez, Elinor é ligeiramente rude para o subúrbio. Ela passa do chá para o vinho. Agora que pode tomar toda a cafeína e ingerir todo o álcool que desejar, ela pode trocar de uma bebida para outra. Numa tarde, fez até um café irlandês.

– Babaca responsável – Kat concorda.

– O *que* ela tem a perder em ir? – pergunta Fran. Elinor gosta da forma como Fran é sensível, perdidamente romântica. – Exceto pelo fato de não poder ir, pois ele não a convida – ela acrescenta, tristemente.

– Resumindo, ele não tem qualquer livre-arbítrio – diz Janice.
– É a mesma coisa em todas essas histórias gregas. Motivo pelo qual eu as acho tão inacessíveis.

Pare de dizer inacessível, Elinor pensa. *É tão pomposo.*
— Alguém quer café? — pergunta Sharon, a anfitriã.
— Eu adoraria — diz Doreen. — Estou exausta. Esses brownies estão tãããão bons. — Ela se vira para Sharon. — Onde você arranjou essa receita?
— No livro de culinária da aula de Matty. Eles fizeram para arrecadar fundos. Foi uma ideia muito bonitinha. A professora pediu que cada mãe contribuísse com uma receita, e as crianças fizeram ilustrações e escreveram sobre o que gostavam, depois tiraram cópias e venderam. Eles arrecadaram cerca de novecentas pratas!
— Você experimentou o de aveia com passas? Gostoso. — Elinor engole um pedaço de biscoito, tentando afastar o mau humor.
— Bem, eu não cozinho *nada*, porque minha cozinha está em reforma — diz Doreen, com exaustão, como se isso fosse uma terrível imposição. — O Matty tem aulas com a sra. Matson nesse ano?
— ela pergunta a Cathy.
— Oh, minha nossa, Taylor a *amou* — Sharon interfere.
— Escute só como a Dido é louca! — Fran diz a Elinor. Ela lê do livro. — "Se a justiça divina conta alguma coisa, eu espero e rezo para que junto a algum arrecife em alto-mar você beba a sua punição...!"
— Ela certamente vai furar seus pneus — Elinor concorda.
— Oh, minha nossa, você é muito doida — Cathy diz a Elinor, com afeição.
Elinor se volta para Fran, a única que realmente parece interessada em discutir o livro.
— Mas, sabe, eu acho que Aeneas escolhe não ter livre-arbítrio. Ele *sabe* o que é certo, mas não faz, porque é um marica por conta dos deuses. — Ela gostaria de não ter dito isso com tanto ressentimento.
— Ceeeerto — diz Janice.
Kat ri da interpretação de Elinor — uma risada de hiena que sai alto e tarde demais. Janice faz uma cara feia. As outras limpam as gargantas e se entreolham, constrangidas. Elas parecem sentir que isso realmente tem a ver com o casamento de Elinor.

Está uma noite quente e Elinor se imagina mergulhando pela janela aberta para fugir. Ninguém a compreende. Será que ninguém a entende? E por que deveriam? Ela é uma ranzinza improdutiva, amarga e cheia de autopiedade. E detesta esse clube de leitura. Ela sorri e segura o copo com menos força, temendo parti-lo ao meio.

Cathy e Doreen estão sentadas uma de cada lado de Elinor e Kat, se inclinando à frente, enquanto papeiam sobre as professoras dos filhos e as atividades depois da escola.

Kat folheia o livro, lendo as pequenas anotações que escreveu nas margens. Mais cedo, Elinor se frustrou quando viu que Kat escrevera no livro.

– Por que não? – Kat argumentou. – O *livro* é meu. Eu gosto de voltar atrás e ver as minhas impressões. – Bom ponto de vista, Elinor concluiu. Ela também começou a escrever em seu livro. É disso que gosta quanto a ter quarenta anos. Você para de esquentar a cabeça por coisinhas pequenas. Talvez seja porque as coisas grandes ameacem esmagá-la.

– Kat, o Jason está com o Bill Swanson como técnico do time de futebol? – pergunta Doreen.

Kat ergue o olhar, sorrindo levemente.

– Elinor – diz Cathy, baixando a voz e chegando mais perto. – Aqui estamos nós, falando sem parar de nossos filhos. Sinto muito por você ter perdido o bebê.

– Obrigada. Tem sido difícil. Obrigada. – Elinor assente, segurando as lágrimas. Agora ela gostaria de não ter dito a todos os vizinhos e funcionários do mercado que estava grávida. Mas ela e Ted viram o batimento cardíaco, *duas vezes*. A dra. Weston lhes pedira para levar o bebê para uma visita.

– Você sabe – diz Doreen –, eu acho que tudo acontece por um motivo.

Elinor esvazia sua taça de vinho e a coloca em cima da mesinha de centro.

– Obrigada, mas eu não acho. Não acho que tudo aconteça por um motivo. Não acho que o Holocausto aconteceu por um motivo. Não acho que Joanna Fried encontrou um caroço em seu seio por um motivo. – Joanna é vizinha de todas elas. Está doente demais por conta da quimioterapia para vir à reunião de hoje. Quem inventou essa afirmação simplista que serve como lado bom de tudo? E sua frase gêmea: *Se não aconteceu, foi porque não era pra ser!*

Elinor sorri para Doreen.

– Mas obrigada – ela repete e sai da cadeira, silenciosamente pegando a jaqueta e a bolsa, no canto.

Sai de fininho pela porta da frente, passando pela cozinha para agradecer Sharon, ao sair.

– Não estou me sentindo muito bem. Mas foi tudo ótimo.

– Oh, eu sinto...

– Enxaqueca. – Elinor ouve a voz de Kat vindo de trás.

Elinor dispara em direção à porta. Kat se apressa atrás dela. Elas cambaleiam rumo à varanda, fechando a porta em silêncio.

– Está certo, desculpe. – Kat dá o braço a Elinor. – Má ideia. Acho que meus dias no clube do livro estão contados.

– Eu não deveria ter sido tão ranzinza.

– Nós vamos iniciar nosso próprio clube do livro, de duas pessoas – diz Kat.

Conforme elas descem pelo caminho da frente da casa, há um estalido seguido pelo spray dos regadores automáticos, encharcando as calças das duas. Kat dá um gritinho rindo, puxando Elinor pela calçada.

– Para onde vamos? – Elinor pergunta, tentando alcançá-la.

– Ao Ray and Eddie's? Um jogo de sinuca?

Elinor corre mais rápido.

– É! Jogo de sinuca. – Se ela fosse Dido, era isso que teria feito quando Aeneas deixou a cidade: teria ido para o bar tomar uma jarra de cerveja e jogar uma partida de sinuca.

§§

Agora parece que todos os dias Elinor precisa acrescentar algo à sua lista de coisas a serem evitadas. Seu último castigo foi o "Baby Back Ribs" (costelinhas de leitãozinho), jingle do restaurante Chili's, um versinho que diz *Quero minha baby back, baby back! (quero minha costelinha de leitão,* que também significa meu bebê de volta). Um coro de vozes frenéticas, fazendo com que Elinor desligue o rádio ou a TV. Aparentemente, o Chili's investiu um bom orçamento no anúncio, porque passa toda hora. E não importa a rapidez com que Elinor interrompa a música, ela penetra em sua psique como uma farpa embaixo da unha.

Certa manhã, ela está no chuveiro quando a propaganda começa a tocar no rádio do banheiro. Ela passa por cima da beirada da banheira, espirrando água e sabão, e freneticamente aperta o botão LIGA, em cima do rádio, mas o botão está com mau contato. Você aperta VOLUME e a estação muda e aperta LIGA e nada acontece.

– *Eu querooo meu bebê de volta...*
– *Cale a boca!* – Elinor não consegue puxar a tomada da parede, já que está toda molhada, então, ela bate no botão LIGA com o tamanco. O compartimento de CD abre, e o CD que está lá dentro parte ao meio. Ela está em cima daquela bagunça, pingando e xingando, quando vê Ted, descalço, na porta. Ela olha pra ele. Ele está segurando uma toalha para ela.

– O que há de errado? – ele pergunta.
– Desliga – ela implora, recuando.
Ele aperta os botões, depois arranca a tomada da parede.
– É aquela maldita propaganda do quero *meu bebê de volta.*
– Elinor aperta a toalha junto ao peito e aponta para o rádio.
– A o quê?
Como é que Ted poderia não conhecer essa música? Por que o mundo não está desabando ao redor dele também?
– A propaganda das costelinhas. Você sabe, *eu quero minha baby back...* – Elinor olha para Ted. Ele parece estar bem calmo. As olheiras embaixo dos olhos sumiram. Ele consegue dormir novamente.
– Oh! Bem, esse troço é uma porcaria. – Ted coloca o rádio em cima da lata de lixo, como se fosse para mostrar quem manda.
– Vamos comprar um novo pra você.

— Está bem. Obrigada. — Elinor se veste, seca os cabelos com a toalha e passa um pouco de batom. Ela lembra que o suéter está na secadora de roupa e vai até os fundos da casa, atraída pelo calor da lavanderia. A máquina ainda está girando. Ela fica ali em pé, ouvindo o *clique-clique* dos botões. Imagina o jeans de Ted girando com o dela, as pernas das calças enlaçadas. Imagina as células de DNA dos dois, misturadas para formar uma pessoinha, puxando a franja de um macacão de caubói. O calor que emana da secadora é como uma bolsa de água quente para sua cólica. Ela chega mais perto e se debruça em cima, apertando a barriga junto à frente, com o peito e o rosto em cima. Agarra as laterais, como se estivesse abraçando a máquina.

As pessoas acham que só se deve separar a roupa pela cor. Mas é bom separar pela textura também — pelo peso dos tecidos. Você não quer misturar toalhas com camisetas. As toalhas ficam empapadas, enquanto as camisetas encolhem. Por outro lado, você desperdiça energia.

O calor conforta o abdômen de Elinor. Ela aperta a secadora, satisfeita por sua solidez.

— El, você está bem? — Ted pergunta, preocupado.

Elinor ergue o rosto da secadora e abaixa novamente.

— É quente — diz ela.

— Ah. — A compreensão e o alívio tomam a voz de Ted. Elinor fica surpresa quando a cintura dele pressiona o pé de suas costas, com ele se encostando ao seu traseiro. Depois ele se dobra, com o peito cobrindo suas costas e os braços e mãos por cima das suas. Virando a cabeça para o lado oposto, ele repousa o rosto em cima de sua orelha. A princípio, Elinor se enrijece, pensando que se sentiria esmagada. Mas Ted é cuidadoso com seu peso. Ela se sente abraçada, até mais aquecida pelo corpo dele, mais segura e consolada. Será que eles realmente precisam dessa casa grande? Não poderiam simplesmente morar na lavanderia, de agora em diante? Acamparem no meio do sabão em pó e do amaciante? Elinor leva alguns instantes para perceber que as lágrimas em suas faces não são dela.

17

GINA ESTÁ NO TRABALHO QUANDO RECEBE UMA LIGAÇÃO DO diretor da escola, querendo que ela vá se encontrar com ele e com Toby.

– Eu posso ir terça ou quinta, pela manhã – diz ela, pegando a agenda atrás do balcão da academia.
– Receio precisar que venha agora, srta. Ellison – diz o diretor.
– Houve um incidente e Toby está em meu escritório. Ele já esteve aqui três vezes nessa semana.
– Um incidente? Três vezes? – O estômago de Gina se contrai. Ela torce para que Toby não tenha ferido ninguém, nem a si mesmo. Talvez ele tenha danificado algo de propriedade da escola, algo caro que ela não terá como pagar.

Ao chegar à escola, Gina fica sabendo que o *incidente*, na verdade, foi apenas um trote. Toby entrou escondido pela enfermaria, passou pela sala das professoras e foi até o banheiro feminino, onde colocou pacotinhos de ketchup embaixo dos assentos dos vasos sanitários. A saia de linho da sra. Fritz ficou completamente manchada de ketchup.

– Você tem que colocá-lo *bem* embaixo daquelas coisas de borracha, na frente do assento – Toby explica, quicando em sua cadeira –, senão não dá certo!

O diretor encara Toby, incrédulo.

Gina suspira, aliviada porque ninguém foi ferido. É claro que isso *não* é a reação pela qual o diretor estava esperando.

– Toby! – ela ralha. – Eu lamento muito – ela diz ao diretor.
– Só estou aliviada por ninguém ter se machucado.
– *No entanto...* – diz o diretor. Gina desconfia de que ele está mal situado, esse diretor. Talvez devesse estar no exército. Ela estava no meio de uma aula, quando saiu da academia, e deixou

a cliente fazendo quase toda a série sozinha. Algo diz a Gina que, se ela fosse homem, o diretor não teria insistido para que deixasse seu trabalho imediatamente.

– Por favor, transmita meu pedido de desculpas à sra. Fritz. Certamente eu, nós, *Toby* irá pagar pela conta da lavanderia.

– Isso seria apropriado. – O diretor olha para Toby. – Claramente, não tem havido disciplina em casa, srta. Ellison.

– Isso não é verdade...

O diretor não está interessado no que Gina tem a dizer.

– Ora, Toby – diz ele. – O que *você* acha que devemos fazer quanto ao seu comportamento?

– Me expulsar da escola. – Toby olha para o chão.

– É isso que você está pretendendo? – o diretor pergunta.

Toby sacode os ombros.

– Por que não o mandamos para uma visita ao psicólogo da escola, o dr. Chambers? Ele é um bom homem.

Gina tosse. Ela teve que ir para o psicólogo da escola, uma vez, depois que Tina Taylor cortou seu rabo de cavalo, durante a aula de arte. Os garotos chamavam Tina de "Tina Tetinha Taylor", então, por conta disso, ela era malvada com as meninas da sala. Seu comportamento cruel culminou no dia em que ela cortou o cabelo de Gina. Depois disso, Tina foi mandada para um tipo de reformatório escolar. Gina ficou traumatizada pelo acontecimento – pela perda do cabelo e a humilhação de chorar diante da turma inteira. Fora as balas de cevada, a psicóloga tinha pouco a oferecer. Ela não tinha como substituir o cabelo de Gina, da mesma forma como o dr. Chambers não poderia fazer com que o pai de Toby ligasse com mais frequência. Toby olha para Gina e revira os olhos. Gina franze o nariz, contendo um sorriso. Por um instante, eles têm algo juntos.

※

No carro, a caminho de casa, Gina está perdida, sem saber o que dizer ao filho. Sermões, broncas. Ela já tentou tudo.

– Toby, eu estou cansada de tentar fazê-lo feliz e convencê-lo a ser bom – diz ela, olhando para ele, em seu banco. Ele está virado para o outro lado, olhando pela janela. Ela tem um forte ímpeto de abraçá-lo, apertar seu pequeno peito e afagar suas costelas.
– O que você quer? Você ao menos sabe o que quer?
Toby assente.
– Quero ir morar com o dr. Mackey, sua esposa e seu novo bebezinho.
Gina atola o pé no freio, quando o tráfego à frente subitamente desacelera. Ela não estava prestando atenção na estrada. A mochila de Toby cai no chão do banco de trás. *Que engraçado*, ela pensa, segurando o volante com força, *eu também. Você acha que nós poderíamos dar início a uma comunidade? Eu nem odeio a esposa de Ted. Eu queria, mas quando a conheci ela foi engraçada e legal.* O tráfego acelera. Gina mantém uma distância segura do Land Rover à frente.
– Toby, deixe-me lhe dizer uma coisa importante. Pelo resto de sua vida, você vai querer coisas que não pode ter. Isso irá deixá-lo muito infeliz. Pode parecer que a solução é fazer tudo que puder para *obter* essas coisas. Mas a verdadeira solução é descobrir como querer as coisas que você tem, *de fato*. Eu sei que isso parece sentimental. Mas você precisa fazer isso. Você não precisa gostar nem querer todas as *coisas* que tem, mas ao menos algumas. Entende o que eu quero dizer?
Toby faz um som de reprovação, estalando a língua.
– Bem, apenas pense a respeito.
Um suspiro profundo.
– Porque você tem trabalho de casa para fazer para *mim*. Vou lhe dar uma tarefa. – Gina cutuca o próprio peito com tanta força que chega a doer um pouquinho.
– Ah, *que ótimo*.
– Isso mesmo. Eu vou lhe dar uma lista de tarefas junto com a retirada do lixo e você vai precisar cumpri-la para ter sua mesada. – Mais cedo, Gina pensara em incluir o quarto de Toby como parte do acordo para que ele recebesse a mesada, mas ela receou que ele pudesse não limpar o quarto *nem* tirar o lixo, e perderia

a mesada, que nem sequer gasta. Ele tem todos os livros e jogos que quer, por enquanto, graças ao pai e a Ted. Além disso, ele realmente não tem grandes cobiças por coisas materiais. O que realmente quer é gente. Ela e seu filho têm muito em comum.

– Tudo que você tem a fazer é uma lista de três coisas que quer – ela continua. – Uma das coisas pode custar dinheiro. As outras, não. Depois que fizer a sua lista, nós vamos olhá-la juntos, e vamos conversar e ver se são coisas que você pode ter, ou se podemos fazer com que aconteçam para você. Se não forem, nós vamos pensar na melhor coisa, depois dessas.

Há um longo silêncio. A mulher que está dirigindo o Land Rover à frente deles olha pelo espelho retrovisor e ri, conversando com uma criança que está no carro, no banco atrás dela.

– Tipo, se você quisesse batata frita e não tivesse no menu, então você escolheria batata chips – Toby finalmente diz.

Gina fica aliviada pela sua mudança de comportamento.

– Exatamente. Pode não parecer fácil... mas depois de fazermos isso...

– Ai, não.

– Apenas ouça, por um minuto. Nós *vamos* a Nova York, ao Metropolitan, e você vai ver as armaduras. Confie em mim: quando você vir, vai querer colocar em sua lista de desejos. Você vai desejar ser um bilionário, morando numa casa com uma armadura no hall de entrada, como o Mick Jagger, ou alguém assim. A boa notícia é que a exposição vai estar lá enquanto você viver, e você sempre poderá ir até lá olhar. Então, de certa forma, é sua. É para todos usufruírem.

A postura de Toby se apruma, com o entusiasmo.

– Posso faltar à aula para ir a Nova York?

– Sim. Dois dias. Eu vou pegar seu dever de casa com seu professor e você vai perder dois dias de aula e eu vou perder dois dias de trabalho. Vamos tirar um fim de semana de quatro dias. Se você não se divertir, vai ter o reembolso completo.

Toby franze o rosto para a janela.

– Isso foi uma piada – Gina diz a ele.

– É, foi tão engraçado que eu esqueci de rir.

– E...

– Você bebeu muito café hoje, ou algo assim?
– Para a sua próxima redação do colégio, você vai escrever sobre as regras da cavalaria. Eu olhei seu livro de cavaleiros, quando estava tentando arrumar seu quarto, e tem muita coisa ali sobre a fidalguia. Não é só sobre machados e espadas, você sabe. Os cavaleiros eram guerreiros ferozes, mas também eram educados e civis, e *sempre* praticavam modos corteses com as mulheres, principalmente suas mães.
– O que é cortês?
Gina não tem muita certeza.
– Ah – diz ela. – Isso você terá que descobrir. Você vai escrever uma redação sobre a fidalguia e tentar ser mais cortês, como um verdadeiro cavaleiro.
Toby mantém a cabeça desviada dela, olhando o cenário que passa. O sol brilha pelo teto solar, iluminando seus cachos embaraçados.
– Talvez eu seja um cavaleiro, no Halloween – ele diz isso mais a si mesmo do que a Gina.

֍֎

Gina está fazendo a contagem das repetições de sua cliente Suzanne, que trabalha com a bola medicinal, quando recebe outra ligação no trabalho. Ela espera que não seja novamente o diretor.
– Mais dez de cada lado – ela diz à cliente, se afastando para ir até o escritório dos fundos.
– É a Gina? – A pessoa parece Shane, fazendo uma voz de alguém mais sóbrio e educado.
– Shane?
– Não. Meu nome é Roger. Estou ligando em referência à necessidade de um professor para seu filho.
– Ah! – Gina remexe na bolsa e pega sua listinha de perguntas. *Estudante? Em que ano da faculdade? Formado em matemática? Quais horários tem disponíveis?* Gina pensa: *Molestador de crianças? Ladrão?* Ela deveria ter ligado para o centro de aprendizado anunciado na TV, com suas instalações especiais para horário depois das aulas. Mas Brenda, de seu trabalho, disse que esses

lugares cobram muito caro, e Ted achava que um aviso na faculdade comunitária seria uma boa ideia. Mas o que ele sabe? Ele nem tem filhos!

Gina faz sua lista de perguntas a Roger, além de muitas outras que ela consegue pensar. No fim das contas, fica sabendo que ele não é aluno, mas um formando pela faculdade de artes, com diploma em fotografia. Ele estudou matemática.

– Tive muitas aulas de matemática porque tenho facilidade, e isso me ajuda na fotografia – explica Roger. – Mas talvez queira aguardar por alguém que realmente seja formado em matemática. Tudo bem. – Ele parece jovem, no entanto, é esperto e amistoso. Talvez seja alguém por quem Toby se interessasse. Um aluno sério de matemática talvez não se dê bem com o humor incomum de Toby.

Roger concorda em encontrar Gina para uma entrevista, na lanchonete ao lado do cinema, no shopping. Gina já olhou a área. É fácil de encontrar, é um lugar público em espaço aberto, no entanto, relativamente tranquilo durante as tardes, depois do movimento do almoço e antes do movimento do cinema.

– Ótimo – diz Gina. – Então, eu te vejo na quinta-feira, às duas horas.

※

– Acho que encontrei um professor de matemática pra você – Gina diz a Toby, naquela noite, durante o jantar de macarrão integral com queijo. – Ele parece muito legal.
– Eu não quero outro professor.
– Eu sei.
– Então, não vou conhecê-lo.
– Não, eu que vou. O nome dele é Roger. Ele é fotógrafo.
– Ele vem aqui?
– Não, eu vou encontrá-lo na quinta-feira, às duas horas, enquanto você estiver na escola. Lá no shopping, perto dos cinemas. Ele parece um cara muito legal, Toby. É um sujeito mais jovem. Vamos ver. Eu preciso falar com ele antes.

– Sei. Como se *você* fosse perguntar a ele sobre matemática. Você provavelmente vai *sair* com ele.

Gina ignora a indireta do filho.

– Você é quem vai fazer as perguntas sobre matemática. Eu só vou descobrir se ele tem certeza de que quer trabalhar com o garoto de dez anos mais ranzinza do mundo.

ꙮ

Mais tarde, naquela noite, Gina se aproxima do quarto de Toby – na ponta dos pés, para ver se ele já começou o dever de casa – e o escuta falando com alguém.

– Você devia se arrancar, seu mané. Minha mãe *tem* namorado. Ela tem três namorados.

Descalça, pisando devagarinho, Gina chega mais perto da porta.

– É. Barry, o dr. Mackey e um cara novo, o Roger.

Que diabos? Com quem ele está falando? Ela espia no quarto e vê que Toby está debruçado sobre a escrivaninha, conversando, pela janela, com alguém que está na varanda da frente. Ela volta e vai, pé ante pé, até a porta da frente, para olhar pelo olho mágico. Shane! Ele está na beirada da varanda, de muletas, inclinado sobre os jasmins, na direção da janela de Toby. Sua perna direita está dobrada para trás, num gesso. Quando Gina ligou para o hospital, depois que Shane pulou do telhado, não conseguiu obter nenhuma informação. Privacidade do paciente, disse a enfermeira. Eles disseram a Gina que ela deveria ir até lá e ver Shane, para descobrir como ele estava. Isso ela certamente não faria. Dois dias depois, ela leu o boletim policial, no jornal, e ficou sabendo que Shane foi tratado e acabou sendo liberado. *Briga na rua Lone Pine.* Para Gina, isso parecia o nome de um filme ruim. *Não fizeram queixa. Homem, trinta e cinco anos.* Condição satisfatória. Ela resolveu ir até a delegacia e solicitar aquela ordem restritiva.

Agora Gina pega o telefone na cozinha e volta à porta de Toby.

– *E* ela vai se casar – Toby continua, desafiador.

– Casar? – Em vez de raiva, Gina ouve a incredulidade na voz de Shane. Tristeza e remorso. Gina fecha os olhos.

– É. Com o dr. Mackey.

– *Toby!* – ela estrila, tentando sussurrar. Ela não quer que Shane saiba que ela está em casa. Se não, ela terá que ligar para a polícia e haverá outra *briga*. Ela não quer que seu endereço apareça na seção policial do jornal, mais uma vez. Não, obrigada. Com alguma sorte, o falatório de Toby faria com que Shane fosse embora.

– Quem diabos é dr. Mackey? – A voz de Shane se eleva. Ele andou bebendo.

Gina aperta o telefone.

– Ele é um médico, só isso – diz Toby.

– Legal. – Shane parece estar se esforçando para manter a calma.

– É, então ela vai ter que dar a notícia pra esses outros caras que ela vai casar com o dr. Mackey. Mas esse cara, o Roger, talvez ele também dê uma aliança pra ela, e aí eu não sei o *que* ela vai fazer. Ele a convidou pra sair, pra ir ao shopping, na quinta-feira, e aposto qualquer coisa com você que ele vai pedi-la em casamento.

– Que legal. Tudo bem, estou tranquilo. Que shopping, irmãozinho?

– Oakmont, às duas horas...

Gina salta para dentro do quarto de Toby e tropeça ao pisar num lápis. Ela agarra Toby pela cintura e o puxa para o chão.

– Eu disse que não queria outro professor – ele sussurra no rosto dela.

– Já entendi – Gina sussurra de volta. – O *que* há de errado com você? – A parte de baixo de seu pé está ardendo, por causa da ponta do lápis. Ela olha para ver se não furou a pele.

Toby rola para o lado, desvencilhando-se dela, e deita de barriga para cima, com os braços e pernas esticados.

– O que há de errado com *você*?

Gina espera que Shane vá gritar, ou bater na porta, ou sabe lá Deus o quê. Ela terá de ligar para a polícia. Mas, depois, ouve Shane saindo da varanda, escuta o *barulho* da muleta, o tênis na calçada rumo à rua. O som desaparece e a porta de um carro bate, quando um motor é ligado. Graças a Deus: um táxi, ou amigo, ou alguém o está levando embora.

18

REALMENTE ESTOU FORA DA ZONA ZEN AGORA, TED PENSA, enquanto devora pãezinhos cheios de manteiga e mel, no Kentucky Fried Chicken, em seu horário de almoço. Ele foi até lá dois dias seguidos, evitando o frango e a salada de maionese, pedindo apenas pãezinhos, três deles, e uma caixinha de leite, em sua bandeja vermelha de plástico. Ultimamente, ele tem sentido vontade de comer carboidratos: roscas, cereal açucarado e picolé com cobertura de chocolate. Certamente, isso não tem nada de flax. Nem álcool, felizmente. Embora ele goste de um bom Cabernet, nunca se consolou com birita. Em vez disso, acorda no meio da noite para comer cereal. Ele fica na cozinha escura, exceto pela luz amarela de uma pequena lâmpada noturna, e come Cheerios com banana e açúcar. Enquanto imagina o ácido fólico e a vitamina B_{12} entrando em sua corrente sanguínea, a serotonina voltando ao seu cérebro, ele se sente calmo.

Agora parte o segundo pãozinho e espalha manteiga. Parece que ele e Elinor estão rompidos, de uma nova forma, com Elinor passando por uma nova variedade de dor que ele não consegue aliviar. Em vez de ter desmoronado no chão do consultório da obstetra, ele gostaria de ter ficado em pé, ao lado de Elinor, e segurado sua mão. Pelo amor de Deus, ele é médico. Deveria ser capaz de suportar um diagnóstico ruim. Mas não há muitos tipos de más notícias em podologia: unhas encravadas, fungos e talvez um neuroma. O pior caso é ter que amputar um ou mais dedos de um diabético. Não há nada como a perda de um bebê.

Foi por isso que escolheu a podologia. Parecia haver mais probabilidades de ajudar os pacientes do que de perdê-los. Ele não sabe como os oncologistas conseguem fazer isso, francamente. Ele ia pirar, se perdesse um paciente. Tanto Elinor quanto Gina lhe dizem o quanto ele é sensível. Uma bela forma de chamá-lo de *banana*. Se ele realmente fosse sensível, jamais teria tido um caso para magoar a esposa.

Ted lambe a parte de dentro da última embalagem de mel, sem se importar se há alguém vendo esse ato relaxado. Ele está ganhando o peso que Gina o ajudou a perder. Comendo, para afastar o ímpeto de ir para a cama dela. Essa manhã, na fila da lanchonete, ele se viu sonhando acordado com ela. Lembrou-se de quando acordava no quarto de Gina, às cinco da manhã, com o despertador de seu celular tocando, o corpo dela encolhido, em posição fetal, a bunda encostada à sua cintura, seus cabelos longos espalhados por cima do travesseiro, às vezes sobre o rosto dele. Ele sentava e espiava pela cortina do quarto, vendo o céu azul-marinho, ainda pontilhado de estrelas. Depois, se inclinava para ver Gina dormir. Ela sempre parecia tão em paz; sua sobrancelha nunca estava franzida por conta de sonhos turbulentos. Inalava seu perfume China Rain, lembrando-se do dia em que teve que descobrir o nome do negócio. Ele estava no banheiro dela, depois que eles haviam tomado um cálice de vinho, mas antes de fazerem amor, e ele estava remexendo na pequena prateleira da parede, em busca do vidro. Precisava vê-lo, tocá-lo, saber como se *chamava*.

– O que você está *fazendo* aí dentro? – Gina deu uma risadinha, do lado de fora da porta. Ted a deixou entrar e confessou: ele tinha que saber sobre seu perfume. Ela riu e lhe mostrou o frasco, um tubinho de vidro com uma pequena bolinha na ponta, como um desodorante, que ela esfregava atrás das orelhas, entre os seios e nos pulsos. De manhã, enquanto ele observava Gina dormindo, ele inalava aquele cheiro doce. Finalmente, antes de levantar, ele empurrava seus cabelos para o lado, e beijava seu rosto e sua têmpora – dois beijos suaves que pareciam algo que ele fazia para ter sorte, como jogar moedas numa fonte.

§§

No trabalho, Ted começa a cometer erros. Nada expressivo, mas isso não é seu jeito. Ele esquece de ligar para solicitar prescrições, se dirige a um senhor idoso como *sra.* Dawson. Certa manhã, aparece no consultório quando deveria estar no hospital, se preparando para uma cirurgia. Ele está assoviando e sacudindo seu guarda-chuva quando a recepcionista aparece, sem fôlego, para avisar que seu paciente está esperando há quarenta e cinco minutos.

– Será que você não está precisando tirar umas férias? – Larry, seu sócio, pergunta, esperançoso.

– Talvez – responde Ted. – Acha que devo levar Elinor a algum lugar legal?

– É. Vá até Veneza. É tão romântico. Você tem que ir, antes que afunde! – A urgência na voz de Larry deixa Ted estarrecido, como se a água estivesse subindo ali dentro do consultório.

Naquela noite, a caminho de casa, Ted compra um livro de viagens sobre Veneza. Ele manda embrulhar para presente, depois passa para comprar dois filés, batatas, ervilhas e um buquê de rosas amarelas. Em casa, ele arruma o jantar para Elinor e coloca as flores e o livro ao lado do seu descanso de prato.

Elinor desembrulha o livro, alisando a capa, obviamente tentando reunir entusiasmo.

– Oh, Veneza, nossa.

– Vamos – diz Ted. – Essa supostamente é a parte boa de não se ter filhos. Nós podemos viajar.

Elinor olha timidamente para seu prato.

– Talvez seja melhor guardarmos o dinheiro para viajar a um país onde possamos *adotar* um bebê.

– Ah. Está bem. – Ted pousa o garfo e a faca. – Talvez.

– Sabe – ela continua –, a maioria das complicações são com as adoções domésticas; quando as mães biológicas podem legalmente mudar de ideia. Talvez a gente só precise escolher um país estrangeiro.

Muito provavelmente, esse seria um país com gerações de gente sofrendo de má nutrição, com uma assistência médica ruim, Ted pensa. Ele não quer desanimar Elinor, mas não está pronto para passar da montanha-russa do tratamento de infertilidade à montanha-russa da adoção internacional. Precisa ficar no solo, por um tempo. Mas Elinor já começou a juntar os recortes e colecionar

artigos sobre adoção, numa pasta. Suas pastas o deixam nervoso. Elas são um sinal de que ela quer embarcar em algo grandioso.
– Não serão férias de *verdade*, se formos pesquisar sobre adoção – ele argumenta. – Não vai chegar sequer a ser uma folga.

Elinor corta um naco da batata.

– Não quero realmente tirar mais folgas – diz ela, baixinho. – Eu nunca sinto que estou de folga, quando estou tirando folga.

– Está certo. – Ted tenta parecer alegre. – Vamos conversar a respeito, está bem?

– Está bem. – Elinor dá um tapinha no livro. – Isso foi carinhoso. Obrigada pelo livro. – Ela também parece não querer discutir. Nos últimos dias, eles fizeram todo o possível para serem gentis um com o outro. No entanto, de alguma forma, parecem estar se afastando, sempre mantendo uma gentileza que você dedica a um colega de trabalho ou a um hóspede.

– De nada – diz Ted. Ele perdeu o apetite para o jantar.

§§

G Ellisson, diz o identificador de chamada. Ted voa ao outro lado da mesa, em seu escritório, e agarra o telefone, temendo que Elinor possa atender.

– É... oi – diz a voz anasalada de Toby.

– Toby! – Ele sente uma pontada de decepção por não ser Gina, seguida por uma onda de culpa. Aperta os nós dos dedos sobre a escrivaninha, e a dor clareia sua mente. – Você não pode ligar...

– Meu novo professor queria saber se pode encontrá-lo e falar sobre a minha matemática.

– Você sabe que eu não posso fazer isso. Pode dizer a ele o que você está estudando.

– Olha, eu *sei*, mas ele quer falar com você. Ele disse que pode me ajudar melhor, se falar com você.

– Toby, eu sinto muito, mas a sra. Mackey e eu estamos passando por uma época muito difícil nesse momento e eu não posso causar a ela um estresse adicional.

– E como é que minha matemática pode lhe causar um estresse adicional? Ted escuta o choramingar do aspirador de pó, passando pelo piso de madeira, lá embaixo, conforme Elinor passa pela casa, limpando. Carpete, depois chão de madeira, depois carpete novamente. Desde que vem se sentindo melhor, ela passou a fazer o trabalho de casa diariamente, embora eles tenham aquele garoto fotógrafo estranho, que vem semana sim, semana não, para limpar.

– Toby, sua mãe e eu estávamos namorando, mas agora não estamos mais. – O aspirador para e Ted rapidamente abaixa o tom de voz. – Por isso não posso estar envolvido com vocês. Eu lamento, sei o quanto é difícil quando as crianças ficam presas no meio de coisas assim. – Ted olha a pilha de jornais médicos em cima de sua mesa. Ele vem tentando ler um artigo chamado "O debate anti-inflamatório", mas não conseguiu se concentrar.

– Não, não sabe. Você não sabe. Isso é o que todo mundo diz. Mas o mais importante é o que faz os *adultos* se sentirem melhor. Eles é que decidem tudo. Tipo onde eu moro e quem deve ser o meu padrasto. Por que *eu* não posso decidir nada?

– Toby, eu sei que sua mãe o inclui nas decisões dela. Ela não pode influenciar as decisões do seu pai, infelizmente, companheiro. Eu sei que isso é uma droga. Não vou lhe dizer o contrário. – Ted continua em pé, sua maneira de não se comprometer com uma longa conversa. Toby tem uma queda enervante para sugá-lo numa conversa e mantê-lo ali. – Em que você está trabalhando agora, amiguinho?

– Nós estamos computando o volume e as áreas dos objetos.

– Isso parece divertido. – Ted olha pela janela do escritório. É domingo e há uma porção de gente passeando com seus cães, pessoas dando uma corrida, famílias passeando. Os dias estão ficando mais curtos. A luz fraca e chuvosa o deprime.

– Estou sendo reprovado! – Toby estrila. Depois seu tom se amacia. – Ei, eu acho que esse cara, o professor, tem uma queda pela minha mãe. Quero dizer, ela deixa os caras muito malucos. Ela teve que dar queixa para pedir uma ordem restritiva contra Shane. E sabe aquele cara, o Barry? Ele fica comprando um monte de joias pra ela. Ele trouxe até um anel todo chique, de diamante, pra ela.

Ted sente uma ponta de ciúme, ao imaginar Barry presenteando Gina com um anel, numa caixa de veludo. Ele fica alarmado ao perceber que Toby talvez *saiba* que o ciúme é uma fraqueza sua. Talvez Toby saiba que a fraqueza de Ted é o ciúme e a de Gina é ter um grande coração, e cada um deles se agarra à sua própria fraqueza, pelo outro. Talvez Toby seja mais esperto do que qualquer um deles, embora só tenha dez anos de idade. Ted desmorona em sua cadeira. Esse garoto devia respeitar a privacidade dos outros, que droga.

– Bem, você sabe que a sua mãe é uma moça ótima e ela vai acabar encontrando alguém maravilhoso, de quem você vai realmente gostar.

– É, o Barry me arranjou uns ingressos para ver o White Stripes. Ei, você quer ir comigo?

Ted ri.

– Toby, mesmo que eu pudesse ir com você, eu nem sei quem são os White Stripes.

– Nem eu. Os garotos da minha sala gostam deles. Barry disse que eu podia convidar alguém da minha sala. Eu quero convidar uma garota, a Melanie, sabe? Mas acho que ela também não sabe quem são os White Stripes. Ela toca violino.

– Bem, mas isso é legal, parceiro. Talvez você possa convidá-la para alguma outra coisa.

– É, eu vou casar com alguém totalmente inteligente. Não uma garota imbecil, que nem a minha mãe.

Ted volta a baixar o tom de voz.

– Toby, ouça, sua mãe não é imbecil. E você não está sendo legal com ela, nem justo. Ela está fazendo tudo que pode por você. Aposto que você pode pensar em cinco coisas legais que ela fez por você, nessa semana, assim, de cabeça.

– Como usar o soprador de folhas e deixar meu quarto em cacos?

– O quê?

– É, o novo jeito que ela tem de limpar...

Ted levanta. Ele está novamente sendo sugado pelo maremoto de Toby.
— Toby, eu preciso ir.
— Está bem. Você vai fazer compras para o seu bebê?

A pergunta faz com que Ted fique sem respirar até ele se sentir tonto. Ele respira fundo, sentindo o cheiro de desinfetante de pinho que Elinor está usando. Ele volta a despencar na cadeira.
— No fim das contas, a sra. Mackey e eu não vamos ter um bebê, Toby, estou triste em lhe dizer.
— O que quer dizer?
— Ela teve um aborto.
— Um o quê?
— Nós perdemos o bebê.
— Onde?
— Bem, no consultório médico, mais ou menos. Descobrimos que o bebê já não estava mais vivo.
— Oh. — O entusiasmo desaparece da voz de Toby. — Quer dizer que o bebê morreu *dentro* da sra. Mackey? Por quê?
— Bem, amiguinho, nós não sabemos. Às vezes, a natureza segue caminhos diferentes. Como acontece quando plantamos tomates e flores, e nem todos nascem, certo? Isso geralmente acontece com um bebê porque algo já não estava certo, desde o início. Algo que tem a ver com cromossomos. Então, é um tipo de bênção. — Ted ainda não conseguiu convencer a si mesmo quanto a isso.
— De qualquer forma, o que *são* cromossomos?
— São uma cadeia de genes dentro do núcleo de uma célula. São muito pequenos. Você nem consegue vê-los sem um microscópio. E a sra. Mackey está muito triste. Temos que ter consideração com ela, e é por isso que preciso pedir que você não ligue mais.
— Está bem. — Toby funga.
— Toby, você é um garoto ótimo. Sabe tudo sobre história e faz as pessoas rirem. Tudo vai dar certo pra você. Agora, você não consegue ver isso, mas eu realmente acredito que as coisas darão certo. — Ted gostaria de poder fazer com que as coisas dessem certo para Toby. Ele se sente culpado por desejar que não tivesse perdido essa oportunidade.

— É, é isso que minha mãe diz. Tipo, *você não pode fazer tudo que gosta, mas tudo vai dar certo!*. Vocês precisam acreditar nisso, pra *se* sentirem melhor.

— Tobe, eu preciso ir agora, está bem? Seja mais legal com a sua mãe. E convide aquela violinista para ir ao cinema.

Ted ouve o clique do telefone do outro lado da linha. Ele volta a olhar pela janela. Um jovem casal puxa uma criança num trenzinho vermelho, pela calçada. As cabeças dos dois estão abaixadas, enquanto falam sobre algo. A criança – um menino ou menina, Ted não consegue ver – tira pedacinhos de comida de um saquinho e joga pra trás do trenzinho, dando gritinhos de alegria. Subitamente, Ted entende por que Elinor se recolheu à lavanderia. Não que isso não fosse compreensível antes – a necessidade de se esconder num lugar aquecido e escuro. Pela primeira vez, no entanto, ele passa pela experiência da dor, diante de um casal com uma criança. Ele ia ser *pai*. Ele foca na janela, em vez da rua. Percebe que o vão entre o parapeito à prova do tempo é feito de alumínio. São janelas caras, feitas para isolar o frio, a chuva e os ladrões. Ted, porém, gostaria de morar numa casa velha, com janelas que tivessem parapeitos de verdade. Ele se pergunta se ele e Elinor não deveriam se mudar.

✿✿

Elinor dá um longo gole em sua xícara de chá Darjeeling, fechando os olhos e saboreando a quentura e o mel doce. Ela pega um cesto cheio de roupas dobradas do balcão da lavanderia e equilibra em seu quadril, a caminho do quarto.

Ao passar pelo escritório de Ted, ela o vê em pé, junto à mesa, segurando o telefone, olhando o espaço. Ele se vira para ela. Parece estarrecido, como se tivesse acabado de receber más notícias. Talvez o médico tenha ligado com resultados de exame de patologia. Mas o que poderia ser pior do que *você perdeu um bebê*?

— O quê?

— Nada. — Ted coloca o fone de volta no carregador e alisa a bermuda, com as palmas das mãos.

– Quem ligou? – Ela passa o cesto de roupas para o outro lado do quadril.
– Toby. – Ele esfrega o rosto. – Desculpe. Acho que dessa vez eu o convenci a não ligar mais.

Elinor solta o cesto no chão e se recosta no portal.
– Ele ainda quer ficar de babá? – Ela está irritada, no entanto, comovida pelo apego que ele tem por Ted.
– Não. Eu disse que nós perdemos o bebê.

É confortante ouvir Ted dizer *nós*. O sol de fim de tarde, entrando pela janela, faz os cabelos dele brilharem como mogno. Ele puxou o pai e ainda não tem nenhum cabelo branco. Elinor se casou com um homem que envelheceu lindamente. Que sorte. Não importa o quanto ele esteja cansado ou desesperado, não importa o quanto ela possa ficar zangada com ele; para Elinor, Ted está sempre bonito. No entanto, seu amor por ele parece ter se alterado, de alguma forma. É mais como o amor que ela sente por Kat e por sua mãe. Talvez seja assim que o casamento deva ser – talvez seja essa a forma como evolui. Ela gostaria de ter certeza disso.

Ted esfrega a parte de trás do pescoço e observa o chão. Elinor deveria cozinhar para ele. Filé mignon, talvez. Ela deveria fazer aulas de culinária. Seria muito mais inteligente focar em comida do que em lavar roupa.

– Toby quer que eu conheça seu novo professor para falar sobre sua matemática. – Ted olha para fora da janela. – Eu lhe disse que não poderia.

Que diferença faria, a essa altura?, Elinor imagina. Ela não consegue se livrar da sensação de que já perdeu tudo que podia perder. Todas as manhãs, ao acordar, diz a si mesma: *não*, não é verdade. Eles poderiam perder a casa; Ted poderia perder seu consultório (às vezes, os pacientes processam!); um deles poderia ter câncer. Ideias de cenários horrendos como esses a tiram da cama, movida por uma louca gratidão que vai deteriorando e se transformando em tristeza, à medida que o dia prossegue.

– Sabe de uma coisa? – Elinor passa os braços ao redor da própria cintura, se preparando para o que está prestes a propor.

Ted a olha.

— Vá. Encontre-se com o professor. Veja o garoto. Uma vez não vai fazer mal. Converse sobre matemática com o professor e leve Toby para tomar um sorvete de casquinha.

— Eu não sei — diz Ted. — É meio perigoso.

Meio perigoso querendo dizer o quê? O coração de Toby ou a cama de Gina? Elinor sacode os ombros.

— Ele vai continuar ligando pra cá.

— Nós podemos pedir um número que não seja listado.

Elinor balança a cabeça.

— Algo me diz que você realmente faz diferença na vida desse garoto. Quero dizer, nossos corações já estão partidos, mas talvez não precisemos partir o coração dele também.

Ted esfrega os olhos.

— Ele vai ficar bem.

Elinor sabe que Ted não vai ligar para Toby. Mas ela também sabe que ele quer ligar. Ted deve ter a impressão de que Toby é a única coisa que ele talvez consiga consertar, nesse momento. Ela não quer ser a responsável por tirar isso dele. Ela atravessa a sala, pega o telefone na mesa de Ted e aperta o número. Sua pulsação acelera, à medida que ela percebe que pode estar ligando para a casa da ex-amante de seu marido. Depois ela soca o telefone na mão de Ted e sai da sala, deixando o cesto de roupa para trás.

— Apenas prometa que me dirá se trepar com ela — ela grita por cima do ombro. As palavras a chocam, à medida que ecoam pelo corredor. De verdade, isso é tudo que ela quer saber. Ela dá meia-volta e retorna ao escritório de Ted. Logo do lado de fora da porta, ela fica ouvindo.

— Tem certeza que eu não deveria ligar pra esse sujeito? — Ted pergunta. — No *shopping*? Está bem. — Ela pode ouvir Ted escrevendo num dos bloquinhos da farmácia, em cima de sua mesa. — Perto dos cinemas. Está bem. Está bem. O nome dele é Stan? Entendi. Diga a ele que estarei lá.

Elinor se apressa pelo corredor, em direção à cozinha. Essa noite, ela vai fazer um jantar de verdade para o marido. Frango à *cordon bleu* e aspargos no vapor, com molho holandês. É bem fácil. Uma vez, Kat lhe mostrou como fazer — abrir os peitos de frango numa folha de papel-alumínio, depois colocar uma fatia de presunto, outra de queijo e enrolar. Ela lembra como é. Você só precisa embrulhar os pedaços bem apertados.

ઠ૭

No consultório da terapeuta conjugal, Ted aperta a mão de Elinor na sua. Embora conheça a esposa há cinco anos, ainda fica impressionado com a miudeza de seus dedos — como os de uma criança.

— Uma parte importante para a recuperação da perda de seu bebê é se permitir tempo para o pesar — diz a dra. Brewster. — Isso não acontece da noite para o dia.

Ambos assentem. *Diga algo que eu não sei,* Ted pensa.

— Nesse momento, pode dar a sensação de que toda a esperança tenha sido perdida — a dra. Brewster prossegue. — Porém, uma vez que vocês tenham se permitido tempo para seu pesar, eu gostaria que nós discutíssemos as opções que possuem.

— Certo — diz Elinor, cansada. — Adoção. Doadores de óvulos. Roubar um bebê no shopping.

A dra. Brewster sorri.

— E o conceito de viver *sem* filhos *versus isento* de filhos — ela acrescenta.

— É, eu não morro de amores por esse termo — Elinor diz. — Isso soa como isento de dinheiro, ou isento de comida, ou isento de ar. Eu simplesmente não me sinto tão isenta.

Ted não saca muito de psicologia popular, mas ele acha a mudança do tom da frase positiva. Uma espécie de resolução que lhe permite seguir adiante. Logo que eles decidiram dar um tempo na fertilização *in vitro*, ele comprou um livro chamado *Sweet Grapes: How to Stop Being Infertile and Start Living Again* (Uvas doces: Como deixar de ser infértil e começar a viver novamente). Ele achou que poderia ler algumas páginas para Elinor, a cada noite, antes de irem dormir. Mas o livro só a fazia chorar.

Ted se surpreende quando Elinor se levanta e começa a falar firmemente com a dra. Brewster, como se estivesse defendendo um caso na corte.

– Eu quero *netos*. Entende isso? Não tem a ver com o fato de ter um *bebê*, tem a ver com o fato de ter uma *família*.

– Certamente – diz a dra. Brewster. – Vamos discutir sobre isso nas semanas futuras.

Semanas futuras. As palavras soam como uma sentença de prisão perpétua para Ted. Por que Elinor e ele estão novamente num buraco e por que ele não consegue tirá-los dali? E por que Elinor não está mencionando o fato de que ele vai encontrar o novo professor de Toby? O fato de estar tão ansioso por isso preocupa Ted – esperando pela oportunidade de descobrir como Gina vai indo. Ele prometeu a si mesmo que não vai pressionar o cara para obter muitas informações sobre ela.

– Eu vou me encontrar com o professor de Toby – Ted solta. Ele esfrega os joelhos, aliviado por sua confissão.

– Toby? – A dra. Brewster parece perplexa.

– A senhora perdeu esse capítulo – diz Elinor. – A ex-amante de Ted tinha um filho. *Tem* um filho. De qualquer forma, o garoto tem uma coisa com o Ted. Eu disse a Ted para ir vê-lo.

– Você acha que é saudável manter esse relacionamento? – A dra. Brewster pergunta a Ted.

– E o que *é* saudável – interrompe Elinor – nessa vida? O que é saudável, além de chá-verde?

– Eu perguntei a Ted – diz a dra. Brewster.

Elinor senta, morde o lábio.

Ted tosse, escolhe as palavras, cuidadosamente.

– Eu me preocupo muito com esse menino. Quero que ele se dê bem na vida. Por alguma razão, pareço exercer uma influência positiva sobre ele. E, por enquanto, só vou conhecer seu professor.

– Como é que você se sente com isso? – A dra. Brewster pergunta a Elinor.

– Acho impossível que eu me sinta pior do que já estou me sentindo – diz El. – Não vejo como pode fazer diferença.

Ted estica a mão para esfregar a parte de trás do pescoço dela. Ela não relaxa com seu toque.
— De qualquer jeito, ele vai continuar a ligar lá pra casa — Elinor acrescenta, amarga.
— Você tem todo o direito de estar zangada por isso — diz a dra. Brewster.
Elinor levanta outra vez e começa a andar de um lado para outro da sala.
— Estou *farta* de ter todo o direito de ficar zangada!
A dra. Brewster desliza à frente, sentando à beira de sua poltrona.
— Estou farta de ter todo o direito de ficar triste — Elinor continua. — Eu quero ter todo o direito de ser feliz! — Ela passa a mão pelos cabelos, repetidamente, pegando as pontas. — Pelos dois últimos anos, tudo foi uma bagunça, e eu estava sempre zangada.

Ted pega a mão de Elinor, quando ela passa por ele, e a aperta gentilmente, trazendo-a de volta à sua poltrona. No passado, Elinor disse a Ted que achava que a terapeuta conjugal a incentivava a manter seus sentimentos, em vez de superá-los.

— Minha raiva paga a hipoteca da casa que ela tem nas montanhas — ela reclamou.

— Ora, vamos — Ted dissera. — Ela está fazendo o trabalho dela. Nós não a estamos pagando apenas para ficar sentada olhando. — Mas ele concordou. Às vezes, no consultório da dra. Brewster, talvez fosse por causa daquela cadeira de couro escorregadia, ele tinha a nítida sensação de que estava escorregando para trás, de que os problemas deles eram insuperáveis.

— E sabe de uma coisa? — agora Elinor prossegue. — Talvez falar *não* ajude. Talvez isso só sirva para exacerbar o presente, nos encurralando no passado. Ao constantemente nos lembrarmos de tudo que deu errado, e o que poderíamos ter feito de forma diferente, e por que estamos zangados um com o outro. Ah, sim! Agora eu lembro por que estou com raiva de você! — Ela baixa o tom de voz, recobrando sua compostura. — Talvez você não precise repassar *tudo*. — Ela olha para a dra. Brewster, depois para Ted, com um olhar suplicante.

Ted assente com admiração, esticando a mão para afagar seus cabelos. Ela está fazendo aquilo que está acostumada a fazer sempre, dizendo *exatamente* o que ele está pensando. Só que ela diz de uma forma mais engraçada, mais articulada de verbalizar os sentimentos dele. – O que *ela* disse! – ele brincaria.

– Sinto muito – diz Ted.
– Eu sei – Elinor diz. – Eu também.
– Você não fez nada – ele diz a ela.
– Não vamos começar – ela responde.
– Está bem – Ted concorda.
– Ouçam – diz a terapeuta, após um longo silêncio. – Vocês estão certos. Não é bom sempre se sentir em crise. Vocês dois passaram por muita coisa. Precisam dar mais crédito a si mesmos pelo esforço que fizeram e por estarem indo tão bem.

– Obrigada – diz Elinor. – De verdade. Eu não tive a intenção de atacá-la pessoalmente. Acho que você é muito boa no seu trabalho. – Ela olha o relógio. – Mas sabe de uma coisa? Nosso tempo acabou.

19

Os irresistíveis odores da praça de alimentação do shopping lembram Roger que ele não almoçou. Bombardeado pelos aromas de biscoitos assando, pipoca feita em manteiga falsa e algo gorduroso fritando, ele sente fome e enjoo ao mesmo tempo. Ele olha o papel na palma de sua mão: *Gina Ellison, 14 horas, praça de alimentação*. São duas e dez. Então, onde está a moça? Jesus, ele faria qualquer coisa que a sra. Mackey pedisse. Ainda bem que ela não é líder de uma seita. Roger anda de um lado para outro, perto das bilheterias dos cinemas, onde Gina disse que eles deveriam se encontrar. Ele nem sabia que agora tinha cinema no shopping. Uma escada rolante que fica próxima sobe ao segundo piso, com multiplex, e a bilheteria é cercada por uma imensa área de mesas e cadeiras, circundada por locais de fast-food, que oferecem de tudo, desde açúcar até gordura e cafeína.

– Roger? – Ele se vira e vê uma mulher magra, de cabelos compridos, abordando outro cara, um cara todo desgrenhado, com uma touca de lã por cima das orelhas e calças largas, com uma corrente pendurada.

– Não – o garoto murmurou.

Caramba, ela deve ficar contente. Roger parece o Clark Kent, comparado àquele largado.

– É a mãe de Toby? – ele pergunta. Ela parece jovem para ser mãe. – Sra. Ellison?

Ela se vira e assente, aliviada.

– Gina.

Roger se sente mais confortável chamando seus clientes de senhor e senhora.

Ela estende a mão. Tudo nela é meio comprido. Braços compridos, dedos compridos e cabelos compridos que vão até a cintura. Os caras provavelmente se amarram. Mas ela realmente não faz seu tipo. Ele é, tipo assim, a pessoa *menos* atlética do planeta. Ela está usando um moletom azul-claro e sandálias de dedo com pedrinhas. O moletom é curto e deixa aparecer a barriga, que é lisa e bonita, mas Roger tenta não olhar. Talvez ele dê aulas ao garoto, mas não vai convidá-la para sair.

– Oi. – Ele tenta fazer seu aperto de mão parecer profissional, rápido e firme.

Gina segura um caderno junto ao peito.

– Vamos sentar. – Ela dá uma olhada nas inúmeras fileiras de mesas.

Ele segue Gina até um local perto do cachorro-quente e eles sentam ao lado de uma palmeira falsa imensa. Roger está curioso para saber se há terra falsa dentro do vaso. Ele tenta espiar para ver.

Gina abre o caderno em cima da mesa e procura uma caneta na bolsa. Ela parece estressada.

– Meu filho Toby é um menino muito inteligente, mas ele tem dificuldade de se concentrar e realmente precisa de ajuda com a matemática. Nós encontramos um professor que ajudou, no passado. – Ela joga os cabelos por cima do ombro e estuda o caderno. Se Roger fosse tirar seu retrato, ele a pediria que ficasse pendurada de cabeça para baixo, na barra de exercícios do playground perto de sua casa. Seus cabelos iam ficar pendurados, talvez encostando na areia abaixo, e haveria mais de sua barriga à mostra. Ela provavelmente estaria rindo e uma veia em sua testa ficaria mais evidente.

– Certo. – Ele esperava que tomassem café, para ao menos ter algo que molhasse o ácido em seu estômago.

– Então. – Gina olha suas anotações. – Você nunca deu aula? – Ela parece confusa, meio desconfiada.

– Não, mas isso é algo que quero começar a fazer. – Por que diabos ele está dizendo isso? Por que não está em casa, trabalhando em seu portfólio e na redação do curso de graduação? Ele até *deu*

aulas de arte no ensino fundamental, quando estava na faculdade, e chegou a pensar em ser professor. Gostava das crianças, mas você tinha que ter muitas aulas para obter o certificado, e parecia que o pagamento sempre seria uma droga. Havia meios mais fáceis de fazer dinheiro, enquanto ele montava seu portfólio.
— Ah, está certo. — Gina assente. — Trabalho numa academia de ginástica. Eu gostaria que alguém desse aulas para Toby, três tardes por semana. Você o encontraria no café da livraria Barnes & Noble, o ajudaria a comprar um lanche e trabalharia com ele, por aproximadamente uma hora e meia. Depois eu iria buscá-lo. Isso estaria bom? — Ela eleva a voz acima do ruído do shopping. É estranho: o lugar é realmente barulhento, com gente falando, uma música de fundo ruim, metida a jazz, espátulas raspando as chapas, campainhas de caixas registradoras, mas todos os ruídos meio que cancelam uns aos outros, criando um zumbido em seu cérebro. Roger provavelmente conseguiria dormir ali.
— O que ele está tendo agora, nas aulas de matemática? — pergunta Roger. Quem sabe, talvez ele pudesse começar um negócio de aulas particulares. Limpar casas durante as manhãs e ensinar os garotos durante as tardes. Isso poderia romper a monotonia de esfregar privadas e passar o rodo nos pisos. Elissa, sua ex-namorada, disse que ele não se esforça para que as coisas aconteçam, que ele espera por elas. E daí? Mas agora ele vai se aprumar. Vai começar a dar aulas, continuar a limpar, terminar seu portfólio e finalmente se inscrever no curso de graduação. Subitamente, ele percebe o motivo por não ter feito isso ainda: e se ele não entrar? E aí? Ele vai escolher um programa bem fraco, só isso.
— ... frações e divisões — Gina está dizendo. — Está começando a ficar difícil. Todos aqueles negócios que vêm antes de álgebra. — Ela acena uma mão no ar. — Eu fui uma aluna terrível em matemática. Tinha até úlceras.
— Não se preocupe — Roger diz a ela. — Álgebra é um pé no saco, mas não é tão ruim se você conseguir destrinchar. — Ele sente que precisa tranquilizar Gina, que parece totalmente preocupada.
— Você tem referências? — Gina pergunta. — Eu gostaria de ligar para três pessoas.

– Está bem. – Isso é como se candidatar a um emprego de verdade! Ele pode dar a ela o telefone de seu consultor na faculdade e de alguns de seus clientes. Talvez a sra. Mackey.

– Ótimo. – Gina sorri pela primeira vez.

Ela não é tão ruim, essa moça. Parece meiga. Tomara que o garoto não seja um pesadelo. Ele tem sorte de ter uma mãe gostosa.

– Acho que meu filho vai gostar de ter um professor jovem e com estilo.

As pessoas sempre acham que Roger tem estilo. Ele não tem muita certeza quanto ao motivo. Ele não se sente *estiloso*.

– Quando você estará disponível para começar, se for tudo bem com as referências?

– Logo, eu acho.

Roger olha em volta. O lado interno do shopping, com seu piso de mármore e corrimões de bronze, e paredes imensas, dá a sensação de um templo. A Igreja do Capitalismo. Talvez, antes do curso de graduação, ele deva viajar para o Tibete, ou Bali. Escalar o Himalaia. E se encontrar. Exceto pelo fato de que ele não quer se encontrar. Ele quer encontrar outra pessoa. E encontrou: a sra. Mackey. Mas ela é casada e agora vai ter um bebê.

O cheiro dos biscoitos o deixa fraco. Ele tem a sensação de haver um bolo de massa crua no fundo da garganta. Olha para uma vitrine de biscoitos. São muito grandes e têm pinta de não estarem bem assados, como todos os patrões desse shopping. Ele engasga e quase tem ânsia de vômito, como se estivesse de ressaca. Nos cantos dos olhos, vê estrelinhas brancas. Merda, será que vai desmaiar? Ele abaixa a cabeça por um minuto. Talvez seja diabético. Ele nem tem seguro-saúde! Que tipo de fracassado nem sequer tem um plano de saúde? Que diabos está *fazendo* com sua vida?

– Você está bem? – Gina levanta e se inclina na direção de Roger. Um pouco de seus cabelos cai em cima da camisa dele.

– Tô. Acho que só preciso comer.

– Deixe-me comprar alguma coisa. – O tom maternal na voz de Gina o acalma. – Eu já volto.

Roger mantém a cabeça abaixada e se retrai diante do barulho da cadeira dela sendo arrastada no chão. Ele foca no som de suas sandálias de dedo – *plec, plec, plec, plec* –, contente por ficar sozinho por um minuto.

༄༅

Ted não vai ao shopping desde que foi reformado. Era bem decaído – com lojas de segunda, estacionamento escuro demais e pouco a oferecer, em termos de restaurantes. Agora há uma nova ala, com uma praça de alimentação gigantesca, e cinemas. Toby disse para que ele fosse encontrar Stan, o sujeito que vai lhe dar aula, próximo à bilheteria. Ted senta num banco comprido, atrás de uma fileira de mesas. Dali, ele pode ficar de olho. Passa um pouco das duas, mas já tem gente fazendo fila para os cinemas, comprando as entradas mais baratas para as matinês. Ele e Elinor deveriam dar uma fugida à tarde, para assistirem a uma matinê. Ou uma fugida de alguns meses, até depois das festas. Nessa manhã, ele sonhou que Elinor o acordava com boas notícias. "Há um bebê para nós", ela dizia, enquanto o sacudia. "Vá se vestir! Nós podemos pegá-la agora. Mas precisamos ser os *primeiros*, ou outra pessoa pode ficar com ela!" No sonho, Ted sentia uma onda de empolgação. Estava *contente*. Não tinha dúvidas, nem medo.

– Oh, que ótimo! – ele disse, ao acordar do sonho.

– O que é ótimo? – Elinor perguntou. Ela já estava acordada, com a coberta puxada até o queixo, uma xícara de chá numa das mãos e um livro de romance equilibrado sobre o peito. Ele não teve coragem de contar a ela sobre o sonho.

Ted observa as pessoas passando pela praça de alimentação, muitas jovens mães empurrando carrinhos abarrotados de pacotes de fraldas e sacolas de compras. Agora ele vê por que Elinor brinca com o fato de roubar um bebê no shopping. A maioria dessas mães está acima do peso, tem tatuagens e banhas caindo por cima do cós da calça de cintura baixa. Ele deveria ter trazido algo para ler. Mas aí não teria como ficar de olho, à procura de

Stan. Toby disse que não sabia como era a aparência de Stan, mas o cara estaria sozinho, em algum lugar perto dos cinemas. Talvez Ted devesse procurar do outro lado da bilheteria. Uma vez, ele e Elinor se encontraram após o trabalho, num restaurante do centro da cidade, com mesas ao ar livre. Havia um bar redondo com um imenso aquário de peixes tropicais, bem no centro. No fim das contas, ele estava sentado numa mesa de um lado do bar e El estava do outro lado, ambos começando a se irritar. Finalmente, Elinor saiu para dar uma caminhada e viu Ted. Eles riram quando se encontraram. Naquela época, eles achavam que uma confusão era engraçada, em vez de ser mais uma confirmação de que *tudo* na vida deles estava dando errado.

Agora Ted circula pelo outro lado da bilheteria, sistematicamente vasculhando a área onde se pode sentar, olhando de mesa em mesa, em busca de alguém que esteja sozinho. Tudo que ele vê é uma mulher idosa com uma capa de chuva branca fazendo palavras cruzadas. Ele olha para a fileira curva de restaurantes, logo atrás. Seu coração dispara quando vê *Gina* pagando por uma bandeja de comida, numa espelunca chinesa. Ele fica surpreso pela rapidez com que a reconhece – *seus* cabelos castanho-claros caindo nas costas, *sua* bunda perfeitamente redonda, *suas* pernas longas e retas. Ele se esconde atrás de uma planta. Ela passa por entre as mesas carregando a bandeja de comida, que também tem uma caixinha de leite. Talvez seja almoço para Toby. Mas por que eles estariam ali, ao mesmo tempo que Stan? Ela coloca a bandeja na mesa e empurra, na frente de um garoto bem mais velho que Toby. O cara abaixa a cabeça em agradecimento, pega um garfo e cai dentro. Gina senta, sorrindo. Ela fica feliz em alimentar as pessoas. Ted sempre se encantou por isso. Gina tem prazer em cozinhar, tem prazer no sexo, tem prazer em amar seu filho, tem prazer em ajudar as pessoas. Isso é o que Ted ama nela. *Ama?* Sim, ele ainda ama Gina. E nesse momento ele está se escondendo atrás de uma palmeira do shopping, oficialmente espreitando. Depois de partir o coração dela, só isso. Ou talvez, na verdade, ele não o tenha feito. Talvez ela esteja indo muito bem. Ela parece estar num encontro romântico, nesse momento. O cara que está comendo a comida chinesa se vira para olhar para algo e Ted tem uma visão melhor de seu rosto. Ele certamente não é Barry, o promotor de shows. No entanto, Ted o reconhece de algum lugar. Os cabelos louro-avermelhados e o cavanhaque. É o garoto que limpa a casa deles! Que diabos? O que *esses dois* estão fazendo juntos? Onde está Toby? E onde está Stan? E por que diabos Gina está comprando almoço para o garoto faxineiro?

Seja lá o que for, Toby certamente não deve ter contado à mãe que Ted ia encontrar seu novo professor. Ela não o teria deixado fazer uma trapaça dessas. Ted se afasta da palmeira. Vindo por trás, ele ouve um barulho estranho de batidas no chão, *plact, plact*, como se alguém se aproximasse. Ele se vira e vê um cara de muletas, mancando pela praça de alimentação. O sujeito dá passos largos e pula, seus cabelos pretos desgrenhados tremulam acima da cabeça, seu pé ou perna quebrada vai sendo arrastada, como a um companheiro contrariado. Seu rosto está sombrio de raiva e determinação. Conforme ele passa por Ted, sua camisa de flanela revoa aberta, para as laterais. Embora o shopping tenha sido reformado, parece que não há mármore suficiente para acabar com os personagens sinistros dos shoppings. Ted fica surpreso ao ver que esse cara está traçando uma reta para a mesa de Gina. Gina fala e escreve em um caderno, enquanto olha o garoto faxineiro comendo. Mas, assim que ela vê esse sujeito de muletas se aproximando, seu maxilar cai. Ela se levanta e empurra a cadeira para trás, fazendo uma bola do guardanapo, ou algo que estava segurando. O garoto faxineiro – o nome dele é Roger, agora Ted se lembra – se vira para olhar. Ele para de mastigar.

Ted não consegue ouvir o que Gina diz para o cara de muletas. Mas ela parece séria, sacudindo a cabeça em reprovação. O cara das muletas ri. Ninguém mais parece achar engraçado. As sobrancelhas de Roger se erguem com preocupação. O intruso bate na perna de Roger com uma muleta. Roger ergue suas mãos no ar, acima da bandeja de comida, como se dissesse: *Epa*.

Parece que o cara andou bebendo. Shane. Esse só pode ser Shane, o astro do rock, namorado de Gina. É claro que ele não é um astro do rock, mas desde o instante em que Gina o mencionou

Ted romanceou com o fato de que ele tocava numa banda como meio de vida. Agora esse tal de Shane só parece um rato de shopping.

Roger se levanta, hesitante. Ele limpa a boca com um guardanapo, joga na bandeja e acena a cabeça para Gina, como se estivesse se despedindo. Enquanto isso, Shane se apoia em sua perna boa e numa das muletas, e gira a outra muleta no ar, fazendo um arco e batendo em cheio no peito de Roger.

– Jesus, cara! – Ted ouve Roger gritar. Shane diz algo. Ted não entende as palavras, mas ouve a petulância. As pessoas nas mesas ao redor ficam paralisadas. A expressão deles parece dizer: *briga à vista. Espere para ver.*

– Agora chega! – Ted ouve a si mesmo gritar, acima do ruído monótono da praça de alimentação. Depois ele passa por entre as mesas, esbarrando em cadeiras e virando bebidas, movido por uma raiva que parece maior que ele mesmo.

Roger gira.

– Dr. Mackey! – Ele parece esperançoso.

– Ted? – Gina recua da mesa. Ela segura o estômago e Ted sabe que suas dores de estômago estão começando.

– Está tudo bem – ele diz a ela. Ele olha ao redor da praça de alimentação. Jesus, geralmente esses lugares ficam abarrotados de policiais. Onde estão todos eles agora? Ele olha diretamente para Shane.

Gina balança a cabeça para Ted. Um alerta sutil: *não.*

– Então, você *é* o *mé-di-co* – Shane diz, num tom de voz debochado e arrogante. Ele até que *é* boa-pinta, ao estilo de roqueiro. Olhos azuis surpreendentes e um rosto jovial, emoldurado pelos cabelos negros despenteados, que brilham sob a luz. No entanto, exala o cheiro de uísque e cigarro.

– Eu *sou* médico. E você, meu amigo, está muito fora da linha. Precisa deixar esse pessoal em paz, ou vamos chamar a polícia em dez segundos.

– Meu *amigo*? – Shane ri. – Nós nem nos conhecemos. O que temos em comum? Exceto o fato de que você *trepou* com a minha namorada?

– Ah, mas que lindo, Shane. – Gina parece repugnada.
– Eu preciso ir – diz Roger.
– Tudo bem, mas... – Gina parece desapontada. Talvez fosse apenas o primeiro encontro deles. De qualquer forma, Roger parece novo demais para ela.
– Espere um segundo – Ted diz a Roger. – Nós precisamos chamar a polícia e deixar isso registrado, antes que você vá embora.
– Não, não tem problema, cara. – Roger olha para Ted, depois para Shane. – Foi só um mal-entendido. – Ele ergue as mãos ao alto e sai andando para trás, como se temesse dar as costas para o grupo.
Shane dá um salto na direção de Roger, girando a muleta para seu lado. Ao errar, ele se vira e gira a muleta na direção de Gina. Ela dá um passo ao lado e a muleta cai no chão. Ted salta entre os dois.
– Não *toque* nela. – Essa afirmação foi em voz baixa e visceral, vindo lá do fundo. Ele se vira para ficar de frente para Shane, com os braços abertos, bloqueando Gina.
– Você é casado e trepou com a minha namorada, seu escroto. Agora *sai da frente*.
Ted não se mexe. Shane joga o braço em sua direção, como se fosse dar um soco. Sua mão está escondida sob a camisa de flanela. Uma dor ardente queima no abdômen de Ted. Primeiro, tem um pequeno diâmetro – como uma picada de abelha. Depois o ardor se espalha, como se ele tivesse sido atingido por água fervendo. Algo está quente e pegajoso em sua camisa. Ele aperta logo acima do quadril.
– *Faca* – ele ouve Roger dizer.
Os ladrilhos de mármore do chão parecem flutuar de encontro às mãos de Ted, que subitamente estão tentando agarrar o ar à sua frente. Conforme Shane chega mais perto, as pupilas negras de seus olhos azuis se dilatam. Atrás dele, surge a imagem embaçada de Gina, erguendo uma cadeira de metal e batendo com força em cima de Shane. Como num desenho animado! Como foi que ela conseguiu erguer a cadeira acima da cabeça? Apesar de

sua leveza, ela é muito forte! Ted tenta dar um passo. Um pôster gigante de uma mulher na vitrine da Victoria's Secret sorri para ele – seus lábios vermelhos brilham. Depois Ted está afundando. Como é que ele pode estar afundando e flutuando ao mesmo tempo? A sensação parece desafiar as leis da física e da gravidade. Depois fica escuro demais para pensar sobre isso.

༺༻

Um pedaço do céu claro acima faz arder os olhos de Ted, quando eles o colocam numa maca. Ele balbucia a palavra "sapatos", porque sente a falta deles em seus pés. Uma pessoa de branco – um anjo, de algum tipo, num uniforme impecável – fala com ele para tranquilizá-lo. Ted sente seus lábios se apertarem, tentando falar a letra O. O quê? Mas ele sabe o quê. Ele sangrou até morrer, pelas facadas repetidas que abriram suas vísceras como a um peixe, mas, de alguma forma, não conseguiram tirar suas partes culpadas.

Agora ele está morto e eles vão enterrá-lo em um cemitério. Onde está Elinor? Ela sabe que ele quer ser cremado! Quer que suas cinzas sejam jogadas no alto do monte Katahdin, no Maine, onde ele costumava escalar com seu pai, todo feriado do Dia do Trabalho. Suas cinzas devem ser espalhadas sobre a trilha Fio da Navalha. Ah-ah. E Elinor diz que ele é lento em entender ironia.

Ted vê um fio longo saindo de seu braço seguindo pelo ar, acima, como o fio de um balão. Um rosto flutua sobre ele.

– Você vai ficar bem – uma voz sussurra. *Gina*. Ele imagina a própria mão erguendo para tocar os cabelos dela, mas não consegue levantar o braço, que está preso à cama, ou seja lá o que for, onde está deitado. Gina beija sua testa. Um hálito morno e úmido, junto a sua pele. Os cabelos fazem cócegas em seu braço. Ted partiu o coração de Gina. Ele traiu a esposa e partiu o coração dessa linda mulher. Shane estava certo em esfaqueá-lo até a morte. Mas Shane não deveria ter matado Gina também. Agora, aqui estão eles – dois amantes mortos. Como Romeu e Julieta, na cripta. Só que naquela peça não há vida após a morte. Ted nunca acreditou em tal coisa como vida após a morte, mas aparentemente existe, porque ali está ele. Ele não deveria ter sido tão cético. Alguém diz a Gina que ela tem de ir embora. Ela precisa sair. Não pode ficar na vida após a morte com Ted. *Por favor, senhora. Obrigado.* Uma sirene irrompe no ar. É claro. Ted está dentro de uma ambulância.

– Não... – Ele tenta pôr a palavra para fora, esperando que chegue até Gina. *Não me deixe,* ele quer dizer. *Eu te amo. Desculpe. Não me deixe. Onde está Elinor? Alguém diga a ela que eu também a amo. Eu também me desculpo. Não...*
Ted sente a arrancada e a velocidade da ambulância. Mas ela não consegue superar a dor que vai correndo ao lado, se apoderando dele. Ele olha acima, para o tubo intravenoso que balança, e observa o rosto de um jovem paramédico. Onde está a morfina? Por algum motivo, ele não pode tomar morfina? Talvez seja porque ele já tenha ferido tanta gente. Agora é sua vez.

20

ATÉ O MOMENTO EM QUE ELINOR CHEGA AO HOSPITAL, TED JÁ foi levado do quarto para a unidade de ressonância magnética. Ela estava no escritório, quando Roger ligou – sem ar, agitado, falando rápido demais. O medo na voz dele fez o coração de Elinor parar. *Gina, depois esse maníaco que sai do nada, depois Ted, que surge do nada, esfaqueado, ambulância.* Quando ela chegou ao pronto-socorro, o médico explicou que o ferimento a faca de Ted fora apenas superficial – só foram necessários alguns pontos –, mas a batida na cabeça, devido à queda, inspira alguma preocupação.

Agora Elinor estava sentada no corredor do pronto-socorro, esperando pelo neurologista, que irá falar com ela depois de ver os resultados da ressonância magnética. Ela ficou apreensiva pelo fato de ter havido necessidade de um neurologista. *Alguma preocupação.* O que isso quer dizer? Ela geralmente recorre a Ted para essas explicações médicas vagas. Para ela, é como tentar descobrir a diferença entre a previsão meteorológica que diz *tempo parcialmente nublado* e *sol na maior parte do tempo*.

Roger surge da sala de exames. Com um Band-Aid enorme num dos cotovelos. Ele parece um farrapo, com os olhos vermelhos e os cabelos avermelhados espetados em todas as direções. Senta numa cadeira ao lado de Elinor. Ao alisar os joelhos, suas mãos tremem.

– Como está o dr. Mackey? – ele pergunta.

– Eu gostaria de saber. Ninguém me disse nada, ainda. Você está bem?

Roger toca no curativo de seu cotovelo, devagarinho.

– Tô. Eu quero ir embora, mas os policiais disseram que eu tenho que esperar até que o detetive venha para pegar meu depoimento.

– Mas você não fez nada – diz Elinor.

Roger a encara.

– Sem brincadeira. É para contar a história sobre o *outro* cara.

– O homem que esfaqueou Ted? Eles sabem quem ele é?

– É um tal namorado da Gina. Jesus, quantos namorados será que essa *mina tem*?

Não o suficiente para mantê-la longe do meu marido, pensa Elinor.

– O que Ted estava fazendo lá no shopping? – pergunta ela.

Roger parece incrédulo.

– Você sabe mais do que eu! Ele simplesmente apareceu. Primeiro, foi aquele tal de Shane, que apareceu do nada, de muletas, depois o dr. Mackey, no meio de tudo, tentando fazer com que ele ficasse longe de Gina.

– Ótimo. O Ted é seu cavaleiro de armadura.

– Tanto faz – diz Roger, irritado, esfregando o calombo em seu cotovelo. Essa calamidade pode tê-lo curado de sua queda por Elinor.

Elinor olha o fim do corredor. Esse hospital lhe é desconhecido. Ela gostaria que eles estivessem no Stage Mill General, onde Ted realiza suas cirurgias. Lá, todos o *conhecem*.

§§

Finalmente, uma enfermeira surge da sala de emergência e diz a Elinor que Ted foi internado e que ela pode ir até seu quarto. O neurologista irá visitá-los em breve. Roger vem andando atrás, para dar um telefonema.

Elinor não quer esperar pelo elevador, então sobe os três lances de escada correndo, até o quarto de Ted. Ele vai ficar bem, ela diz a si mesma, enquanto sobe os degraus, dois de cada vez. Ele estaria na UTI se estivesse realmente mal. Mas quando chega ao quarto de Ted ela fica paralisada, junto à porta. Esperava encontrá-lo acordado, mas seus olhos estão fechados e ele está totalmente imóvel. Sua pele está acinzentada, como se ele não tivesse ar suficiente. Na verdade, nem dá para ver se ele está *respirando*.

Ela se recompõe na soleira da porta, sem querer que ele sinta seu temor, quando abrir os olhos.

Elinor nunca viu Ted como paciente. Ele é o *médico*. Ela é a paciente. As pessoas com infecções nos dedos dos pés são pacientes. *O que há de errado com ele?* Ela segura a maçaneta da porta e aperta os lábios entre os dentes, para não gritar essas palavras. Ela perdeu seu bebê e agora está perdendo Ted. De novo! Como é que você pode perder uma pessoa tantas vezes? Repetidamente, como uma surra. De repente, fica contente por ter sido ela quem passou pelos tratamentos da fertilização *in vitro*. Antes, ela se ressentia com Ted por não ter que suportar toda a dor física. Mas ela não suportaria vê-lo em pré e pós-operatório, e todos os infernais cenários intermediários.

– Ele está sedado, portanto não irá se mover muito – diz uma enfermeira, passando por Elinor, ao entrar no quarto.

– Ó – diz uma voz, de *dentro* do quarto. *Gina.*

Elinor olha no canto e vê que Gina está sentada numa cadeira, ao lado da cama de Ted. Como foi que ela entrou ali tão rápido? Será que acompanhou Ted na ressonância magnética? O fato de Elinor ter sido a última a chegar ao hospital parece confirmar a pouca influência que ela tem sobre os acontecimentos de sua vida.

– *Ó!* – Gina repete, levantando, quando vê Elinor entrar no quarto. Ela está usando um daqueles suéteres minúsculos que não faz ninguém suar. Está quente dentro do quarto, e ela tirou a jaqueta e amarrou em volta da cintura. Sua camiseta regata exibe seus seios miúdos e firmes.

– *Você está* aqui? – Elinor diz.

– O detetive de polícia me pediu para esperar. Ele quer interrogar cada um de nós, separadamente. – Gina cruza os braços na altura da cintura e recua na direção da porta.

A enfermeira examina a bolsa de soro intravenoso de Ted, medindo sua pressão.

– Onde *está* o detetive de polícia? – Elinor pergunta a Gina.

– Ele está com... está com o agressor... – Ela dá a volta ao redor de Elinor. – Eu estarei no corredor.

– Não, espere – diz Elinor. – Eu quero ouvir o que aconteceu.
– Ela está dividida entre ouvir a história de Gina ou se agarrar a Ted.

Ela chega ao lado da cama de Ted e afaga a parte interna de seu braço, alarmada pelo fato de que ele não se mexe. Geralmente, quando dorme, ele mexe os lábios ou as pálpebras. Ela pega a mão dele, acarinhando-a repetidamente, como se estivesse afagando um animal. E percebe que toda a sua ansiedade e medo podem estar fluindo de seu corpo para o dele. Coloca a mão dele ao lado do corpo e o beija na testa, que está morna e úmida. O rosto dele está inexpressivo, e a respiração rápida. Ela tem o ímpeto de puxar os lençóis soltos ao seu redor – de arrumá-lo na cama. E segura o corrimão metálico da cama de hospital, sentindo-se como uma criança com um brinquedo. *Meu*.

Gina fica junto à porta.

– E então? – ela diz a Gina.

– Eu estava entrevistando um possível professor para meu filho, no shopping, e Shane, meu ex-namorado, contra quem entrei com um pedido restritivo, apareceu e começou a nos perturbar, depois, subitamente, Ted estava lá e Shane, que andara bebendo, começou a tentar agredir Roger, depois Ted, e de alguma forma ele esfaqueou Ted, e Ted caiu.

– O que Ted estava *fazendo* lá?

– Eu não sei. – As belas sobrancelhas de Gina estão erguidas. Ela dá outro passo em direção à porta.

– Ótimo. Até os que *espreitam* têm gente espreitando. – Não é de se admirar que Gina tenha caído por Ted. Se sua alternativa é um maníaco homicida.

A enfermeira mede o pulso de Ted, fazendo uma cara feia enquanto se concentra.

Elinor desvia o olhar para o painel de equipamentos misteriosos, acima da cama de Ted.

– Primeiro, você arruína meu casamento – ela diz a Gina –, depois, quase faz com que meu marido seja morto.

Gina abre a boca para falar, depois fecha. Ela estreita os olhos, baixa a voz e diz:

– Eu não arruinei seu casamento. Só caminhei pelos destroços. Foi um erro terrível. Não pense que não me dou conta disso.

– O casamento não é tão fácil, só para você saber. – Elinor aperta o corrimão metálico da cama. Primeiro, ele estava frio, mas agora está morno e úmido, de suas mãos. – Percebo que *você* não é casada.

– Essa não é a questão. – Gina joga os cabelos por cima dos ombros, um gesto que faz parecer que ela está enrolando as mangas, pronta para a briga.

– Qual é a questão, Gina?

– A questão é – a enfermeira se intromete na conversa – que esse cavalheiro foi esfaqueado e tem um ferimento potencialmente perigoso na cabeça, e as senhoras precisam levar essa novela mexicana lá pra fora, até a sala de espera, ou eu vou ligar para a segurança. – A enfermeira é uma mulher grande, com um traseiro imenso e um rabo de cavalo preso bem apertado, revelando o couro cabeludo branco, por baixo dos cabelos escuros. Ela se desloca ao lado da cama, onde está Elinor, afastando-a. Ao colocar uma nova bolsa de soro, ela estala a língua, como se dissesse: *Veja só o lixo com que tenho que lidar aqui dentro.* – O paciente pode ouvi-las, sabem? – ela acrescenta. – E eu duvido que as senhoras estejam fazendo com que ele se sinta melhor.

– Ele é meu marido. – Elinor ainda está com um dedo firmemente preso ao redor do corrimão da cama.

A enfermeira estreita os olhos para Elinor.

Subitamente, Ted desvia a cabeça de Elinor, virando em direção à porta. Seus olhos piscam e abrem. Seu olhar parece cair em Gina, que se virou novamente para sair do quarto. Embora ela não esteja olhando para Ted, Gina parece sentir que os olhos dele se abriram. Ela se vira para ele. Seu queixo cai, com a boca aberta.

– Ó – diz ela.

Elinor nunca ouvira uma única sílaba repleta de tanta ternura e desespero.

O rosto de Ted se transforma num sorriso.

– Oi, anjo – diz ele. Ele não está falando com Elinor nem com a enfermeira. Está falando com Gina.

Os olhos de Gina se enchem de lágrimas.
– Eu preciso ir. – Ela dá um passo em direção à porta. Elinor limpa a garganta. Ted olha para ela.
– Ó! – Ele parece surpreso e aliviado, como se fosse *ela* quem tivesse sido esfaqueada e caído. – Oi! – ele diz.
– Oi. Você está bem? – Elinor aperta sua mão e ele dá um apertão de leve.

Gina desaparece, saindo pela porta.
– Acho que sim. – A fala dele está embaralhada. Ele não parece ter consciência do fato de que cumprimentou alegremente sua amante na frente de Elinor. De que acaba de confirmar estar apaixonado por Gina. Talvez possa ser seu ferimento na cabeça ou os medicamentos, mas Elinor acha que não. Ela está tão perplexa quanto magoada pelo jeito tão feliz que Ted ficou assim que pousou os olhos em Gina. E está surpresa ao descobrir que não foi tomada de raiva, mas, em vez disso, foi esmagada pela tristeza, pela verdade.

A enfermeira sai do quarto, sacudindo a cabeça.
– Você está bem – Elinor repete. Ela pode perder Ted para outra mulher, mas não para a morte. Hoje, não.

Subitamente, Toby irrompe no quarto, arrastando sua mãe de volta, junto com ele. No corredor, atrás deles, Elinor vê uma adolescente embolsando um dinheiro de Gina e dando um rápido relato sobre o dever de casa. Gina agradece à menina e tenta arrastar Toby para o corredor, mas ele vem correndo até o lado da cama de Ted, caindo em prantos ao ver a bolsa de soro e as olheiras escuras embaixo dos olhos de Ted.

– Ei, companheiro – Ted diz, ternamente, esforçando-se para erguer a cabeça do travesseiro. – Eu estou bem. Mas não consegui encontrar o Stan. – Seja qual for o medicamento que deram a Ted, isso o faz acreditar que ele pode manter um papo descontraído tanto com Elinor quanto com Gina, no mesmo quarto, como se todos eles fossem apenas amigos, numa festa.

– *Quem* é Stan? – Gina pega o filho pelos ombros e o vira de frente para ela.

– Não tem nenhum Stan – Toby admite, chutando o chão e abaixando a cabeça para se esconder por baixo dos cachos.

– Não é de se admirar que eu não tenha conseguido encontrá-lo. – Ted ri.

– Toby! – Gina ralha. – Você mandou o dr. Mackey até o shopping para procurar uma pessoa que não existe? Por quê? – Ela obviamente não tem qualquer controle sobre o menino. Elinor tem de admitir, ela também provavelmente não teria.

O rosto de Toby fica vermelho e sua voz se eleva.

– Eu queria que ele a visse lá! O dr. Mackey não vai mais à academia, então, vocês não podem mais se ver...

Ora essa! Então, tanto Elinor quanto Toby estavam tentando bancar os cupidos.

– O dr. Mackey está seriamente ferido, agora. – Gina encara os olhos do filho.

– É, graças àquele babaca do seu namorado.

– Ele não é meu... Toby! Diga à sra. Mackey que você sente muito, muito. – Gina passa a bolsa trançada em macramé para o outro braço, para virar Toby de frente para Elinor.

– Eu sinto muito. – Toby olha para Elinor, verdadeiramente decepcionado. Seu plano foi um tiro que saiu pela culatra. Elinor não consegue decidir como se sente em relação a esse garoto. Ele é manipulador, isso é certo. Mas sua falta de sorte a atinge no coração. Esses cabelos parecem um tapete desgrenhado. E sua afeição incontida por Ted. Tudo que Elinor queria era que Roger assumisse o lugar de Ted. Mas parece que Toby e Gina não querem simplesmente *qualquer um* em suas vidas. Eles querem Ted. Não é algo que você pode um dia imaginar ter como preocupação – um grupo de *dois* apaixonado pelo seu marido. Ela olha para Ted, que pegou no sono novamente. Ele está começando a ter um pinguinho de queixo duplo – chegando à meia-idade – desde que voltou a morar na casa deles.

Elinor assente para Toby. Ela não consegue dizer que *está tudo bem*, porque não está tudo bem. Certamente, não até que ela fale com o neurologista.

– Toby, nós vamos ficar na sala de espera até que a polícia chegue – Gina diz, virando Toby em direção à porta. Ela olha de volta para Elinor. – Estaremos lá fora.

Roger entra no quarto, acenando a cabeça para dizer oi a Gina.
– Ei. – Ele acena para Elinor. – O dr. Mackey melhorou?
– Espero que sim – diz Elinor. – Ainda não temos muita informação.
– Meu carro está no shopping.
– Eu posso te dar uma carona, mais tarde – Elinor diz a ele.
– Beleza – diz Roger.

Gina para do lado de fora do quarto.
– Espere um pouco. Vocês se *conhecem*? – Ela aponta para Roger, depois para Elinor.
– Eu trabalho para os Mackey – diz Roger. – Eu limpo a casa deles. A sra. Mackey achou que eu poderia dar aulas a Toby.

Gina coloca as mãos nos quadris, tentando entender essa informação.
– *Por quê?*
– Nossa, eu não sei – diz Elinor. – Talvez para ajudá-la a encontrar um professor de matemática que não fosse o meu marido. Talvez para que seu filho pare de ligar para minha casa.
– Toby, você ligou...
– Tá vendo, não foi *tudo* culpa minha – Toby protesta, se desvencilhando dos braços da mãe.
– Você não se safou, companheiro – Gina diz, ao tirá-lo de vista rumo ao corredor.
– Eu também estarei lá fora, eu acho – Roger murmura, indo atrás deles.

Elinor senta na cadeira ao lado da cama de Ted, sentindo um sopro de ar ao seu redor. Embora esse talvez seja o dia mais estranho de sua vida, ela acredita que nada irá surpreendê-la novamente, depois de seu aborto. O primeiro aborto ela podia compreender – foi bem no começo da gravidez. Mas o segundo, depois que eles ouviram o batimento cardíaco, *duas vezes*, e ficaram diplomados na clínica de fertilização *in vitro*.

Ted se mexe e sorri para ela.

– Você se lembra do que aconteceu? – Elinor pergunta a ele.

– Lá no shopping?

– Infelizmente. O namorado insano de Gina me esfaqueou e eu caí, e bati a cabeça. – Ele lambe os lábios, engole. Sua voz está rouca. – Eu sinto muito.

Elinor balança a cabeça.

– O principal é que você está bem. – Ted não lhe deve nenhum pedido de desculpas. Ela mandou Roger para se encontrar com Gina, e Toby mandou Ted atrás deles. Elinor estica a mão para pegar um copo plástico cor-de-rosa, com um canudo, e segura junto à boca de Ted, para que ele possa beber. Ele dá um gole na água, fechando os olhos e engolindo, o rosto relaxando de gratidão.

– Você provoca uma reação e tanto nas pessoas – ela diz a Ted. – Um garoto de dez anos de idade está apaixonado por você e o Kid Rock está insano pela ideia de que você andou tocando a mulher dele.

– Ó Deus. – Ted fecha os olhos.

– O neurologista deveria *estar* aqui – Elinor acrescenta. Ela não conta a Ted sobre as palavras do médico da emergência: *uma batida na cabeça que inspira alguma preocupação.* – E um detetive vem para interrogá-lo.

– Oh. – Ted parece desapontado. – Eu estava torcendo para que já tivesse tudo acabado. Será que não posso ir embora logo? Por quanto tempo fiquei dormindo?

– Uma hora, talvez – Elinor diz. – Você se lembra da ressonância magnética?

– Eu odeio aquele negócio detestável. É como estar dentro de seu próprio caixão. – Ele gesticula pedindo mais água, e ela o ajuda a beber. – Eu estava sonhando – ele diz a ela. – Estava sonhando que eu e você estávamos de carro, num tipo de viagem, na estrada, e eu não conseguia encontrar a saída.

Elinor pensa: *Nós pegamos a saída errada alguns meses atrás.*

O neurologista finalmente chega. Elinor vê o médico se debruçar sobre a cama e olhar dentro das pupilas de Ted, com uma caneta-lanterna. Mais uma vez, ela fica estarrecida com a juventude dos médicos de hoje. Tenta fazer as contas de cabeça, estimando quantos anos de experiência esse cara poderia ter.

– Você teve sorte – relata o médico. Ele é alto e tem um porte atlético, com cabelos cortados bem curtos e mãos grandes.

– Acho que sim – Ted responde, incerto. Ele agora está sentado e sua fala está clara.

– Com licença – o médico diz a Elinor, sorrindo ternamente. Ela percebe que está muito perto e se afasta. Ted acompanha o dedo do neurologista, de um lado ao outro, depois para cima e para baixo. Em seguida, responde a uma série de perguntas sobre a data, hora, o local onde está e quem é o presidente.

E você lembra que está apaixonado por Gina?, Elinor pensa. *E ainda ama sua esposa? Você ama, não ama? Mas não é da mesma forma?*

– Bom. – O médico puxa uma banqueta com rodinhas, ao lado da cama de Ted, e gesticula para que Elinor sente. – Nós estávamos preocupados – diz ele, desviando o olhar de Elinor para Ted – por conta de sua perda de consciência, seguida por seu breve estado de confusão. No entanto, a ressonância magnética não está muito ruim. Você tem um pequeno hematoma, mas, além do galo, não vejo nenhum inchaço significativo do cérebro. Ainda assim, com um trauma desse tipo, combinado a um ferimento a faca, nós vamos mantê-lo aqui essa noite. Eu prescrevi uma medicação que irá prevenir uma convulsão, o que é uma possibilidade remota.

– Você está *bem* – Elinor diz a Ted. Isso tem a intenção de ser uma afirmação, mas sai com a incerteza de uma pergunta. Ela quer a confirmação de Ted de que isso foi essencialmente o que o médico acabou de dizer. Tudo vai ficar bem. Ao menos, clinicamente falando. Ela toca o ombro de Ted, sentindo o calor de sua pele através do avental hospitalar.

Ted ergue as sobrancelhas e assente, timidamente, como se ainda não se sentisse totalmente *bem*.

Elinor arruma suas cobertas. Ela sente a necessidade de tocar a cama o tempo todo.

– Ele passou muito bem no teste do *quem-que-onde-quando* – confirma o médico. – Sua amnésia pós-traumática durou menos de uma hora, o que é um bom sinal.

– Obrigada – ela diz ao médico, sentindo sua voz falhando, pela gratidão.

– Na verdade, eu não *fiz* nada. – O neurologista sorri. – Mas de nada.

– Uma cabeça inchada. – Ted ri levemente, levantando o braço para tocar no galo protuberante, logo acima de sua têmpora direita.

Mas não é verdade. Embora seja um excelente médico, um bom atleta e um belo homem, ele não é arrogante. Isso é algo que Elinor sempre admirou no marido.

ぎと

Uma nova enfermeira entra no plantão – uma mulher mais jovem, com uma trança escura até a cintura. Elinor convence a enfermeira a deixá-la passar a noite no quarto de Ted, numa cadeira de armar. O detetive logo aparece e pede a Elinor que saia da sala, para que ele possa falar com Ted, em particular.

A sala de espera no corredor é decorada como uma sala de estar, com sofás, poltronas e abajures de luz suave. Foram cuidadosos em transformar o ambiente hospitalar. Ainda assim, sob o belo tapete oriental, o piso do hospital reluz, brilhoso e institucional. Elinor senta numa cadeira, duas fileiras atrás de Gina e Toby. Eles estão sentados no canto oposto, lendo um livro bem gasto. Estão todos sentados o mais distante possível um do outro, sem realmente deixarem o recinto, que, para Elinor, aparenta ser um set para uma peça de teatro ou programa de TV. Ela gostaria de ligar para Kat, mas há um aviso próximo, com um celular riscado, que olha para ela.

– Ei! Já tenho a lista das coisas que eu quero. – Elinor ouve Toby dizer à mãe. – Aquela que *você* me mandou fazer – ele

acrescenta, em tom acusador. Ele estica o braço para alcançar uma mochila na cadeira ao seu lado e pegar um caderno.
— Agora não, meu bem. — Gina inclina a cabeça para trás, com seus cabelos caindo por cima do encosto da cadeira, e massageia as têmporas. — Vamos conversar mais tarde.
— Está bem, eu só vou dizer qual é a coisa número um. — Toby arranca a folha. — Eu quero que o dr. Mackey vá *conosco* a Nova York.
— Nova York? — Elinor solta, e para de fingir que está lendo uma edição surrada de *Family Circle*.
Gina se endireita na cadeira e olha para o filho.
— Toby, lembra-se de quando nós conversamos sobre como você não pode ter *tudo* que quer? As pessoas não são coisas que você possa *ter*.
Elinor olha novamente para o artigo sobre minibolinhos. Numa foto, os bolinhos estão sabiamente decorados para o Halloween, com um glacê cor de laranja e aranhas pretas.
— Então, pare de me perguntar o que eu quero, está bem? — Toby choraminga. Ele joga o pé para fora da lateral da cadeira, batendo no tapete com o calcanhar. — *Simplesmente pare de me perguntar!*
Uma mulher com aparência de cansada, do outro lado da mesinha de centro, coloca seu tricô dentro de um saco plástico e se levanta para ir embora.
— Está bem. — Gina cala Toby e tenta puxá-lo para perto. — Nós vamos falar com a polícia e depois vamos pra casa. — Ela mexe na bolsa. — Aqui estão dois dólares. Vá até a máquina e compre alguma coisa pra você. Doce, o que você quiser. — Gina se vira para apontar o corredor, aparentemente onde ficam as máquinas, e pega Elinor os olhando.
Elinor volta a olhar sua revista. Toby começa a dar um ataque, chutando, chorando e batendo os punhos.
— Você provavelmente me acha uma mãe terrível — Gina diz a Elinor. Ela eleva a voz para ser ouvida, mas seu tom é seco e sem emoção.

Elinor fica impressionada pela franqueza. Ela fecha a revista e olha além de Gina, pela janela, para um pedaço de céu azul emoldurando uma palmeira.

– Você provavelmente me acha uma esposa terrível.

Roger fecha seu livro com uma batida e esfrega os olhos, com a parte interna dos punhos.

– E se o dr. Mackey *morrer*? – Toby chora. Ele deixa cair no chão o dinheiro que Gina lhe deu e se contorce, de modo que Elinor já não pode mais ver sua cabeça.

– Toby! – Elinor estrila com o menino. – Olhe pra mim. – A revista escorrega de seu colo e bate no chão. Toby se vira lentamente para ela. Seu rosto está todo vermelho por causa do choro.

– O dr. Mackey vai ficar *bem*. O neurologista veio e nos disse isso. A ressonância magnética foi bem.

– Isso mesmo – Gina concorda.

E o que é que você sabe?! Elinor pega a revista. Ela folheia as páginas, tentando manter a calma, procurando as aranhas plásticas que haviam lhe acalmado os nervos, momentos antes.

Toby se vira para a mãe, cruza os braços sobre o braço da cadeira, no lado oposto, e pousa a cabeça, chorando baixinho. Gina esfrega suas costas em círculos. Eles estão em silêncio, mas ligados pelo toque de Gina. Elinor não pode culpar Toby por se desmanchar. O garoto não deu muita sorte – uma mãe solteira que trabalha fora e teve um caso com um homem casado, e um pai alheio que mora em outro estado. O marido de Elinor é a coisa número um que esse menino de dez anos quer na vida. E um garoto de dez anos, provavelmente, é a coisa número um que Elinor quer na vida. A verdade é que ela tem um pouquinho de receio de uma criança de colo. Nunca admitiu isso a ninguém. Nem mesmo a Kat. Receia não estar qualificada para lidar com algo tão frágil e teme as loucuras por conta da privação de sono. Teme fracassar na amamentação. Teme exercer mal o seu papel aos olhos de Ted. No entanto, ela não consegue esperar para ter uma criança no ensino fundamental. Alguém com quem possa decorar os bolinhos de Halloween. Se tivesse de fazer como Kat, e preparar tortinhas para o colégio do filho, ela tentaria fazer com que seus filhos decorassem as tortinhas com ela. Podiam não ficar tão bonitas e caprichadas como aquelas da revista, mas seriam as mais malucas, mais bagunçadas e mais divertidas. Ela quer ser mais divertida. Gina provavelmente é divertida. Sexo, bagulho, comida sauté e poses confortáveis de ioga.

ঔঔ

O detetive surge do quarto de Ted. Ele fala com Gina, Roger e Elinor, individualmente. Depois, conversa com todos eles de uma só vez, fazendo um semicírculo ao redor da mesa de centro. Ele tem um bigode preto. Embora provavelmente já tenha visto de tudo, o detetive parece impressionado pelos detalhes da tarde, ao repeti-los para eles: Elinor incentivou Roger a entrar em contato com Gina para dar aulas a Toby, que disse a Ted para ir ao shopping encontrar Stan, só que não existe nenhum Stan, mas existe um Shane, contra quem a srta. Ellison solicitou um pedido restritivo, por bebedeiras e comportamento turbulento anterior. Depois, a verdadeira briga ocorreu, incluindo uma facada, que levou a um ferimento na cabeça.

Certo, todos concordam. O policial relata que Shane foi detido sem direito a fiança.

– Nós precisamos dar queixa? – pergunta Gina.

– Não, senhora. Eu vou automaticamente enviar o relatório com a acusação ao advogado. Um promotor público será designado, por conta do estado. A senhorita gostaria de dar queixa adicional, por violação da ordem restritiva?

Gina balança a cabeça.

Elinor fica feliz por ter optado por direito civil. Ainda assim, ela própria não se incomodaria em registrar algumas queixas. Contra Shane, por ter esfaqueado Ted. Contra Gina, por dormir com Ted. Contra Toby, por ligar para sua casa, repetidamente. Contra Noah, por cortar sua árvore. Contra Deus, por levar seu bebê.

É isso que ela desgosta quanto à prática da lei – ficar eternamente fazendo com que a justiça seja feita, lutar contra a injustiça da vida. Isso exige energia demais e, de alguma forma, parece não atingir o objetivo.

– Ele é uma ameaça a meu filho e a eu também – diz Gina.

A *mim, não eu*, Elinor pensa. *Você é mais bonita, eu sou mais inteligente*. Ela aperta as mãos. *Eu sou tão mesquinha*. Ela sente a exaustão se apoderando dela, vindo do centro da Terra.

– E ele claramente é uma ameaça à sociedade – Gina acrescenta. – Ele não é mais como costumava ser. – Ela parece verdadeiramente triste por isso.

– Não é culpa *sua* – diz Roger. Por que os homens estão sempre correndo para salvar Gina?

– Bem, mas eu lamento, mesmo assim – Gina diz a Roger. – E você parece que seria um bom professor.

O policial estreita os olhos. Ele abre a boca para perguntar algo a Roger, mas depois parece resolver que não é necessário. Dá uns tapinhas no tampo da mesa de centro, que é de fórmica marrom, feita para imitar madeira.

– Vou liberá-los agora. Sei que foi um dia longo.

Todos eles levantam. Gina se vira para ir embora, puxando Toby pela mão. Ele começa a chorar novamente. Gina se inclina para pegá-lo nos braços. Ele é um garoto grande para ser carregado, mas Gina parece forte. Elinor fica surpresa que eles estejam indo embora. Ela achou que eles fossem dar um tempo por lá – despedir-se de Ted, ficar por perto. Imaginou que poderia estar disputando a posição de liderança com eles, ao longo da estada de Ted no hospital. Gostando ou não, ela percebe que se acostumou a dividir o marido com esses dois. Ela observa Gina soltar Toby, para que eles possam caminhar pelo corredor – a cabeça de Toby descansa encostada à cintura fina da mãe, e o braço de Gina está pendurado nas costas do filho. Embora estejam deixando o hospital, ficando cada vez menores conforme se afastam, inevitavelmente seguirão com Ted e Elinor para casa.

21

ENQUANTO ELINOR DIRIGE PARA CASA, PARA PEGAR ALGUMAS coisas e passar a noite no hospital, ela liga para Kat para dizer que Ted vai ficar bem. Ela não quer recapitular a novela enquanto dirige, então, elas combinam de se encontrarem em casa. Até o momento em que ela vira na rua deles, o sol já passou por cima da colina e a árvore ginkgo – amarelo vivo, agora que o outono chegou – parece reter toda a luz que ainda resta do dia. Elinor estaciona na entrada da garagem e sai do carro, para molhar a árvore. Desenrola e arrasta a mangueira, atravessando o gramado. Provavelmente regar é uma forma de compensação, mas ela está desesperada por algo que possa cuidar, sem ser as fusões corporativas.

As pessoas tendem a inundar a superfície sem chegar às raízes, ela lembra de Noah explicando, mostrando como ajustar o bico da mangueira para obter um jato lento. Elinor observa a terra escurecendo, molhada. Talvez ela não devesse ter rejeitado Noah e seu conhecimento sobre árvores. Um avião passa rugindo acima. A casa do vizinho do outro lado da rua ainda está decorada para o Halloween. Morceguinhos infláveis revoam nos galhos finos das bétulas. Elinor sempre fica surpresa e empolgada com a quantidade de crianças que vem pedir doce em sua porta, todos os anos. É um bairro dolorosamente bom para crianças.

– A árvore está linda – Kat diz, por trás. – Conte-me mais sobre Ted.

Elinor explica os detalhes sórdidos do desfecho dos fatos, no shopping, seguidos pelo prognóstico do neurologista.

Kat balança a cabeça.

– Graças a Deus, Ted vai ficar bem. – Ela olha para Elinor. – *Roger* e *Gina*? – pergunta ela, cética, mas sem julgar. – Dois passarinhos, com uma só pedrada?

– Teoricamente. Minha carreira curta de cupido. Talvez a única coisa que eu *consiga* fazer seja trabalhar num escritório.

Uma das folhas do ginkgo cai no chão, em espiral, como um pequeno ventilador amarelo.

– Você sabe que essas folhas *devem* cair agora – diz Kat, preocupada.

Elinor assente. Embora o carvalho desse mais sombra, ela tem que admitir que o ginkgo é mais bonito. O carvalho era todo retorcido e artrítico, enquanto o ginkgo é mais gracioso e acanhado, como uma gueixa.

– Ei! – Elinor entrega a mangueira a Kat. A calamidade do dia fez com que ela esquecesse do presente que comprou para ela, na cidade, essa manhã. – Eu sei que ainda não é seu aniversário, mas não estou a fim de ficar esperando. – Ela tira uma caixinha de veludo da bolsa e entrega a Kat.

Kat devolve a mangueira.

– O quê... – Ela pega a caixinha. – Oh! – ela exclama, ao abrir.

Elinor passou semanas procurando os brincos de esmeralda. Embora as orelhas de Kat sejam furadas, ela dificilmente se incomoda com brincos, que insiste atrapalharem. Finalmente, Elinor pediu ao joalheiro da cidade que desenhasse algo que não fosse pingente e Kat pudesse usar enquanto corresse e se atracasse com seus meninos.

– Nossa. – Kat segura um dos pequenos brincos de ouro branco, admirando a esmeralda na ponta. Ela se esforça para colocá-lo no lóbulo da orelha. – Ai! Qual é a ocasião?

– Você ser você. E me aguentar. – Elinor se vira para abraçar a amiga, acidentalmente molhando sua perna, fazendo com que as duas gritem de surpresa.

❧❧

O sono envolve Ted. Mas não é um sono de descanso. Como seu corpo não pode se mexer e se virar, sua mente pode. Em seus sonhos tumultuados, ele recria a cena no shopping, com desfechos mais violentos. Ted apunhala Shane. Shane apunhala Toby. Toby está estirado no chão de mármore claro, de olhos fechados, boca aberta, sangue por todo lado. É Toby, mas não parece Toby. É um menino diferente.

– Eu sou médico! – Ted grita. A aglomeração de estranhos abre caminho para que ele chegue ao menino.

– Eu sei – diz uma voz.

Ted sente aquele apertão conhecido, do aparelho de medição de pressão arterial.

– Qual é a sua especialidade? – Uma enfermeira paira ao seu lado. Mickey e Minnie estão dançando em seu avental cor-de-rosa.

– O quê? – A língua de Ted é grande demais para sua boca.

– Você estava me dizendo que é médico. Que especialidade?

– Ah, podologia. – Ted geralmente sente pena dos pacientes de hospital, pois eles sempre são acordados. É impossível conseguir algum descanso. Mas ele está feliz que essa enfermeira o tenha tirado de seus sonhos.

– Sua esposa só foi até sua casa pegar algumas coisas. – A enfermeira sorri e tira o aparelho de medir a pressão. – Está indo muito bem, mas ela gostaria de fazer-lhe companhia essa noite.

– Oh, isso não é necessário – diz Ted. Mas ele está feliz porque Elinor vai voltar. Gostaria que a enfermeira ficasse com ele até que El voltasse e o ajudasse a permanecer acordado. A mulher segue em direção à porta. Ted diz. – Poderia...? – Ele quase pede que a enfermeira fique ali sentada com ele. Que ridículo. Hospitais já têm tão pouco pessoal. E ele é um homem feito. Um médico!

– Posso lhe trazer algo? – a enfermeira pergunta. – Um picolé?

– Picolé – Ted repete. A palavra sai com clareza, quando ele a pronuncia. Ele fica aliviado por já não ter a sensação de estar embaralhando a fala. – Picolé – ele diz novamente, gostando do som. A enfermeira interpreta seu entusiasmo como um *sim* e lhe traz um picolé.

Em casa, Elinor toma banho e muda de roupa, vestindo calças de moletom. Ela vai ficar encolhida na cadeira ao lado da cama de hospital de Ted, e ler. Junta algumas revistas e sua edição de *The Moviegoer*. Ela e Kat deram início ao seu próprio clube do livro de duas pessoas, com os "grandes sucessos", trocando seus romances favoritos da época de faculdade. Elinor vem tirando seus livros da última prateleira do escritório, folheando suas páginas marrons, saboreando o cheirinho de mofo e o fato de que as histórias que ela mais ama ainda estejam ali, palavra por palavra. Nem tudo está perdido. Ao colocar o Walker Percy dentro de uma mochila de lona, junto com uma garrafa d'água, ela olha a cama deles, caprichosamente arrumada. A certa altura, achou que eles deveriam jogar fora o colchão azarado e comprar um novo. Foi quando ela e Ted começaram a dormir em hotéis, nos finais de semana, tentando tornar divertido o ato de engravidar. Uma vez, eles até armaram a barraca no quintal dos fundos e dormiram do lado de fora. Fecharam os zíperes dos sacos de dormir num só, fizeram amor e rapidamente adormeceram. Às duas e meia da madrugada, porém, acordaram, doloridos e suados, e voltaram lá para dentro. Elinor tinha se tornado tão supersticiosa que acreditava que teria concebido se eles tivessem ficado na barraca até o amanhecer. Você não deve ficar pulando nas altas horas da madrugada.

Agora, ela senta na beirada da cama e coloca suas botas, e algo faz um barulho de triturado embaixo do edredom. Elinor levanta e puxa a coberta, para descobrir um pedaço de casca de ovo ao seu lado. Que diabos? Será que os passarinhos estão botando ovo na cama deles? O pedaço de casca é branco e grosso, com alguns grãos de café presos dentro. Talvez ele tenha sido transportado do chão da cozinha, grudado em sua meia. Ela parece estar sempre arrastando as coisas para baixo das cobertas. Coloca a casca em cima da mesinha de cabeceira, incerta do motivo por não querer jogá-la fora.

Recostada na cama, ela olha para dentro do armário. Quando Ted se mudou, ele fez uma espécie de faxina, tirando suas roupas velhas, sapatos, livros e CDs, que doou ao Exército da Salvação. Embora ele tenha voltado, seu lado vazio do armário parece temporário. *Eles* parecem temporários – o casamento deles parece uma experiência tão frágil quanto os embriões no laboratório.

Os sapatos de Ted se resumiram a seis pares: três pares de mocassins, um par de Tevas, botas de escalar e tênis. Elinor percebe que consegue suportar a ideia de Ted indo embora, de se mudar de casa novamente. Depois de tê-lo visto numa cama de hospital, ela sabe que o que *não consegue* suportar é a ideia de vê-lo morrer. Deixar de seguir seu coração dói. Elinor vê isso no rosto de Ted, todos os dias. Ela não tem certeza se ele percebe que está apaixonado por Gina. Se você, *de fato*, seguir seu coração, é provável que irá magoar outras pessoas. Mas ela já não está magoada, nem zangada. Só triste, que parece algo menos louco. Ela sempre amará Ted. Mesmo quando o odiava, ela amava Ted. E acredita que eles sempre serão amigos, de alguma forma. Ela está bem certa de que isso seja sabedoria, não arrogância, ou exaustão. É fácil amar alguém, quando se chega ao âmago da questão. O difícil é ter compaixão por ele.

Ela levanta para fechar as portas do armário, a madeira range, conforme os tênis dele e as galochas dela somem de vista.

§§

Da próxima vez que Ted acorda, ele descobre que as suturas arrebentaram e seu ferimento a faca está sangrando. Uma mancha de sangue do tamanho de um ovo frito cobre seu avental.

– *Ó!* – O som de sua própria voz o assusta. Depois ele ri. O picolé era de cereja e ele adormeceu enquanto comia. Ele estica a mão para apertar o botão de chamada da enfermeira e pedir ajuda com a sujeira, depois resolve não fazê-lo. Todos falam como os médicos são os piores chatos do mundo, como pacientes. Ele não quer fazer jus a essa fama. Além disso, Gina estará lá em breve. Não, Gina, não! Elinor! *Elinor* estará lá em breve.

Ted mastiga a ponta do palito do picolé, a madeira é macia entre seus dentes. Ele fecha os olhos e se permite imaginar o abraço de Gina – a forma como, depois de fazerem amor, ela massageava o pé de suas costas, depois os dois lados de sua coluna, com os dedos. Era uma massagem celestial que terminava com seus dedos apertando vigorosamente o seu couro cabeludo, até que o estresse do dia fosse eliminado, indo todo em direção ao teto.

ತಿ⁊

Conforme Elinor passa pela cozinha, em direção à garagem, ela nota a luz vermelha piscando na secretária eletrônica. Ela aperta o botão e a voz da obstetra, a dra. Kolcheck, preenche o ambiente. O relatório da patologia sobre o aborto ficou pronto. Foi uma trisomia 15, o que significa *uniformemente letal*. "Em outras palavras", a médica diz, "não havia chance de sobrevivência para o feto." Ela se desculpa por deixar essa mensagem na secretária eletrônica, mas quer que Elinor e Ted saibam que não houve absolutamente nada que eles tenham feito de errado. Os olhos de Elinor se enchem de água, quando ela ouve as palavras *feto feminino*. Uma menina. Ela não vai contar a Ted essa noite. Vai esperar até que ele seja liberado do hospital e se sinta melhor.

Eles teriam uma menina. Está vendo, ela imaginou um menino. Foi esse o problema. Botas de caubói e macacão e... *não*, ela não vai fazer isso.

A dra. K é cortada pela gravação da máquina, mas depois o segundo recado também é dela. "Há mais informação que eu gostaria de compartilhar com vocês", diz ela. "Portanto, por favor, sinta-se à vontade para me ligar nesse número, a qualquer hora, até as onze da noite. Estarei acordada."

Elinor anota o número, apavorada com a ideia de obter *mais* informação. De agora em diante, ela gostaria de ter *menos* informação. Menos verificações da realidade. Ainda assim, ela disca o número.

– Ó Deus – Elinor diz, quando a dra. Kolcheck atende, alegremente. – Eu sinto muito em incomodá-la durante a noite.

A dra. K abaixa o tom de voz. Elinor ouve uma porta se fechando.

– Não, você me salvou. Estou na festa mais *chata* do mundo. Toda essa gente falando de vinho. Safra isso, safra aquilo. Quer dizer, beba o negócio e cale a boca!

Elinor ri. – Teria sido ótimo se a dra. Kolcheck tivesse feito o parto do bebê deles.

– Ouça. – A dra. Kolcheck fica mais séria agora. – Porque o aborto foi decorrente de uma anormalidade de cromossoma, eu pedi um teste para o quadro raro que tinha relativa certeza de você não possuir. Mas, surpreendentemente, você o possui.

– Por que será que *não* estou surpresa? – Elinor aperta os olhos fechados.

– Eu sei – diz a médica, compassiva. – É chamado translocação de equilíbrio, e é *totalmente* inofensivo para você. Nós nem saberíamos a respeito, se não fosse por esse teste. Você jamais sentiria qualquer coisa.

– O qu... – Elinor senta numa banqueta, junto ao balcão. Esse é o tipo de informação que ela não quer mais precisar assimilar.

– É muito raro. Apenas uma em cada cinquenta mil pessoas tem essa combinação que você possui. O número correto de cromossomas está lá, mas duas partes da matéria estão trocadas. Em seu caso, o cromossoma número três e o quinze. É como se você tivesse uma colher no lugar de um garfo e um garfo no lugar da colher. É totalmente inofensivo à paciente. Você é saudável. O problema é que...

Sempre há um problema. Elinor não quer ser uma *paciente*. Ela quer ser uma *pessoa*. Uma pessoa sem um arquivo médico da grossura de uma lista telefônica.

– ... isso aumenta as chances de aborto e diminui as possibilidades de concepção. Portanto, antes de seguirmos adiante, eu gostaria que você e Ted fossem ao consultor genético. Isso já está fora da minha alçada, mas eu conheço um ótimo médico na cidade que pode apresentar possibilidades estatísticas mais específicas quanto à concepção e ao aborto.

Elinor segura uma caneta acima do bloco de papel, mas tudo que conseguiu escrever foi: *3, 15, trocados, talheres.* Pedacinhos de informação que ficaram em sua cabeça: *uma em cada cinquenta mil pessoas. Garfo no lugar da colher.* E as palavras *"seguir em frente"*.

Ela solta a caneta. Ela e Ted não deveriam ir a um consultor genético. Outra consulta, não. Elinor os imagina sentados em cadeiras, junto à mesa de outro clínico, atrás de outra porta fechada, olhando por cima do mata-borrão, para outro médico bem-intencionado, de guarda-pó branco. Ela imagina sua cabeça caindo com uma *batida seca* em cima da mesa do geneticista, e como ela talvez bata a testa, repetidamente, até criar um galo maior do que o de Ted.

– Vamos ver – ela diz à dra. Kolcheck.

– Eu sei, vocês provavelmente precisam de algum tempo para digerir isso tudo. Você é uma boa candidata à doação de óvulos. O que é ótimo a respeito disso é o fato de que o tempo é uma questão menos importante. Você pode esperar até achar que chegou a hora certa. Eu já tive pacientes que foram muito felizes com essa escolha.

– Não. – Elinor diz, fracamente. Ela descobriu que pode ser um erro esperar pela hora certa. Você tem que ser mais espontâneo. E jamais haverá uma hora certa para ela e Ted continuarem com esses tratamentos. Ela não consegue imaginar Ted lhe aplicando outra injeção, no balcão da cozinha. Não consegue imaginá-lo estressado para produzir outra amostra num copinho plástico, na clínica. Eles devem adotar.

Elinor deve adotar. Ted faria isso por ela, mas ele está cauteloso e ela não quer ter de convencê-lo. Isso não deve mais ser uma luta. Uma luta para salvar o casamento. Uma luta para salvar a família. (*Vocês têm filhos? Estamos tentando! Tentando! Tentando! Tentando!*)

Elinor deve aceitar aquela missão a trabalho, no exterior, em Dublin. Deve encontrar a casa de Oscar Wilde, sentar nos degraus da frente, beber uma Guinness e concluir a fusão da empresa, depois voltar para casa e adotar um bebê. Um lampejo de medo se apodera dela. Será que vão deixá-la adotar, sem um marido? Ted iria com ela à Irlanda, mas ela sabe que ia preferir usar suas férias para mergulhar na Austrália. Ainda assim, ele iria à Irlanda, para tentar fazê-la feliz. Ele faria praticamente qualquer coisa para fazer Elinor feliz. No entanto, ele também merece ser feliz. A dra. Kolcheck novamente diz o quanto sente por essas notícias, e ela ficará feliz em ver Ted e Elinor em seu consultório, depois que eles forem visitar o geneticista. Elinor agradece.

– Vou marcar a consulta – ela mente, não querendo que a dra. Kolcheck se sinta mal. Elas se despedem.

Elinor olha para o telefone. Em vez de ligar para o médico, vai ligar novamente para o advogado. Por um instante, ela não fica triste quanto à possibilidade de um divórcio. Sabe que ficará devastada depois – provavelmente já amanhã. Talvez até mais triste do que se sentiu quanto à perda do bebê. Mas, agora, uma visão mais clara a coloca fora de si mesma, dez anos adiante. *Oh, meu primeiro marido. Ele era um cara muito bom.*

Ela é quem precisa decidir que eles irão se divorciar. Ted aguentaria, ficaria ao seu lado, independentemente de qualquer coisa.

Ela olha a caneta e o bloquinho em cima do balcão. Um ano atrás, se estivesse sentada nessa cadeira, nesse momento, ela teria começado a escrever uma lista: *Ted consulta. Agendar o consultor de genética. Doação de óvulos? Pesquisar. Comprar livros para que Ted se interesse por adoção.*

Os ombros de Elinor caem com a sensação de diminuição de ambição que parece tão libertadora quanto um drinque puro, sem gelo. Ela terá que ligar para sua mãe e contar as novidades. Pegando a caneta, escreve: *Dublin?* Depois levanta e acende a luz acima do balcão da pia da cozinha e traz a correspondência da caixa de correio. Contas médicas vencidas. O início do massacre dos catálogos de férias. Ela joga tudo na fruteira vazia.

No banheiro, Elinor escova os dentes, caprichando para tirar da língua o grude do café de hospital. Talvez a adoção no exterior seja o melhor. Rússia, talvez. Ela espera poder adotar mais de uma criança. Já sabe que será uma daquelas mães que deixa as crianças dormirem em sua cama. Crianças, gatos, brinquedos, livros de história. Ela espera que todos eles possam adormecer juntos, todas as noites, lendo.

Enquanto isso, se vai ser solteira, ela não deveria se importar de dormir novamente com Noah. Já pode se imaginar saindo com ele, casualmente. Será que você tem permissão para fazer tal coisa, quando tem quarenta anos? É muito provável que Noah já tenha conhecido outra pessoa. Se for o caso, ela lhe deseja tudo de bom. Ela deseja o bem de Noah. Ela deseja o bem de Ted. Ela deseja que Gina ganhe quinze quilos e passe a ter espinhas gigantescas.

– Uma espinha gotejante – ela diz ao espelho do banheiro, estreitando os olhos, deleitando-se com esse momento de mesquinhez. Ela *não* tem que gostar da amante de seu marido, ou o que ela seja ou será no futuro. Ela penteia os cabelos para trás com os dedos e apaga a luz.

Quando volta ao quarto para pegar um suéter, pensa em sua conversa com a dra. Kolcheck. Uma *translocação de equilíbrio*. Um garfo no lugar da colher! Ela é uma gaveta de talheres toda desarrumada. No entanto, há consolo em saber que algo está errado de forma *tangível*. Um diagnóstico diferente de *você está velha*. Ted irá entender o negócio da translocação melhor do que ela. Pode até querer forçar a barra para o consultor genético. Vai querer fazer isso por ela. Elinor pega uma coleção de ensaios de Dave Barry da mesa de cabeceira de Ted. Vai ler para ele no hospital. É seu livro predileto. Ele precisa rir. Os dois precisam.

AGRADECIMENTOS

PRIMEIRO, AGRADEÇO À MINHA AGENTE, LAURIE FOX, A PESSOA mais generosa que conheço. Sou sempre grata por sua orientação e amizade. Obrigada à Amy Einhorn, minha maravilhosamente inteligente editora, e a todo o pessoal da Warner Books, principalmente Jennifer Romanello, por sempre me fazer rir, e a Karen Torres e Martha Otis, por seu apoio firme. Agradeço, também, a Linda Chester, por seu incentivo. Sem essas pessoas eu estaria comendo pipoca queimada de micro-ondas, num cubículo, dia após dia, e escrevendo num sótão frio, à noite.

Obrigada ao meu grupo de escritores de San Francisco – os melhores leitores e escritores que conheço: Rich Register, Gordon Jack, Susan Edmiston, Cheyenne Richards, Karen Roy, Laurence Howard e Julie Knight. E meus profundos agradecimentos à minha parceira de escrita Vicky Mlyniec.

Obrigada a Kim e ao dr. Jim Ratcliff, a Julie Dunger Anderson e a Wyatt Nelson. Sem eles, eu não saberia nada de dedos artríticos, ordens restritivas ou da Xbox.

Agradeço às leitoras astutas como Gail K. Baker, Eileen Bordy, Emily Griffin, Aimee Prall, Nicolle Henneuse, Cindy Walker e à copidesque Laura Jorstad. Sem elas, esse livro estaria repleto de furos.

Como sempre, meus agradecimentos à Karen Eberle, e especialmente a Anders Wallgren, por seu apoio moral e técnico. Sem ele, eu ainda estaria escrevendo com uma Smith Corona e um frasco de corretivo branco, e morando numa van, perto do rio.

Um agradecimento especial a Ellen Sussman, por sempre me ofertar a dose certa de equilíbrio e incentivo, e uns cascudos. Sem ela, eu ainda estaria escrevendo o quarto capítulo deste livro.

Agradeço a Popoki, Piglet e Einstein, que sempre estiveram dispostos a discutir os pontos mais tênues da literatura, comendo petiscos de peru com chá.

E, como sempre, agradeço a Frank Baldwin por aquele primeiro empurrão de incentivo. Sem ele, eu ainda estaria escrevendo *Doce lamento*.

Finalmente, obrigada às livrarias independentes ao redor do país, por seu apoio aos novos escritores e à literatura emergente. Sem elas, a leitura não seria um prazer tão maravilhosamente variado.

Este livro foi impresso na Editora JPA Ltda.
Av. Brasil, 10.600 – Rio de Janeiro – RJ
para a Editora Rocco Ltda.